Gerhart Hauptmann

Atlantis

Roman

(Großdruck)

Gerhart Hauptmann: Atlantis. Roman (Großdruck)

Entstanden: 1909-1911. Erstdruck in: »Berliner Tageblatt«, 1912. Erstdruck als Buch: S. Fischer, Berlin, 1912.

Neuausgabe
Herausgegeben von Theodor Borken
Berlin 2019

Umschlaggestaltung von Thomas Schultz-Overhage unter Verwendung des Bildes: Lovis Corinth, Porträt von Gerhart Hauptmann, 1900

Gesetzt aus der Minion Pro, 16 pt, in lesefreundlichem Großdruck

ISBN 978-3-8478-4026-8

Die Deutsche Nationalbibliothek verzeichnet diese Publikation in der Deutschen Nationalbibliografie; detaillierte bibliografische Daten sind im Internet über www.dnb.de abrufbar.

Henricus Edition Deutsche Klassik UG (haftungsbeschränkt), Berlin
Herstellung: BoD – Books on Demand, Norderstedt

Der deutsche Post- und Schnelldampfer »Roland« verließ Bremen am 23. Januar 1892. Er war eines der älteren Schiffe der Norddeutschen Schiffahrtsgesellschaft unter denen, die den Verkehr mit New York vermittelten.

Die Bemannung des Schiffes bestand aus dem Kapitän, vier Offizieren, sechs Maschinisten, einem Proviant- und einem Zahlmeister, einem Proviant- und einem Zahlmeister-Assistenten, dem Obersteward, dem zweiten Steward, dem Oberkoch und dem zweiten Koch und schließlich dem Arzt. – Außer diesen Leuten, denen das Wohl des gewaltigen schwimmenden Hauses anvertraut war, waren Matrosen, Stewards, Stewardessen, Küchengehilfen, Kohlenzieher und andere Angestellte an Bord, mehrere Schiffsjungen und eine Krankenpflegerin.

Das Schiff führte von Bremen aus nicht mehr als hundert Kajütpassagiere. Das Zwischendeck war mit etwa vierhundert Menschen belegt.

Auf diesem Schiff wurde für Friedrich von Kammacher von Paris aus telegraphisch ein Kajütplatz belegt. Eile tat not. Der junge Mann mußte, kaum anderthalb Stunden, nachdem ihm ein Platz gesichert war, den Schnellzug besteigen, mit dem er dann gegen zwölf Uhr nachts in Le Havre anlangte. Von hier aus trat er die Überfahrt nach Southampton an, die ohne Zwischenfall vor sich ging und die er in der Koje eines schrecklichen Schlafsaales verschlief.

Bei Morgengrauen war er an Deck, als die Küsten Englands sich, einigermaßen gespenstisch, mehr und mehr annäherten, bis schließlich der Dampfer in den Hafen Southamptons einlief, wo Friedrich den »Roland« erwarten sollte.

Im Schiffsbüro sagte man ihm, es liege am Kai ein kleiner Salondampfer zur Abfahrt bereit, die dann erfolge, sobald der »Roland« draußen gesichtet werde. Man empfahl Herrn von Kammacher, sich gegen Abend mit Sack und Pack auf ebendiesem Salondampferchen einzufinden.

Er hatte nun viele müßige Stunden vor sich, in einer fremden und öden Stadt. Dabei war es kalt, zehn Grad unter Null. Er entschloß sich, ein Gasthaus aufzusuchen und, wenn irgend möglich, einen beträchtlichen Teil der Zeit zu verschlafen.

In einem Schaufenster sah er Zigaretten von Simon Arzt in Port Said ausgelegt. Er ging in den kleinen Laden, den gerade eine Magd auskehrte, und kaufte mehrere hundert Stück davon.

Dies war eigentlich mehr ein Akt der Pietät, als daß er besondere Raucherfreuden gesucht hätte.

Friedrich von Kammacher trug ein Portefeuille aus Krokodilshaut in der Brusttasche. Dieses Portefeuille enthielt, unter andren Papieren, auch einen Brief, den Friedrich vor kaum vierundzwanzig Stunden erhalten hatte. Er lautete so:

Lieber Friedrich!

Es hat nichts geholfen. Ich bin aus dem Sanatorium im Harz als ein verlorener Mann in das Haus meiner Eltern zurückgekehrt. Dieser verfluchte Winter im Heuscheuergebirge! Ich hätte nicht sollen nach meiner Rückkehr aus tropischen Gegenden gleich einem solchen Winter in die Klauen geraten. Das Schlimmste war allerdings der Pelz meines Kollegen, dieses verfluchte Möbel, das der Oberteufel in der Hölle besonders verbrennen soll und dem ich den ganzen Hundejammer verdanke. Lebwohl! Ich habe mich natürlich auch mit Tuberkulin spritzen lassen und daraufhin beträchtlich Bazillen gespuckt. Enfin: es sind noch genug zurückgeblieben, um mir den baldigen Exitus letalis zu gewährleisten.

Nun aber das Wesentliche, mein guter Freund. Ich muß meinen Nachlaß regeln. Da finde ich nun, ich schulde Dir dreitausend Mark. Du hast es mir seinerzeit ermöglicht, mein ärztliches Studium zu vollenden, das mich nun allerdings recht elend im Stiche läßt. Doch dafür kannst Du natürlich nichts, und es ist auch kurios genug, daß jetzt, wo alles verloren ist, mich gerade die schlimme Erkenntnis besonders quält, Dir leider gar nichts vergelten zu können. – Sieh mal: mein Vater ist ein städtischer Hauptlehrer, der seltsamerweise etwas erspart, aber dafür auch, ohne mich, fünf unversorgte Kinder hat. Er betrachtete mich als sein Kapital und wandte an mich beinahe mehr, als zulässig war, in der Hoffnung auf reichliche Zinsen. Heute sieht er, als praktischer Mann, Kapital und Zinsen verloren.

Kurz, er ängstet sich vor Verbindlichkeiten, die leider nicht mit mir hinübergehen in die – pfui! pfui! pfui! (dreimal ausspucken!) – bessere Welt. Was soll ich tun? Würdest Du auf die Rückzahlung meiner Schuld verzichten können?

Übrigens war ich schon einige Male fast hinüber, alter Freund. Und es bleiben für Dich Aufzeichnungen über den Verlauf solcher Zustände, die vielleicht wissenschaftlich nicht ohne Interesse sind. Sollte es mir, nach dem großen Moment, aus dem Jenseits irgend möglich sein, mich bemerklich zu machen, so hörst Du später noch mehr von mir.

Wo bist Du eigentlich? Lebewohl! In den fulminanten Orgien meiner nächtlichen Träume schaukelst Du nämlich immer auf hoher See. Willst Du vielleicht auch Seereisen machen?

Es ist Januar. Liegt nicht wenigstens ein gewisser Vorteil darin, wenn man das Aprilwetter nicht mehr zu fürchten braucht? – Ich drück' Dir die Hand, Friedrich Kammacher!

Dein Georg Rasmussen

Diesen Brief hatte der Empfänger von Paris aus sogleich telegraphisch beantwortet, in einem Sinne, der dem heroisch sterbenden Sohn die Sorge um seinen gesunden Vater vom Herzen nahm.

Im Reading-room von Hofmanns Hotel am Hafen schrieb Friedrich die Antwort für den sterbenden Freund:

Lieber Alter!

Meine Finger sind klamm. Ich tauche eine geborstene Feder unermüdlich in schimmelige Tinte. Wenn ich aber nun nicht schreibe, so kannst Du früher als in drei Wochen von mir keine Nachricht erhalten: denn ich gehe heut abend an Bord des »Roland« von der Norddeutschen Schiffahrtsgesellschaft.

Deine Träume scheinen mir wirklich nicht ohne zu sein, denn es ist ganz ausgeschlossen, daß Dir jemand von meiner Seereise etwas verraten haben kann. Zwei Stunden, bevor Dein Brief mich erreichte, wußt' ich ja selbst noch nichts davon.

Übermorgen jährt sich der Tag, wo Du nach Deiner zweiten Weltreise direkt von Bremen zu uns in die Heuscheuer kamst, einen Sack voll Geschichten, Photographien und die Zigaretten von Simon Arzt mitbrachtest. Ich hatte kaum den Boden Englands betreten, als ich unsere geliebte Marke, zwanzig Schritt weit vom Landungsplatz, im Schaufenster fand. Natürlich kauft' ich sie, und zwar sogleich massenweise, und rauche sogar eben eine zur Erinnerung. Leider wird der entsetzliche Reading-room, in dem ich schreibe, nicht wärmer davon.

Vierzehn Tage warst Du bei uns, da pochte in einer Winternacht an meine Haustür das Schicksal an. Gleich stürmten wir beide vor die Türe, und da haben wir uns erkältet, wie es scheint. Was mich betrifft, so habe ich heut mein Haus verkauft, meine Praxis aufgegeben, meine drei Kinder in Pension geschafft; und was meine Frau betrifft, so wirst Du ja wissen, was über sie hereingebrochen ist.

Teufel nochmal! es ist manchmal hübsch gruselig, zurückzudenken. Es war uns beiden doch eigentlich recht, als Du die Vertretung unseres kranken Kollegen bekamst. Ich sehe Dich noch in seinem Fuchspelz und Schlitten auf der Praxis herumgondeln. Und als er starb, da hatte ich eigentlich nichts dagegen, Dich als biederen Landarzt in unmittelbarer Nähe ansässig zu sehen: obgleich wir uns über eine solche Landarzt-Hungerpraxis von jeher gehörig lustig machten.

Nun, alles ist recht sehr anders gekommen.

Weißt Du noch, mit welcher Monotonie wir unsere Witze über die Goldammern machten, die damals scharenweise in die verschneite Heuscheuer einfielen? Man näherte sich einem kahlen Strauch oder Baum, und plötzlich war's, als ob er sich schüttelte und zahllose goldene Blätter um sich stäubte und abwürfe. Wir deuteten das auf Berge von Gold. – Des Abends speisten wir dann auch Goldammern, weil sie von Sonntagsjägern in Menge angeboten und von meiner schnapsfrohen Köchin vorzüglich gebraten wurden. Du schwurest damals, Du bliebest nicht Arzt, außer der Staat stelle Dir die Vorräte eines riesigen Magazins zur Verfügung, arme Kranke mit Mehl, Wein, Fleisch und allem Nötigen zu versorgen. Und nun hat Dir dafür der böse Dämon der Ärztezunft was ausgewischt. Aber Du mußt mir wieder gesund werden!

Ich reise jetzt nach Amerika. Warum? das wirst Du erfahren, wenn wir uns wiedersehen. Ich kann meiner Frau, die bei Binswanger ist, also in ausgezeichneter Pflege, nichts mehr nützen. Ich habe sie vor drei Wochen besucht. Sie hat mich nicht einmal wiedererkannt. – Im übrigen habe ich mit dem Ärzteberuf, auch mit der bakteriologischen Forschung, tatsächlich abgeschlossen. Du weißt, es ist mir ein Unglück passiert. Mein wissenschaftlich geachteter Name ist ein bißchen schlimm zerzaust worden. Es wird behauptet, ich hätte statt des Milzbranderregers Fäserchen im Farbstoff untersucht und in meiner Arbeit beschrieben. Es kann ja sein, doch ich glaube es nicht. Schließlich und endlich ist es mir gleichgültig.

Ich bin mitunter recht angewidert von den Hanswurstiaden dieser Welt: dadurch fühle ich mich dem englischen Spleen sehr nahegerückt. Beinahe die ganze Welt, jedenfalls aber Europa ist für mich eine stehengebliebene kalte Schüssel auf einem Bahnhofsbüfett, die mich nicht mehr reizt.

Doktor Friedrich von Kammacher gab diesem Brief einen herzlichen Abschluß, adressierte und überreichte ihn einem deutschen Hausknecht zur Beförderung. Hierauf stieg er in sein Zimmer hinauf, dessen Fenster gefroren waren, und legte sich bei eisiger Temperatur in ein großes, frostiges Doppelbett hinein.

Der Zustand eines Reisenden, der eine nächtliche Überfahrt hinter sich hat und im Begriffe steht, die Reise über den Ozean anzutreten, ist an sich nicht beneidenswert. Allein die Verfassung, in der sich der junge Arzt befand, enthielt ein Wirrsal von schmerzlichen, zum Teil einander bekämpfenden Erinnerungen. Sie traten vor sein Bewußtsein, einander verdrängend, in einer unablässigen Jagd. Er wäre gern eingeschlafen, um für die kommenden neuen Dinge ein wenig gestärkt zu sein, aber er sah, mit offenen Augen oder die Lider darüber deckend, alles in gleicher Helligkeit.

Sein Leben hatte sich durch ein Jahrzehnt, vom zwanzigsten bis zum dreißigsten Jahr, auf bürgerliche Weise entwickelt. Eifer und große Befähigung in seiner besonderen Wissenschaft trugen ihm die Protektion großer Lehrer ein. Er war Assistent bei Koch gewesen. Aber auch bei dessen Gegner Pettenkofer in München hatte er eine Reihe von Semestern zugebracht.

So kam es, daß er, sowohl in München als in Berlin, auch sonst in Kreisen der bakteriologischen Wissenschaft, als einer der fähigsten Köpfe galt, dessen Karriere eigentlich nicht mehr in Zweifel stand. Höchstens trug ihm eine gewisse Neigung zur Schöngeisterei bei den trockenen Herren Kollegen hie und da leise-bedenkliches Kopfschütteln ein.

Heut, nachdem die verunglückte Arbeit Friedrich von Kammachers erschienen war und das große Fiasko erlitten hatte, hieß es in Fachkreisen allgemein: Zersplitterung durch Nebeninteressen hätte den jungen, hoffnungsvollen Geist zur Selbstvernichtung geführt.

Friedrich war eigentlich nach Paris gereist, um eine Leidenschaft loszuwerden, aber ihr Gegenstand, die sechzehnjährige Tochter eines Mannes aus der Artistenwelt, hielt ihn fest. Seine Liebe war eine Krankheit geworden, und diese Krankheit hatte deshalb vielleicht einen so hohen Grad erreicht, weil der Befallene nach den trüben Vorfällen jüngst vergangener Zeit für das Gift der Liebe besonders empfänglich war.

Das geringe Gepäck Doktor von Kammachers deutete nicht auf eine sorgfältig vorbereitete Seereise. Der Entschluß dazu wurde in einem Verzweiflungsrausche gefaßt oder eigentlich mehr durch einen leidenschaftlichen Ausbruch erzwungen: als die Nachricht kam, der Artist und seine Tochter hätten sich am dreiundzwanzigsten Januar in Bremen auf dem Post- und Schnelldampfer »Roland«, mit dem Ziel New York, eingeschifft.

Der Reisende hatte nur etwa eine Stunde bekleidet im Bett gelegen, als er aufstand, sich, nachdem er das Eis des Waschkruges eingeschlagen, ein wenig wusch und in die unteren Räume des kleinen Hotels hinunterstieg. Im Reading-room saß eine jugendlich-hübsche Engländerin. Ein weniger hübscher und weniger junger israelitischer Kaufmann trat herein, der sich bald als Deutscher entpuppte. Die Öde der Wartezeit bewirkte die Annäherung. Der Deutsche war in Amerika ansässig und wollte mit dem »Roland« über den großen Teich dorthin zurück.

Die Luft war grau, das Zimmer kalt, die junge Dame schritt unruhig auf und ab, an dem ungeheizten Kamin vorüber, und das Gespräch der neuen Bekannten verlor sich bald in Einsilbigkeit.

Die Zustände eines unglücklich Liebenden sind für seine Umgebung entweder verborgen oder lächerlich. Ein solcher Mensch wird abwechselnd von lichten Illusionen verzückt oder von dunklen gefoltert. Ruhelos trieb es den jungen Narren der Liebe trotz Wind und Kälte ins Freie hinaus und durch die Straßen und Gassen des Hafenstädtchens. Er dachte daran, wie ihn sein Landsmann andeutungsweise nach dem Zweck seiner Reise ausgeforscht und wie er selber, nicht ohne Verlegenheit, einiges hatte vorbringen müssen, um nur mit seinem geheimen Zweck nicht preisgegeben zu sein. Von jetzt ab würde er sagen, beschloß er bei sich, falls etwa wiederum Frager sich zudrängten, er reise hinüber, um den Niagara und den Yellowstone-Park zu sehen und dabei einen Studienfreund zu besuchen.

Während des schweigsamen Mittagessens im Hotel wurde bekannt, daß der »Roland« wahrscheinlich bereits gegen fünf bei den Needles eintreffen werde. Nachdem Friedrich mit seinem neuen Bekannten, der für sein eigenes Geschäft in der Konfektionsbranche reiste, Kaffee getrunken und einige Zigaretten von Simon Arzt geraucht hatte, begaben sich beide Herren, mit allem Gepäck, auf den Salondampfer, der übrigens seinem pompösen Titel durchaus nicht entsprach.

Hier gab es nun einen stundenlangen, höchst ungemütlichen Aufenthalt, während der niedrige Schornstein schwarzen Qualm in den schmutzigen gelben Nebel, der alles bedrückte, aufsteigen ließ. Von Zeit zu Zeit klang die Schaufel des Heizers aus dem Maschinenraum. Nach und nach kamen fünf oder sechs Passagiere, alle recht schweigsam, mit ihren Gepäckträgern. Die Kajüte des

Tenders lag über Deck. Im Innern, unter den Fenstern – eigentlich war der Raum ein Glaskasten –, lief eine Bank mit roten Plüschpolstern.

Keiner der Reisenden hatte Ruhe genug, sich irgendwo dauernd niederzulassen. Die Unterhaltung geschah in einem bänglichen Flüsterton. Drei junge Damen – die mittelste war jene junge Engländerin aus dem Reading-room – gingen unermüdlich hin und her, der ganzen Länge nach durch die Kajüte, mit bleichen Gesichtern und fortwährend tuschelnd.

»Ich mache die Reise hin und zurück schon zum achtzehnten Mal«, erklärte jetzt plötzlich ungefragt der Konfektionskaufmann.

Jemand erwiderte: »Leiden Sie an der Seekrankheit?«

»Ich bin«, gab der Konfektionär zurück, »und zwar jedesmal, kaum daß ich das Schiff betreten habe, eine Leiche.«

Endlich, nach langem, vergeblichem Warten, schien sich im Innern des Tenders und an seinem Steuer etwas vorzubereiten. Die drei Damen umarmten und küßten einander. Die mittelste, hübscheste, die aus dem Reading-room, blieb auf dem Schiffe zurück, die andern faßten Fuß auf der Kaimauer.

Aber das Tenderchen wollte noch immer nicht in Bewegung geraten. Endlich wurden die Trossen von den eisernen Ringen der Kaimauer losgemacht. Es gellte ein herzzerreißender Pfiff, und die Schraube begann, wie zur Probe, langsam das schwarze Wasser zu quirlen. Inzwischen war ringsum die Nacht, stockfinster, zur Herrschaft gelangt.

Im letzten Augenblick wurden Friedrich noch einige Telegramme überbracht. Seine Eltern wünschten ihm glückliche Reise. Sein Bruder hatte einige herzliche Worte aufgesetzt. Zwei andere Depeschen stammten die eine von seinem Bankier, die andere von seinem Rechtsanwalt.

Nun hatte der junge Doktor von Kammacher weder einen Freund noch einen Verwandten, nicht einmal einen Bekannten am Kai von Southampton zurückgelassen, und doch entstand, sobald er fühlte, wie das Tenderchen in Bewegung kam, ein Sturm in ihm. Er hätte nicht sagen können, ob es ein Sturm des Wehs, der Qual, vielleicht der Verzweiflung war oder ein Sturm der Hoffnung unendlichen Glücks.

Es scheint, daß der Lebensgang ungewöhnlicher Männer von Jahrzehnt zu Jahrzehnt in eine gefährliche Krise tritt. In einer solchen Krise werden angesammelte Krankheitsstoffe entweder überwunden und ausgeschieden, oder der Organismus, der sie beherbergt, unterliegt. Oft ist ein solches Unterliegen der leibliche Tod, zuweilen aber auch nur der geistige. Und wiederum eine der wichtigsten und für den Betrachter bewunderungswürdigsten Krisen ist die an der Wende des dritten und vierten Jahrzehnts. Schwerlich wird die Krise vor dem dreißigsten Jahre einsetzen, dagegen wird es öfter vorkommen, daß sie sich bis zur Mitte der dreißiger Jahre, ja darüber hinaus verzögert: denn es ist zugleich eine große Abrechnung, eine fundamentale Bilanz des Lebens, die man gerne solange als irgend tunlich lieber hinausschieben als etwa zu früh in Angriff nehmen wird.

Es würde nicht auszudrücken sein, in welchem Umfang Friedrich sein ganzes bisheriges Leben ins Bewußtsein trat, nachdem er den Boden Europas verlassen hatte. Im Lichte dieses äußeren Abschieds stand gleichsam ein ganzer Weltteil der eigenen Seele da: und zwar hieß es hier nicht auf Wiedersehen, sondern der Verlust war für immer besiegelt. Was Wunder, wenn in diesen Augenblicken Friedrichs ganzes Wesen, fast bis zur Haltlosigkeit, erschüttert schien.

Rings um den kleinen Dampfer preßte sich dicke Finsternis. Die Hafenlichter waren verschwunden. Die Nußschale mit dem gläsernen Pavillon fing beträchtlich zu schaukeln an. Dabei pfiff und heulte der Wind durch die Fugen. Zuweilen zwang er den kleinen

12

Dampfer stillezustehen. Plötzlich schrie die Dampfpfeife mehreremal, und wiederum ging es mit irgendeinem Kurs weiter ins schwarze Dunkel vorwärts.

Das Klappern der Fenster, das Beben des Schiffskörpers, die gurgelnde, unterirdische Wühlarbeit des Propellers, verbunden mit den plärrenden, pfeifenden, heulenden Tönen des Windes, der das Schiff auf die Seite legte: dies alles zusammen erzeugte in den Reisenden einen Zustand äußerster Unbehaglichkeit. Immer wieder, als wenn es nicht aus noch ein wüßte, stoppte das Dampfboot, ließ den spitzen und gellenden Laut der Pfeife ertönen, den mitunter die wilde Bewegung des schwarzen Luftmeers so völlig erstickte, daß er nur noch wie das hilflose Hauchen einer heiseren Kehle klang – und ging dann mitunter rückwärts, mitunter vorwärts, bis es wiederum ratlos liegenblieb, vom Schwall der Wogen gedreht und emporgehoben, scheinbar verloren und versunken in ewiger Finsternis.

Mit einem Male erdröhnte es dann, quirlte das Wasser, ließ gewaltig zischende Dämpfe aus, pfiff, schrecklich und angstvoll, einmal, zweimal – Friedrich von Kammacher zählte siebenmal – und hatte plötzlich seine höchste Geschwindigkeit, als ob es dem Satan entlaufen wollte, – und jetzt, auf einmal, wandte es sich und lag vor einer gewaltigen Vision, unter einer Fülle von Licht.

Der »Roland« war bei den Needles angelangt und hatte sich vor den Wind gelegt. Im Schutze seiner mächtigen Breitseite schien das Dampferchen wie in einen taghell beleuchteten Hafen gelangt. Der Eindruck, den die überraschende Gegenwart des gewaltigen Ozeanüberwinders in Friedrich hervorbrachte, glich einem Fortissimo von höchster Kraft.

Noch nie hatte Friedrich vor der Macht des menschlichen Ingeniums, vor dem echten Geiste der Zeit, in der er stand, einen gleichen Respekt gefühlt wie beim Anblick dieser schwarz aus dem schwarzen Wasser steigenden riesigen Wand, dieser ungeheuren

Fassade, die aus endlosen Reihen runder Luken Lichtströme auf eine schäumende Aue vor dem Winde geschützter Fluten warf.

Matrosen waren damit beschäftigt, an der Flanke des »Roland« die Fallreeptreppe herunterzulassen. Friedrich konnte bemerken, wie oben an Deck, wo sie mündete, zum Empfange der neuen Passagiere bereit, eine zahlreiche Gruppe uniformierter Schiffsbediensteter stand. Während nun jeder im Innern des kleinen Salondampfers, von plötzlicher Hast ergriffen, sich seines Gepäcks versicherte, beherrschte den jungen Arzt das ganze Ereignis mit der Kraft der Erhabenheit. Es war nicht möglich, angesichts dieser gigantischen Abenteuerlichkeit die Überzeugung von der Nüchternheit moderner Zivilisation aufrecht zu halten. Hier wurde jedem eine verwegne Romantik aufgedrängt, mit der verglichen die Träumereien der Dichter verblaßten.

Während das Tenderchen sich, kokett auf dem schwellenden Gischte tanzend, halb schwebend der Fallreeptreppe näherte, fing hoch oben an Deck des »Roland« die Musikkapelle zu konzertieren an. Es war eine flotte, entschlossene Marschweise, von jener kriegerischen und zugleich resignierenden Art, wie sie den Soldaten in den Kampf, das heißt zum Siege oder zum Tode führt. Ein solches Orchester von Blasinstrumenten, Becken, Trommeln und Pauke hatte nur noch gefehlt, um die Nerven des jungen Arztes gleichsam in einen feurigen Regen aufzulösen.

Es war nicht zu verkennen, daß diese Musik, die aus der Höhe in die Nacht und auf das manövrierende Tenderchen herunterscholl, mit der Absicht veranstaltet wurde, die Ängste zaghafter Seelen zu betäuben. Draußen lag der unendliche Ozean. – Man konnte nicht anders in einem solchen Augenblick, als ihn nächtlich und finster vorstellen! – eine furchtbare Macht, die dem Menschen und dem Werke des Menschen feindlich ist. Nun aber rang sich aus der Brust des »Roland«, von den Tiefen des Basses aufsteigend stärker und stärker ein ungeheurer Laut, ein Ruf, ein Gebrüll, ein

Donner hervor, von einer Furchtbarkeit und Gewalt, die das Blut im Herzen stocken machte. Nun, lieber Roland, schoß es Friedrich durch den Sinn, du bist ein Kerl, der es mit dem Ozean aufnehmen wird. Damit stellte er seinen Fuß auf die Reeptreppe. Er hatte vergessen, was er bisher gewesen und weshalb er hierhergekommen war!

Als er unter den wilden Rhythmen der Bande die oberste Sprosse der Treppe erreicht hatte und endlich auf dem geräumigen Deck unter dem grellen Licht einer Bogenlampe stand, war er erstaunt, wie vielen vertrauenerweckenden Männergestalten er sich gegenüberbefand. Es war eine Sammlung prächtiger Menschen, vom Offizier bis zum Steward herab, alles große und auserlesene Leute, dazu von einem Gesichtsschnitt, der ebenso kühn als schlicht, ebenso klug als treuherzig anmutete. Friedrich von Kammacher sagte sich, daß es doch wohl noch etwas wie eine deutsche Nation gebe, und fühlte zugleich Stolz und vertrauende Sicherheit. Ja, eine der Stützen dieses Gefühls war die überaus sonderbare Meinung, die flüchtig in seiner Seele auftauchte, daß unser Herrgott sich niemals entschließen werde, eine solche Auslese edler und pflichtgetreuer Menschen wie junge Katzen im Meer zu ertränken.

Er wurde allein in einer Kabine zu zwei Betten untergebracht, und bald darauf saß er, aufs beste bedient, an dem einen Ende der hufeisenförmigen Tafel im Speisesaal. Man aß und trank, aber es ging, da das eigentliche Diner schon vorüber war, nicht sehr lebhaft zu in dem niedrigen, weiten, leeren Raume, unter der kleinen Gesellschaft der Nachzügler, weil jeder ermüdet und hinreichend mit sich selber beschäftigt war.

Während des Essens wurde es Friedrich schwer, sich vorzustellen, daß er nun wirklich auf der Fahrt nach Amerika, ja überhaupt auf einer Fahrt begriffen war. Das kaum bemerkliche leise Erbeben des Gebäudes, in dem er war, erschien zu gering, um als Begleiterscheinung einer Fortbewegung gedeutet zu werden. Es kam ihn, als er seiner Gewohnheit gemäß einige Gläser Wein zu sich genommen hatte, eine Empfindung ruhevollen Behagens an, ein wohliger Zustand der Erschöpfung. Wie wunderlich, dachte er, im sicheren Vorgefühl eines festen Schlafs, daß ich seit Wochen, ja Monden zum erstenmal gerade hier, auf diesem rastlosen Ozeandurchpflüger, Stunden der Ruhe und der Entspannung finden soll.

Er hatte denn auch zehn Stunden lang wie ein Kind in der Mutter Wiege geschlafen, als er die Augen wieder öffnete und immer noch etwas wie einen seligen Frieden empfand. Sein erster Gedanke war jenes Mädchen, das nun auf viele Tage und Nächte hinaus durch die gleiche geräumige schwimmende Herberge zu Leid und Freude mit ihm verbunden blieb. Friedrich streichelte über die Wände, die gleichsam ein leitendes Medium wurden, durch das er mit der Geliebten in Berührung kam und aus dem der lebendige Odem ihres Wesens in ihn einströmte.

Friedrich befand sich im Speisesaal, wo ihm das reichliche Frühstück serviert wurde, das er mit herzhaftem Appetit genoß. Ich habe geschlafen, sagte er sich, und wie in einer beliebigen Nacht im Zustande der Betäubung gelegen und bin dabei an zweihundert Meilen über den Atlantischen Ozean vorgedrungen. Wie eigentümlich, wie sonderbar!

Friedrich verlangte die Passagierliste, und als er darauf zwei Namen entdeckte, die zu finden er mit vollkommener Sicherheit voraussetzen mußte, schrak er zusammen, ward bleich und bekam Herzklopfen.

Sobald Friedrich von Kammacher die Namen Hahlström und Tochter gelesen hatte, faltete er die Liste zusammen und blickte sich um. Es mochten fünfzehn bis zwanzig Personen, Damen und Herren, im Saale versammelt sein, die alle mit Essen beschäftigt waren oder den Stewards ihre Frühstückswünsche kundgaben.

Aber Friedrich kam es vor, als ob sie alle zu keinem anderen Zwecke da wären, als ihn zu belauern und zu beobachten.

Der Speisesaal nahm die ganze Breite des Schiffes ein, und seine Luken verfinsterten sich von Zeit zu Zeit durch Wogen, die sich dagegenwarfen. Friedrich gegenüber saß ein Herr in Schiffsuniform, der sich ihm als Schiffsarzt vorstellte. Es entwickelte sich sogleich ein Fachgespräch sehr lebhafter Art, trotzdem Friedrich nicht bei der Sache war. Er konnte nicht schlüssig darüber werden, wie er sich bei der ersten Begegnung mit Hahlströms verhalten sollte.

Er half sich durch einen Selbstbetrug, indem er sich sagte, daß er gar nicht der kleinen Hahlström wegen gekommen wäre, sondern daß er die Reise in die Neue Welt wirklich nur angetreten habe, um seinen besonders lieben Freund Peter Schmidt zu besuchen und New York, Chikago, Washington, Boston, den Yellowstone-Park und die Katarakte des Niagara zu sehen. Er wollte das auch den Hahlströms mitteilen und übrigens ihnen gegenüber den Zufall für diese sonderbare Begegnung verantwortlich machen.

Er merkte, wie er innerlich mehr und mehr an Haltung gewann. Die Idolatrie der Liebe nimmt im Zustand der Trennung von dem Idol zuweilen einen verhängnisvollen Umfang an. So hatte Friedrich während seines Aufenthaltes in Paris in einem Zustand beständigen Fiebers gelebt, und seine Sehnsucht war auf ein unerträgliches Maß gestiegen. Es hatte sich um das Bild der kleinen Hahlström ein Nimbus gelegt, der das innere Auge Friedrichs auf eine so zwingende Weise bewundernd auf sich zog, daß er für alles andere buchstäblich erblindete. Diese Illusion war plötzlich geschwunden. Er schämte sich, fand sich geradezu lächerlich, und wie er aufstand, um zum ersten Male hinauf an Deck zu gehen, war es ihm gar nicht anders zumut, als ob er sich aus engen drückenden Fesseln befreit hätte.

Dieses Gefühl der Freiheit und der Gesundung steigerte sich, als der salzige Luftzug oben ihm herzerfrischend ins Innere drang.

Männer und Frauen lagen auf Klappstühlen in einem bedauernswürdigen Zustand ausgestreckt. Ihre Gesichter hatten den grünen Zug einer tiefen Gleichgültigkeit, und erst an diesen Erscheinungen merkte der junge Arzt, daß der »Roland« nicht mehr durchaus gelassen durch glattes Wasser glitt, sondern schon merklich rollte und stampfte. Zu seiner eigenen Verwunderung spürte Friedrich selber nicht das geringste von der gefürchteten Seekrankheit.

Er ging um den Damensalon herum, am Eingang einer Extrakabine vorüber und gab sich unterhalb der Kommandobrücke dem stählernen, salzigen Seewinde preis. Unter ihm, bis gegen die Spitze des Schiffes hin, hatten es sich die Passagiere des Zwischendecks bequem gemacht. Der »Roland«, der, wie es schien, mit Volldampf lief, gelangte trotzdem wohl kaum zur Entfaltung seiner vollen Geschwindigkeit. Die langen Wogenzüge, die der Wind ihm entgegenführte, hinderten ihn. Es war eine zweite Kommandobrücke, wahrscheinlich für den Notfall, über dem unteren Deck errichtet, und Friedrich fühlte angesichts des tanzenden Schiffes plötzlich die starke Verlockung, oben auf dieser leeren Brücke zu stehn.

Natürlich erregte er einiges Aufsehen, als er unter die Zwischendeckler hinab und dann auf eisernen Sprossen empor in die zugige Höhe der eisernen Brücke kroch und sich dort oben im Luftstrom aufstellte: aber das kümmerte ihn fürs erste nicht. Es war ihm auf einmal so toll, so erfrischt, so erneuert zumut, als ob er weder jemals Grillen gefangen noch unter den Launen einer nervenkranken Gattin gelebt noch im stockigen Winkel einer Provinz praktiziert hätte. Niemals hatte er, wie es ihm vorkam, Bakteriologie studiert, noch weniger damit Fiasko gemacht. Er war niemals auf eine solche Weise verliebt gewesen, wie es noch kurz vorher den Anschein gehabt hatte.

Er lachte, den Kopf vor dem starken und frischen Strome des Windes zurückgelehnt, sog gierig den salzigen Hauch und war genesen.

In diesem Augenblick scholl ein allgemeines wildes Gelächter vom Zwischendeck zu Friedrich herauf; gleichzeitig peitschte ihm etwas, das er weiß und gewaltig vor dem Bug des Schiffs hatte aufbäumen sehen, ins Gesicht, so heftig, daß er beinahe erblindete, und er fühlte, wie er, durchnäßt bis aufs Hemd, rieselnd von Wasser, im Luftzug stand. Die erste Welle war übergekommen.

Eben noch war ihm gewesen, als habe er das Wikingertum als den echten Beruf seines Lebens ausgefunden, und schon kroch er, innerlich fröstelnd und zitternd, unter allgemeinem Gelächter, die eiserne Leiter wieder hinab. Er hatte noch seinen grauen runden Hut, einen sogenannten Praliné, auf dem Kopf. Sein Paletot war innen gesteppt und mit Atlas gefüttert, er trug Glacés, elegante Stiefel aus dünnem Chevreauleder, mit Knöpfen daran. Alles dieses war jetzt mit kalter salziger Lauge getränkt worden. Die Passagiere des Zwischendecks, durch die er, hinter sich eine feuchte Spur lassend, einen nicht gerade rühmlichen Abzug nahm, krümmten sich. Mitten in seinem Ärger aber redete Friedrich eine Stimme an, die ihn sogar mit Namen nannte. Er wollte seinen Augen nicht trauen, als er aufblickend einen Kerl aus der Heuscheuer zu erkennen glaubte, der wegen Trunks und allerlei Unredlichkeiten im übelsten Rufe stand.

»Wilke, sind Sie's?« – »Jawohl doch, Herr Doktor.«

Wilke hatte einen Bruder in den New England States von Nordamerika, den er aufsuchen wollte. Er behauptete, die »Menschheit« in seiner Heimat sei niederträchtig und undankbar. Zu Hause scheu und mißtrauisch, sogar dem Arzt gegenüber, der ihm seine letzte Stichwunde am Hals behandelt hatte, ward er hier, mit andern auf den Wogen des großen Wassers schwimmend, offen und redselig wie ein gutgeartetes Kind.

»Sie haben auch keinen Dank gehabt, Herr Doktor«, sagte er schließlich in den breiten, vokalreichen Lauten seiner Mundart und zählte Friedrich eine Menge diesem unbekannt gebliebene Fälle auf, wo ihm Gutes durch üble Nachrede vergolten worden war. Er meinte, daß die von Plassenberg und Umgebung, wo Friedrich gewohnt und praktiziert hatte, solcher Leute, wie er und der Doktor seien, nicht würdig wären. Für solche Leute sei der rechte Platz im Lande der Freiheit, Amerika.

Zurückgekehrt auf das Promenadendeck, wurde Friedrich durch den blonden Kapitän des »Roland«, Herrn von Kessel, in höchsteigener Person gestellt. Er sagte ihm einige freundliche Worte.

Die Kabine, in der sich Friedrich umzog, war, nun das Schiff sich stärker bewegte, ein problematischer Aufenthalt. Eine runde, durch dickes Glas verschlossene Luke gab ihr das Licht. Sobald sich die Wand, in der sich die Luke befand, erhob und wie ein schräges Dach nach innen legte, fiel durch die Luke aus dem zerrissenen Himmel Sonnenlicht auf das gegenüberliegende, untere Mahagonibett; hier aber, auf dessen Kante sitzend, suchte sich Friedrich festzuhalten, den Kopf gebeugt – sonst stieß er an das obere Bett – und krampfhaft bemüht, die weichende Rückwärtsbewegung der Hinterwand nicht mitzumachen. Die Kabine befand sich im Turnus jener Bewegung, die man das Rollen nennt, und Friedrich mußte es manchmal vorkommen, als werde die Lukenwand zum Plafond und dieser zur rechten Seitenwand, dann wieder, als werde die Bettwand zum Plafond, hingegen dieser zur Lukenwand, wobei denn die wirkliche Lukenwand sich, als wollte sie ihn zum Aufspringen einladen, fast waagerecht vor seine Füße schob: ein Augenblick, in dem natürlich die Luke ganz unter Wasser und die Kabine verfinstert war.

Es ist nicht leicht, sich in einem Zimmer, das so in Bewegung ist, aus- und anzuziehen. Und darüber, daß es, seit er es vor einer Stunde verlassen hatte, so in Bewegung geraten konnte, war

Friedrich einigermaßen erstaunt. Stiefel und Beinkleider aus dem Koffer nehmen oder über Füße und Beine ziehen, war hier eine turnerische Tätigkeit, so daß er unwillkürlich darüber ins Lachen geriet und Vergleichungen anstellte, woran sich sein Lachen immer erneuerte. Man kann nicht sagen, daß dieses Lachen von Herzen kam. Er sagte, ächzend und arbeitend, solche und ähnliche Worte zu sich: Hier wird meine ganze Persönlichkeit durchgeschüttelt. Ich irrte mich, als ich annahm, daß es während der letzten zwei Jahre schon geschehen sei. Ich dachte: dein Schicksal schüttelt dich. Nun werden mein Schicksal und ich geschüttelt. Ich glaubte, ich hätte Tragik in mir. Nun poltere ich mit meiner ganzen Tragödie in diesem knisternden Kasten umher und werde damit vor mir selbst entwürdigt. – Ich habe die Gewohnheit, über alles und jedes nachzudenken. Ich denke zum Beispiel über den Schiffsschnabel nach, der sich in jede neue Woge begräbt. Ich denke über das Lachen der Zwischendeckler nach, dieser ärmsten Leute, denen es, glaub' ich, nicht locker sitzt und die es mir also als Wohltat verdanken! Ich denke über den Lump, den Wilke, nach, der zu Hause eine bucklige Nähterin geheiratet, um ihr Erspartes gebracht und täglich mißhandelt hat und den ich soeben beinahe umarmt hätte. Ich denke über den blonden, teutonischen, etwas weichlichen Kapitän von Kessel nach, diesen nur etwas zu gedrungenen schönen Mann, der überdies hier unser absoluter Herrscher und König ist und dem man vertraut auf den ersten Blick. Und schließlich denke ich über mein eigenes fortwährendes Lachen nach und gestehe mir, daß Lachen nur in den allerseltensten Fällen geistreich ist.

Auf solche und ähnliche Art und Weise setzte Friedrich sein inneres Zwiegespräch eine Weile fort, wobei auch jene Leidenschaft im Lichte der bittersten Ironie erschien, die ihn zu dieser Reise veranlaßt hatte. Er war nun wirklich vollkommen willenlos, und in diesem Zustand, im engen Käfig, auf hohen Wogen des Ozeans, schien es ihm, als werde ihm in derbster Form das Verfahren des Schicksals und seine eigene Ohnmacht vorgehalten.

Es war immer noch eine erhebliche Anzahl Menschen an Deck, als Friedrich oben wieder erschien. Man hatte die Liegestühle der Kranken oder Siestahaltenden an den Kajütenwänden festgemacht. Die Stewards boten Erfrischungen an. Es war nicht uninteressant zu sehen, wie sie mit sechs, acht vollen Limonadengläsern über das großartig schwingende Deck balancierten. Friedrich sah sich vergeblich nach Hahlström und Tochter um.

Nachdem er einige Zeit mit aller gebotenen Vorsicht hin und her die ganze Länge des Decks ausgemessen hatte, bemerkte er die hübsche Engländerin, die er zuerst im Reading-room des Hotels zu Southampton gesehen hatte. Sie hatte es sich mit Decken und Pelzwerk an einem gegen den Wind gedeckten Platz bequem gemacht, der durch den nahen Schornstein erwärmt wurde. Ein sehr beweglicher junger Mann saß neben ihr und machte den Ritter. Er sprang plötzlich auf und begrüßte Friedrich. Nun hatte dieser zwar den Namen des Jünglings, Hans Füllenberg, bis jetzt, wie er meinte, noch nicht gehört, aber der flotte junge Mensch wußte glaubhaft zu machen, daß er gemeinsam mit Friedrich in einer bestimmten Abendgesellschaft gewesen war. Er begab sich nach irgendeinem Eisenbergwerk-Distrikt in der Nähe von Pittsburg in Pennsylvanien.

Wissen Sie denn, Herr von Kammacher«, sagte er plötzlich, »daß die kleine Hahlström ebenfalls hier auf dem Schiffe ist?«

»Was denn für eine Hahlström?« fragte Friedrich.

Hans Füllenberg konnte sich gar nicht genug darüber wundern, daß Friedrich die kleine Hahlström vergessen habe. Er glaubte sich doch genau zu erinnern, Friedrich gesehen zu haben, als die kleine Hahlström im Künstlerhaus zu Berlin ihren Tanz getanzt hatte.

»Wenn Sie ihn nicht gesehen haben, Herr von Kammacher, so haben Sie wirklich viel versäumt«, sagte der junge berlinische Gentleman; »erstens hatte die kleine Hahlström, als sie erschien, sehr wenig an; dann aber war, was sie machte und vorführte, wirklich bewundernswert. Es herrschte darüber nur eine Meinung.

Man trug zuerst eine große künstliche Blume herein. Die kleine Hahlström lief auf die Blume zu und roch daran. Sie tat das mit geschlossenen Augen, nachdem sie vibrierend, wie mit den Flügelchen einer Biene, und geschlossenen Auges die Blume gesucht hatte. Plötzlich schlug sie die Augen auf und erstarrte zu Stein. Auf der Blume saß eine riesige Kreuzspinne. Nun floh sie in den entferntesten Winkel des Raums zurück. Schien es anfangs, als schwebe sie ohne Schwere über die Erde hin, so war die Art, wie das krasse Entsetzen sie nun durch den Raum geblasen hatte, noch mehr dazu angetan, sie als unwirklich erscheinen zu lassen.«

Friedrich von Kammacher hatte das Mädchen, außer bei jener Matinee im Künstlerhaus, achtzehnmal ihren furchtbaren Tanz tanzen sehen. Während der junge Füllenberg ihn mit »famos«, »großartig«, »kolossal« und ähnlichen Kraftworten herauszustreichen versuchte, erlebte er ihn bei sich wiederum. Er sah, wie sich der kindliche Körper, nachdem er eine Weile gezittert hatte, der Blume aufs neue annäherte, und zwar nach den Rhythmen einer Musik, die durch Tamtam, Becken und Flöte ausgeführt wurde. Diese zweite Annäherung geschah durch Zwang, nicht durch Lüsternheit. Die Tänzerin hatte das erstemal feine duftende Strömungen in der Luft als Spuren benutzt, die nach dem Quell des Aromas hinleiten konnten. Ihr Mund war dabei geöffnet geblieben. Die Flügelchen ihres Näschens hatten vibriert. Das zweitemal zog ein grausiges Etwas sie an, das ihr abwechselnd Furcht, Entsetzen und Neugier erregte, wobei sie die Augen weit offenhielt und nur manchmal, um nichts zu sehen, angstvoll mit beiden Händen bedeckte.

Alle Furcht aber schien sie mit einemmal abzustreifen. Sie hatte sich ohne Grund geängstigt und nun erkannt, eine unbewegliche dicke Spinne sei im Grunde für ein Geschöpf mit Flügeln nicht gefahrbringend. Und dieser Teil ihres Tanzes war von großer Anmut und drollig überquellender Lustigkeit.

Nun begann eine neue Phase des Tanzes, die sich nachdenklich einleitete. Die junge Tänzerin wollte sich, scheinbar in einem Zustande gesättigter Tanzlust, nach genossenem Blumenrausch mit Bewegungen wohliger Müdigkeit zur Ruhe begeben, als sie hier und da an ihrem Körper etwas wie Fäden eines Spinngewebes abstreifte. Dies war zuerst eine stillversonnene Tätigkeit, in die jedoch mehr und mehr eine sonderbare Unruhe kam, die sich allen Zuschauenden mitteilte. Das Kind hielt inne, dachte nach und wollte sich einer gewissen Besorgnis wegen, die ihm aufgestiegen war, anscheinend selbst auslachen. Im nächsten Augenblick aber erbleichte es und tat dann einen erschrockenen und sehr kunstvollen Sprung, als ob es aus einer Schlinge herauswollte. Der mänadisch geworfene Schwall ihres weißblonden Haars ward hierbei eine lodernde Flut und das Ganze ein Anblick, der Rufe der Bewunderung auslöste.

Die Flucht begann, und nun war das Thema des Tanzes – der übrigens unter dem Titel »Mara oder das Opfer der Spinne« ging – die Fiktion, als ob Mara mehr und mehr in die Fäden der Spinne verwickelt und schließlich darin erdrosselt würde.

Die kleine Hahlström befreite den Fuß und fand ihren Hals von der Spinne umschnürt. Sie griff nach den Fäden an ihrem Halse und fand ihre Hände eingeschnürt. Sie riß, sie bog sich, sie entschlüpfte. Sie schlug, sie raste und verwickelte sich nur immer mehr in die furchtbaren Fäden der Spinne hinein. Endlich lag sie zum Holz umschnürt, und man fühlte die Spinne ihr Leben aussaugen.

24

Da sich Friedrich von Kammacher nach der Meinung des jungen Füllenberg nicht hinreichend für die kleine Tänzerin Hahlström erwärmte, nannte er einige andere Berliner Berühmtheiten der jüngsten Zeit, die ebenfalls auf dem »Roland« die Reise nach den Vereinigten Staaten machten. Da war der Geheimrat Lars, ein in Kunstkreisen wohlbekannter Mann, der bei staatlichen Ankäufen von Werken der Malerei und der Plastik mitzusprechen hatte. Er ging nach Amerika, um dortige Sammlungen zu studieren. Ferner war Professor Toussaint da, ein bekannter Bildhauer, der in einigen deutschen Städten seine Denkmäler aufgestellt hatte, Werke von einem übel verwässerten berninischen Geist. Toussaint, erzählte Füllenberg, brauche Geld. Er brauche eigentlich jenes Geld, das seine Gattin verbraucht habe.

»Wenn er den Fuß auf amerikanischen Boden setzt«, meinte Hans Füllenberg, der mit dem gesellschaftlichen Klatsch Berlins gleichsam geladen war, »so hat er nicht so viel im Besitz, um auch nur die Hotelrechnung der ersten drei Tage zu begleichen.«

Fast im selben Augenblick, als Friedrich den Bildhauer, der, in einem Triumphstuhle liegend, die Bewegungen des »Roland« mitmachte, ins Auge faßte, wurde ein sonderbarer Mann ohne Arme von einem Burschen, der ihn am Rockkragen hielt, über Deck geführt und sorgfältig durch eine nahegelegene kleine Tür in das Rauchzimmer hineinbugsiert. »Es ist ein Artist«, erklärte der junge Berliner dem Arzte, »er wird in dem New-Yorker Varieté von Webster und Forster auftreten.«

Einige Stewards balancierten über das Deck, es wurde in großen Tassenköpfen heiße Bouillon an die fröstelnden Passagiere ausgegeben. Nachdem der junge Berliner seine Dame mit Brühe versorgt hatte, ließ er sie sitzen und begab sich mit Friedrich ins Rauchzimmer. Hier herrschte natürlich Lärm und Qualm, und auch die beiden Herren zündeten ihre Zigarren an. In einem Winkel des kleinen Raumes wurde Skat gedroschen, an mehreren Tischen in deutscher und englischer Sprache politisiert. Doktor Wilhelm, der Schiffsarzt, erschien, den Friedrich bereits beim Frühstück kennengelernt hatte. Er kam von der Morgeninspektion des gesamten Zwischendecks. Er nahm an Friedrichs Seite Platz. Zweihundert russische Juden waren im Zwischendeck, die nach den Vereinigten Staaten oder nach Kanada auswanderten. Dazu kamen dreißig polnische und ebensoviele deutsche Familien, diese sowohl aus dem Süden wie aus dem Norden und dem Osten des Reiches. Doktor Wilhelm lud den Kollegen ein, am folgenden Tage die Inspektionstour mitzumachen.

Der Ton in dem kleinen Rauchzimmerchen war der des Frühschoppens, wie er in Bierstuben üblich ist: das heißt, die Männer ließen sich gehen, und die Unterhaltungen wurden mit lauten Stimmen geführt. Auch entwickelte sich jener derbe Humor und jene geräuschvolle Lustigkeit, bei der den Männern die Zeit verfliegt und die sehr vielen eine Art Betäubung und somit eine Art des Ausruhens in der Hetze des Daseins ist. Friedrich sowohl als Doktor Wilhelm waren diesem Treiben nicht abgeneigt, das ihnen, aus ihren Studienzeiten gewohnt, Erinnerungen aller Art belebte und nahebrachte.

Hans Füllenberg fand sich sehr bald durch die Gesellschaft der beiden Ärzte gelangweilt, die seiner auch übrigens fast vergessen hatten, und schlich sich zu seiner Dame zurück. Er sagte zu ihr: »When Germans meet, they must scream, drink till they get tipsy and drink ›Bruderschaft‹ to each other.«

Doktor Wilhelm schien auf den Ton in diesem Rauchzimmer stolz zu sein. »Unser Kapitän«, erklärte er, »hält streng darauf, daß unsere Herren hier ungestört bleiben und die Gemütlichkeit keinen Abbruch erfährt. Mit anderen Worten, er hat es sich in den Kopf gesetzt, Damen unter keiner Bedingung zuzulassen!« – Der Raum hatte zwei metallene Türen, die eine nach Backbord, die andere nach Steuerbord. Wenn eine davon geöffnet wurde, so mußte der

Gehende oder Kommende mit der Bewegung des Schiffes und dem Druck des herrschenden Windes jedesmal einen lebhaften Kampf bestehen. Gegen die elfte Stunde, wie täglich bei leidlichem Wetter um diese Zeit, stieg, in großer Ruhe, die massive Gestalt des Kapitäns von Kessel herein. Nachdem die üblichen Fragen nach Wind und Wetter, guten oder schlimmen Reiseaussichten einige freundliche, aber karge Antworten des Herrn Kapitäns gezeitigt hatten, nahm er am Tische der Ärzte Platz.

»An Ihnen ist ja ein Seemann verlorengegangen!« wandte er sich an Friedrich von Kammacher, und dieser erwiderte: er müsse leider vermuten, der Kapitän irre sich, denn er, Friedrich, habe von der einen Seewassertaufe vollkommen genug und sehne sich nicht nach einer zweiten. Ein Lotsenboot hatte vor einigen Stunden, von der französischen Küste her, die letzten Neuigkeiten gebracht. Ein Schiff der Hamburg-Amerika-Linie, der erst seit einem Jahre in Dienst gestellte Doppelschraubendampfer »Nordmannia«, hatte bei der Rückfahrt nach Europa Havarie gehabt und war, etwa sechshundert Seemeilen von New York, umgekehrt und nun, ohne weiteren Unfall, wiederum in Hoboken angelangt. Eine sogenannte Springflut oder Springwelle hatte sich aus dem verhältnismäßig ruhigen Meer plötzlich neben dem Schiffe erhoben, und die gewaltige Wassermasse, herniederstürzend, hatte den Damensalon, die Diele des Damensalons und die des nächstfolgenden Decks bis zur Tiefe durchgeschlagen, wobei das Klavier aus dem Damensalon bis in den Schiffsraum hinuntergeschleudert worden war. Dies und anderes erzählte in seiner ruhigen Weise der Kapitän. Und weiter, daß Schweninger in Friedrichsruh bei Bismarck sei, dessen Tod man jetzt stündlich befürchten müsse.

Auf dem »Roland« war das internationale Gong noch nicht eingeführt. Ein Trompeter schmetterte ein helles Signal durch die Kajütengänge und über Deck, zum Zeichen, daß man sich in den

Speisesaal zu Tische begeben möge. Das erste dieser Trompetensignale erscholl durch das Klagen des Windes in die enge, lärmende, überfüllte Rauchkabine hinein. Der Bursche des Mannes ohne Arme erschien, um seinen Herrn zurückzugeleiten. Friedrich hatte mit viel Interesse das Betragen des Herrn ohne Arme verfolgt: er war von außergewöhnlicher Frische und geistiger Regsamkeit; er sprach Englisch, Französisch und Deutsch mit der gleichen Geläufigkeit und parierte, zur allgemeinen Freude, die schnodderigen Redensarten eines jungen und geckenhaften Amerikaners, dessen Respektlosigkeit sogar vor der geheiligten Person des Kapitäns nicht haltmachen zu wollen schien.

Die Tafel im Speisesaal war in Form eines Dreizacks aufgestellt. Der geschlossene Teil der Gabel lag nach der Spitze des Schiffes zu, die drei Zinken waren nach rückwärts gerichtet. Hier, am Ende der mittelsten Zinke, war, vor einer Art Kamingesims und einem Wandspiegel, die blaubefrackte elegante Gestalt des Oberstewards Pfundner aufgerichtet. Herr Pfundner, zwischen vierzig und fünfzig alt, glich mit seinem weißen, sorgsam gebrannten Haar, das gepudert schien, einem Haushofmeister aus Ludwigs des Vierzehnten Zeit. Wie er mit gerade gerichtetem Haupt den schwebenden und bewegten Saal überblickte, schien er zugleich der besondere Trabant des Kapitäns von Kessel zu sein, hinter dem er stand und der, am Ende der mittelsten Zinke sitzend, zugleich der Wirt und vornehmste Gast der Tafel war. In seiner Nähe saßen der Arzt, Doktor Wilhelm, und der erste Schiffsoffizier. Da der Herr Kapitän an Friedrich Gefallen gefunden hatte, ward ihm ein Platz neben Doktor Wilhelm eingeräumt.

Nachdem etwa die Hälfte der vorhandenen Plätze besetzt waren, stolperten die Kartenspieler aus der Rauchkabine herein, und die Stewards begannen nun, auf Kommando, den Dienst zu versehen. In der Gegend der Kartengesellschaft knallten nach kurzer Zeit die Sektpfropfen. Als Friedrich flüchtig den Blick dorthin richtete, hatte er plötzlich Herrn Hahlström erkannt, der aber ohne die Tochter erschienen war. Von einer Art Galerie herunter scholl ununterbrochen Tafelmusik. Auf dem Konzertprogramm, das den Namen des Schiffes, das Datum und einen Mandoline zupfenden Neger in Frack und Zylinder zeigte, waren sieben Piecen aufgeführt.

Immer noch wurde der Vorderteil des Schiffes und mit ihm der Saal, samt Tischen, Tellern und Flaschen, samt den tafelnden Herren und Damen und den bedienenden Stewards, samt den gekochten Fischen, Gemüsen, Braten und Mehlspeisen, samt der Musikkapelle und samt der Musik, abwechselnd hoch über einen Wasserberg hinausgehoben und dann talab in die Tiefe der nächsten Woge versenkt. Die gewaltige Arbeit der Maschine durchbebte das Schiff, und die Wände des Speisesaales hatten einstweilen noch, mit fünfzehn Meilen Geschwindigkeit durch die Salzflut gedrängt, den ersten Anprall des widerstrebenden Elementes auszuhalten.

Man tafelte bei elektrischem Licht. Die graue Helle des wolkigen Wintertages, die überdies von dem Ansprung der gurgelnden Fluten gegen die Luken aller Augenblicke ausgeschlossen wurde, hätte den Raum nicht hinreichend zu beleuchten vermocht. Friedrich genoß die verwegene Situation, gleichsam in einem Walfischbauch bei frivoler Musik festlich zu tafeln – diese ganz ungeheuere menschliche Dreistigkeit –, lächelnd und überwältigt von Staunen. Von Zeit zu Zeit stieß das gewaltige Schiff in seiner stetig verfolgten Bahn auf augenblicklichen Widerstand. Eine gewisse Kombination entgegenwirkender Kräfte richtete sich gegen die Spitze des Schiffs, wo sie die Wirkung eines festen Körpers, ja zuweilen beinahe einer Klippe hervorbrachte. In solchen Augenblicken schwieg dann immer der Lärm des Gesprächs, und viele bleiche Gesichter sahen sich nach dem Kapitän oder nach der Spitze des Schiffes um.

Allein, Herr von Kessel und seine Leute waren in ihre Mahlzeit vertieft und achteten dieser Erscheinung nicht, die das Schiff für Augenblicke zu einem bebenden Stillstand brachte. Sie aßen oder sprachen fort, wenn etwa, wie öfters geschah, der Wurf, Druck oder Sprung einer Wassermasse scheinbar die Wände durchbrechen wollte. Dieses mächtige, nur durch eine lächerlich dünne Wand ausgeschlossene zornige Element, das mit erstickter Wut, haßgurgelnd, dumpf hereindonnerte, schien die Seeleute nicht zu beunruhigen.

Friedrichs Blick ward immer wieder von der langen Gestalt Hahlströms angezogen. Neben ihm saß ein etwa fünfunddreißigjähriger Mann mit dichtem Schnurrbart, dunklen Wimpern und Augen, die manchmal einen scharfen, ja stechenden Glanz zu Friedrich herübersandten. Dieser Mensch beängstigte Friedrich. Es war zu bemerken, daß der schon leicht ergraute Hahlström, den man jedoch noch immer für einen schönen Mann gelten lassen mußte, sich mit gnädiger Miene von dem Fremden den Hof machen ließ.

»Kennen Sie diesen blonden langen Herrn, Kollege?« Friedrich erschrak und vergaß das Antworten. Er blickte nur Doktor Wilhelm, der gefragt hatte, hilflos an. »Es ist nämlich ein Australier, namens Hahlström«, fuhr dieser fort, »der uns früher ins Handwerk gepfuscht hat. Ein sonderbarer Mensch außerdem. Übrigens reist er mit einer Tochter, einem nicht uninteressanten Balg, das aber fürchterlich an der Seekrankheit leidet und sich seit der Abfahrt von Bremen noch nicht aus der horizontalen Lage erhoben hat. Der Schwarze, der neben Hahlström sitzt, scheint, sagen wir, na, ihr Onkel zu sein.«

»Kollege, was gebrauchen Sie eigentlich für Mittel gegen die Seekrankheit?« Mit diesen Worten suchte Friedrich, heimlich erschreckt, das Gespräch abzulenken.

Sie hier, lieber Doktor? Ich traue ja meinen Augen nicht!« Mit diesen Worten fühlte sich Friedrich am Fuß der Kajüttreppe, als er gerade das Deck erklimmen wollte, von Hahlström angehalten.

»Herr Hahlström! Das ist ja ein sonderbarer Zufall, wahrhaftig, das ist ja beinahe, als wenn tout Berlin sich verabredet hätte, nach Amerika auszuwandern.« So und auf ähnliche Weise heuchelte Friedrich Überraschung, in etwas geschraubter Lebhaftigkeit.

»Baumeister Achleitner aus Wien!« Herr Achleitner, jener Mann mit den stechenden Augen, ward hiermit durch Hahlström vorgestellt. Der Baumeister lächelte interessiert und hielt sich dabei, um nicht durch die Bewegung des Schiffes gegen die Wände geschleudert zu werden, krampfhaft an der messingnen Treppengeländerstange fest.

Auf den ersten Treppenabsatz mündete die Tür eines etwas düsteren Rauchsalons. Eine Polsterbank lief an den braun getäfelten Wänden herum, und man konnte durch drei oder vier Fenster in das Quirlen und Brodeln der Wellen hinausblicken. Den ganzen ovalen Raum zwischen den Polstern füllte ein dunkel gebeizter Tisch. »Eine geradezu gräßliche Bude, in der einem angst und bange wird«, sagte Hahlström. Im nächsten Augenblick rief ihn eine trompetenähnliche, lachende Stimme an: »Wenn wir so beibleiben, versäumt Ihre Tochter bei Webster und Forster ihren kontraktmäßig ersten Tag und ich mit, bester Hahlström. Dieses Sauwetter ist ja fürchterlich. Wir machen wahrhaftig keine acht Knoten. Nehmen Sie sich in acht, daß Ihre Tochter nicht etwa noch obendrein Konventionalstrafe zahlen muß. Ich bin ein Tier! Ich kann acht Tage im Salzwasser liegen und sterbe nicht. Wenn wir am ersten Februar – wir haben heute den fünfundzwanzigsten – abends acht Uhr in Hoboken festmachen, so kann ich um neun quietschvergnügt auf dem Podium bei Webster und Forster stehn. Das kann Ihre Tochter nicht, bester Hahlström.«

Friedrich betrat mit den Herren das Rauchzimmer. Er hatte in dem Sprecher bereits den Mann ohne Arme erkannt. Dieser Krüppel war, wie Friedrich später durch Hahlström erfuhr, weltbekannt. Sein einfacher Name, Artur Stoß, hatte seit mehr als zehn Jahren auf den Affichen aller großen Städte der Erde geprangt und eine zahllose Menge in die Theater gezogen. Seine besondere Kunst bestand darin, alles das, wozu andere ihre Hände gebrauchen, mit den Füßen zu tun.

Artur Stoß nahm das Mittagsmahl. Man hatte es ihm in diesem wenig benutzten Raum serviert, weil es unmöglich ist, einen Mann, der Gabel und Messer mit den Zehen zu fassen gezwungen ist, an der gemeinsamen Tafel essen zu lassen. Wie Artur Stoß mit seinen entblößten, sauberen Füßen Gabel und Messer zu gebrauchen verstand und trotz der starken Bewegung des Schiffs, während er bei bestem Humor die witzigsten Sachen sagte, Bissen um Bissen im Munde verschwinden ließ, das hatte für die drei Herren durchaus den Wert einer Schaustellung. Übrigens fing der Artist alsbald Herrn Hahlström und seinen Begleiter auf eine mitunter etwas bissige Weise zu foppen an, wobei er mit Friedrich Blicke wechselte, als ob er diesen weit höher einschätze. Solche Attacken bewogen denn auch die beiden Herren, sich nach kurzer Zeit an Deck zu verziehen.

»Ich heiße Stoß!« – »von Kammacher!« – »Es ist schön von Ihnen, daß Sie mir etwas Gesellschaft leisten. Dieser Hahlström und sein Trabant sind widerlich. Ich bin seit zwanzig Jahren Artist, aber ich kann solche schlappe und faule Kerls, die selbst nichts tun mögen und dafür ihre Töchter ausnutzen … sie sind mir wie Brechpulver, ich kann sie nicht sehen. – Dabei spielt er den großen Mann! Gott bewahre, er baronisiert, er ist nicht Artist! Wo wird er denn aus den Knochen seiner Tochter Bouillon kochen. Die Nase hoch! Sieht er einen Dukaten im Dreck, und jemand von Distinktion ist zugegen, er läßt ihn liegen, er hebt ihn nicht auf.

Es ist nicht zu leugnen, daß er ein gefälliges Exterieur besitzt. Er hätte das Zeug, er gäbe einen ganz talentvollen Hochstapler ab. Er macht sich's bequemer, er läßt sich lieber von seiner Tochter und von den Verehrern seiner Tochter aushalten. Es ist erstaunlich, wie viele Dumme es immer wieder gibt. Dieser Achleitner! Geben Sie bloß mal Obacht, wie Hahlström von oben herab, mit welcher Würde, den Gönner spielt. – Hahlström ist früher Bereiter gewesen. Dann ist er mit einem Kaltwasserschwindel und schwedischer Heilgymnastik verkracht. Dann ist ihm die Frau davongelaufen: eine tüchtige, arbeitsame Frau, die jetzt als Direktrice bei Worth in Paris ein brillantes Auskommen hat.«

Friedrich zog es zu Hahlström hinauf.

Das Vorleben dieses Mannes, wie er es unerwartet durch Stoß erfuhr, war ihm in diesem Augenblick gleichgültig. Was der Artist in bezug auf die Dummen sagte, die nicht aussterben, jagte Friedrich eine flüchtige Röte ins Angesicht.

Artur Stoß wurde mehr und mehr redselig. Er saß wie ein Affe, eine Ähnlichkeit, die bei jemandem, der die Füße als Hände gebrauchen muß, nicht zu vermeiden ist. Und als er die Mahlzeit beendet hatte, steckte er sich, wie irgendein anderer beliebiger Gentleman, seine Zigarre in den Mund.

»Solche Leute wie Hahlström«, fuhr er mit knabenhaft heller Stimme fort, »sind eigentlich der gesunden und geradegewachsenen Glieder nicht wert, die ihnen unser lieber Herrgott gegeben hat. Freilich es bleibt, wenn man auch wie ein olympischer Sieger gewachsen ist, immer mißlich, wenn hier oben – er klopfte an seine Stirn – zu wenig vorhanden ist. Bei Hahlström ist leider zu wenig vorhanden. Sehen Sie mich an! Ich will nicht sagen, jeder andere, aber mindestens unter zehnen neun würden in meiner Lage schon als Kinder zugrunde gegangen sein. Statt dessen ernähre ich heut eine Frau, besitze eine Villa am Kahlenberge, füttere drei Kinder eines Stiefbruders durch und überdies noch eine ältere Schwester meiner Frau. Die ältere Schwester war Sängerin und hat leider ihre Stimme verloren.

Ich bin heute schon vollkommen unabhängig. Ich reise, weil ich mein Vermögen auf eine gewisse Summe abrunden will. Wenn heute der ›Roland‹ untergeht, so kann ich sozusagen mit größter Gelassenheit Wasser schlucken. Ich habe meine Arbeit getan, ich habe mit meinem Pfunde gewuchert: für meine Frau, für die Schwester meiner Frau und für die Kinder meines Stiefbruders ist gesorgt.«

Der Bursche des Artisten erschien, um seinen armlosen Herrn zum Mittagsschlaf in die Kabine abzuholen. »Bei uns geht alles pünktlich und wie am Schnürchen«, sagte Stoß, und mit bezug auf den Burschen fuhr er fort: »Er hat seine vier Jahre bei der deutschen Marine abgedient. Ich kann bei meinen Seereisen andere Leute nicht gebrauchen. Ein Mann, der mir etwas nützen soll, muß eine Wasserratte sein.«

Oben auf Deck war es, im Vergleich zum Vormittag, still geworden. Friedrich hatte, nicht ohne Anwandlungen von Schwindel, seinen Mantel aus der Kabine geholt und sich, dem Eingang zur Haupttreppe gegenüber, auf einer Bank niedergelassen. Hahlström war nicht zu entdecken gewesen. Mit hochgeschlagenem Kragen und fest in den Kopf gedrücktem Hut geriet Friedrich in jenen Zustand der Schläfrigkeit, der für Seereisen charakteristisch ist. Dieser Zustand ist trotz der Schwere der Augenlider mit einer rastlosen Luzidität verknüpft. Vor dem inneren Auge jagen die Bilder. Es ist ein ewig kommender, ewig fliehender farbiger Strom, dessen Endlosigkeit der Seele Martern verursacht. Noch toste die sybaritische Mittagstafel, mit ihrem Tellergeklapper, mit ihrer Musik, in Friedrichs Hirn. Er hörte die Worte des Artisten. Nun hielt der Halbaffe Mara im Arm. Der lange Hahlström sah zu und lächelte. Die Wogen wuchteten gegen den Speisesaal und preßten den knackenden Rumpf des Schiffs. Bismarck, eine ungeheuere Panzergestalt, und Roland, der gepanzerte Recke, lachten grimmig und unterhielten sich. Friedrich sah beide durch das Meer waten. Roland hielt die kleine tanzende Mara auf der rechten Hand. Hin und wieder fröstelte Friedrich. Das Schiff lag schief. Es wurde von einem steifen Südost auf die rechte Seite gedrückt. Die Wogen zischten und braussten gewaltig. Der Rhythmus, den die Umdrehungen der Schraubenwelle verursachten, schien Friedrich schließlich der eigene Körperrhythmus zu sein. Man hörte deutlich die Schraube arbeiten. Immer nach einer bestimmten Zwischenzeit hob sich der Hintersteven des Schiffs über das Wasser heraus, und die Schraube begann in der Luft zu schnurren. Da hörte Friedrich den Wilke aus der Heuscheuer sagen: »Herr Dukter, wenn ock de Schraube ni bricht!« Die ganze Maschine arbeitete schließlich, wie Friedrich vorkam, in seinem Gehirn. Zuweilen rief ein Maschinist dem andern Worte zu, im Maschinenraum, und man hörte den Hall von Metallschaufeln.

Friedrich fuhr auf. Es schien ihm, er sah einen Toten, schwankend, die Kajütentreppe empor auf sich zulaufen. Genauer betrachtend, erkannte er jenen Konfektionär, dem er bereits in Southampton begegnet war. Eigentlich glich er mehr einem Sterbenden, als er einem schon Gestorbenen glich. Er sah Friedrich an, mit einem grauenvollen Blick der Bewußtlosigkeit, und ließ sich in den zunächst zu erreichenden, von einem Steward gehaltenen Triumphstuhl hineinfallen. Wenn dieser Mann nicht unter die Helden zu rechnen ist, dachte Friedrich, so hat es niemals Helden gegeben. Oder war es etwa nicht Heroismus, was ihn immer wieder durch das Inferno solcher Reisen hindurchschreiten ließ?

Friedrich gegenüber, am Eingang der Treppe, stand ein Schiffsjunge. Von Zeit zu Zeit, wenn das Signal einer Trillerpfeife von der Kommandobrücke herunterscholl, verschwand er, um von dem gerade diensthabenden Offizier irgendeinen Befehl entgegenzunehmen. Oft verging eine Stunde und längere Zeit, ohne daß die Trillerpfeife erklang, und so lange hatte dann der hübsche Junge Ruhe, über sich und sein Schicksal nachzudenken.

Nachdem Friedrich erfahren hatte, daß er Max Pander hieß und aus dem Schwarzwald stammte, tat er die naheliegende Frage an ihn: ob sein Beruf ihm Freude mache? Er gab Antwort durch ein fatalistisches Lächeln, das die Anmut seines Kopfes noch erhöhte, aber bewies, daß es mit der Leidenschaft für den Seemannsberuf nicht weit her sein konnte.

Friedrich kam es vor, als müsse die dauernde Leidenschaft für die See eine Fabel sein. Die Uhr zeigte drei. Er war nun erst neunzehn bis zwanzig Stunden an Bord und fand, daß der Aufenthalt schon jetzt eine kleine Strapaze war. Wenn der »Roland« nicht mit erhöhter Schnelligkeit seine Reise fortsetzte, so hatte er acht- bis neunmal vierundzwanzig Stunden des gleichen Daseins zu überstehen. Dann aber war Friedrich wenigstens dauernd auf dem Trockenen, der Schiffsjunge aber trat nach wenigen Tagen die Rückfahrt an.

»Wenn man dir an Land irgendwo eine gute Stelle verschaffte«, fragte ihn Friedrich, »würdest du wohl deinen Seemannsberuf aufgeben?« – »Ja«, sagte der Junge bestimmt mit dem Kopf nickend.

»Es ist ein ekelhafter Südost«, sagte Doktor Wilhelm, der neben der hohen Gestalt des Ersten Steuermanns vorüberging. »Wenn es Ihnen recht ist, Kollege, kommen Sie mit in meine Apotheke hinein, dort können wir ungestört rauchen und Kaffee trinken.«

Ging man das zweite, tiefer gelegene Deck des »Roland« entlang, so passierte man, auf der Backbordseite ebenso wie auf Steuerbord, einen gedeckten Gang. Hier hatten die Offiziere ihre Schlafzimmer, und ebendort befand sich auch die Kabine des Doktors Wilhelm, ein verhältnismäßig geräumiger Aufenthalt, der das Bett des

Doktors, Tisch, Stühle und einen gut eingerichteten Apothekerschrank enthielt.

Die Herren hatten kaum Platz genommen, als eine Schwester vom Roten Kreuz erschien, die dem Doktor über eine Patientin in der zweiten Kajüte lächelnd Bericht erstattete.

»Das ist so ein Fall, Kollege«, erklärte der Schiffsarzt, als die Schwester gegangen war, »der sich in meiner Schiffspraxis jetzt zum fünftenmal wiederholt: nämlich, Mädchen, die einen Fehltritt begangen haben und, weil sie die Folgen nicht mehr verbergen können, weder aus noch ein wissen, machen Seereisen, wobei ja mit einer gewissen Wahrscheinlichkeit auf das erwünschte Malheur zu rechnen ist. Solche Mädchen natürlich«, fuhr er fort, »ahnen nicht, daß sie bei uns typisch sind, und wundern sich, wenn unsere Stewards und Stewardessen ihnen mitunter ziemlich offenkundig die entsprechende Achtung entgegenbringen. Natürlich nehme ich mich solcher Frauensleute immer nach Kräften an, und es ist mir auch meistens gelungen, die Schiffskapitäne zu bewegen, von dem etwa geschehenen Ereignis, sofern es glücklich vorübergegangen ist, eine Anzeige nicht zu erstatten. Denn wir haben den Fall gehabt, wo eine Frauensperson, bei der die Anzeige nicht zu vermeiden war, gleich nach der Landung aufgehängt an einem Fensterwirbel ihres Hafenquartiers gefunden wurde.«

Die Frauenfrage, meinte Friedrich, sei einstweilen, wenigstens wie sie die Frauen auffaßten, nur eine Altjungfernfrage. Die Sterilität der alten Jungfer sterilisiere die ganze Bestrebung. – Und Friedrich entwickelte seine Ideen. – Aber während er dies, da ihm seine Denkresultate geläufig waren, mechanisch tat, suchten ihn allerhand quälende Vorstellungen heim, die sich auf Mara und ihren Verehrer bezogen.

»Den lebendigen Keimpunkt jeder Reform des Frauenrechts«, sagte Friedrich, Rauchwolken von sich blasend, mit äußerlicher Lebhaftigkeit, »muß das Mutterbewußtsein bilden. Die Zelle des künftigen Zellenstaats, der einen gesunderen sozialen Körper darstellen wird, ist das Weib mit Mutterbewußtsein. Die großen Reformatorinnen der Frauenwelt sind nicht diejenigen, deren Absicht es ist, es den Männern in jeder Beziehung gleichzutun, sondern jene, die sich bewußt werden, daß jeder, auch der größte Mann, durch ein Weib geboren ist: die bewußten Gebärerinnen der Geschlechter der Menschen und Götter. Das Naturrecht des Weibes ist das Recht auf das Kind, und es ist das allerschmachvollste Blatt in der Geschichte des Weibes, daß sie sich dieses Recht hat entreißen lassen. Man hat die Geburt eines Kindes, sofern sie nicht durch einen Mann sanktioniert ist, unter den Schwefelregen allgemeiner und öffentlicher Verachtung gestellt. Diese Verachtung ist aber auch zugleich das erbärmlichste Blatt in der Mannesgeschichte. Der Teufel mag wissen, wie sie schließlich zu ihrer scheußlichen, absoluten Herrschaft gekommen ist.

Bildet eine Liga der Mütter, würde ich den Frauen raten«, fuhr Friedrich fort, »und jedes Mitglied bekenne sich, ohne auf Sanktion des Mannes, das heißt auf die Ehe, Rücksicht zu nehmen, praktisch und faktisch, durch lebendige Kinder, zur Mutterschaft. Hierin liegt ihre Macht, aber immer nur, wenn sie mit bezug auf die Kinder stolz, offen und frei statt feige, versteckt und mit ängstlich schlechtem Gewissen verfahren. Erobert euch das natürliche, vollberechtigte, stolze Bewußtsein der Menschheitsgebärerinnen zurück, und ihr werdet im Augenblicke, wo ihr's habt, unüberwindlich sein.«

Doktor Wilhelm, der mit Fachkreisen Fühlung hielt, kannte Friedrichs Namen und seine wissenschaftlichen Schicksale. Die verunglückte bakteriologische Arbeit Friedrichs sowie ihre blutige Abfuhr und Korrektur befanden sich in seinem Bücherfach. Dennoch hatte der Name noch einen autoritativen Klang für ihn. Er horchte gespannt und fand sich im ganzen durch den Umgang mit Friedrich geschmeichelt. Übrigens wurde Doktor Wilhelm plötzlich durch die Schwester vom Roten Kreuz abgeholt.

Die kleine, verschlossene ärztliche Einsiedlerzelle, in der er sich nun allein befand, gab Friedrich Veranlassung, neuerdings über den Sinn seiner wunderlichen Reise nachzudenken. Dabei kam über ihn, im Genusse des Zigarettenrauchs und weil der »Roland« jetzt merklich ruhiger lag, eine gewisse Behaglichkeit. Wenngleich auch dieser Behaglichkeit etwas von dem allgemeinen Nervenrausch der Seereise innewohnte. Es war und blieb sonderbar, auf einen so wunderlichen Anlaß hin, mit diesem großen Menschentransport zu gleichem Wohl und Wehe verfrachtet zu sein und nach dem neuen Erdteil befördert zu werden. Niemals im Leben hatte er wie jetzt das Gefühl gehabt, eine willenlose Puppe des Schicksals zu sein. Aber wieder wechselten lichte mit dunklen Illusionen. Er gedachte Ingigerds, die er noch nicht gesehen hatte; und wie er die bebende Wand des niedrigen ärztlichen Konsultationsraumes anfaßte, durchdrang ihn wiederum das Glück, mit der Kleinen hinter den gleichen Wänden, über dem gleichen Kiel geborgen zu sein. »Es ist unwahr! Lüge!« wiederholte er halblaut immer wieder: und meinte damit die Behauptung des armlosen Krüppels, daß Hahlström die Tochter auf unehrenwerte Weise ausnütze.

Friedrich wurde durch die Rückkehr des Doktors Wilhelm fast schmerzhaft aus Träumereien geweckt. Der Schiffsarzt lachte, warf seine Mütze lachend aufs Bett und sagte, er habe eben die kleine Hahlström samt ihrem Hunde persönlich an Deck geschleppt. Das Luderchen mache förmlich Theater, wobei ihr getreuer Pudel, namens Achleitner, teils der Geprügelte, teils der Verhätschelte sei.

Diese Nachricht erfüllte Friedrich mit Unruhe.

Damals, als Friedrich die kleine Mara zum ersten Male gesehen hatte, schien sie ihm eine Inkarnation kindlicher Reinheit zu sein. Inzwischen waren allerdings Gerüchte an sein Ohr gedrungen, die den Glauben an ihre Unberührtheit ins Schwanken gebracht hatten, und solche Gerüchte waren für Friedrich die Ursache martervoller Stunden und mancher schlaflosen Nacht gewesen. Doktor Wilhelm, der sich selbst für die kleine Mara zu interessieren schien, brachte das Gespräch auf Achleitner, der ihm vertraulicherweise eröffnet hatte, er sei mit Ingigerd Hahlström verlobt. Friedrich schwieg. Es wäre ihm anders nicht möglich gewesen zu verbergen, wie tief er aufs neue erschrocken war. – »Achleitner ist ein getreuer Pudel«, fuhr Wilhelm fort. »Er gehört zu jener hündischen Sorte von Männern, die duldsam sind noch vermöge einer anderen hündischen Eigenschaft. Er läßt sich treten, er apportiert, er macht Männchen und nimmt ein Zuckerstückchen. Sie könnte tun, was sie wollte, er würde doch, meiner Überzeugung nach, immer duldsam und von hündischer Treue sein. Übrigens, wenn es Ihnen recht ist, Kollege von Kammacher, so könnten wir ein bißchen zu den Leutchen hinaus aufs Deck – die Kleine ist spaßhaft – und könnten dabei ein bißchen Natur kneipen.«

Die kleine Mara lag in einem Triumphstuhl hingestreckt. Achleitner, der, recht unbequem, auf einem kleinen Feldstuhl saß, so daß er ihr ins Gesicht blicken konnte, hatte sie wie ein Kind bis unter die Arme in Decken gepackt. Die untergehende Sonne, über die gewaltig schwellenden Hügelungen des Meeres herüber, beleuchtete ein liebliches, gleichsam verklärtes Gesicht. Das Deck war belebt. Bei der ruhigen Lage des Schiffes hatte sich das Bedürfnis zu promenieren geltend gemacht, und es herrschte allgemein eine frisch belebte Gesprächigkeit. Die Erscheinung der kleinen Mara war etwas auffällig, da sie der Schwall ihres weißblonden Haares in weichen, offenen Wellen umgab. Außerdem hatte sie eine kleine Puppe in Händen, ein Umstand, von dem sich jeder Vorübergehende immer wieder ungläubig vergewisserte.

Als Friedrich das Mädchen wiedersah, das, seit Wochen vor seiner Seele schwebend, ihm gleichsam die übrige Welt verdeckt hatte, ward seine Erregung so groß, pochte sein Herz so stark gegen die Rippen, daß er, um nur die Haltung zu bewahren, sich abwenden mußte. Und noch nach Sekunden ward es ihm schwer, sich klarzumachen, daß der versklavte Zustand seines Inneren für die Umgebung nicht ohne weiteres bemerklich sein konnte.

»Ich habe schon von Papa gehört, daß Sie hier sind«, sagte das kleine Fräulein zu Friedrich und rückte dabei ihrem Püppchen die blaue Atlaskapotte zurecht. »Wollen Sie sich nicht zu uns setzen? Achleitner, holen Sie doch bitte für Herrn von Kammacher einen Stuhl. Sie haben kurzen Prozeß gemacht«, wandte sie sich an Doktor Wilhelm. »Aber ich bin Ihnen dankbar, daß ich hier oben sein und den Sonnenuntergang sehen kann. Sie schwärmen doch auch für Natur, Herr von Kammacher?« – »Nur für Natur«, trällerte Doktor Wilhelm und wiegte sich auf den Zehenspitzen, »hegte sie Sympathie!« – »Ach, Sie sind frech«, sagte Ingigerd. »Der Doktor ist frech! Das sah ich im ersten Augenblick, als er mich ansah und wie er mich anfaßte!« – »Meine liebe kleine Gnädige, ich habe Sie überhaupt, meines Wissens, nicht angefaßt!« – »Ich danke, über die Treppe herauf. Ich hab' blaue Flecke davon bekommen.«

In solcher Weise setzte sich das Gespräch eine Weile fort, wobei Friedrich, ohne es merken zu lassen, jedes Wort, das sie aussprach, jede Miene ihres Gesichtes, die Blicke, das Zucken ihrer Wimpern belauerte. Aber auch jede Miene, jeden Ausdruck, jede Bewegung, jeden Blick, der ihr galt, faßte er eifersüchtig auf. Er konnte bemerken, wie sogar Max Pander, der Schiffsjunge, der noch immer auf seinem Posten stand, sich mit den Augen an sie festsaugte, während ein gespanntes Lächeln die vollen Lippen seines Mundes geöffnet hielt.

Man merkte Ingigerd das Vergnügen an, sich von den Huldigungen der Männer umgeben zu sehen. Sie zupfte das Püppchen, sie zupfte an ihrer seltsamen, braun und weiß gescheckten Kalbs-

41

felljacke herum und überließ sich koketten Launen. Friedrich wandelten bei dem preziösen Ton ihrer Stimme die Entzückungen eines Trinkenden an, der am Verdursten gewesen ist. Gleichzeitig brannte sein ganzes Wesen in Eifersucht. Der Erste Steuermann, Herr von Halm, ein herrlich gewachsener Mensch, ein wahrer Turm, war hinzugetreten und wurde von Mara nicht nur mit Blicken bedacht, sondern auch mit spitzen Bemerkungen: wodurch sie ihren Verehrern verriet, daß ihr der wettergebräunte Seeoffizier nicht gleichgültig war. »Wieviel Meilen, Herr Leutnant«, fragte Achleitner, der blaß war und etwas zu frieren schien, »haben wir wohl seit den Needles zurückgelegt?« – »Wir laufen jetzt wieder etwas besser«, sagte Herr von Halm, »aber wir haben die letzten zwei- oder dreiundzwanzig Stunden nicht zweihundert Meilen gemacht.« – »Auf diese Weise können wir ja bis New York vierzehn Tage brauchen«, rief Hans Füllenberg, der Berliner, etwas vorlaut in die Gruppe hinein. Er hatte die junge Engländerin von Southampton neben sich. Es zog ihn indes mit großer Gewalt in die Sphäre derer um Mara, so daß er aufsprang und seine Cœur-Dame sitzen ließ.

Er brachte den Ton, der Mara und ihren Verehrern, Friedrich von Kammacher ausgenommen, behaglich war. Es entstand eine große Lustigkeit, die sich über das ganze Promenadendeck fortpflanzte. Friedrich fühlte sich angeekelt inmitten dieser Orgie der Banalität; er löste sich los, um mit seinen Gedanken allein zu sein.

Das Deck, das um die Mittagszeit von Wasser getrieft hatte, war jetzt wieder vollständig trocken geworden. Friedrich hatte sich an das äußerste hintere Ende des Steamers gewagt und blickte zurück über die breite, schäumende Straße des Kielwassers. Er atmete auf, zufrieden, nicht mehr im engen Banne des kleinen weiblichen Dämons zu sein. Plötzlich war eine lange Spannung der Seele ausgeglichen. Jetzt schämte er sich seiner Haltlosigkeit, und seine Leidenschaft gerade zu dieser kleinen Person schien ihm lächerlich.

Er schlug insgeheim an seine Brust und klopfte sich ungeniert mit den Kniebeln der Rechten, wie um sich zu wecken, gegen die Stirne.

Noch immer stand die Bewegung der frischen Brise schräg gegen den Schiffskörper, der ein wenig nach der Seite lag, wo die Sonne, einen gewaltigen braunen Brand erzeugend, soeben versinken wollte: Diese Sonne, unter der ein steinkohlfarbiges Meer in ruhig wandernden Bergen braune, erdige Schaumkämme langsam wälzte, dieses Meer und schließlich der durch schweres Gewölke zerklüftete Himmel waren für Friedrich wie Sätze einer Weltsymphonie. Für jemand, der sie empfindet, sagte er sich, ist trotz ihrer furchtbaren Herrlichkeit eigentlich kein Grund vorhanden, sich klein zu fühlen.

Er stand in der Nähe des Logs, dessen lange Schnur im Ozean nachschleifte, und wandte sich in die Fahrtrichtung um. Vor ihm bebte das mächtige Schiff. Der Qualm seiner beiden Schornsteine wurde mit der Bewegung der Luft von den Mündungen fort auf das Wasser gedrückt, und man sah einen melancholischen Zug von Gestalten, Witwen in langen Kreppschleiern, händeringend, in stummen Klagen, wie in eine unendliche Dämmerung der Verdammnis davonwandern. Zwischenhinein hörte Friedrich die Laute der schwatzenden Passagiere. Er stellte sich vor, was alles hinter den Wänden dieses rastlos gleitenden Hauses vereinigt war, wieviel Suchendes, Fliehendes, Hoffendes, Bangendes sich darin zusammengefunden hatte; und mit dem allgemeinen großen Staunen wurden in Friedrichs Seele wieder einmal jene noch immer ohne Antwort gebliebenen großen Fragen wach, die mit Warum? und Wozu? den dunklen Sinn des Daseins berühren.

Friedrich hatte nicht bemerkt, wie er promenierend wieder in die Nähe der kleinen Ingigerd Hahlström gekommen war. »Sie werden gewünscht«, sagte da plötzlich eine Stimme. Doktor Wilhelm, der gesprochen, aber zugleich bemerkt hatte, wie sein Kollege zusammenfuhr, entschuldigte sich. »Sie träumen wohl! Sie sind ja ein Träumer!« so rief nun die kleine Mara Friedrich an. »Kommen Sie zu mir«, fuhr sie fort, »die dummen Leute, die um mich sind, gefallen mir nicht.« Sechs, acht Herren, die um sie herstanden, lachten auf und entfernten sich, Achleitner ausgenommen, mit humoristisch betonter Folgsamkeit. »Na also, was sitzen Sie denn noch, Achleitner?!« Damit hatte auch dieser den Laufpaß gekriegt. Friedrich bemerkte, wie die Vertriebenen in einigem Abstand Paare oder Gruppen bildeten und in jener besonderen Art miteinander tuschelten, wie sie bei Herren, die ihren Spaß mit einem nicht gerade prüden weiblichen Wesen gehabt haben, üblich ist.

Eigentlich mit einer Art Scham, jedenfalls aber mit ausgesprochenem Widerwillen nahm Friedrich in diesem Augenblick den noch warmen Sessel Achleitners ein, und Mara begann, für Natur zu schwärmen.

Sie sagte: »Ist nicht alles am hübschesten, wenn die Sonne untergeht? Mir macht es Spaß, mir gefällt es wenigstens«, fügte sie sich entschuldigend hinzu, als Friedrich das Gesicht verzog und sie deshalb glauben mußte, daß er ihre Bemerkung mißbillige. Sie ging dann über zu Sätzen, die alle damit begannen: »Ich will das nicht, ich mag jenes nicht, ich liebe nicht dies oder das«, und so fort. Wobei sie inmitten des ungeheuren kosmischen Dramas, das sich vor ihren Sinnen vollzog, vollkommen nüchtern und anteillos den anmaßlichen Dünkel eines verzogenen Kindes entwickelte. Friedrich wäre am liebsten aufgesprungen. Er zupfte nervös an seinem Schnurrbärtchen, und sein Gesicht nahm eine mokante Starrheit an. Sie merkte das wohl und ward durch diese ihr ungewohnte Art einer Huldigung merklich beunruhigt.

Friedrich war niemals körperlich krank gewesen, dagegen zeigte er hie und da eine leidenschaftliche Sonderbarkeit. Die Freunde wußten, daß er in guten Zeiten ein überdeckter Krater, in weniger guten ein feuerspeiender war. Scheinbar gleich fern, seinem Äußeren nach, von Weichlichkeit und von Brutalität, hatte er dennoch weichliche und brutale Anwandlungen. Zuweilen kam ihn ein dithyrambischer Raptus an, besonders wenn er ein bißchen Wein in den Adern hatte. Dann sprang er umher und schwärmte, wenn es bei Tage war, laut und pathetisch die Sonne, nachts die Sternbilder an und rezitierte eigene Gedichte.

Die kleine Mara empfand Friedrich als eine nicht ungefährliche Nachbarschaft. Aber wie sie nun einmal war, reizte es sie, mit dem Feuer zu spielen. »Solche Leute«, sagte sie, »die sich besser dünken als andere, liebe ich nicht.« – »Ich um so mehr, denn ich bin Pharisäer«, entgegnete Friedrich. Nun aber erklärte er ganz brutal: »Ich finde, daß Sie für Ihre Jahre reichlich naseweis und rechthaberisch sind. Ihr Tanz hat mir eigentlich besser gefallen.« Hierbei war ihm ungefähr so zumute, als ob er sich selber schmerzhaft maßregele. Mara sah ihn mit einem skurrilen Lächeln an. »Nach Ihren Begriffen«, kam es endlich von ihren Lippen, »muß wohl ein junges Mädchen höchstens reden, wenn es gefragt wird, und jedenfalls ohne eigene Meinung sein. Sie sehen so aus, als könnten Sie nur ein Mädchen lieben, das immer nur von sich selber sagt: ›Bin doch ein arm unwissend Kind, begreife nicht, was er an mir find't.‹ Ich liebe nicht solche dummen Geschöpfe.« Als Friedrich, der auf eine schreckliche Weise ernüchtert war, sich erheben wollte, hielt sie ihn mit einem eigensinnig schmollenden »Nein« zurück. »Ich habe Sie schon in Berlin während des Tanzens immer ansehen müssen«, fuhr sie fort und hielt ihr Püppchen quer vor die Lippen, so daß ihr Näschen gequetscht wurde. »Ich empfand schon damals etwas wie ein Band zwischen uns, ich wußte, wir würden uns noch begegnen.« Friedrich erschrak. Er täuschte sich keinen Augenblick über die Tatsache, daß dies eine oft von ihr benutzte Form der Anknüpfung und im Kern eine Lüge war. »Sind

Sie eigentlich schon verheiratet?« hörte er, ehe er noch recht zur Besinnung kam, erbleichte tief und schickte sich an zu antworten.

Er sagte, aber keineswegs freundlich, sondern beinahe hart und abweisend: »Es wäre ganz gut, Fräulein Hahlström, wenn Sie mich, bevor Sie mich als einen unter vielen behandeln, genauer ansehen möchten. An das Band, das uns verknüpfen soll, besonders verknüpfen soll, glaube ich einstweilen noch nicht. Sie haben während des Tanzes nicht nur mich, sondern alle Welt angesehen!«

Ingigerd lachte kurz und sagte: »Sie fangen gut an, mein Bester, halten Sie mich etwa für Jeanne d'Arc, die Jungfrau von Orleans?«

»Nicht gerade für das«, gab Friedrich zurück, »aber wenn Sie gestatten, so möchte ich Sie doch für eine junge und distinguierte Dame halten dürfen, deren Ruf mit gar nicht zu übertreibender Sorgfalt vor jeder leisesten Trübung zu bewahren ist.«

»Ruf?« sagte das Mädchen, »Sie irren sich, wenn Sie glauben, daß so was jemals von Interesse für mich gewesen ist. Zehnmal lieber verrufen sein und nach eigenem Gefallen leben, als sterben vor Langeweile und dabei im besten Rufe stehen. Ich muß mein Leben genießen, Herr Doktor.« An diese Worte, die Friedrich äußerlich ruhig anhörte, schloß Ingigerd eine respektable Reihe von Konfidenzen, deren Inhalt einer Lais oder Phryne würdig gewesen wäre. Friedrich möge sie immerhin bemitleiden, sagte sie, aber niemand solle sich Sachen über sie einbilden. Jeder, der mit ihr umgehe, müsse genau wissen, wer sie sei. Bei diesen Worten verriet sie deutlich eine gewisse angstvolle Wahrhaftigkeit, die vor Enttäuschung bewahren will.

Als die Sonne hinunter war und Ingigerd, immer mit einem wollüstig bösen Lächeln, ihre grausame Beichte beendet hatte, fand Friedrich sich vor die Tatsache eines weiblichen Jugendlebens gestellt, wie es ihm so abenteuerlich und verwildert, selbst in seiner Praxis als Arzt, noch nicht vorgekommen war. Achleitner und der Vater Hahlström, die das Mädchen von Deck holen wollten, waren mehrmals heftig durch es vertrieben worden. Friedrich brachte schließlich Mara in ihre Kabine zurück.

In seiner eigenen Kabine warf sich Friedrich, so wie er war, aufs Bett, um das Unfaßliche durchzudenken: er seufzte, er knirschte, er wollte zweifeln. Er sagte mehrmals laut ein »Nein« oder ein »Unmöglich« und schlug dabei mit der Faust gegen die nahe Matratze des oberen Bettes: und schließlich hätte er schwören mögen, daß diesmal in der ganzen frechen Erzählung des Mädchens nichts gelogen war. »Mara oder das Opfer der Spinne.« Jetzt begriff er auf einmal ihres Tanzes Titel und Gegenstand. Sie hatte getanzt, was sie früher gelebt hatte.

Ich hab' mein Sach auf nichts gestellt: mit diesem inneren Kehrreim begleitete Friedrich während der Abendtafel seine etwas gequälte, äußerlich überschäumende Lustigkeit. Er und der Schiffsarzt tranken Champagner. Schon bei der Suppe hatte Friedrich die erste Flasche bestellt und sogleich mehrere Kelche hinuntergegossen.

Je mehr er trank, um so weniger schmerzte ihn seine Wunde, um so wundervoller erschien ihm die Welt, will sagen, sie schien ihm voller Wunder und Rätsel zu sein, von denen umgeben, von denen durchdrungen er selbst den Rausch eines Abenteurerdaseins genoß. Er war ein glänzender Unterhalter. Er popularisierte dabei mit Glück seinen Bildungsschatz. Er besaß überdies einen leichten Humor, der ihm auch dann zu Gebote stand, wenn bittere Humore, so wie jetzt, den tiefen Grund seiner Seele bevölkerten. So kam es, daß die Kapitänsecke an diesem Abend unter dem Bann seines Geistes stand.

Er trug jenen Glauben an die alleinseligmachende Kraft der Wissenschaft und des modernen Fortschritts zur Schau, der ihn eigentlich schon verlassen hatte. In dem festlichen Glanz von zahllosen Glühlampen, aufgeregt durch Wein, Musik und den rhythmisch pulsierenden Gang des wandernden Schiffskörpers, schien ihm indessen wirklich zuweilen, als wenn die Menschheit, mit klingendem Spiel, auf einer festlichen Prozession nach den glückseligen Inseln begriffen wäre. Vielleicht würde der Mensch dereinst mit Hilfe der Wissenschaft unsterblich. Man würde Mittel und Wege finden, die Zellen des Körpers jung zu erhalten. Man hatte jetzt schon tote Tiere durch Einspritzen einer Salzlösung zum Leben erweckt. Er sprach von den Wundern der Chirurgie, die oft das Gesprächsthema bilden, wenn der Gegenwartsmensch sich der ungeheuren Überlegenheit seines Zeitalters bewußt werden will. Binnen kurzem würde die soziale Frage durch die Chemie gelöst und Nahrungssorge den Menschen eine gewesene Sache sein. Die Chemie nämlich stehe dicht vor der Möglichkeit, tatsächlich aus Steinen Brot zu machen, was bisher nur der Pflanze gelang.

Mit Grauen dachte Friedrich mitten im Trubel aller Betäubungen an den Beginn der Schlafenszeit. Er wußte, daß er kein Auge schließen würde. Er ging nach Tisch mit dem Arzt in den Damensalon, von da in das Rauchzimmer. Nicht lange, so trat er wieder an Deck heraus, wo es finster und öde geworden war und der Wind wieder heftig und kläglich durch das Takelwerk der Notmasten greinte. Es war bitter kalt, und Friedrich schien es, als ob Schneeflocken seine Wangen streiften. Endlich mußte er sich entschließen, zur Ruhe zu gehn.

Zwei Stunden lang, etwa die Zeit zwischen elf und ein Uhr nachts, befand er sich, auf seiner Matratze zusammengekrümmt, meist im Zustande wachen Grübelns und zuweilen, auf kurze Zeit, in einem ziemlich qualvollen Dämmer, zwischen Wachen und Schlaf. In beiden Zuständen ward seine Seele von einem Zudrang visionärer Bilder aufgeregt; zuweilen war es ein wilder Reigen, zuweilen ein starres, quälendes Einzelgesicht, das nicht weichen wollte. Alles in allem bestand ein rettungsloser Zwang, das innere Auge für die Spiele fremder Mächte offenzuhalten. Er hatte die Lampen abgestellt, und nun, in der Dunkelheit, wo der äußere

Sinn des Auges unbeschäftigt blieb, empfand er doppelt, was ihm Gehör und Gefühl vermittelten: alle Geräusche und Bewegungen des gewaltigen Schiffs, das seinen Kurs durch die mitternächtige See gleichmäßig fortsetzte. Er hörte das Wühlen des Propellers in seiner Rastlosigkeit. Es war wie das Arbeiten eines gewaltigen Dämons, der in die Fron der Menschheit gezwungen war. Er hörte Rufen, Schreiten, wenn die Kohlenarbeiter die Schlacken der gewaltigen Herde in den Ozean schütteten. Fünfundzwanzigtausend Zentner Kohlen wurden mit der Speisung dieser Herde während der Fahrt nach New York verbraucht.

Im übrigen war Friedrichs Vorstellungswelt im Banne Maras und manchmal im Banne seiner zurückgelassenen Frau, deren Leiden er sich zum Vorwurf machte: jetzt, wo Ingigerd Hahlström seine Neigung entwürdigt hatte. Seine ganze Psyche schien in den Zustand der Reaktion gegen das Gift dieser Leidenschaft geraten zu sein. Ein schweres Fieber raste in ihm. Und das, was in diesem Zustand sein Ich vertrat, war nach dem Du, nach Mara, auf einer wütenden Jagd begriffen. Er griff sie auf in den Straßen Prags und schleppte sie zu der Mutter zurück. Er entdeckte sie in verrufenen Häusern. Er sah sie im Hause eines Mannes stehen, der sie aus Mitleid aufgegriffen und mit in die Wohnung genommen hatte, wo sie, von ihm verschmäht, Stunde um Stunde weinend am Fenster stand. Friedrich hatte den teutschen Jüngling noch nicht völlig abgestreift. Das alte, verschlissene Ideal der »deutschen Jungfrau« besaß im Grunde noch für ihn seinen Heiligenschein. Aber sooft auch Friedrich Mara bei scheußlichen Dingen ertappte, sooft er sie in seinen Phantasien von sich stieß, ihr Bild mit allen moralischen Kräften seines Wesens zu tilgen suchte, ihr goldumlocktes Antlitz, ihr weißer, gebrechlicher Mädchenleib traten durch jeden Vorhang, durch jede Mauer, durch jeden Gedanken wieder hervor, gleich unzerstörbar durch Gebet wie durch Fluch.

Kurz nach ein Uhr nachts wurde Friedrich aus seiner Koje geworfen. Im nächsten Augenblick taumelte er gegen das Bett zurück. Es konnte ihm nicht verborgen bleiben, daß der »Roland« wieder in bewegtere Gegenden des Atlantiks geraten war und das Wetter sich wieder verschlimmert hatte.

Zwischen fünf und sechs Uhr des Morgens bereits war Friedrich an Deck. Er hatte den gestrigen Platz, auf der Bank, gegenüber der Stiege hinunter zum Speisesaal, wieder eingenommen. Von dorther brachte sein Steward, ein junger, unermüdlicher Mensch, gebürtig aus der Provinz Sachsen, ihm heißen Tee und Zwieback herauf: Dinge, die not taten.

Immer wieder wurde das Deck von Seewasser überspült. Von dem Dache des kleinen Überbaus, der die Treppe schützte, stürzten mitunter Ströme von Wasser herab, so daß der kleine Kollege Panders, der jetzt dort Wache hielt, ganz durchnäßt wurde. Der »Roland« trug bereits Eiskristalle an seinen Notmasten und in seinem Takelwerk. Regen und Schneegestöber wechselten. Und der graue, trostlose Dämmer des Morgens, mit seinem Aufruhr, dem Heulen, Pfeifen und Winseln des heftigen Winds um Masten und Takelwerk, mit seinem wilden und allgemeinen Gezisch und Geräusch, wollte, so schien es, sein Dasein verewigen.

Die Hände an seinem gewaltigen Teeglase wärmend, blickte Friedrich mit glühenden, wie es ihm vorkam, eingesunkenen Augen jeweilig über die sich gerade senkende Bordwand des rollenden und stampfenden Schiffes hinaus. Er fühlte sich leer. Er fühlte sich stumpfsinnig, ein Zustand, der ihm indessen nach der nächtigen Bilderflucht willkommen war. Immerhin erfrischte ihn auch die starke, feuchte, bromreiche Luft und auf der Zunge der Salzgeschmack. Bei leisem Frösteln, unter dem hochgeklappten Kragen seines Mantels, meldete sich sogar eine angenehme Schläfrigkeit.

Dabei empfand er den Wogenaufruhr und den Kampf des schwimmenden Hauses in seiner vollen Großartigkeit: die Schönheit und Kraft des bestimmten Kurses, womit es die rollenden Höhenzüge durchschnitt oder eigentlich mit immer neuem, gelassenem Todesmut durchbrechen mußte. Friedrich lobte bei sich das wackere Schiff, als ob es lebendig wäre und seine Erkenntlichkeit zu beanspruchen hätte.

Kurz nach sieben erschien ein dünner und schlanker Mensch in Schiffsuniform, der sich Friedrich langsam näherte. Er führte den Finger leicht an die Mütze und fragte: »Sind Sie Herr von Kammacher?«

Als Friedrich bejahte, zog er einen Brief aus der Brusttasche, erklärte, daß er gestern mit der Lotsenpost von Frankreich eingetroffen sei, aber nicht sofort zugestellt werden konnte, weil der Name Kammacher in der Passagierliste nicht zu finden gewesen wäre. Der Herr hieß Rinck und hatte das deutsch-amerikanische Seepostamt an Bord des »Roland« unter sich.

Friedrich versteckte den Brief, auf dem er die Hand seines Vaters erkannt hatte. Er fühlte, wie seine Lider unter einem heißen Andrang sich schließen mußten.

Doktor Wilhelm traf Friedrich in einer weichen Stimmung an.

»Ich habe geschlafen wie ein Bär«, sagte der Schiffsarzt, und man merkte an seinem gesunden und erfrischten Gesichte, der behaglichen Art seines Dehnens und Gähnens, daß er sich wirklich von Grund aus erfrischt hatte. »Kommen Sie nach dem Frühstück mit ins Zwischendeck? Eh wir gehen, machen wir uns aber in meiner Apotheke erst mit Insektenpulver kugelfest.«

Dies war geschehen. Die Herren hatten gefrühstückt: Bratkartoffeln und kleine Koteletts, ham and eggs, gebratenen Flunder und anderen Fisch. Dazu hatten sie Tee und Kaffee getrunken; nun begaben sie sich ins Zwischendeck.

Als sie sich einigermaßen an das dort herrschende Zwielicht gewöhnt hatten – jeder hielt sich, um nicht zu fallen, an einem der senkrechten eisernen Träger der Decke fest –, sahen sie sich einem am Boden ächzenden, jammernden, schreienden, geschüttelten Menschengewimmel gegenüber. Die Ausdünstungen vieler Familien russischer Juden mit Kind und Kegel, Sack und Pack verdarben die Luft, da es nicht möglich war, Luken zu öffnen. Blasse Mütter, mehr tot als lebendig, mit offenen Mündern und geschlossenen Augen daliegend, hatten Säuglinge an der Brust, und es war furchtbar zu sehen, wie sie willenlos hin und her gerollt, von den Konvulsionen des Brechreizes gemartert wurden. »Kommen Sie«, sagte Doktor Wilhelm, der etwas wie Schwindel im Gesicht des Kollegen bemerkt hatte, »beweisen wir unsere Überflüssigkeit.« Aber Doktor Wilhelm, von der Krankenschwester begleitet, konnte doch hie und da etwas Gutes tun. Er verordnete Trauben und andere Genußmittel, die aus den Speisekammern der ersten Kajüte geliefert wurden.

So ging es von Abteilung zu Abteilung, mit nicht geringer Mühe und Anstrengung, wo sich überall Elend auf der Flucht vor dem Elend zusammendrängte. Selbst auf den bleichen Gesichtern derer, die sich irgendwo in diesem schwankenden Schubfach der Verzweiflung aufrecht hielten, lag ein Ausdruck finster-gehässiger Bitterkeit. Es war hier auch manches hübsche Mädchen zu finden. Die Blicke der Ärzte und dieser Mädchen trafen sich. Eine große Gefahr, eine große Not läßt das Leben des Augenblicks begehrlicher auflodern. Es ist eine tiefe Gleichheit, die da von den Menschen empfunden wird. Zugleich erzeugt sich Verwegenheit.

Friedrich blieb der tiefe und finstere Blick einer jungen russischen Jüdin in Erinnerung. Wilhelm, dem es wohl nicht entgangen war, daß sein Kollege auf das Mädchen und dieses auf ihn Eindruck gemacht hatte, konnte sich nicht enthalten, diese Tatsache zu berühren, indem er Friedrich lachend beglückwünschte.

Im Weiterschreiten sahen die Herren sich durch Wilke gestellt und mit grölender Stimme angerufen. Das Bild des Landsmannes aus der Heuscheuer hatte sich inzwischen verändert, weil er augenscheinlich dem Jammer seines Zustandes durch Genuß von Schnaps entgegenzuwirken versucht hatte. Wilhelm schnauzte ihn an, da Wilke seiner Umgebung lästig, ja gefährlich war. In seiner Betrunkenheit schien er sich für verfolgt zu halten. Sein geöffnetes Bündel schmutziger Lumpen lag neben Käse und Brotresten auf der Matratze, und er hatte sein offenes Taschenmesser, eine Art Nickfänger, in der Rechten.

Wilke schrie, er sei von seinen Nachbarn, von den Stewards, von den Matrosen, von dem Proviantmeister, vom Kapitän bestohlen worden. Friedrich nahm ihm das Messer weg, redete ihn bei Namen an und führte ihm, indem er eine Narbe am struppigen Halse des Gewaltkerls anfaßte, zu Gemüt, daß er nach einer Messerstecherei von ihm schon einmal genäht und mit knapper Not am Leben erhalten worden sei. Wilke erkannte Friedrich und wurde ruhiger.

Als die beiden Ärzte wieder emporgestiegen waren und die reine Luft des Ozeans atmeten, hatte Friedrich die Empfindung, einer erstickenden Hölle entronnen zu sein.

Sie schritten mit vieler Mühe über das nasse, leere Deck, das immer wieder von überkommenden Wogen gebadet wurde. Aber es war ein befreiender Graus, der Friedrich erfrischte. Um den Brief von Hause zu lesen, den er beinahe vergessen hatte, begab er sich in den Damensalon. Einige jener Damen, die von der Seekrankheit nicht zu leiden hatten, saßen dort vereinzelt umher, in einem schlaffen, ermüdeten Zustand. Das ganze Gemach roch nach Plüsch und Lack, hatte Spiegel in Goldrahmen und einen Konzertflügel. Der Tritt der Füße wurde durch einen Teppich lautlos gemacht.

Friedrich von Kammachers Vater schrieb:

Lieber Sohn!

Ich weiß nicht, ob dieser Brief Dich treffen wird und wo er Dich treffen wird. Vielleicht erst in New York, wo er möglicherweise später als Du eintrifft. Eigentlich solltest Du den Gruß Deines alten Vaters und Deiner guten Mutter noch mit auf Deine uns einigermaßen überraschende Reise nehmen. Aber wir sind ja gewohnt an Überraschungen durch Dich, da wir ja Dein Vertrauen schon seit langem nur in sehr bedingtem Maße genießen. Ich bin Fatalist und übrigens weit entfernt davon, Dich mit Vorwürfen zu ennuyieren. Es ist aber schade, daß sich seit der Zeit Deiner Mündigkeit so viele Gegensätze in unserem Denken und Handeln aufgetan haben. Gott weiß es, daß das sehr schade ist. Hättest Du doch manchmal auf mich gehört … doch wie gesagt, mit »hättest Du doch« und ähnlichen Redensarten, die nachhinken, ist nichts auszurichten! – Lieber Junge, da Du nun einmal vom Schicksal in bitterer Weise heimgesucht worden bist – ich sagte Dir gleich, Angele stammt aus einer ungesunden Familie –, so halte jetzt wenigstens Kopf und Nacken hoch, denn wenn Du das tust, ist nichts verloren. Ich möchte Dich ganz besonders bitten, daß Du Dir den Unsinn mit der fehlgeschlagenen Bazillenriecherei nicht etwa zu Herzen nimmst. Ich sage Dir jetzt nicht zum erstenmal, daß ich den ganzen Bazillenlärm für Schwindel halte. Pettenkofer schluckte ja auch eine ganze Typhusbazillen-Kultur, ohne daß es ihm etwas anhatte. Meinethalben geh nach Amerika: das braucht durchaus kein übler Gedanke, keine verfehlte Unternehmung zu sein. Ich kenne Leute, die sind von dort, nachdem sie hier in Europa Schiffbruch gelitten hatten, als beneidete, umschmeichelte Millionäre zurückgekommen. Und ich zweifle nicht, Du hast, nach allem, was Du erleben mußtest, reichlich und reiflich den Schritt erwogen, den Du nun tust …

Mit einem Seufzer und einem kurzen, beinahe unhörbaren Auflachen faltete Friedrich den Brief zusammen. Er wollte ihn später zu Ende lesen. Da bemerkte er jenen amerikanischen Schlingel, an dem er sich schon gestern geärgert hatte, im Flirt mit einer jungen Dame, wie er wußte, einer Kanadierin. Er wollte seinen Augen nicht trauen, als plötzlich in dem feuergefährlichen Raum ein Häufchen schwedischer Zündhölzer aufloderte, das der Jüngling in Brand gesteckt hatte. Ein Steward kam und bemerkte, in aller Bescheidenheit sich zu dem Dandy niederbeugend, daß er die Pflicht habe, ihn auf das Unstatthafte seines Tuns hinzuweisen. Worauf ihn jener mit einem »Get out with you, idiot« fortschickte.

Friedrich zog den Brief seiner Mutter hervor und mußte, bevor er zu lesen begann, flüchtig über die Frage nachdenken, welch ein Stoff wohl im Schädel des jungen Amerikaners das Hirn vertreten möchte. Die Mutter schrieb:

Geliebter Sohn!
Die Gebete Deiner Mutter begleiten Dich. Du hast viel erfahren, viel erlebt und viel erlitten bei jungen Jahren. Damit Du aber gleich auch etwas Freudiges zu hören bekommst, wisse: Deine Kinderchen sind wohlauf. Ich habe mich vor drei Tagen überzeugt, daß sie es bei dem jovialen Pastor Mohaupt gut haben. Albrecht hat sich prächtig herausgemacht, Bernhard, der ja mehr seiner Mutter ähnelt und immer ein schweigsamer Junge gewesen ist, erschien mir frischer und auch gesprächiger, und es scheint, daß ihm das Leben im Pastorhause und in der Landwirtschaft Freude macht. Herr Mohaupt meint, beide Jungens seien keineswegs unbegabt. Sie haben bei ihm bereits den ersten lateinischen Unterricht. Die kleine Annemarie fragte mich schüchtern nach Mama, aber ganz besonders und oft nach Dir. Ich habe gesagt, in New York oder Washington sei ein großer Kongreß, wo sie der schrecklichen Tuberkulose – Auszehrung

oder Schwindsucht, sagte ich – mal endlich den Garaus machen würden. Junge, komm nur bald in das liebe alte Europa zurück!

Ich habe mit Binswanger eine lange Unterredung gehabt. Er sagte mir, daß Deine Frau hereditär belastet ist. Das Leiden habe in ihr gelegen und würde unbedingt früher oder später ausgebrochen sein. Er sprach auch von Deiner Arbeit, liebes Kind, und meinte, Du möchtest Dich nur nicht ducken lassen. Vier, fünf Jahre eifriger Arbeit, und Deine Schlappe sei wettgemacht. Mein lieber Friedrich, folge doch Deiner alten Mutter und wende Deine Seele vertrauensvoll zu unserem lieben himmlischen Vater zurück! Ich glaube, Du bist ein Atheist. Lache nur über Deine Mutter! Glaube mir, wir sind nichts ohne Gottes Beistand und Gottes Gnade! Bete manchmal: es schadet nichts! Ich weiß, wie Du Dir in mancher Beziehung mit Unrecht Angeles wegen Vorwürfe machst. Binswanger sagt, in dieser Beziehung könntest Du vollkommen ruhig sein. Aber wenn Du betest, glaube mir, wird Gott jeden Gedanken an Schuld aus Deiner geängsteten Seele nehmen. Du bist nicht viel über dreißig hinaus. Ich aber ebensoviel über siebzig. Mit der Erfahrung von vierzig langen Jahren, die ich vor Dir, meinem Jüngsten, voraushabe, sage ich Dir, Dein Leben kann sich noch so gestalten, daß Du eines Tages von Deinen jetzigen Nöten und Leiden kaum noch die Erinnerung hast. Die Tatsachen werden Dir zwar vor dem Geiste stehen: allein Du wirst vergeblich versuchen, Dir das lebendige Leiden und Fühlen vorzustellen, was für Dich heute damit verknüpft ist. Ich bin eine Frau. Ich habe Angele liebgehabt. Dennoch habe ich sie und Dich und Dich und sie mit ganz gerechtem Sinne beobachtet. Glaube mir: sie hätte mitunter jeden Mann zur Verzweiflung gebracht ...

Der Schluß des Briefes war mütterliche Zärtlichkeit. Friedrich fand sich im Geist an das Nähtischfenster seiner Mutter versetzt und küßte ihr Scheitel, Stirn und Hände.

Als Friedrich aufblickte, sah er den Steward, der abermals zu dem Dandy getreten war, und hörte, wie dieser ihn auf gut Deutsch mit den lauten Worten »Der Kapitän ist ein Esel!« fortschickte. Ein Wort, das allen wie ein elektrischer Schlag durch die Nerven ging. Dabei brannte schon wieder der Scheiterhaufen mit einem schwanken Flämmchen durch den von bänglichem Dämmer beladenen, feuergefährlichen Raum.

Friedrich präparierte im Geist sauber, nach allen anatomischen Kunstregeln, das Kleinhirn und Großhirn des Jünglings heraus, gleichsam um das Zentrum der Stupidität, die ohne Zweifel die ganze Seele des jungen Amerikaners ausmachte, vor den Studierenden bloßzulegen. Und außerdem war die hier zutage tretende Frechheit, die vielleicht auch im Hirn ihre Zentralstelle hatte, ein Ding von der größten Seltenheit. Friedrich von Kammacher mußte lachen und empfand inmitten der Heiterkeit, daß er nun insofern einer neuen Freiheit genoß, als Mara, die kleine Ingigerd Hahlström, keine Gewalt mehr über ihn hatte, ja ihm beispielsweise weniger als die dunkle Jüdin bedeutete, die er vor kaum einer Viertelstunde zum ersten Male erblickt hatte.

Kapitän von Kessel trat herein. Er nahm, nachdem er Friedrich mit leichtem Nicken des blonden Kopfes begrüßt hatte, am Tisch einer älteren Dame Platz, die sogleich lebhaft auf ihn einredete. Es wurden inzwischen Blicke gewechselt zwischen dem jungen Dandy und der schönen Kanadierin, die bleich und vergangen, aber kokett im Fauteuil lehnte. Friedrich urteilte, daß sie eine Frau von ungewöhnlicher, südlicher Schönheit wäre: gerade Nase, vibrierende Flügelchen, starke, edelgeschwungene Brauen, schwarz, wie das Haupthaar, und der schattenhafte Flaum um den feinen, sprechenden, zuckenden Mund. Da sie bei ihrem Schwächezustand, infolge der starken Bewegung des Steamers, dem Anreiz zum Lachen nicht widerstehen konnte und ihr Verehrer mit komischem Ernst abermals seine Streichhölzer aufschichtete, zog sie sich einen schwarzen Spitzenschal zeitweilig über das ganze Gesicht.

Es war ein spannender Augenblick, als es den unzweideutigen Anschein gewann, daß der Jüngling sein feuergefährliches Spiel, trotzdem jetzt der Kapitän zugegen war, nochmals beginnen wollte.

Von Kessel, breit und schwer, mit seinen etwas zu kurzen Beinen, erschien in dem zierlichen Damensalon einigermaßen unproportioniert. Er saß gelassen und plauderte friedlich. Man konnte am Ausdruck seines Gesichtes übrigens merken, daß er, des Wetters wegen, in ernster Stimmung war. Plötzlich flammte der Scheiterhaufen. Und nun wandte sich der ruhige Bernhardinerkopf des Kapitäns ein wenig herum, und jemand sagte das Wort »Auslöschen!« in einem Ton, der nicht mißzuverstehen war und wie ihn Friedrich so knapp, so befehlend und so wahrhaft furchtbar nie bisher von eines Mannes Lippen vernommen hatte. Der erbleichte Jüngling hatte im Nu sein Feuerchen ausgequetscht. Die schöne Kanadierin schloß die Augen ...

Der Barbier, bei dem sich Friedrich kurz darauf rasieren ließ, sagte: »Das Wetter ist miserabel.« Er war ein intelligenter Mann, der trotz des gewaltigen Schaukelns mit großer Sicherheit seine Kunst betrieb. Er erzählte nochmals die Geschichte von der ›Nordmannia‹ und wie durch die Springflut das Klavier durch den Boden des Damensalons angeblich bis in den Schiffsraum hinuntergeschlagen worden war. Ein deutsches Dienstmädchen kam, das er Rosa nannte und dem er Eau de Cologne aushändigte. Die Landpomeranze sah kerngesund und nicht sehr erleuchtet aus. »Es ist schon die fünfte Flasche Eau de Cologne«, sagte der Barbier, »seit Cuxhaven. Sie dient bei einer Frau mit zwei Kindern, die von ihrem Manne geschieden ist. Das Dienstmädchen hat keine guten Tage. Sie muß für monatlich sechzehn Mark zu jeder Stunde morgens, mittags, vor und nach Mitternacht zur Verfügung stehn. Ich habe der Frau die Frisur in Ordnung gebracht. Was ist sie doch da nicht über diese Rosa hergezogen! Nicht die leiseste Spur von Erkenntlichkeit.« Friedrich war es angenehm, sich von dem lebhaften Manne, während er ausgestreckt auf einem patentierten Operationsstuhle lag und sich schaben ließ, allerlei Dinge erzählen zu lassen. Es leitete ab, es beruhigte ihn. Er genoß einen kleinen Vortrag über moderne Schiffskonstruktion. Es sei ein Fehler, daß man so viel Gewicht lege auf den Rekord der Schnelligkeit. Wie sollte solch ein leichtgebautes, oblatendünnes Riesengebäude auf Dauer einer schweren See standhalten. Dabei die ungeheuren Maschinen, der ungeheure Kohlenverbrauch. Der »Roland« sei allerdings ein gutes Schiff und auf den Werften von John Elder & Co. in Glasgow erbaut worden. Er wäre seit Juni 1881 in Dienst gestellt. Er habe fünftausendachthundert indizierte Pferdekräfte. Hundertfünfzehn Tonnen betrage sein täglicher Kohlenverbrauch. Er laufe dabei sechzehn Knoten die Stunde. Sein Registertonnengehalt erreiche die Zahl viertausendfünfhundertzehn. Er besitze eine dreizylindrige Compoundmaschine. Seine Besatzung belaufe sich auf hundertundachtundsechzig Mann.

Alle diese Details wußte der Schiffsbader wie am Schnürchen herzuzählen. Ärgerlich, als ob er persönlich damit die größte Mühe hätte, erzählte er, der »Roland« schleppe bei jeder Überfahrt in seinen Kohlenbunkern fünfundzwanzig und mehr tausend Zentner Steinkohle mit. Er blieb dabei: eine langsame Fahrt sei bequem und sicher, während eine schnelle Fahrt gefährlich und teuer sei.

Der kleine Barbiersalon würde mit seinem elektrischen Licht behaglich gewesen sein, wenn er festgestanden hätte. Leider aber bewegte er sich, wobei seine Wände von dem Puls der Maschine bebten und zitterten und draußen die Woge mit tigermäßigem

Grimm gegen das dicke Glas der Luke sprang. Die Flakons in den Schränken klirrten und klapperten: der Barbier aber meinte, die langsamer gehenden, schwerer gebauten Schiffe hätten einen bei weitem ruhigeren Gang.

Dann sprach er von einer kleinen Person, die gefärbtes Haar trage. »Sie hat«, sagte er, »wohl über eine Stunde auf dem Operationsstuhle liegend zugebracht und sich Schminken sowie verschiedenen Puder und nach und nach meinen ganzen Vorrat an Pinaud und Roger et Gallet zeigen lassen.« Der Coiffeur lachte in sich hinein. Er meinte, daß man auf Seereisen Gelegenheit finde, die allerseltsamsten Frauenspersonen kennenzulernen, und gab gewisse Geschichten zum besten, die er angeblich selbst erlebt und deren Heldin jedesmal eine erotomanische Dame war.

Besonders furchtbar war der Vorfall mit einer jungen Amerikanerin, die man ohne Besinnung in einem der hängenden Rettungsboote gefunden hatte, wo sie nach und nach von der ganzen Mannschaft mißbraucht worden war: Friedrich wußte, daß für die Richtung, in der sich die Phantasie des Barbiers bewegte, die Person Ingigerd Hahlströms den Anlaß gab. Sie hatte auf eben dem Stuhle gesessen, auf dem er noch immer ruhend lag; und an dem stockenden, dann wieder springenden Schlag seines Herzens mußte er mit Entsetzen merken, daß die Macht der Kleinen noch nicht gebrochen war.

Friedrich sprang auf und schüttelte sich. Es war ihm, als müsse er in heiße und kalte Bäder unter peitschende Duschen kalten Wassers hinein, um sich außen und innen rein zu waschen, um ein widerwärtiges, schwärendes Gift aus dem Blute zu ziehn.

Die Barbierstube lag in der hinteren Hälfte des Schiffskörpers. Wenn man heraustrat, konnte man Zylinder und Wellen der Dampfmaschinen arbeiten sehn. Friedrich kletterte mühsam empor auf das Wandeldeck und kroch in das überfüllte Rauchzimmer, obgleich es ihn eigentlich anekelte, mit lärmenden Menschen zusammengepfercht zu sein.

Doktor Wilhelm hatte ihm Platz gehalten. »Nun, Sie waren im Zwischendeck«, sagte der Kapitän, gegen Friedrich gewandt, wobei er schalkhaft ein wenig lächelte, »unser Doktor sagte mir, eine schöne Deborah habe Ihnen einen gefährlichen Eindruck gemacht.« Friedrich lachte, und somit war das Gespräch von Anbeginn in heitere Bahnen gelenkt.

In ihrem Winkel saßen die Skatspieler. Es waren Geschäftsleute von apoplektischer Konstitution. Sie hatten seit dem Frühstück Bier getrunken und Skat gespielt, wie sie es immer, außer im Schlaf, seit Beginn der Reise getan hatten. Die Unterhaltungen der übrigen interessierten sie nicht. Weder taten sie Fragen nach dem Wetter, noch schien ihnen das Schaukeln des Schiffskolosses oder das öde und grimmige Pfeifen des Windes bemerkbar zu sein. Die Wucht des Schwunges, den das rollende Schiff erdulden mußte, war mitunter so groß – von Backbord nach Steuerbord und von Steuerbord nach Backbord hinüber –, daß Friedrich sich unwillkürlich anklammerte. Er hatte dann manchmal ein Gefühl, als könnte Backbord über Steuerbord oder Steuerbord über Backbord hereinstürzen. In diesem Falle würde dann der Kiel des »Roland« in freier Luft, dafür aber die Kommandobrücke, Masten und Schornsteine mit erheblichem Tiefgang unter dem Wasserspiegel gewesen sein. Dann wäre wohl alles verloren gewesen: nur diese drei Skatspieler, wie ihm schien, hätten auch wohl, mit den Köpfen nach unten, weitergespielt.

Hahlströms lange Gestalt kroch gebeugten Kopfes in den Qualm der Schwemme herein. Sein helles, kaltes, kritisches Auge suchte einen Platz auszumitteln. Er ließ den Mann ohne Arme unbeachtet, der ihm ironisch spaßhaft entgegenschrie. Nachdem er sich in möglichst weiter Entfernung von Stoß mit gelassener Höflichkeit etwas Platz gesucht hatte, zog er einen Tabaksbeutel und eine kurze holländische Pfeife heraus. Friedrichs erster Gedanke war: wo ist Achleitner? »Wie geht's Ihrer Tochter?« fragte der Schiffsarzt. – »Oh«, meinte Hahlström, »das geht vorüber. Das Wetter wird besser werden, denke ich.« Die ganze Gesellschaft, die sich naturgemäß aus den seefesten und seegewohnten Elementen rekrutierte, nahm nun für eine Weile an dem Wettergespräch teil. »Ist es denn wahr, Herr Kapitän«, fragte jemand, »daß wir heute nacht beinahe auf ein schwimmendes Wrack gerannt wären?« Der Gefragte lächelte, ohne zu antworten. »Wo sind wir eigentlich jetzt, Herr Kapitän? Haben wir heut in der Nacht Nebel gehabt? Ich habe doch mindestens eine Stunde lang alle zwei Minuten die Sirene gehört!« – Kapitän von Kessel blieb aber in allem, was Leitung und Schicksal der Fahrt betraf, einsilbig. »Ist es wahr, daß wir Goldbarren für die große Bank in Washington an Bord haben?« Von Kessel lächelte und blies einen dünnen Rauchstrahl durch das blonde Barthaar hervor in die Luft. »Das hieße ja Eulen nach Athen tragen«, bemerkte Wilhelm: und jetzt konnte nicht ausbleiben, daß das große Thema der Welt, das Thema der Themen zur allgemeinsten Verhandlung kam. Jeder der Reisenden hatte natürlich sogleich Heller für Pfennig sein eigenes Vermögen im Kopf oder suchte wenigstens möglichst genau einen Überblick. Fast alle wurden zu Rechenmaschinen, während sie äußerlich das Vermögen der Washington-Bank mit der Bank von England, dem Crédit Lyonnais, mit den Reichtümern der amerikanischen Milliardäre laut in Vergleich brachten. Bei diesem Gespräch horchten sogar die Kartenspieler hie und da einen Augenblick.

Amerika litt unter einer geschäftlichen Depression. Ihre Ursachen wurden erörtert. Die gegenwärtigen Amerikaner waren in der Mehrzahl demokratisch gesinnt und wälzten die Schuld auf die Republikaner. Der Tammany-Tiger war der Gegenstand ganz besonderer Wut. Er hatte nicht nur New York in den Pranken, dessen Bürgermeister eine Kreatur von Tammany war, sondern fast alle guten und einflußreichen Stellen im Lande waren von Tammany-Leuten besetzt. Jeder von diesen wußte sein Schäfchen zu scheren, und das amerikanische Volk wurde ausgesaugt. Die Korruption in den leitenden Stellen war riesenhaft. Für die Flotte würden Milliarden bewilligt, und wenn mal endlich ein Schlachtschiff zustande käme, so sei das viel: denn das ganze Gold versickere weit vom Bestimmungsort in die Taschen friedlicher Amerikaner, deren Interesse für die Marine das denkbar geringste sei. »Ich möchte in Amerika nicht begraben sein«, rief, mit seiner schneidenden Stimme, der Armlose. »Es wäre mir noch im Grabe zu öde und langweilig. Ich hasse das Spucken und Icewater-Trinken bis in den Tod.« Es brach ein großes Gelächter aus. Stoß fand sich dadurch zu weiteren Ausfällen aufgewiegelt. »Der Amerikaner ist ein Papagei, der unaufhörlich die beiden Worte dollar und business spricht. Business and dollar! Dollar and business! An diesen zwei Worten ist in Amerika die Kultur krepiert. Nicht einmal den Spleen kennt der Amerikaner. Denken Sie bloß an den furchtbaren Ausdruck: das Dollarland. Bei uns in Europa wohnen doch Menschen.

Der Amerikaner sieht alles in der Welt und auch seinen Mitmenschen immer nur daraufhin an, welchen Wert er in Dollar ausgedrückt repräsentiere. Außer dem in Dollar Ausgerechneten sieht er nichts. Und dann kommen diese Herren Carnegie und Konsorten und wollen uns mittels des widerwärtigen Inhalts ihrer Kramladenphilosophie in Erstaunen setzen. Meinen Sie denn, die Welt sei gefördert, wenn sie ihr ihre Dollars abknöpfen? – oder wenn sie ihr einen Teil der abgeknöpften Dollars, mit großem Trara, wieder zurückschenken? Meinen Sie, wenn sie die Gnade haben, uns zu scheren, so werden wir dafür unsere Mozart und Beethoven, unsere Kant und Schopenhauer, unsere Schiller und Goethe; unsere Rembrandts, Leonardos und Michelangelos, kurz unseren ganzen geistigen europäischen Riesenbesitz über Bord werfen? Was ist denn dagegen so ein armer Lumpenhund von einem amerikanischen Milliardär und Dollarkretin? Er mag uns um milde Gaben ansprechen!«

Der Kapitän bat Friedrich, ihm einige Worte in sein Gedenkbuch einzutragen. Bei dieser Gelegenheit zeigte er ihm das Kartenhaus und das Ruderhaus, wo sich das große Rad, hinter dem Kompaß, befand, das ein Matrose nach den Befehlen des Ersten Steuermanns, die durch ein Sprachrohr kamen, bewegte. Der »Roland« lag, wie an der Rose des Kompasses zu erkennen war, West-Süd-West an, weil der Kapitän bei mehr südlichem Kurs besseres Wetter zu treffen hoffte. Der Matrose am Ruder teilte nicht einen Augenblick seine Aufmerksamkeit. Sein bronzenes, wetterhartes Gesicht mit dem blonden Bart und den meerblauen Augen hing mit unbeirrbarem Ernst an der West-Süd-West-Linie des Kompasses fest, dessen Rose, in ihrem runden Kupfergehäuse kardanisch aufgehängt, trotz der Bewegungen, die der immer großartig hüpfende, großartig springende, elefantenhaft vorwärtsrauschende Steamer machen mußte, in der Horizontale blieb.

In seinem Privatzimmer wurde der Kapitän gesprächiger. Friedrich mußte Platz nehmen, und der schöne blonde Germane, dessen Augen aus derselben Schachtel stammten wie die des Matrosen, der am Ruder stand, bot ihm Zigarren an. Friedrich erfuhr, daß von Kessel unverheiratet war und zwei ältere unverheiratete Schwestern hatte, außer einem Bruder, der Frau und Kinder besaß. Die Bilder der Schwestern, des Bruders, seiner Gattin und ihrer Kinder sowie die Photographien der Eltern des Kapitäns bildeten, symmetrisch über einem rotbraunen Plüschsofa aufgehängt, ein besonderes Heiligtum.

Friedrich vergaß nicht, seine Frage zu tun: ob von Kessel mit ausgesprochener Neigung bei seinem Berufe sei. »Weisen Sie mir an Land eine Stelle nach«, bekam er zur Antwort, »wo ich das gleiche Auskommen finden kann, und ich tausche ohne alles Besinnen. Das Seefahren fängt an, seinen Reiz zu verlieren, wenn man zu Jahren kommt.« Die Stimme des Kapitäns war höchst sympathisch und guttural. Irgendwie wurde Friedrich durch ihren Klang an das Zusammenschlagen elfenbeinerner Billardkugeln erinnert. Seine Artikulation war tadellos, und er vermied es, mit irgendeinem dialektischen Anklang zu sprechen. »Mein Bruder hat Frau und Kinder«, sagte er, wobei natürlich nicht das geringste sentimentale Timbre in seinem Organ zu spüren war; aber man sah es seinen leuchtenden Blicken an, wie abgöttisch er seine Neffen und Nichten bewunderte, deren Bilder er Friedrich vorlegte. Am Ende sagte er geradezu: »Mein Bruder ist ein beneidenswerter Mann.« Er fragte dann Friedrich, ob er ein Sohn des Generals von Kammacher wäre. Es wurde bestätigt. Der Kapitän hatte den Feldzug von siebzig und einundsiebzig mitgemacht und als Leutnant in einem Artillerieregiment gestanden, dessen Chef der Vater Friedrichs gewesen war. Er sprach mit der größten Verehrung von ihm. Eine halbe Stunde und länger blieb Friedrich zu Besuch bei dem Kapitän, und diesem schien die Gegenwart Friedrichs ein besonderes Vergnügen zu machen. Es war erstaunlich, welch eine weiche und zärtliche Seele in diesem Manne verborgen war. Immer, ehe er etwas von ihr enthüllte, pflegte er stärkere Züge aus seiner Zigarre zu tun und Friedrich lange und forschend anzublicken. Allmählich indessen kam deutlich heraus, welcher Magnet auf den Kompaß im Herzen des blonden Riesen am stärksten einwirkte. Abwechselnd wies er nach dem Schwarzwald und nach dem Thüringer Wald. Unwillkürlich sah Friedrich den prächtigen Mann mit einer Heckenschere am Ligusterzaune seines behaglichen Häuschens stehen oder zwischen Rosenstöcken, mit dem Okuliermesser. Friedrich war überzeugt, dieser Mann wäre mit Wollust für immer im weichen Rauschen unendlicher Wälder untergetaucht und hätte nur zu gern das Rauschen aller Ozeane der Welt dafür hingegeben.

»Vielleicht ist noch nicht aller Tage Abend«, sagte der Kapitän, indem er sich mit Humor erhob und das große Stammbuch vor Friedrich hinlegte. Er drohte: »Ich schließe Sie jetzt mit Feder und Tinte ein, und wenn ich wiederkomme, muß ich auf diesem Blatte irgend etwas Sinnreiches vorfinden.«

Friedrich durchblätterte das Gedenkbuch. Es war unverkennbar, daß sich mit ihm die Hoffnung auf Gemüsebeete, Stachelbeersträucher, Vogelgezwitscher und Bienengesumm aufs engste verband. Sicherlich richtete sich die Seele des Kapitäns, unter dem Drucke der schweren Verantwortung mancher Seereise, durch das Blättern in diesem Buche auf, und zwar im Hinblick auf eine Zeit, wo es im Frieden des schlichten eigenen Herds Zeugnis für seinen Besitzer ablegen würde. Dann war es an ihm, seine Dienste zu tun und im gesicherten Hafen bestandene Gefahr, bestandenen Kampf, bestandene Mühsal in einen vollen und tiefen Nachgenuß umzuwandeln.

Und plötzlich erschien vor Friedrichs Seele sein eigenes quietistisches Ideal in Gestalt einer Farm, in Gestalt einer vollkommen einsam gelegenen Blockhütte. Sie war aber nicht von ihm allein, sondern von ihm und der kleinen Teufelin Mara bewohnt. Er war erbittert. Er stieg im Geist in noch verlassenere Gegenden und sah sich als einsamen Eremiten, der Wasser trank, seinen Fisch an der Angel zog, betete und von Wurzeln und Nüssen lebte.

Als der Kapitän wiedergekommen war und sich dann von Friedrich verabschiedet hatte, fand er die folgenden Zeilen in seinem Buch:

Schwebst du hoch ob Ozeanen,
  deines Meisters Bahnen teilend,
  wirst du dermaleinst verweilend
  blühn am Ende seiner Bahnen,
  wirst im Garten seiner Stille

Sturm und Taten ihm bezeugen:
wie sich Kraft und Manneswille
nicht vor schwersten Seen beugen!
Stolze Runen wirst du tragen,
zu des Steuermannes Ehre,
und den Dank der Seelen sagen,
die er führte durch die Meere.

Als Friedrich, mit einer Hand seine Kopfbedeckung festhaltend, die andere Hand am Treppengeländer, aus der pfiffigen Höhe der Kapitänskajüte zum Wandeldeck niederstieg, öffnete sich die schöne Deckkabine des Ersten Steuermanns, und dieser erschien im Gespräch mit Achleitner. Achleitner schrie mit bleichem und sorgenvollem Gesicht im Vorübergehen Friedrich an. Er berichtete, daß er die Steuermannskabine für Ingigerd Hahlström gemietet habe, da es nicht mehr mit anzusehen sei, wie sie in ihrer jetzigen leide. Das Sturmwetter hatte zugenommen, und man sah nun nicht einen Passagier mehr an Deck. Matrosen revidierten die Rettungsboote. Gewaltige Wassermassen, die an der Schiffswand brandeten, schräg von vorn gegen den Kurs laufend, spritzten gewaltigen Sprunges empor, standen, weißen Korallen gleich, einen Augenblick still in der Luft und peitschten, alles durchnässend, auf Deck nieder. Der Qualm der Schornsteine wurde vom reißenden Atem des Wetters flach von den Öffnungen rückwärtsgerissen und in das wilde Chaos zerstreut, darin sich Himmel und Meer vermengten. Friedrich tat einen Blick auf das niedrige Vorderdeck. Eine Erinnerung an die Jüdin und dann an den Kujon, den Wilke, war ihm hinter der brennenden Stirne aufgetaucht. Das Vorderdeck wurde indessen dermaßen von Sturzseen heimgesucht, daß sich dort niemand aufhalten konnte, ausgenommen den Matrosen, der vorn am Steven, unweit des Ankerkranes, Auslug hielt.

Um das rechteckige Treppenloch zur Haupttreppe war ein Geländer angebracht. Ringsherum blieb ein schmaler Raum, in dem eine Anzahl Menschen bei guter Luft und geschützt vor der Nässe sitzen konnten. Friedrich trat, im Begriff zum Salon hinunterzusteigen, durch die immer offene Tür in das Treppenhäuschen ein und fand eine stumme und bleiche Versammlung. Ein Stuhl war frei, ein sogenannter »Triumph der Bequemlichkeit«, und veranlaßte Friedrich Platz zu nehmen. Es kam ihm vor, als habe er sich in einen Kreis von Verdammten eingereiht.

Von einem der armen Sünder glaubte Friedrich, daß es Professor Toussaint, der berühmte, in Not geratene Bildhauer sei; darauf deuteten Kalabreser und Radmantel. Sein Nebenmann wechselte hin und wieder mit ihm ein Wort: und dies mochte vielleicht Geheimrat Lars aus dem Kultusministerium sein, dessen Erscheinung Friedrich nur noch undeutlich vor der Seele stand, trotzdem er ihm einmal im Hause des Bürgermeisters gegenübergesessen hatte. Der Konfektionär hatte sich – Gott weiß, wie! – bis hierher aus seiner Kabine heraufgeschleppt und lag nun, ein Toter, in seinem Stuhle. Es war außerdem noch ein kleiner, rundlicher, ängstlicher Herr zugegen, der sich mit einem mageren und langen Herrn unterhielt.

Der lange Herr zeigte jenem den Querschnitt eines Untersee-Telegraphenkabels. Das harte, komplizierte Geflecht aus Hanf, Metall und Guttapercha wurde herumgereicht. Aus den flüsternd abgebrochenen Sätzen des langen Herrn entnahmen die anderen, daß er im Jahre siebenundsiebzig als Elektriker auf einem Dampfer gewesen war, der ein europäisch-nordamerikanisches Kabel ausgelegt hatte. Die Arbeit dauerte ununterbrochen auf hoher See monatelang. Der Herr erzählte, wie er sogar den Bau des Kabelschiffes auf der Werft kontrolliert habe und die Fäuste der Arbeiter, deren Aufgabe es gewesen war, die Metallplatten der Schiffswanten mit Nieten aneinanderzuheften. Er sprach von der Telegraphen-

Hochebene auf dem Grunde des Ozeans, die, aus grauem Sande gebildet, sich zwischen Irland und Neufundland erstrecke und die Lagerstätte der hauptsächlichsten europäisch-amerikanischen Kabel sei.

Die kupfernen Drähte im Innern des Kabels, zu deren Schutz seine übrige Masse, beinahe faustdick, einer gewaltigen Ankertrosse gleich, vorhanden ist, werden seine Seele genannt. Friedrich sah im Geist in der furchtbaren Öde der Meerestiefen die ungeheuren erzenen Schlangen hingelagert, scheinbar ohne Ende und Anfang, über dem Sandboden fortlaufend, der von den Rätseltieren des Meeresgrundes bevölkert war. Es kam ihm vor, als wäre das Schicksal einer so tiefen Verlassenheit selbst für die Seelen der Kabel zu grausam.

Dann fragte er sich: warum brachen die Menschen an beiden Enden des ersten Kabels, als die ersten Depeschen kamen, eigentlich in begeisterten Jubel aus? Es hat vielleicht eine mystische Ursache, denn daß man jetzt ein Guten Morgen, Herr Müller! oder Guten Morgen, Herr Schulze! in einer Minute zwanzigmal um den Erdball telegraphiert oder meinethalben mit dem Reportertratsch aller Weltteile die gesamte Menschheit trivialisiert, kann unmöglich der wahre Grund dieses Freudenrausches gewesen sein.

Als er so dachte, rutschte sein Stuhl, und Friedrich wurde gemeinsam mit dem Elektrotechniker und dem schlafenden Konfektionär hart gegen das Geländer des Treppenlochs geschleudert, während die gegenüberliegende Reihe der Passagiere, mit dem Geheimrat und dem Professor, hintenüberschlug. Der Vorfall war ziemlich lächerlich: doch niemand war da, der zu lachen versucht hätte.

Einer der immer beschäftigten Stewards erschien und reichte, gleichsam zum Trost der Bestürzten, aus dem unerschöpflichen Vorrat der Proviantkammern spanische Trauben herum. »Wann sind wir in New York?« fragte jemand. Aller Augen waren sofort in Verblüffung und Schreck auf ihn gerichtet. Der sonst so höfliche Steward gab keine Antwort. Eine bestimmte Auskunft würde nach seiner Ansicht einer Herausforderung des Schicksals gleichgekommen sein. Die Passagiere empfanden ähnlich. Ja, der Gedanke, man könne wirklich und wahrhaftig einmal wieder festes Land unter die Füße bekommen, kam ihnen in ihrem augenblicklichen Zustand fast wie ein törichtes Märchen vor.

Eigentümlich verhielt sich der kleine dicke Herr, dem der Elektrotechniker hauptsächlich seine Vorträge hielt. Er machte fortwährend besorgte Bemerkungen und blickte nach kurzen Zwischenräumen immer wieder ängstlich in den Aufruhr hinaus. Forschend richtete er die kleinen, vigilanten Augen seines kummervollen Gesichts bald gegen die Spitzen der Masten, die nicht aufhörten, große Kreisbogen zu durchmessen – Steuerbord Backbord, Backbord Steuerbord –, bald voller Sorge in das monotone Gebaren der immer höher heranwachsenden Wassermassen hinein. Friedrich war gerade dabei, sich über die Feigheit dieser erbärmlichen Landratte innerlich lustig zu machen, als ihm jemand erzählte, der dicke Herr sei Schiffskapitän und habe vor kaum drei Wochen seine Bark von ihrer Weltreise nach New York zurückgebracht, nachdem sie drei Jahre unterwegs gewesen war. Er habe dann seine Frau in Europa besucht und kehre nach New York zurück, um die gleiche Reise von ähnlicher Zeitdauer anzutreten.

Friedrich dachte über den furchtsamen Seemann nach, dessen Charaktereigenschaften mit den Forderungen und Leistungen seines entbehrungsreichen Berufs so wenig in Einklang zu stehen schienen, und fragte sich, was einen solchen Mann auf die Dauer in seiner Ehe und in seinem Leben festhalte; dann erhob er sich, um sich ziellos irgendwohin zu begeben. Die unfreiwillige Muße einer Seereise bewirkt, besonders bei schlechtem Wetter, daß der Passagier den Kreis aller auf einem Schiffe möglichen Eindrücke, wenn er damit zu Ende ist, immer wieder von neuem durchläuft. So fand sich Friedrich, nachdem er eine Weile ziellos treppauf, treppab geklettert war, auf den Lederpolstern jenes Galarauchzimmers, das bei der Masse der Raucher keinen Anklang fand und darin der Armlose gestern seine Mahlzeit genommen hatte.

Hans Füllenberg trat mit der Frage ein, ob man hier nicht berechtigt sei, Zigaretten zu rauchen. Dann ließ er sich über das Wetter aus und beurteilte es ziemlich trübselig. »Wer weiß, wie es endet«, sagte er, »vielleicht laufen wir, statt nach New York zu kommen, einen Nothafen in Neufundland an.« Diese Aussicht ließ Friedrich gleichgültig.

Füllenberg suchte nach einem neuen Gesprächsthema.

»Was macht Ihre Dame?« fragte Friedrich.

»Meine Dame spuckt, wenn man bei ihr von Seele reden kann, ihre Seele aus. Ich habe sie vor zwei Stunden zu Bett gebracht. Diese Engländerin ist bereits eine Vollblutamerikanerin. Ungeniert, sage ich Ihnen! Großartig. Erst habe ich ihr die Stirn mit Branntwein gerieben, wovon sie dann ziemlich derbe genossen hat, dann knöpfte ich sie am Halse auf. Sie scheint mich für einen Masseur zu halten, der von ihrem Gatten für sie gechartert ist. Die Sache wurde mir schließlich langweilig. Außerdem stieg mir selber in ihrem knackenden Boudoir die Seele durch den Magen herauf. Alle Poesie ist zum Teufel gegangen.

Sie hat mir übrigens die Photographie ihres zärtlich geliebten New-Yorker Gatten gezeigt. Ich glaube, sie hat in London noch einen ...« Hans Füllenberg wurde durch den first call for dinner unterbrochen, den der Trompeter im Treppeneingang mit Geschmetter durch seine Trompete blies, den aber die dicke Luft und der ungeschlachte Lärm der See sofort, ohne Widerhall, verschlangen.

»Außerdem hat sie sich«, schloß nun der Jüngling, »den Doktor Wilhelm hinunterbestellt.«

Im Speisesaal sah es öde aus. Weder ein Offizier noch der Kapitän des »Roland« war anwesend. Der Dienst bei dem üblen Wetter erlaubte es nicht. Eine hölzerne Vorrichtung teilte die Fläche der Tische in Fächer ab, die das Rutschen der Teller, Gläser und Flaschen verhüten sollten. In der Küche und in der Porzellankammer gab es zuweilen gewaltigen Bruch. Man hörte Stöße von Tellern zerschellen. Kaum zwölf oder dreizehn Leute waren bei Tisch, darunter Hahlström und Doktor Wilhelm. Schließlich kamen noch die Kartenspieler hereingestürzt, mit erhitzten Gesichtern und lauten Stimmen. Ein Spielgewinst wurde sofort in Pommery umgesetzt. Die Tischmusik trat trotz des schrecklichen Wetters in Funktion. Es lag darin etwas Frevelhaftes, stand doch der »Roland« immer wieder bebend still, als wäre er wider ein Riff gelaufen. Einmal war diese Täuschung so stark, daß im Zwischendeck eine Panik entstand. Der Obersteward, Herr Pfundner, brachte die Nachricht davon in den Speisesaal, bis wohin, trotz des Lärms der wuchtenden Wassermassen, trotz Tellergeklappers und Streichmusik, der entsetzte Schrei der bestürzten Menschen gedrungen war.

Zum Dessert stieg Hahlström von seinem entfernten Platz mit einiger Mühe zu Friedrich und Doktor Wilhelm heran. Er nannte sich selber einen Kurpfuscher und fing ein Gespräch über Heilgymnastik an. Durch diese Gymnastik, meinte Hahlström, sei Ingigerd, seine Tochter, zu dem Gedanken ihres Tanzes gekommen. Es schien, er hatte Whisky getrunken, denn er befand sich nicht mehr in seinem gewöhnlichen Zustand der Schweigsamkeit. Er entwickelte philosophische Ansichten. Er spielte, wie um herauszufordern, eine wilde und tolle Behauptung nach der anderen aus. Jeder der Trümpfe hätte genügt, zehn deutsche Philister mattzusetzen. Wollte man seinen Reden trauen, so war er terroristischer Anarchist, Mädchenhändler, womöglich Hochstapler: jedenfalls setzte er sich mit der ganzen Überlegenheit seiner Person für die Sache dieser Leute gegen die Dummen ein.

»Amerika«, sagte er, »ist bekanntlich von Gaunern gemacht, und wenn Sie ein Zelt darüberspannen, so haben Sie das komfortabelste Zuchthaus der Welt, meine Herren! Der Gauner, der große Renaissanceidiot, ist dort die sieghafte Lebensform. Und das ist überhaupt die einzig mögliche. Passen Sie auf, wie der große amerikanische Gauner eines Tages die Welt unterkriegt! Europa macht ja nun auch so ein bißchen in Renaissanceideal und in Renaissancebestien. Es arbeitet sozusagen eifrig an seiner Vergaunerung. Aber Amerika ist ihm darin nicht nur um zehn Pferdelängen voraus. Ihre Cesare Borgias sitzen mit Glockenröcken in den Cafés und geben ihren Verbrechergenius in ziemlich harmlosen Versen aus. Sie sehen aus wie Braunbier mit Spucke oder als hätte ihnen irgendein Bader das Blut abgezapft.

Wenn Europa sich retten will, so hat es nur eine Möglichkeit: es macht ein Gesetz, wonach es weder einen Hochstapler, Kassendefraudanten, betrügerischen Bankrotteur noch Falschspieler an Amerika ausliefert. Schon auf deutschen, englischen und französischen Schiffen in amerikanischen Häfen werden diese Leute unter den ganz besonderen Schutz Europas gestellt. Passen Sie auf, wie bald da Europa Uncle Sam überflügelt!«

Die Ärzte brachen in Lachen aus.

»Wann wußte je das Genie mit Moral etwas anzufangen?« fuhr Hahlström fort. »Selbst der Schöpfer Himmels und der Erde verstand es nicht: denn er schuf seine Schöpfung unmoralisch. Jede höhere Form der Betätigung hat die Moral über Bord geworfen. Was wäre ein Historiker, der, statt zu forschen, moralisierte? Oder ein Arzt, der moralisiert? Oder ein großer Staatsmann, der sich die Bürgermoral der zehn Gebote zur Richtschnur setzte? Nun gar ein Künstler, der moralisiert, ist ein Narr und ein Schuft. Was würden schließlich die Kirchen der ganzen Welt für Geschäfte machen, wenn wir alle moralisch wären? Sie würden ja nicht vorhanden sein.«

Man erhob sich von Tisch, und als man an Deck hinaufkletterte, sagte Hahlström plötzlich zu Friedrich: »Meine Tochter erwartet Sie. Wir besitzen hier nämlich einen Freund, Herrn Achleitner, einen sanften Schöps, der aber dafür sehr viel Geld besitzt. Der Ärmste weiß nicht, wie es am besten hinauswerfen. So hat er denn einem Leutnant für meine Tochter eine opulente Deckkabine abgemietet. Dafür hat er dann leider auch das Recht, ihr manchmal gehörig zur Last zu sein.«

In der Tat saß Achleitner, als die Herren in das Deckzimmer eintraten, auf einem nicht sehr sicher stehenden Malerstuhl, während sich Mara, sorgfältig eingehüllt, auf dem Diwan streckte. Sogleich aber rief sie dem Vater zu, er möge gefälligst Achleitner, der sie langweile, fortschaffen, und bedeutete Friedrich, sie habe an ihn ein besonderes Anliegen. Gehorsam entfernten sich Hahlström und Achleitner.

»Womit kann ich dienen?« fragte Friedrich und hörte nun eines jener belanglosen Anliegen, womit Ingigerd ihre Umgebung zu beschäftigen liebte. Sie tat das, wie sie erklärte, weil sie sich, wenn nicht Menschen in kleinen Dingen für sie tätig wären, verlassen erschien. »Falls Sie es aber nicht tun wollen«, sagte sie dann – es war irgend etwas ganz Gleichgültiges, wofür die Stewardeß die rechte Instanz gewesen wäre –, »wenn Sie es aber nicht tun mögen, bitte, dann ist es mir lieber, Sie lassen es. Und wenn Sie sich überhaupt bei mir langweilen, so bleibe ich ebensogern allein.«

Friedrich empfand diesen ganzen Beginn als den törichten Ausdruck einer Verlegenheit. Er sagte ruhig, er wolle nach Kräften nützlich sein, und erklärte, daß er sich keineswegs langweile. Das tat er auch nicht, denn allein mit der Kleinen in ihrer Kabine, empfand er, zumal die Bewegung des Schiffes hier weniger spürbar war, den gefährlichen Reiz ihrer Gegenwart.

Das Leiden der Seefahrt gab ihrem Madonnengesicht eine wächserne Durchsichtigkeit. Die Stewardeß hatte ihr die Locken

74

gelöst, die sich über das weiße Linnen des Kopfkissens ausbreiteten: eine goldne Flut, deren Anblick für Friedrich verwirrend war. In diesem Augenblick kam es ihm vor, als ob das ganze ungeheure Schiff, mit seinen Hunderten menschlicher Ameisen, nichts weiter wäre als der Kokon dieses winzigen Seidenräupchens, dieses farbenzarten, entzückenden Schmetterlings; als ob die nackten Heloten, die unten am Grunde des Schiffes Kohlen in die Weißglut schleuderten, nur schwitzten, um dieser kindlichen Venus dienstbar zu sein. Als ob Kapitän und Offiziere die Paladine der Königin, die übrigen ihr Gefolge wären. Und als wäre das Zwischendeck von blindergebenen Sklaven angefüllt.

»Habe ich Ihnen gestern mit meinen Erzählungen wehgetan?« sagte sie plötzlich.

»Mir?« fragte Friedrich. »Sie haben sich höchstens selbst wehgetan.«

Sie betrachtete ihn mit sardonischem Lächeln und zerzupfte dabei einen kleinen Ballen rosafarbener Watte aus einer Konfektschachtel, die neben ihr stand.

Friedrich fühlte, daß in der Art ihres Lächelns, in der Art ihres Blickes ein kaltes Genießen lag, und da er ein Mann war und sich solchem Hohne gegenüber machtlos fühlte, stieg eine Welle physischen Jähzorns in ihm auf, die ihm das Blut in die Augen trieb und seine Hände zu Fäusten zusammenzog. Dies war jener Raptus, den Friedrich gelegentlich notwendig hatte und der seinen Freunden eine bekannte Erscheinung war.

»Was ist Ihnen denn«, flüsterte Ingigerd, indem sie weiter Watte zerzupfte. »Vor einem Mönche, wie Sie sind, fürcht' ich mich nicht.«

Diese Bemerkung war nicht geeignet, die leidenschaftliche Woge zu beschwichtigen, die in Friedrich aufbäumte. Er wurde indessen ihrer Herr. Ein neues Tier im Stall dieser Circe werden wollte er nicht.

Es war, als wenn Ingigerd selbst die verkörperte böse Psyche wäre, so wenig gab es etwas Verborgenes in den Gefühlsregungen eines Mannes für sie. »Oh, ich wollte ja selbst einmal Nonne werden«, sagte sie, und einigermaßen umständlich plappernd erzählte sie, der Wahrheit gemäß, soweit sie nicht log, daß sie einmal ein Jahr und länger in einem Kloster untergebracht gewesen wäre, um gut zu werden, daß es aber auch im Kloster nicht besonders weit damit gediehen sei. Das heißt, sie sei religiös. Sie könne das ruhig aussprechen. Jeder Mensch, bei dem sie nicht das Gefühl habe, neben ihm und mit ihm zu Gott beten zu können, bleibe ihr fremd, ja widerlich. Vielleicht werde sie doch noch einmal Nonne werden, aber nicht wegen der Frömmigkeit – und hiermit fing sie, ohne es scheinbar selbst zu merken, allem soeben Gesagten Hohn zu sprechen an –, nicht wegen der Frömmigkeit, denn, das sollte ihr gerade einfallen, sie sei nicht fromm. Sie glaube an nichts als an sich selber. Das Leben sei kurz, und danach komme nichts. Man müsse das Leben ausgenießen. Wer sich einen Genuß versage, der sündige gegen sich und betrüge sich.

Die Stewardeß kam in die Kabine und rückte mit lustigen Worten Ingigerds Kissen und Decken zurecht. »Hier ist es besser, nicht wahr, als unten, Fräulein?« Als sie gegangen war, sagte Ingigerd: »Ich weiß nicht, die dumme Frau ist auch schon verliebt in mich.«

Weshalb sitze ich hier? fragte sich Friedrich, und hatte dabei schon angefangen mit dem Versuch, dem törichten kleinen Geschöpf in aller Güte den Star zu stechen. Warum wandelte ihn denn eigentlich immer wieder in so ungewöhnlicher Stärke Mitleid an, das dieses Geschöpf durchaus nicht beanspruchte? Und warum konnte er sich von der Idee der Unschuld nicht freimachen, von der Idee des Keuschen, solange die Gegenwart dieser kindlichen Lamia auf ihn einwirkte? Sie schien ihm lauter und unberührt, und jede ihrer kapriziösen Bewegungen und Bemerkungen erhöhte für ihn nur ihre rührende Hilflosigkeit.

Alle Liebe ist Mitleid! Dieser Satz, den Schopenhauer aufstellt und für paradox und wahr zugleich erklärt, ging Friedrich durch den Kopf. Er nahm eins der Püppchen in die Hand, die wieder um die Kleine verstreut lagen, und suchte in dem humanen Ton, den er sich im Verkehr mit Patienten zu eigen gemacht hatte, Ingigerd begreiflich zu machen, daß man nicht ungestraft in dem Irrtum lebe, die Welt sei ein Puppenspiel. Ihre Puppen seien in Wahrheit Raubtiere. Wehe, wenn man das nicht früher erkenne, als bis man von ihren Zähnen zerrissen, von ihren Pranken niedergeschlagen sei.

Sie lachte kurz und gab keine Antwort. Sie klagte dann über Schmerz in der Brust. Friedrich sei doch wohl Arzt: ob er sie nicht untersuchen wolle.

Friedrich antwortete barsch, das sei Doktor Wilhelms Sache, er selbst praktiziere auf Reisen nicht. – Nun, meinte sie, wenn sie leide, er aber als Arzt ihr Leiden lindern könne, das aber nicht wolle, so möchte wohl seine Freundschaft für sie nicht besonders sein.

Dieser Logik verschloß Friedrich sich nicht. Er wußte längst, daß ihre überaus zarte Konstitution zwischen Soll und Haben nur gerade so mühselig balancierte und in jeder Minute gefährdet war. »Wenn ich Ihr Arzt wäre«, erklärte er, »ich würde Sie etwa bei einem Landpfarrer oder bei einem Farmer unterbringen. Kein Theater besuchen, geschweige auftreten! Diese verdammten Tingeltangel haben Sie körperlich und moralisch auf den Hund gebracht.«

Ich bin roh, und das ist Medizin, dachte Friedrich.

»Wollen Sie Farmer werden?« – »Wieso?« – »Pfarrer sind Sie ja schon!« – Sie lachte, und das Gespräch ward durch das Geschrei eines Kakadus unterbrochen, dessen Kletterstange im Hintergrund der Kabine stand und den Friedrich bisher noch nicht bemerkt hatte.

»Das fehlte noch! Wo haben Sie diese Bestie her?«

»Bitte geben Sie mir mal diese Bestie! Koko! Koko!« Friedrich stand auf und ließ sich den großen, weißen, rosig überhauchten Seefahrer auf die Hand klettern.

Indessen hatte sich draußen der »Roland« durch sinkende Täler salzigen Wassers und über steigende Gebirgszüge des wie eine ungeheure Maschine gleichmäßig arbeitenden Ozeans in eine Nebelwolke hineingewühlt und ließ das Gebrüll der Sirene ausströmen. »Nebel«, erklärte Ingigerd, und es wich alles Blut aus ihrem Gesicht. Aber sie sagte sofort, daß sie sich niemals ängstige. Danach nahm sie ein Stückchen Konfekt in den Mund und ließ den Kakadu davon abknabbern, der dabei ohne jede Empfindung auf den lieblich bewegten Busen des Mädchens trat.

Friedrich mußte inzwischen jeden Augenblick eine andere Handreichung tun und fragte sich, während er sie von einem javanischen Äffchen, das sie einmal besessen hätte, schwärmen hörte, ob er denn eigentlich Arzt, Krankenpfleger, Friseur, Kammerzofe oder Schiffssteward sei und ob er es nicht doch noch bei Ingigerd bis zum Laufburschen bringen werde.

Er sehnte sich lebhaft in freie Luft und an Deck zurück.

Als aber bald darauf mit angstvoll fragenden Augen Achleitner wieder ins Zimmer getreten war und Ingigerd Friedrich, mit einem gehässigen Blick und überaus ungnädig, mehr fortgeschickt als entlassen hatte, fand er sich kaum hinter der eingeklinkten Tür im Nebelgestöber, als es ihm vorkam, es reiße ihn etwas, wie einen Gefesselten, an das Lager des Mädchens zurück.

Die Sirene brüllte ohrenzerreißend. Es war wiederum jener wie aus der Brust eines ungeheuren Stieres hervorröchelnde, sich wild und furchtbar steigernde Ton, der etwas Drohendes und zugleich etwas angstvoll Warnendes in sich hatte. Friedrich vernahm ihn niemals, ohne daß er seine Warnung und Angst auf sich bezog. Ebenso schien ihm der jagende Nebel ein Bild seiner Seele oder seine Seele ein Bild des jagenden Nebels und des erblindet ins Unbekannte strebenden Schiffes zu sein. Er trat an die Reling, und indem er gerade hinabstarrte, konnte er sehen, mit welcher gewaltigen Schnelligkeit sich die riesige Schiffswand durchs Wasser schob. Und er fragte sich, ob die Kühnheit des Menschen nicht Wahnwitz wäre.

Wer, vom Kapitän bis zum letzten Schiffsjungen, konnte verhindern, daß vielleicht schon im nächsten Augenblick die Welle der einzigen Schraube brach, die fortwährend auftauchte und in der Luft schnurrte? Wer konnte ein Schiff sichten, bevor der vernichtende Zusammenstoß der aus oblatendünnen Wänden geformten hohlen Kolosse zu vermeiden war? Wer konnte das Wrack eines der vielen untergegangenen Schiffe zu vermeiden hoffen, wenn es im Nebel unter dem Wasser schwamm und seine zusammengeklumpte Masse von Eisen und Balken, durch die Wucht des Seegangs geschleudert, gegen den Rumpf des gewaltig nahenden »Roland« traf? Was geschah, wenn jetzt die Maschine versagte? Wenn ein Kessel dem seit Tagen und Tagen ununterbrochenen Drucke der Dampfspannung nicht gewachsen war? In diesen Gegenden traf man auch Eisberge. Nicht davon zu reden, welches Schicksal den »Roland« in gesteigertem Sturm erwartet hätte.

Friedrich trat in das obere Rauchzimmer, wo er die Kartenspieler, Doktor Wilhelm, den armlosen Artur Stoß, Professor Toussaint und andere Herren versammelt fand. Er wurde mit einem Hallo empfangen. Das Zimmer, das stark nach Kaffee roch, war von dickem, beizendem Qualm erfüllt, der einen Augenblick lang, als Friedrich eintrat, mit dem feuchten Nebel zusammenschlug.

»Was ist denn passiert, meine Herren?« fragte Friedrich.

Jemand rief: »Haben Sie der Tänzerin nun glücklich den allbekannten Leberfleck, zwei Finger breit vom Kreuz, dicht oberhalb der linken Hüfte, wegoperiert?«

Friedrich erbleichte und antwortete nicht.

Er nahm wieder bei Doktor Wilhelm Platz und stellte sich, als ob er den ganzen Lärm und die Worte des Unbekannten gar nicht auf sich bezogen hätte. Den Vorschlag des Kollegen, Schach zu spielen, nahm er an.

Über dem Spielen hatte er Zeit, Scham und Empörung hinunterzuwürgen. Verstohlen sah er sich nach dem vermutlichen Sprecher um. Stoß rief ihm zu: »Es gibt hier Leute, Herr Doktor, die, wenn sie nach Amerika gehen, ihren Anstand in Deutschland lassen, obgleich die Überfahrt dadurch nicht billiger wird.« Der, den es traf, ließ diese Bemerkung unbeantwortet. Dagegen sagte irgendwer: »Aber, Mr. Stoß, wir sind hier in keinem Damensalon, und man braucht einen kleinen Spaß nicht gleich krummzunehmen.« – »Ich bin nicht für Späße«, entgegnete Stoß, »die auf Kosten von Leuten gemacht werden, die in der Nähe sind, und besonders nicht, wo Damen ins Spiel kommen.« – »Oh, Mr. Stoß«, sagte der ältere Hamburger Herr, der ihm schon einmal geantwortet hatte, »alles zu seiner Zeit: gegen Predigten habe ich nichts, aber wir sind hier bei schlechtem Wetter auf See, und dieses Zimmer ist keine Kirche.«

Jemand sagte: »Übrigens hat niemand Namen genannt.«

Der amerikanische Jüngling, der sich durch Feuerchenmachen im Damensalon bereits ausgezeichnet hatte, sagte jetzt trocken: »When Mr. Stoß is in New York, he will hold church services every night in Webster and Forster's tingeltangel.« Stoß gab zurück: »No moisture can be compared with the moisture behind the ears of many young American fellows.« Der Jüngling erwiderte: »Directly after the celebrated Barrison sisters' appearance, after the song

›Linger longer Loo‹ Mr. Stoß will raise his hands to heaven and beg the audience to pray.«

Nach diesen Worten sprang, ohne auch nur einen Muskel seines Gesichts zu verziehen, der schlanke Bengel ins Freie hinaus.

Artur Stoß hatte das Nachsehen. Aber auch er hielt sich nicht lange bei dem Hiebe, den er empfangen hatte, auf und bei dem Gelächter, das ihm nachfolgte. »Man täuscht sich sehr«, sagte er, sich an Professor Toussaint wendend, der bei ihm saß, »wenn man annimmt, daß die Moral in Artistenkreisen laxer als sonstwo in der Gesellschaft ist. Das ist eine vollkommen irrige Annahme. Oder meint jemand, daß diese unerhörten und tollkühnen Leistungen, worin die Artisten sich fortwährend steigern, mit einem Luderleben vereinbar sind? Goddam! da sollte sich manch einer wundern. Für Taten, wie sie in den verachteten Tingeltangels geleistet werden, ist Askese und eiserne Arbeit vonnöten, wie sie dem Philister, der seinen Frühschoppen niemals versäumt, eine unbekannte Sache ist.« Und er fuhr fort, das Lob des Artisten auszubreiten.

Hans Füllenberg fragte: »Was haben Sie denn eigentlich für eine Spezialität, Herr Stoß?«

»Wenn man's kann«, kam zurück, »ist's nicht schwer, mein Junge. Aber wenn wir uns jemals duellieren sollten, so hätten Sie ganz die Wahl, welches Auge, welches Ohrläppchen oder welchen Backenzahn Sie drangeben wollten.« – »Er schießt wie Carver«, sagte jemand. »Drei-, viermal hintereinander nimmt er mit der Kugel das Herz aus dem Aß heraus!« – »Eine Kunst wie andere, meine Herrschaften! Aber glauben Sie nicht, daß sie, selbst wenn man Arme hat und nicht mit den Füßen die Flinte halten und abdrücken muß, ohne Entsagung, Schweiß und Geduld zu erlangen ist.«

Kapitän von Kessel erschien und wurde mit lautem »Ah« empfangen. Um ihn herum durch die Tür brach eine gewaltige Fülle von Sonnenschein. »Das Barometer steigt, meine Herrschaften!«

Die Tatsache wirkte und hatte bereits wie ein Zauber gewirkt. Ein Herr, der im Winkel schlafend gelegen hatte – in jenem Halbschlaf, der die gelindeste Folge der Seekrankheit ist –, setzte sich aufrecht und rieb die Augen. Hans Füllenberg eilte mit anderen Passagieren an Deck hinaus. So taten auch Doktor Wilhelm und Friedrich, der seine Partie verloren hatte.

Die beiden Doktoren wandelten über die ganze Länge des Promenadendecks, wo sich ein überraschend heiteres Leben entfaltete. Die Luft war lind. Das Schiff lag still, und es schien für seinen gewaltigen Körper ein Genuß zu sein, sich durch die nur noch niedrigen Züge flaschengrüner Wogenreihen vorwärtszudrängen. Und auch die Passagiere durchdrang Zufriedenheit. Fortwährend mußten die Herren grüßen und ausweichen, denn die Stewards hatten das schöne Wetter von Koje zu Koje bekannt gemacht, und jedermann war an Deck gekrochen. Überall wurde geschwatzt und gelacht, und man konnte erstaunen und wieder erstaunen, welch ein lustiger Damenflor sich bisher im Rumpfe des »Roland« verborgen gehalten hatte.

Hans Füllenberg kam vorüber, mit seiner wieder gesund gewordenen Amerikanerin. Sie hatte eine Freundin gefunden. Diese, mit einer schwedisch-blonden Haarkrone, mit Pelzbarett und in Fuchspelz gehüllt, schien von den schlechten Späßen und dem schlechten Englisch Hans Füllenbergs höchst erbaut zu sein. Außerdem hatte er ihre Muffe in Pension, die er abwechselnd vor den Magen, vor das Herz und mit furchtbarer Leidenschaft an den Mund drückte. Der junge Amerikaner begleitete seine Kanadierin, die sehr blasiert, aber merklich erfrischt promenierte. Sie schien zu frösteln, obgleich sie sich in ein Jackett aus kanadischem Zobel gesteckt hatte, das ihr bis zu den Knien ging.

Auf der Backbordseite des Decks hielt Ingigerd, diesmal vor ihrer Kabine, Cercle. Der bevorzugte Raum, den sie innehatte und dessen Türe hinter ihr offenstand, schmeichelte jetzt, wo das Deck voller Menschen war und jedermann sie beneiden konnte, nicht wenig ihrer Eitelkeit.

Friedrich sagte zu Doktor Wilhelm: »Wenn es Ihnen recht ist, Kollege, so bleiben wir lieber diesseits des Rubikon. Die Kleine ennuyiert mich ein bißchen. Könnten Sie mir nicht übrigens sagen«, fuhr er fort, »wodurch ich, als ich vorhin ins Rauchzimmer kam, ein solches Hallo und die Bemerkung des Unbekannten entfesselt habe?«

Wilhelm meinte, heiter begütigend, Hans Füllenberg sei hereingekommen und habe im Übermut eine Bemerkung gemacht. Er habe wohl Friedrich aus Ingigerds Zimmer treten sehen.

Friedrich wollte dem Jüngling die Ohren abschneiden.

Die Herren lachten und wurden fröhlich und stimmten so in den allgemeinen Taumel der Lebensfreude ein. Jeder hatte nach den erbärmlichen Stunden wieder den Wert des bloßen Lebens verstehen gelernt. Nur leben, nur leben! das war der mit jedem Schritt, mit jedem Lachen, mit jedem Zuruf von Mensch zu Mensch mitschwingende Wunsch, in dem alle Kümmernis versank. Keine von den Sorgen europäischer oder amerikanischer Herkunft, die man mit aufs Schiff geschleppt hatte, gewann in diesen Minuten die geringste Daseinsmacht. Wer nur lebte, hatte das große Los gewonnen.

Alle diese promenierenden Menschen wären jetzt bereit gewesen, allerlei Torheiten zu begehen und als geringfügig einzuschätzen, die sie sich auf festem Boden niemals gestattet und niemals verziehen hätten.

Auf Befehl des Kapitäns waren inzwischen die Musikanten an Deck erschienen und hatten sich mit ihren Notenständern und Instrumenten aufgestellt. Und als ihre fröhlichen Wanderweisen nun über den ganzen »Roland« dahinschmetterten, gab es einen Gipfel von Festlichkeit, und es war ein halbe Stunde lang, als wären die wenigen ziehenden Wolken am blauen Himmel, das Schiff, die Menschen darauf und der Ozean übereingekommen, Quadrille zu tanzen.

Plötzlich wurde der alte furchtbare Meergreis jovial und gutmütig. Es zeigte sich darin, daß er in sichtlich spaßhafter Laune, nicht ohne eine gewisse hanebüchene Eitelkeit, Nummer auf Nummer, seine Puppen im Umkreis des »Roland« ebenfalls tanzen ließ. Scharen fliegender Fische mußten aufspringen. Ein Walfisch ließ seine bekannte Fontäne los. Und schon wurde auch von den Zwischendecklern am Vordersteven der Ruf »Delphine!« ausgestoßen.

Auf die Dauer konnten die Herren Ingigerd nicht umgehen. Als Wilhelm ihrer ansichtig wurde, äußerte er: »Theridium triste, die Galgenspinne!« – »Wieso?« fragte Friedrich, der ein wenig erschrocken war. – »Sie wissen doch«, gab Wilhelm zur Antwort, »daß die Galgenspinne gewöhnlich in der Nähe eines Ameisenhaufens auf der Spitze ihres Grashalmes sitzt und nichts weiter tut, wenn unten ein Myrmidone vorüber will, als ihm einen Gespinstknäuel vorzuwerfen. Das übrige besorgt dann die Ameise schon allein. Sie verwickelt sich bis zur Hilflosigkeit und wird von dem winzigen Spinnchen dann ganz gemächlich aufgefressen.«

»Wenn Sie die Kleine hätten ihren Tanz tanzen sehen, Kollege«, sagte Friedrich, »Sie würden ihr dann vielleicht eher die Rolle der Ameise zuteilen, die von der Galgenspinne erdrosselt wird.« – »Ich weiß nicht«, lautete Wilhelms Antwort, »irgendein Dichter sagt ja wohl: dies Geschlecht ist am stärksten, wenn es schwach.«

Ingigerd hatte inzwischen eine neue Sensation, die sie Herrn Rinck, dem Verwalter des Postamts, verdankte. Sie spielte mit einem niedlichen Hündchen, das wie ein nicht über zwei Fäuste großer Ballen weißer Wolle auf ihrem Schoße lag. Der Spaß war der, daß dieser Eisbär en miniature mit seiner lächerlich winzigen Fistel wie rasend die große Schiffskatze anbellte, die ihm Herr Rinck vor die Augen hielt.

»Heut wollen wir einmal gut schlafen«, sagte Wilhelm, »mit Ihrer Erlaubnis, Mr. Rinck.« – »I always sleep well«, erwiderte sehr phlegmatisch der Postbeamte, der neben dem schweren, weichen, hängenden Katzenleib die brennende Zigarette hielt.

»Blicken Sie einmal hier hinunter, Kollege!« Mit diesen Worten öffnete Doktor Wilhelm eine in der Nähe befindliche Tür, durch die man in einen tiefen quadratischen Schacht hinabsehen konnte: er war bis zu halber Höhe mit Tausenden von Paketen angefüllt. Man konnte mit Stiefeln darauf herumtreten. Alles dies mußte der Postbeamte ordnen. – »Ohne die Briefe«, ergänzte phlegmatisch Mister Rinck.

»Dieser Rinck«, sagte Wilhelm im Weitergehen, »ist eigentlich ein Original, das man kennen muß. Er hat vor Jahren einmal mit einem ähnlichen Typus wie dieser kleinen Hahlström Pech gehabt. Solche Typen soll man nicht heiraten. Seit der Zeit hat er dem Tode auf jede mögliche Weise und auf allen Meeren der Welt gleichgültig ins Auge gesehen. Sie sollten ihn mal erzählen hören: wozu man ihn aber, da er nicht trinkt, nur selten bringen kann. Man redet so viel von Fatalismus, der aber schließlich bei den meisten, die das Wort im Munde führen, nur eine papierne Sache ist. Bei Rinck ist er keine papierne Sache!«

Das Leben an Deck nahm mehr und mehr einen mondänen Zuschnitt an. Friedrich war erstaunt, wie viele Leute aus Berlin, die er von Ansehen kannte, plötzlich auftauchten. Bald hatte sich ihm Professor Toussaint vorgestellt und ihn zu seiner in einen

Schiffsstuhl hingegossenen Gattin geführt. »Ich folge der Einladung eines amerikanischen Freundes«, erklärte Toussaint, etwas herablassend, und nannte den Namen eines bekannten Millionenmannes, »und wenn ich drüben Aufgaben finde, so soll es mir nicht darauf ankommen, in Amerika etwas wie meine zweite Heimat zu sehen.« Und der bleiche, versorgte, vornehme Mann fuhr fort, unter dem etwas ironisch blasierten Blick seiner noch immer schönen Frau, Sorgen und Hoffnungen auszubreiten. Ohne es selbst zu merken, gebrauchte er immer wieder, und fast zu oft, den Ausdruck: das Dollarland.

Mittlerweile fing man am Hinterdeck zu tanzen an. Es war Hans Füllenberg, der allezeit aufgelegte Berliner, der einen Straußschen Walzer zum Anlaß nahm, die Dame im Fuchspelz zu engagieren. Wie immer, schlossen sich dem gegebenen Beispiel bald eine Anzahl weiterer Tanzpaare an, und somit ward unter dem aufgeklärten Himmel ein Kränzchen gehalten, das nicht vor Sonnenuntergang seinen Abschluß erreichte.

Als die Kapelle mit ihren blinkenden Messinginstrumenten sich wieder verkriechen wollte, wurde sie von der Gesellschaft festgehalten, und im Handumdrehen ward eine Sammlung eröffnet und ein beträchtliches Geldgeschenk in die Kasse der Musikanten gelegt. Worauf ihre Tänze, weit fröhlicher, wiederum einsetzten.

Doktor Wilhelm ward abgerufen. Friedrich gelang es nach einiger Zeit, sich von dem Ehepaar Toussaint loszumachen und eine Weile für sich zu sein. Der gereinigte Himmel, das wie durch ein Wunder beruhigte, glasig schwellende Meer, der Tanz, die Musik, die Sonnenstrahlen bewirkten auch in ihm ein neues, wohliges Daseinsgefühl. Das Leben, sagte sich Friedrich, ist immer ein so oder so, mit Schmerz oder Lust, mit Nacht oder Tag, mit Sonnenschein oder schwarzem Gewölk erfüllter Augenblick. Und von diesem aus wird sich jedesmal Vergangenheit und Zukunft verfinstern oder erleuchten. Sollte das so durchleuchtete Dasein von einer geringeren Realität als das so verfinsterte sein? Mit einem jugendlichen, fast kindlichen Jubel hörte er alles in sich und um sich mit »Nein!« antworten.

Friedrich hatte den Schlapphut, den er jetzt trug, zurückgerückt, den leichten Überzieher geöffnet; seine beiden Arme, mit den in grauen schwedischen Handschuhen steckenden Händen, waren wie Haken über die Reling zurückgelegt. Er sah das Meer, das gleitende Schiff, er fühlte die Pulsstöße der Maschinen, sein Gehör war mit den schmiegsamen, wienerisch schmelzenden Harmonien des Walzers erfüllt, die ganze Welt war zu einem selber in allen Teilen leichtsinnig bewegten, farbig funkelnden Ballsaal geworden! Er hatte gelitten und leiden gemacht, und alle, an denen er gelitten und die er jemals leiden gemacht hatte, umarmte er nun und schien sich mit ihnen im Rausch zu verbinden.

Da geschah es, daß Ingigerd Hahlström und die Reckengestalt des Ersten Offiziers vorübergingen. Friedrich hörte sie sagen: sie tanze nicht, und das Tanzen sei ein fades Vergnügen. Da sprang er auf und schwang sich gleich darauf im Kreise mit der Kanadierin, die er dem verblüfften amerikanischen Jüngling mit einer eigentümlich flammenden deutschen Manier rücksichtslos von der Seite geraubt hatte. Es war zu erkennen, daß die hochatmende, zarte und exotische Frau an diesem starken Eroberarm Gefallen fand.

Als Friedrich den Tanz mit der Kanadierin aufgeben mußte, fand er sich in der Notwendigkeit, mit ihr eine Zeitlang Französisch und Englisch zu radebrechen. Er war sehr froh, als er sie an den jungen Amerikaner zurückgeben konnte. Zur gleichen Zeit wurde Stoß von seinem Diener, wie immer am Rockkragen, über Deck transportiert. Der Armlose nahm Gelegenheit, auf diese Art der Beförderung spaßhaft hinzuweisen: er nannte sie eine Überland- und Übersee-Privatextrapost. Friedrich schob einen Deckstuhl herbei, weil er Lust bekam, mit dem Artisten zu plaudern, und dieser wurde von seinem Burschen mit Geschick und Umsicht niedergesetzt.

»Wenn das Wetter so bleibt«, sagte Artur Stoß, »können wir im Laufe des Dienstags am Pier in Hoboken festmachen. Aber nur, wenn das Wetter so bleibt. Wie der Kapitän mir sagt, laufen wir endlich volle Kraft, sechzehn Knoten die Stunde.« – Friedrich erschrak! Im Laufe des Dienstags also mußte das gemeinsame Leben mit Ingigerd zwischen den gleichen Wänden zu Ende sein.

»Die Kleine ist ein pikantes Luderchen«, sagte Stoß, als ob er Friedrichs Gedanken erraten hätte. »Mir ist es nicht wunderbar, wenn ein unerfahrener Mann diesem Früchtchen verfällt. Freilich, man soll sie mit Handschuhen anfassen!« – Friedrich litt Pein. Indem er den armlosen Rumpf seitlich anschielte, krümmte sich seine Seele unter dem Fluch der Schmach und der eigenen Lächerlichkeit.

Aber Stoß fuhr fort, über Erotik im allgemeinen zu philosophieren. Er, der armlose Don Juan, las Friedrich über die Art, mit Weibern umzugehen, ein Privatissimum. Dabei kam er ins Renommieren, und seine Intelligenz schrumpfte im genauen Verhältnis zum Wachstum seiner Eitelkeit. Irgendein quälender Trieb in ihm schien dahin gerichtet, dem anderen als Mann zu imponieren.

Ein Dienstmädchen führte Kinder vorüber. Friedrich atmete auf, denn Stoß wurde hierdurch abgelenkt. Er rief: »Nun, Rosa, was macht die Gnädige?« Rosa antwortete: »Sie kommt nicht herauf. Sie ist beim Kartenlegen und Tischrücken.« Der Bursche Bulke, vor dessen Augen das Kindermädchen Gnade gefunden zu haben schien, half ihr die Kleinen auf Stühle setzen. Und Friedrich erkannte in ihr die gleiche Landpomeranze wieder, die im Rasiersalon Eau de Cologne gekauft und deren unerquickliche Dienstverhältnisse er durch den Barbier erfahren hatte.

Diese Verhältnisse fanden jetzt auch durch Artur Stoß Bestätigung: »Da ist eine Frau Liebling«, sagte er, »die gegen diese Perle von einem Domestiken den Obersteward zu Hilfe ruft. Pfundner hat ihr aber gesagt, sie müsse diese geradezu exemplarische Rosa, statt sie zu verklagen, in Watte packen.« Der Armlose schloß: »Solche Weiber wissen oft nicht, was sie tun.«

Noch erklang die Musik, noch leuchtete die Sonne aufs trockene Deck, wo die reisende Welt in oberflächlichster Laune, angesichts der Unendlichkeit von Himmel und Wasser, tanzte und tänzelte, als Friedrich in den Maschinenraum gerufen ward. Der Abstieg führte eine senkrechte eiserne Leiter hinunter, durch dicken Öldunst und künstliches Licht, einen Weg, der Friedrich unendlich schien. Um ihn arbeiteten die Maschinen. Über gewaltige Schwungräder liefen breite, sausende Schwungriemen. An dicken metallenen Achsen drehten sich große metallene Scheiben, verbunden mit Rädern und Rädchen, die alle besondere Arbeit verrichteten. Friedrichs Augen streiften die ungeheuren Zylinder, in denen gepreßter Dampf pumpenschwengelartige Kolben und durch sie die große Welle bewegte, die, längs der Kiellinie eingebaut, nach rückwärts ging.

Maschinisten stiegen mit Lappen und Ölkännchen zwischen den kreisenden Eisenmassen herum, mit einer staunenerregenden Sicherheit und Verwegenheit, wo doch jede noch so geringe unüberlegte Bewegung todbringend sein mußte.

Und immer noch weiter ging es hinab, bis dorthin, wo von vielen Schaufeln, in den Händen nackter Heloten, Kohle in die Weißglut unter den Kesseln flog. Man war in eine nach Kohle, Brand und Schlacke riechende Hölle gelangt, die durch weißglutspeiende Ofenlöcher erleuchtet wurde.

Friedrich rang nach Luft. Der Abgrund, in dem er sich zu befinden schien, besaß eine solche Temperatur, daß ihm sofort der

Schweiß den Nacken hinabrieselte. Noch ganz von der Neuheit des Eindrucks hingenommen und ganz vergessend, daß er sich eigentlich umgeben von Wasser tief unter der Meeresfläche befand, bemerkte er plötzlich Doktor Wilhelm und zugleich einen Leichnam, der weiß auf schwarzem Gerölle lag.

Einen Augenblick später hatte Friedrich, nur noch ganz Arzt, das Stethoskop Doktor Wilhelms in der Hand, um das Herz des Gefallenen zu behorchen. Seine Kollegen, von oben bis unten geschwärzt mit Steinkohlenstaub, rastlos in den Dienst der Maschine gestellt, warfen kaum hie und da, wenn sie Bier oder Wasser in sich hineinschütteten, einen Blick auf ihn. »Er ist«, sagte Wilhelm, »vor kaum drei Minuten zusammengestürzt; der dort, der Frischgewaschene, ist sein Nachfolger.«

»Er wollte eben Kohle ins Loch schleudern«, erklärte schreiend – denn man konnte beim Scharren der Schaufeln, beim Schlagen der eisernen Ofentüren nur schwer verstehen – der Maschinist, der Friedrich heruntergeleitet hatte, »da flog ihm die Schaufel weit aus der Hand und hätte beinahe noch einen Kohlenzieher zu Schaden gebracht. Der Mann«, fuhr er fort, »ist in Hamburg angemustert. Als er aufs Schiff kam, dachte ich gleich: wenn das man gut abgeht, mein Junge. Aber er machte noch einen krampfhaften Witz und sagte: ›Wenn's Herz man jut is, Herr Maschinist!‹ Und er tat mir auch leid, denn er konnte auf andere Weise nicht über den großen Teich und wollte um jeden Preis irgend jemand nach vierzehnjähriger Trennung wiedersehen.«

»Exitus«, sagte Friedrich, als er die Brust des Verunglückten lange behorcht hatte. Man konnte auf der bläulich wächsernen Haut über den Rippen des armen Heizers noch einige Augenblicke die Ringe vom Druck des Höhrrohrs sehen. Dem Toten fiel das Kinn herunter. Es wurde mit Friedrichs weißem Taschentuch festgemacht.

»Er ist schlecht gefallen«, bemerkte Friedrich. Die Kante einer gewaltigen Schraubenmutter hatte ihm eine tiefe, verbrannte, schwarz blutende Wunde an der Schläfe gemacht.

Und nun stiegen die Ärzte wieder an Deck, und das Opfer der Zivilisation, der noch mit den Schweißperlen seiner furchtbaren Tätigkeit überdeckte moderne Galeerensklave, der mit dem umgebundenen Tuch aussah wie jemand, der Zahnschmerzen hat, wurde von mehreren Männern, ebenfalls aus der glühenden Hölle, empor, in den für Tote bestimmten Raum geschleppt.

Doktor Wilhelm mußte den Kapitän benachrichtigen. Ohne daß jemand an Deck, wo die Musik soeben ihre letzten Takte hinausschmetterte, etwas ahnen durfte und ahnte, hatte man den Leichnam, mit Hilfe der Schwester vom Roten Kreuz, auf einer Matratze hingebettet, wo nach kurzer Zeit ein Kreis gewichtiger Männer, darunter der Zahlmeister und die Ärzte, mit dem Kapitän an der Spitze, um den Toten versammelt war.

Kapitän von Kessel gab Befehl, den Tod des Heizers geheimzuhalten, und ersuchte die beiden Ärzte darum. Dann mußten Schreibereien und Formalitäten erledigt werden, bis es draußen ganz dunkel geworden war und der first call for dinner, die bekannte helle Trompete des »Roland«, über Deck und durch die Gänge der ersten Klasse erscholl.

Während dieser Zeit hatte sich Friedrich in seiner Kabine umgezogen. Als er im Speisesaal erschien, herrschte bereits ein reger Zuzug von Toiletten. Nahezu vollzählig kamen die Damen in den vom Glanz des elektrischen Lichtes festlichen Raum hereingerauscht. Friedrich bemerkte allerdings, sobald er auf seinem Platze saß und beobachtete, wie sich viele der Schönen beim Eintritt erst einen Mut fassen mußten, um dann mit graziösem Humor über die Furcht vor der Seekrankheit hinwegzutänzeln.

Aber wirklich, außer dem leisen Beben, das, wie überall im »Roland«, durch Dielen und Wände ging, war die Schiffsbewegung kaum zu empfinden. Die Musik begann, und die Schar der livrierten Stewards, die hereineilte, konnte, ohne zu balancieren, zu den Reihen der Tafelnden hingelangen. »Galatafel«, sagte, nach einem befriedigten Rundblick sich niederlassend, der Kapitän.

Man war schon beim Fisch, als Ingigerd von dem plumpen und sehr gewöhnlich aussehenden Achleitner hereingeführt wurde. Friedrich hätte versinken mögen, so unvorteilhaft sah die Kleine aus, so peinlich wirkte der ganze Aufzug. Der Schiffsfriseur hatte aus ihrem blonden Haar einen schrecklichen Berg von Frisur gemacht, sie hatte ein spanisches Tuch um die Schultern, als ob sie Carmen agieren wollte, eine überaus dürftige, wirklich fast klägliche Carmen, die denn auch von einem Ende zum andern längs der ganzen Tafel beißenden Spott und Hohn entzündete. Friedrich dachte, indem er den Fisch mit der Gräte verschlang: was hat sie für giftgrüne Strümpfe an, und warum trägt sie denn diese gemeinen Goldkäferschuhe? »Etwas Kreide«, sagte ein Herr, »für die Sohlen der Dame. Die Dame will Seil tanzen.« Von den Lippen der Herren und aus den Augen der Damen stieg eine Wolke von Boshaftigkeit. Man verschluckte sich, mußte die Serviette vorhalten. Nicht alle Bemerkungen wurden etwa diskret gemacht, und im Kreise der Kartenspieler, die wieder Sekt tranken, nahm der Hohn sogar rohe Formen an.

Friedrich glaubte nicht recht zu sehen, als plötzlich dieses kleine Scheusal mit einer kompromittierenden Intimität vor ihm stand und ihn mit einer schmollenden Anrede auszeichnete. »Wann kommen Sie wieder zu mir?« fragte sie, oder so etwas, worauf Friedrich entsetzt irgend etwas antwortete. Hälse in Stehkragen, nackte, mit Ketten und Perlen geschmückte Hälse wandten sich. Friedrich konnte sich nicht erinnern, etwas ähnlich Peinliches je erlebt zu haben. Ingigerd sah es nicht und fühlte es nicht. Achleitner gab sich Mühe, sie fortzubringen, weil er sich ebenfalls unter dem Kreuzfeuer der Gesellschaft nicht wohlbefand.

Endlich entfernte sie sich mit den Worten: »Pfui, Sie sind fad! Sie sind dumm! Ich mag Sie nicht!« Woraufhin an der Kapitänsecke ein lang andauerndes, ziemlich befreiendes Gelächter zum Ausbruch kam.

»Sie können mir glauben, meine Herren«, sagte Friedrich mit einer leidlich gespielten ironischen Trockenheit, »daß ich weder weiß, wie ich diese soeben genossene Auszeichnung verdient habe, noch wie ich sie mir in Zukunft verdienen soll.« Dann wurde von anderen Dingen gesprochen.

Das heitere Wetter und die Erwartung einer geruhsamen Nacht erfüllte die Tischgesellschaft mit sorgloser Heiterkeit. Man aß, man trank, man lachte und flirtete, alles mit dem schönen Bewußtsein, ein Bürger des neunzehnten und bald des wahrscheinlich noch köstlicheren zwanzigsten Jahrhunderts zu sein.

Als die beiden Ärzte nach Tisch in der Doktorkabine beisammen saßen, bildete das Thema die Bilanz der modernen Kultur.

»Ich fürchte«, sagte Friedrich, »daß der weltumspannende Verkehrsapparat, der angeblich im Besitze der Menschheit ist, vielmehr seinerseits die Menschheit besitzt. Wenigstens sehe ich bis jetzt noch nichts davon, daß die ungeheuren Arbeitskräfte der Maschinen die zu leistende Menschenarbeit verringert hätten. Die moderne Maschinensklaverei ist die imposanteste Sklaverei, die es jemals gegeben hat; aber sie ist eine Sklaverei! Wenn man fragt, ob das Zeitalter der Maschinen das menschliche Elend vermindert hat, muß man bis jetzt mit Nein antworten. – Ob es das Glück und die Möglichkeiten zum Glück gesteigert hat? Wiederum lautet bis jetzt die Antwort: Nein!«

»Deshalb kann man sehen«, sagte Wilhelm, »wie jeder dritte gebildete Mensch, den man trifft, ein Schopenhauerianer ist. Der moderne Buddhismus macht reißende Fortschritte.«

»Jawohl«, sagte Friedrich, »denn wir leben in einer Welt, die sich fortgesetzt ungeheuer imponiert und sich dabei mehr und mehr ungeheuer langweilt. Der Mensch der geistigen Mittelklasse tritt mehr hervor, ist inhaltsloser als irgendwann, dabei blasierter und übersättigt. Keine Art Idealismus, keine Art wirklich großer Illusion kann mehr standhalten.«

»Ich gebe zu«, sagte Wilhelm, »daß die gewaltige Kaufmannsfirma Zivilisation mit allem geizt, nur nicht mit dem Menschen noch mit dem, was an ihm das Beste ist. Sie wertet es nicht und läßt es verkümmern. Aber uns bleibt ein Trost: ich glaube, daß diese Firma doch das Gute besitzt, uns von den ärgsten Barbarismen der Vergangenheit ein für allemal loszutrennen, so daß zum Beispiel eine Inquisition, ein hochnotpeinliches Halsgericht und ähnliches nicht mehr möglich ist.«

»Wissen Sie das ganz gewiß?« fragte Friedrich, »und finden Sie es nicht sonderbar, wie neben den höchsten Errungenschaften der Wissenschaft, Spektralanalyse, Gesetz von der Erhaltung der Kraft und so weiter, die ältesten Köhlerirrtümer immer noch machtvoll fortbestehen? Ich bin nicht so sicher, daß ein Rückfall selbst in die grauenvollsten Zeiten des Malleus maleficarum unmöglich ist!«

In diesem Augenblick kamen zugleich ein Steward, dem geklingelt worden war, und der Schiffsjunge Pander herein. Wilhelm sagte: »Kollege, mir ist so, wir müssen Champagner trinken. Adolf«, wandte er sich an den Steward, »bringen Sie eine Pommery.« – »Es geht sehr über den Sektkeller«, sagte Adolf. »Natürlich, die Leute sind alle froh, daß wir gestern und vorgestern nicht ersoffen sind.« Der Schiffsjunge war vom Kapitän geschickt, um den Totenschein für den Heizer zu holen. Der tote Heizer hieß Zickelmann. Im Notizbuch des armen Menschen hatten sich Anfänge eines

Briefes gefunden, die etwa so lauteten: »Ich habe vergessen, wie du aussiehst, liebe Mutter! Es geht mir schlecht, aber ich muß doch einmal zu Dir, nach Amerika, Dich wiedersehen! Es ist doch traurig, wenn man in der ganzen Welt keinen Anverwandten hat! Liebe Mutter, ich will Dich nur einmal ansehen und werde Dir wirklich sonst nicht zur Last fallen.«

Der Champagner erschien, und es dauerte nur eine kurze Zeit, bis die erste Flasche durch eine zweite ersetzt wurde. »Wundern Sie sich nicht, Kollege«, sagte Friedrich, »wenn ich heute unmäßig bin. Vielleicht, daß ich mit Hilfe dieser Medizin einige Stunden schlafen kann.«

Es war halb elf, und die Ärzte saßen noch immer zusammen. Wie es bei alten Studenten und Fachgenossen natürlich war, die sich einander genähert hatten, bewirkte der Wein einen hohen Grad von Vertraulichkeit.

Er sei, sagte Friedrich, mit einem allzu günstigen Vorurteil in die Welt getreten, er habe aus einer Art Idealismus die Militär- und Regierungskarriere abgelehnt. Er habe dann das Studium der Medizin in dem Glauben ergriffen, er könne dadurch der Menschheit nützlich sein. In diesem Glauben sei er getäuscht worden. »Denn schließlich, Kollege, der wirkliche Gärtner sorgt für einen Garten voll gesunder Bäume, aber unsere Arbeit ist einer aus kranken Keimen stammenden, kränklich vermickerten Vegetation gewidmet!« Deshalb war Friedrich, wie er sagte, in den Kampf gegen die schrecklichsten Menschenfeinde, die Bakterien, eingetreten. Er wolle indessen nicht verschweigen, daß ihn die öde, geduldige und mühsame Facharbeit ebenfalls nicht habe befriedigen können. Die Fähigkeit zu verknöchern besitze er nicht, die für einen Fachmenschen nötig sei. »Als ich sechzehn Jahre alt war, wollte ich Maler werden. Am Seziertisch, im Leichenschauhaus in Berlin, habe ich, wie ich nicht leugnen kann, Gedichte gemacht. Heut wär' ich am liebsten ein freier Schriftsteller. Aus alledem, lieber Kollege, können Sie sehen«, schloß Friedrich, auf eine ironische Weise auflachend, »daß mein Leben ziemlich zerrissen ist.«

Wilhelm wollte das keineswegs zugeben.

Aber Friedrich fuhr fort: »Es ist so! Ich bin ein echtes Kind meiner Zeit und schäme mich deshalb nicht! Jeder einzelne Mensch von Bedeutung ist heut ebenso zerrissen, wie es die Menschheit im ganzen ist. Ich habe dabei allerdings nur die führende europäische Mischrasse im Auge. In mir steckt der Papst und Luther, Wilhelm der Zweite und Robespierre, Bismarck und Bebel, der Geist eines amerikanischen Multimillionärs und die Armutsschwärmerei, die der Ruhm des heiligen Franz von Assisi ist. Ich bin der wildeste Fortschrittler meiner Zeit und der allerwildeste Reaktionär und Rückschrittler. Der Amerikanismus ist mir verhaßt, und ich sehe in der großen amerikanischen Weltüberschwemmung und Ausbeuterherrschaft doch wieder etwas, was einer der berühmtesten Arbeiten des Herkules im Stall des Augias ähnlich ist.«

»Es lebe das Chaos!«, sagte Wilhelm.

Sie stießen an. »Ja«, sagte Friedrich, »aber nur, wenn es einen tanzenden Himmel oder mindestens einen tanzenden Stern gebiert.«

»Man soll sich vor tanzenden Sternen in acht nehmen!« sagte lachend der Schiffsarzt und sah Friedrich etwas vielsagend an.

»Was wollen Sie machen«, erwiderte der, »wenn Ihnen erst so ein verfluchtes Pestgift im Blute sitzt?«

Diese plötzliche Beichte erschien unter dem Einfluß des Weines Wilhelm wie Friedrich selbstverständlich.

Wilhelm zitierte: »Es war eine Ratt' im Kellernest.« – »Naja, naja«, meinte Friedrich, »aber was tut man dagegen?« Und dann lenkte er wieder ein und ab.

»Für was soll man sich eigentlich noch intakt halten, da einem doch nun, wie dem berühmten Gerber, die Felle, alias Ideale, fortgeschwommen sind. Ich habe also mit meiner Vergangenheit reinen Tisch gemacht. Deutschland ist mir ins Meer versunken. Gut so! Was ersieht man sich schließlich daran? Ist es denn wirklich noch immer das starke, geeinigte Reich, oder nicht vielmehr eine Beute, um die noch immer Gott und der Teufel, ich wollte sagen Kaiser und Papst miteinander streiten? denn man muß sagen, daß durch länger als ein Jahrtausend das einigende Prinzip das kaiserliche gewesen ist. Man redet vom Dreißigjährigen Krieg, der Deutschland zerrissen hat. Ich rede lieber vom tausendjährigen, von dem der dreißigjährige nur der schlimmste Anfall jener den Deutschen eingeimpften religiösen Dummheitsseuche ist. Ohne die Einheit aber gleicht das Reich einem recht sonderbaren Gebäude, dessen Ziegelsteine nur zum geringsten Teil im Besitz seines Eigentümers oder seiner Bewohner sind und die der Gläubiger mit der Tiara, zu Rom, lockert und lockert, immer erpresserisch mit Zerstörung des Hauses drohend, bis er sie wirklich mit Zins und Zinseszins zurücknehmen kann. Dann gibt es im besten Fall einen Trümmerhaufen.

Man könnte schreien und sich die Haare raufen, daß der Deutsche nicht sieht, wie im Souterrain seines eigentümlichen Hauses eine verschlossene, geheime, furchtbare Blaubartskammer ist. Aber durchaus nicht für Weiblein allein. Er ahnt nicht, welche geistlichen Folterwerkzeuge dort zum Gebrauche bereitstehen: geistlich insofern, als sie, dem fanatischen Wahnwitz einer blutrünstigen Pfaffenidee dienstbar, zur scheußlichen Marter des Körpers bereitstehen. Wehe! wenn diese Tür sich einmal öffnet, wie denn fortwährend an ihren Schlössern gerüttelt wird: dann wird man alle blutigen Greuel des Dreißigjährigen Krieges, die entartete Schlachthausgrausamkeit der Ketzergerichte wiederum blutig aufblühen sehen.«

»Darauf«, sagte Wilhelm, »wollen wir aber nicht anstoßen. Dann sagen wir lieber: es lebe das gesunde, ehrlich-zynische Ausbeuterideal von Amerika mit seiner Verflachung und Toleranz!«

»Ja, tausendmal lieber«, sagte Friedrich. Und so ward auf Amerika angestoßen.

Eine Stewardeß aus der zweiten Kajüte brachte plötzlich die siebzehnjährige russische Jüdin aus dem Zwischendeck hereingeführt, die ein Taschentuch vor die Nase hielt, weil sie an unstillbarem Nasenbluten zu leiden hatte. »Oh, ich störe«, sagte die Russin und wich einen halben Schritt aus der Tür an Deck zurück. Wilhelm ersuchte sie, näher zu treten. Nun war aber die Begleitung des Mädchens für die Stewardeß nicht der Grund, weshalb sie zu Doktor Wilhelm gekommen war. Sie flüsterte ihm einige Worte ins Ohr, die ihn veranlaßten, mit einer Entschuldigung gegen Friedrich aufzuspringen. Er nahm die Mütze und ging mit der Stewardeß davon, die Russin dem Kollegen empfehlend.

Sie sind Arzt?« sagte die Russin. Friedrich bestätigte und hatte bald ohne viele Worte, indem er die Patientin sich lang auf den Diwan strecken ließ, durch einen Tampon die Blutung zum Stehen gebracht. Die Tür an Deck war offen geblieben, weil Friedrich den Zustrom frischer Seeluft für heilsam hielt.

»Meinethalben können Sie ruhig rauchen«, sagte die Russin nach einiger Zeit, weil sie bemerkt hatte, wie Friedrich sich mehrere Male in der Zerstreuung eine Zigarette anzünden wollte, es aber immer wieder im letzten Moment unterließ.

Er sagte kurz: »Nein, ich rauche jetzt nicht.«

»Aber dann könnten Sie mir vielleicht eine Zigarette geben«, sagte die Russin, »ich langweile mich.«

»Das gehört sich so«, sagte Friedrich, »ein Patient soll sich langweilen.«

»Wenn Sie mir eine Zigarette erlaubt haben«, erklärte die Leidende, »werde ich nachher sagen: Jawohl, Sie haben ganz recht, mein Herr.«

Friedrich sagte: »Ich weiß, daß ich recht habe, und von Zigarettenrauchen kann in diesem Augenblick nicht die Rede sein.«

»Ich will aber rauchen«, sagte sie, »Sie sind ungezogen.«

Friedrich sah die Russin, die eigensinnig ihre Ferse ein wenig erhoben und wieder auf das lederne Polster hatte fallen lassen, mit einem absichtlich finstren Gesichte an.

»Glauben Sie, daß ich deshalb Rußland verlassen habe, um im Ausland erst recht von jedermann kommandiert zu sein?« sagte das Mädchen mit nörgelnder Stimme. Sie fuhr fort: »Mir ist kalt! bitte schließen Sie doch die Tür.«

»Wenn Sie es wünschen, so will ich die Tür schließen«, sagte Friedrich. Er tat es mit einem nicht ganz ehrlichen Anschein von Resignation.

Friedrich, der am Morgen im Zwischendeck sich durch einen Blick mit dieser Deborah verständigt hatte, sehnte, trotzdem ihm der Wein oder weil ihm der Wein im Kopfe saß, Doktor Wilhelm herbei, dessen Rückkunft sich verzögerte. Als seine Patientin nun eine Weile geschwiegen hatte und Friedrich eine Untersuchung der Wattepfropfen in ihrem Näschen für notwendig fand, bemerkte er Tränen in ihren Augen.

»Was gibt's?« fragte Friedrich, »warum weinen Sie denn?«

Da kämpfte sie plötzlich gegen ihn mit Händen und Armen an, nannte ihn Bourgeois und wollte aufspringen. Aber Friedrichs sanfte, überlegene Kraft brachte sie bald in die ruhende Lage zurück. Dann nahm er, wie früher, abwartend Platz.

»Mein liebes Kind«, sagte er, weich und sanftmütig, »Sie werfen da auf eine höchst sonderbare Weise mit gewissen Ehrentiteln um sich herum, die wir nicht weiter erörtern wollen. Sie sind nervös. Sie sind aufgeregt!«

»Niemals würde ich erste Kajüte reisen!«

»Warum nicht?«

»Weil es bei dem Elend, in dem die Mehrzahl der Menschen schmachtet, eine Gemeinheit ist. Lesen Sie Dostojewski, lesen Sie Tolstoi, lesen Sie Krapotkin! Wir werden gejagt! Wir werden gehetzt! Es ist gleich, hinter welchem Zaune wir sterben.«

»Wenn es Sie interessiert«, sagte Friedrich, »ich kenne sie alle: Krapotkin, Tolstoi und Dostojewski. Aber glauben Sie nicht, daß Sie die einzige Gehetzte auf der Erde sind. Ich bin auch gehetzt. Wir sind alle gehetzt, meine Beste.«

»Ach, Sie fahren in der ersten Kajüte«, gab sie zurück, »und Sie sind auch kein Jude. Ich bin eine Jüdin! Haben Sie eine Ahnung, was es bedeutet, wenn man in Rußland gelebt hat und Jüdin ist?«

»Dafür kommen wir jetzt in die Neue Welt«, sagte Friedrich.

»Ich kenne mein Schicksal«, sagte sie. »Wissen Sie vielleicht, in welche verfluchten Ausbeuterhände ich gefallen bin?«

Das Mädchen weinte, und da sie jung und von ähnlicher Zartheit der Gestalt wie Ingigerd, nur von einer ganz anderen, dunkelhaarigen und dunkeläugigen Rasse war, fühlte sich Friedrich schwach werden. Sein Mitleid wuchs, und er wußte wohl, daß Mitgefühl die sicherste Brücke der Liebe ist. Deshalb zwang er sich nochmals zu einer harten Entgegnung.

Er sagte: »Ich bin hier Arzt, ich vertrete hier einen Kollegen. Was geht es mich an, und wie kann ich es ändern, wenn Sie in Ausbeuterhände gefallen sind. Außerdem seid ihr intellektuellen Russen und Russinnen alle hysterisch! Und das ist ein Zug, der mir nachgerade widerlich ist.«

Sie fuhr empor und wollte davonrennen. Friedrich, um sie festzuhalten, griff sie erst am rechten und dann auch am linken Handgelenk. Da sah sie ihn mit einem solchen Blicke von Haß und Verachtung an, daß er die ganze leidenschaftliche Schönheit des Mädchens empfinden mußte.

»Was habe ich Ihnen getan?« fragte Friedrich, der im Augenblick wirklich erschrocken war und nicht wußte, ob er nicht etwa tatsächlich etwas verbrochen habe. Er hatte getrunken. Er war aufgeregt. Was sollte jemand, der jetzt dazu kam, von ihm denken? Hatte nicht schon das Weib des Potiphar, der Joseph entlief, mit Vorteil zu einem bekannten Mittel gegriffen? Er wiederholte: »Was hab' ich getan?«

»Nichts«, sagte die Russin, »außer was Ihnen gewöhnlich ist: nämlich ein schutzloses Mädchen beleidigen.«

»Sind Sie wahnsinnig?« fragte Friedrich.

Plötzlich gab sie zur Antwort: »Ich weiß es nicht.« Und in diesem Augenblick veränderte sich der harte, gehässige Ausdruck ihres Gesichts und verwandelte sich in Hingabe, eine Verwandlung, die für einen Mann wie Friedrich ebenso rührend wie unwiderstehlich war. Er vergaß sich. Auch er war seiner nun nicht mehr mächtig.

Dieses sonderbare Ereignis mit Kommen, Sehen, Lieben und für immer Abschiednehmen war traumhaft vorübergeeilt. Da Wilhelms Rückkehr sich noch immer verzögerte, trat Friedrich, nachdem sein Besuch geflohen war, auf Deck hinaus, wo ihn der Eindruck des ausgestirnten Himmels über dem unendlichen Ozean gleichsam reinigte. Er war von Natur und Gewohnheit kein Don Juan, deshalb mußte er staunen, daß ihm das ungewöhnliche Abenteuer als das Natürlichste von der Welt erschien.

In dieser Stunde hatte Friedrich eine bis ins Innerste erfühlte schmerzliche Vision der Summe vom Leben und Sterben innerhalb irdischer Jahrmillionen. Aber der Tod mußte etwas vor dem Beginne sein. Tod und Tod, das waren die Grenzen, dachte Friedrich, für ungeheure Summen von Sorge, Hoffnung, Begierde, Genuß – der sich aber sogleich wieder selbst verzehrte –, für erneute Begierde, Illusion von Besitz, Realität von Verlust, für Nöte, Kämpfe, Einigungen und Trennungen, alles unaufhaltsame Vorgänge und Durchgänge, die mit Leiden und wieder Leiden verbunden sind.

Es beruhigte Friedrich, vorauszusetzen, daß nun, bei so ruhiger Fahrt, die Russin und alle übrigen Leidensgefährten wahrscheinlich, von dem großen Wahnwitz des Lebens erlöst, in einem bewußtlosen Schlummer lagen.

So grübelnd und auf den Schiffsarzt wartend, hatte sich Friedrich vom Rande des Decks aus beiläufig umgewandt und bemerkte, nicht weit vom Schornstein, in einem Winkel, halb an die Wand gekauert, eine dunkle Masse, die ihm aus irgendeinem Grunde seltsam schien. Näher tretend, erkannte er einen schlafenden Mann, dessen Mütze über die Augen gezogen war und der, an der Erde sitzend, den bärtigen Kopf auf einem Feldstuhl zur Ruhe gelegt hatte. Dieser Mann, wie Friedrich sich überzeugte, war Achleitner. Auf die Frage, die Friedrich sich stellen mußte, weshalb er bei vier oder fünf Grad Kälte hier hockte und nicht zu Bette lag, hatte er bald die richtige Antwort: denn drei Schritte entfernt befand sich die Tür zur Kabine Ingigerds. Achleitner konnte der treue Hund im Sinne des Wächters, im Sinne des Zerberus und im Sinne des von Tollwut besessenen Eifersüchtigen sein. »Armer Bengel«, sagte Friedrich ganz laut, »armer, blöder Achleitner!« Und neben dem echtesten, beinahe zärtlichen Mitgefühl kam Friedrich der ganze Jammer des liebenden und enttäuschten Mannes an, wie er von Nietzsche und Schopenhauer bis hinab zu Buddha Gotama zu verfolgen ist, den sein Schüler Ananda fragt: »Wie sollen wir uns, Herr, gegen ein Weib benehmen?« und der da antwortet: »Ihr sollt ihren Anblick vermeiden, Ananda!« Weil des Weibes Wesen, sagte er, unergründlich verborgen wie der Weg des Fisches im Wasser sei und ihnen die Lüge wie Wahrheit und die Wahrheit wie Lüge wäre.

»Pst, Kollege, was machen Sie hier?« Mit diesen Worten war leise schreitend Doktor Wilhelm herangetreten, der etwas, sorgsam eingewickelt, in Händen trug. »Wissen Sie, wer hier liegt?« sagte Friedrich, »das ist Achleitner!« – »Er hat aufpassen wollen«, bemerkte Wilhelm, »daß die Frequenz dieser Tür dort nicht zu lebhaft wird.« Friedrich sagte: »Wir müssen ihn aufwecken.« Wilhelm: »Warum denn? Später! Wenn Sie zu Bette gehn!« – »Ich werde jetzt gehen«, sagte Friedrich. Wilhelm: »Kommen Sie erst noch einen Augenblick zu mir herein.«

In seiner Kabine wickelte der Arzt den nassen Embryo eines menschlichen Kindes aus Packpapier. »Sie hat ihren Zweck erreicht«, sagte er und meinte das Mädchen in der zweiten Kajüte, die seiner Ansicht nach die Reise zu keinem anderen Zweck, als um ihre Last dabei zu verlieren, gemacht hatte. Und Friedrich wußte beim Anblick dieses anatomischen kleinen Objektes nicht, ob wirklich geboren werden oder nicht zum Leben erwachen das bessere wäre.

Dann ging er, weckte den schlafenden Achleitner und führte den unverständliche Worte murmelnden, widerspenstigen, aber im Gehen schlafenden Mann unter Deck und in seine Kabine hinab. Nicht ohne Grauen vor den Foltern der Schlaflosigkeit suchte auch Friedrich nun sein Lager.

Friedrich entschlief sogleich; allein als er aufwachte, war es erst zwei Uhr nach Mitternacht. Das Schiff lag immer noch ruhig, und man hörte die Schraube gleichmäßig unter Wasser arbeiten. Wenn das Leben in Zeiten großer psychischer Krisen an sich ein Fieber ist, so steigern Reisen und schlaflose Nächte noch dieses Fieber. Friedrich kannte sich und erschrak, als er sich nach so kurzer Zeit um den Frieden des Schlafes betrogen glaubte.

Aber war es wirklich ein Friede gewesen? Er hatte geträumt, er war Hand in Hand mit Achleitner unter den schwarzen Witwen aus Kohlenqualm, die von den Schloten des »Roland« aus über den Ozean zogen, endlos, endlos davongewandert. Er hatte, gemeinsam mit der russischen Jüdin aus Odessa, den toten Heizer Zickelmann in den blauen Damensalon mit schwerer Mühe heraufgetragen und mittels eines Serums, dessen Entdecker er war, ins Leben zurückgebracht. Dann hatte er einen Streit geschlichtet, der zwischen der Russin und Ingigerd Hahlström ausgebrochen war, die einander tätlich anfielen und mit leidenschaftlichen Schimpfreden überschütteten. Dann wieder saß er mit Doktor Wilhelm in dessen Apotheke und beobachtete gemeinsam mit ihm, wie weiland Wagner, einen Homunkulus, der sich noch embryonal in einer gläsernen Kugel unter Lichterscheinungen ausbildete. »Die Menschen steigen wie Blasen im Wasser auf«, sagte Wilhelm, »man weiß nicht woher, man weiß nicht wohin, – und zerplatzen.« Dabei plapperte der weiße Kakadu Ingigerds im Tone von Artur Stoß, indem er sagte: »Ich bin heute schon vollkommen unabhängig! ich reise, weil ich mein Vermögen abrunden will.« Indem Friedrich aller dieser Dinge sich zu erinnern glaubte, träumte er bereits wieder. Plötzlich fuhr er auf mit den Worten: »Ich nehme Sie bei den Ohren, Hans Füllenberg!« Gleich darauf hielt er im Rauchzimmer eine vernichtende Strafpredigt, worin er den Herrn, der seine geheime Beziehung zu Ingigerd entweiht hatte, moralisch niederschlug.

Und wieder fing das Wandern Hand in Hand mit Achleitner und den qualmigen Witwen über die Wasserwüste an. Das mühsame Schleppen – gemeinsam mit der jungen Verehrerin Krapotkins – des nackten toten Heizers, treppauf und treppunter. Der Zank der Frauen, die Abkanzelungen Füllenbergs und des Menschen im Rauchzimmer wiederholten sich. Und immer qualvoller wurden die Wiederholungen. Der Homunkulus in der Glaskugel, mit Doktor Wilhelm, erschien wiederum. Er entwickelte sich, mit Lichterscheinungen. In seiner Not, in seiner unendlichen Hilflosigkeit dieser marternden Bilderflucht gegenüber bäumte sich Friedrichs gehetzte Seele nach Frieden lechzend plötzlich auf, und er sagte laut: »Zünde an das Licht der Vernunft! zünde an das Licht der Vernunft, o Gott im Himmel!« Dann fuhr er empor und erkannte, daß Rosa, das Dienstmädchen, mit einem wirklichen, brennenden Licht bei ihm stand. Sie fragte: »Ist Ihnen nicht gut, Herr Doktor?«

Die Kabine knackte. Das Dienstmädchen hatte sich wieder entfernt. Das Schiff lag still. Oder hatte der Kurs des »Roland« nicht mehr die gleiche Ruhe und Stetigkeit? Friedrich horchte gespannt und hörte die Schraube gleichmäßig unter Wasser rauschen. Dann drangen monotone Rufe von Deck und das laute Rasseln der Schlacke, die man ins Meer schüttete. Die Uhr zeigte fünf, so daß seit Friedrichs letztem Erwachen eine Spanne von drei Stunden verstrichen war.

Wiederum rutschte, mit Gepolter und mit Gerassel, eine Ladung Schlacke in den Atlantischen Ozean. Waren es nicht die Kollegen des toten Heizers, die sie hinausschütteten? Friedrich vernahm Kindergeschrei, hierauf das Weinen und Greinen seiner hysterischen Nachbarin, endlich die Stimme Rosas, die den kleinen Siegfried und die geschwätzige Ella Liebling zu beruhigen suchte. Siegfried wünschte nicht weiterzureisen. Er bettelte grämlich und wollte durchaus zu seiner Großmama nach Luckenwalde zurück. Frau Liebling zankte mit Rosa und machte das Mädchen für das Betragen der Kinder verantwortlich. Friedrich hörte sie sagen: »Ihr trampelt auf meinen Nerven herum, laßt mich schlafen!«

Über allen diesen Eindrücken war Friedrich abermals eingeschlafen. Er träumte: er befand sich mit dem Dienstmädchen Rosa und dem kleinen Siegfried Liebling in einem Rettungsboot, das über ein ruhiges, grünlich-leuchtendes Meer schaukelte. Sonderbarerweise hatten sie eine Menge Goldbarren mit sich auf dem Boden des kleinen Schiffs, es waren wohl jene für die Washington-Bank bestimmten, die der »Roland« an Bord haben sollte. Nach einigem Kreuzen, wobei Friedrich das Steuer führte, waren sie in einem hellen, freundlichen Hafen, etwa auf einer der Azoren oder Madeira oder den Kanarischen Inseln, angelangt. Nicht weit vom Kai sprang Rosa ins Wasser und erreichte das Land, den kleinen Siegfried hoch auf dem Arm tragend. Leute empfingen sie, worauf sie alsbald mit ihnen und dem kleinen Liebling in einem der blütenweißen Gebäude am Hafen verschwand. Als Friedrich landete, wurde er auf der marmornen Landungstreppe des Kais zu seiner Freude von seinem alten Freund Peter Schmidt in Empfang genommen. Peter Schmidt war jener Arzt, den besuchen zu wollen Friedrich neugierigen Fragern gegenüber als den hauptsächlichsten Zweck seiner Reise genannt hatte. Als Friedrich ihn hier, im Rahmen der weißen, südlichen Stadt, unvermutet, nach einer Trennung von Jahren wiederfand, war seine Freude über dies Wiedersehen ihm selbst überraschend. Wie war es denn möglich gewesen, daß er eines solchen prächtigen Mannes und treuen Jugendgenossen während einer so langen Zeit sich nur noch gelegentlich hatte erinnern können?

»Es ist schön, daß du kommst«, sagte Peter Schmidt, und Friedrich fühlte, als sei er lange erwartet worden. Schweigend geleitete ihn der Freund in eine am Hafen gelegene Herberge, und Friedrich überkam ein bis dahin noch nie empfundenes Gefühl von Geborgenheit. Während er sich mit einem Imbiß an der Wirtstafel stärkte und der Padrone des Hauses, ein Deutscher, die Daumen drehend ihm gegenüberstand, sagte Schmidt: »Die Stadt ist nicht groß, aber sie kann dir ein Bild geben. Du wirst hier Leute finden, die für immer gelandet sind.«

Es bestand eine Übereinkunft, daß man in dieser sonderbaren, in blendendem Lichte liegenden, stummen Stadt nur mit den allerwenigsten Worten sich verständigen mußte. Alles wurde hier mit einem neuen, stummen, inneren Sinn erkannt. Aber Friedrich sagte: »Ich habe dich immer für den Mentor in unbekannte Tiefen unserer Bestimmung genommen!« Worte, womit er seine Ehrfurcht vor dem geheimnisvollen Wesen des Freundes ausdrücken wollte.

»Ja, ja, aber dies ist nur ein kleiner Anfang«, sagte der Freund. »Immerhin kann man hier bereits etwas erfahren, was unter der Oberfläche verborgen ist.« Hiermit wurde Friedrich von Peter Schmidt, gebürtig aus Tondern, an den Hafen hinausgeführt. Der war sehr klein. Es lagen darin mehrere altertümliche Schiffe. »Fourteen hundred and ninety-two«, sagte Peter Schmidt. Es war das Jahr, von dessen vierhundertjähriger Wiederkehr man unter dem amerikanischen Publikum auf dem »Roland« viel gesprochen hatte. Der Friese wies auf die beiden Karavellen hin und bedeutete Friedrich, daß eines davon die »Santa Maria«, das Admiralschiff des Christoph Kolumbus, wäre. »Ich«, sagte der Friese, »bin mit Christoph Kolumbus hierhergelangt.«

Alles dieses war Friedrich auf eine unbedingte Weise einleuchtend. Auch als Peter Schmidt die Erklärung gab, das Holz dieser langsam verfallenden Karavellen werde legno santo genannt und brenne an Feiertagen in den Kaminen, weil der Geist der Erkenntnis darin gebunden sei, fand Friedrich nichts Rätselhaftes darin. Weiter draußen im Meer lag ein drittes Schiff, das backbords vorn eine schwarze, gewaltige Öffnung hatte. Der Friese sagte: »Es ist gesunken. Es hat uns eine helle Menge Volks hereingebracht.« Friedrich blickte hinaus. Er war unbefriedigt. Gerne hätte er über das sonderbar fremde, sonderbar bekannte Fahrzeug da draußen mehr gewußt. Aber der Friese war vom Hafen ab und in ein enges, verwinkeltes Treppengäßchen eingebogen.

Hier geschah es, daß ein alter, vor mehr als fünfzehn Jahren verstorbener Onkel Friedrichs, die Pfeife behaglich im Munde, ihm entgegentrat. Er hatte sich, wie es schien, soeben von einer Bank erhoben, die am offenen Eingang seines Hauses stand. »Guten Tag«, sagte er, »wir sind alle hier, lieber Junge!« Und Friedrich wußte, wen der seinerzeit im Leben nicht gerade von Glück begünstigte alte Herr mit den Worten »Wir alle sind hier« gemeint hatte. »Man lebt hier recht gut«, fuhr der Alte schmunzelnd fort, »es ist mir bei euch, in der finsteren Luft, nicht so gut gegangen. Erstlich haben wir doch das legno santo, mein Sohn« – und er wies mit der Tabakspfeife auf einen im dunklen Innern des Hauses bläulich züngelnden Herd zurück –, »und dann haben wir schließlich auch noch die Lichtbauern. Du wirst mir zugeben, daß man es mit diesen Arcanis in den Gefahren des Universums, weiß Gott, eine gehörige Zeitlang ohne alle übertriebene Sorge aushalten kann. Aber ich halte dich auf. Wir hier haben ja Zeit, aber du hast Eile!« Friedrich sagte Adieu. »Ach was!« rief der Onkel ärgerlich, »habt ihr da unten immer noch so viel Schererei mit dem Willkommen und dem Adieu, mein Sohn?«

Im Weiterschreiten und Weitersteigen wurde der Träumer von Peter Schmidt durch mehrere Häuser und Innenhöfe hindurchgeführt. In einem der winkligen Höfe, der Friedrich an gewisse alte Hamburger oder Nürnberger Viertel erinnerte, befand sich ein Kramladen, der ein Schild mit der Aufschrift »Zum Meerschiff« trug. »Alles sieht hier sehr gewöhnlich aus«, sagte Peter Schmidt, »aber wir haben doch hier von allem die Urbilder.« Damit wies er den Freund auf das kleine Modell eines altertümlichen Schiffes hin, das zwischen Kautabak und Peitschenriemen im kleinen Fenster des Kramladens stand.

Schiffe, Schiffe, nichts als Schiffe! und es war, als melde sich in Friedrichs Kopf beim Anblick des neuen Schiffchens ein leiser, quälender Widerstand. Freilich wußte er auch, daß er in ihm ein nie gesehenes, allumfassendes Sinnbild vor Augen hatte. Mit einem neuen Erkenntnisorgan, mit einer zentralen Klarheit erkannte er, wie hier, im kleinen Bilde, das ganze Wanderer- und Abenteurerdasein der menschlichen Seele begriffen war. »Oh«, sagte der Krämer, der soeben die Glastür des kleinen Ladens öffnete, so daß allerlei Ware, die daran hing, klappernd ins Schwanken kam, – »oh, lieber Friedrich, du bist hier? Ich hätte dich noch auf See vermutet.« Und Friedrich erkannte in dem Krämer, der im schäbigen Schlafrock und Käppi eines längst verstorbenen Konditors aus seiner Knabenzeit vor ihm stand, sonderbarerweise Georg Rasmussen: Georg Rasmussen, dessen Abschiedsbrief er noch in Southampton erhalten hatte. So geheimnisvoll alles war, lag dennoch für Friedrich etwas Selbstverständliches in diesem Wiedersehen. Der kleine Laden schwirrte von Goldammern. »Es sind die Goldammern«, sagte der in einen Trödler verkleidete Rasmussen, »die vorigen Winter in der Heuscheuer einfielen, wie du weißt, und die mir zum Verhängnis geworden sind.« – »Jawohl«, sagte Friedrich, »man näherte sich einem kahlen Strauch, und plötzlich war's, als ob er sich schüttelte und zahllose goldene Münzen abwürfe. Wir deuteten das auf Berge von Gold.« – »Nun«, sagte der Krämer, »ich tat genau am vierundzwanzigsten Januar, ein Uhr dreizehn Minuten, als ich dein Telegramm von Paris, mit dem Schuldenerlaß, in Händen hielt, meinen letzten Atemzug. Hinten im Laden hängt auch der Fuchspelz meines Kollegen, durch den ich – ich beklage mich keineswegs! – infiziert worden bin. Ich schrieb dir, ich wolle mich dir aus dem Jenseits bemerklich machen. Well, hier bin ich! Es ist auch hier nicht alles ganz klar, aber es geht mir besser, wir ruhen hier alle in einem gesicherten Grundgefühl.

Es ist sehr hübsch«, fuhr er fort, »daß du dich mit Peter getroffen hast. Peter Schmidt gilt viel auf diesem Boden. Na, ihr werdet euch ja oben, in dem Jubiläumsrummel von New York, ›fourteen hundred and ninety-two‹, wieder begegnen. Gott, was bedeutet im Grunde das bißchen Entdeckung von Amerika.« Und der wunderlich verkappte Rasmussen zog das kleine Meerschiff aus dem Schaufenster, das ebenfalls wieder, gleich dem Admiralschiff des Christoph Kolumbus, »Santa Maria« hieß. Er sagte: »Jetzt bitt' ich gefälligst achtzugeben!« Und Friedrich bemerkte, wie der alte Konditor immer ein Schiff nach dem anderen, von der gleichen Art, aber kleiner und kleiner, aus dem ersterblickten zog. Er sagte, immer noch neue Schiffchen aus dem Bauche des einen hervorziehend: »Immer Geduld, die kleineren sind nämlich immer die besseren. Und wenn ich Zeit hätte, würden wir zu dem kleinsten gelangen, dem letzten, gloriosesten Werke der Vorsehung. Mit jedem dieser Schiffchen kommen wir nicht nur über die Grenze unseres Planeten, sondern unseres Erkenntnisvermögens hinaus. Aber wenn du Interesse hast«, fuhr er fort, »ich besitze noch andere Waren im Hause. Hier ist die Heckenschere des Kapitäns, hier ist ein Senkblei, womit man bis in die letzten Abgründe des Sternenhimmels und der Milchstraße loten kann. Doch ihr habt keine Zeit, ich will euch nicht aufhalten.« Und der Trödler zog sich hinter die Glastür zurück.

Hinter dem Glas aber sah man ihn, wie er die Nase dagegen quetschte. Geheimnisvoll, und wie wenn er noch etwas zu verkaufen hätte, hielt er den Finger vor den karpfenmaulartig worteformenden Mund. Friedrich verstand: legno santo! Die Lichtbauern! Aber da schlug Peter Schmidt mit der Faust die Glastüre ein, riß dem verkappten Rasmussen das gestickte Käppi herunter, nahm einen kleinen Schlüssel heraus und winkte Friedrich mit sich fort.

Sie verließen die Häuser und traten ins freie, hügelige Land hinaus. »Die Sache ist die«, sagte Peter, »es wird Mühe kosten.« Und dann liefen und stiegen sie stundenlang. Es war Abend geworden. Sie machten ein Feuerchen. Sie schliefen auf einem im Winde schaukelnden Baum. Der Morgen kam. Sie wanderten wiederum, bis die Sonne nur noch ganz niedrig stand und endlich Peter das Pförtchen in einer niedrigen Mauer öffnete. Hinter der Mauer war Gartenland. Ein Gärtner band Wein und sagte: »Willkommen, Herr Doktor. Die Sonne geht unter, aber man weiß ja, wozu man stirbt.« Und als Friedrich den Mann genau betrachtete, war es der Heizer, der auf dem »Roland« sein Leben eingebüßt hatte. »Ich tue das lieber, als Kohle schaufeln«, sagte er, womit er auf die langen Bastschnüre, die ihm durch die Finger hingen, und seine

Tätigkeit an den Reben und Trauben anspielte. Und dann gingen sie, alle drei, einen ziemlich langen Weg, in eine verwilderte Gegend des Gartens, worüber es völlig dunkel ward. Nun sauste der Wind, und die Stauden, Bäume und Büsche des Gartens begannen wie eine Brandung zu rauschen. Jetzt hockten sie, auf den Wink des Heizers, in einen Kreis, und es war, als ob er ein Stückchen glimmender Kohle mit bloßer Hand aus der Tasche genommen hätte. Er hielt es, wenig über der Erde, so daß eine runde Bodenöffnung, etwa die Fahrt eines Hamsters, beleuchtet ward.

»Legno santo«, sagte, auf die glimmende Kohle deutend, Peter Schmidt. »Du wirst jetzt jene ameisenartigen kleinen Dämonen zu Gesicht bekommen, lieber Friedrich, die man hierzulande Noctilucae oder Nachtlichtchen nennt. Sie selber nennen sich pomphaft die Lichtbauern, allerdings muß man zugeben, daß sie es sind, die das im Innern der Erde verborgene Licht in Magazine aufsammeln, auf besonders präparierte Ackerflächen aussäen, es ernten, wenn es mit hundertfältiger Frucht gewachsen ist, und es in goldenen Garben oder Barren für die allerfinstersten Zeiten aufbewahren.« Und wirklich sah Friedrich durch einen Spalt in eine wie von einer unterirdischen Sonne erleuchtete zweite Welt, wo sich zahllose kleine Lichtbauern mit Sensendengeln, Halmeschneiden, Garbenbinden, kurz, mit Ernten beschäftigten. Viele schnitten das Licht, wie Goldbarren, aus dem Boden heraus. »Diese Lichtbauern«, sagte Peter, »sind es vor allen, die für meine Ideen tätig sind.« Friedrich erwachte und hörte dabei die Stimme des Freundes dicht neben sich.

Das erste, was Friedrich nach dem Erwachen tat, war, nach der Uhr zu sehen. Ihm sagte ein dumpfes Gefühl, er müsse Tage und Nächte verschlafen haben. Aber es waren seit seinem letzten Erwachen höchstens sechs Minuten verstrichen.

Ihn ergriff ein Schauder sehr eigener Art. In seiner Erregung kam es ihm vor, als sei er einer Offenbarung gewürdigt worden. Er nahm sein Notizbuch aus dem Netz über seinem Bett und notierte das Todesdatum samt der Sterbestunde, die der seltsame Krämer und Trödler genannt hatte: ein Uhr dreizehn, hörte er noch die Stimme Rasmussens sagen, ein Uhr dreizehn, am vierundzwanzigsten Januar.

Die Bewegung des Meers und also des Schiffes hatte ein wenig zugenommen. Außerdem fing die große Sirene zu brüllen an. Friedrich überkam ein Anfall von Ungeduld. Der wiederholte, donnerähnliche Ruf der Sirene, der Nebel anzeigte, die Schwankung des Schiffes, die vielleicht nur das Vorzeichen neuer Stürme und neuer Strapazen war, machten Friedrich in einem grämlichen Sinne ärgerlich. Aus dem abenteuerlichen Getriebe hinter seiner Stirn war er in das nicht minder abenteuerliche der wirklichen Welt versetzt worden. Im Traume gelandet, fand er sich, erwacht, in die enge Kabine eines die hohe See durchpflügenden Dampfers gesperrt, eines Fahrzeugs, das, von bangen und schweren Träumen vieler Menschen belastet, seltsamerweise trotzdem nicht unterging.

Schon vor halb sechs war Friedrich an Deck, wo der Nebel wieder gewichen war und über die Kimme einer mäßig bewegten, bleiernen See ein nächtlicher Morgen heraufdämmerte. Das Deck war leer und machte den Eindruck öder Verlassenheit. Die Passagiere lagen in ihren Kojen, und da man auch von der Mannschaft zunächst niemanden sah, schien es, als ob das gewaltige Schiff seinen Kurs ohne menschliche Leitung fortsetzte.

Friedrich stand hinten bei der Logleine, die in der breiten, zerquirlten Kielstraße nachschleifte. Auch in dieser gespenstischen Vormorgenstunde verfolgten hungrige Möwen das Schiff, manchmal sich nähernd, manchmal zurückbleibend und immer wieder mit dem trostlosen Schrei verdammter Seelen ins Kielwasser stoßend.

Dies war nicht Traum, und doch wußte es Friedrich davon kaum zu sondern. Noch von dem Wunderlichen und Befremdlichen des Traumerlebnisses durchdrungen, empfand er nun, überreizt wie er war, die fremde und wogende Ödenei des Weltmeers nicht minder wunderbar. So hatte es seine Wasserberge unter den blinden Augen von Jahrmillionen einhergewälzt, nicht minder blind als die Jahrmillionen. So war es gewesen, nicht anders, seit dem ersten Schöpfungstag: am Anfang schuf Gott Himmel und Erde, und die Erde war wüst und leer, und der Geist Gottes schwebte auf dem Wasser. Friedrich fror. Hatte er je mit etwas anderem als mit Geist und Geistern, das heißt mit Gespenstern gelebt? Und befand er sich nicht im Augenblick mehr als je von dem geschieden, was ihm unter dem Namen Wirklichkeit als unerschütterlich fester Boden gegolten hatte? Glaubte er nicht in diesem Zustand an Ammenmärchen und Schiffergeschichten? an den fliegenden Holländer und den Klabautermann? Was verbarg dieses seine Wogenzüge grenzenlos wälzende Meer? War nicht alles aus ihm hervorgestiegen? Alles wieder in seine Tiefen hinabgetaucht? Warum sollte nicht irgendeine Macht Friedrich einen Geisterblick in die versunkene Atlantis eröffnet haben?

Friedrich durchlebte tiefe und rätselvolle Minuten einer furchtbaren und doch auch beglückenden Bangigkeit: Da war das Meer, auf dem das scheinbar verlassene Schiff, klein in dieser Unendlichkeit, vorwärtstaumelte: vor ihm kein sichtbares Ziel, hinter ihm kein sichtbarer Ausgangspunkt. Da war der Himmel, der es trüb und grau belastete. Da war er selber, Friedrich, als der Vierte im Bunde, allein, und was nicht tot war in dieser Öde, hatte sich in Visionen, Besuche von Schatten und Schemen in seinem Innern umgebildet. Der Mensch ist dem Unerforschlichen immer allein gegenübergestellt: das gibt ihm die Empfindung von Größe zugleich mit der der Verlassenheit. Da stand ein Mensch am Hintersteven eines Schiffs, in der weichenden Urnacht des dämmernden Morgens durch unsichtbare, glühende Fäden seines Geschickes mit zwei Erdteilen fest verknüpft, und erwartete die neue, weniger quälende Form des Lebens von der Sonne, einem fremden, viele Millionen Meilen von dem Planeten Erde entfernten Gestirn. Dies alles war ihm in einem fast vernichtenden Sinne wunderbar. So, als sei er in Wunder eingekerkert. Und es wandelte ihn, in einer plötzlichen Hoffnungslosigkeit, jemals aus dem erstickenden Zwange der Rätsel und Wunder befreit zu sein, die Versuchung an, sich über die Reling hinabzustürzen. Und schon überkam ihn die Scheu eines Menschen, der ein böses Gewissen hat. Er blickte sich um, wie wenn er fürchte, ertappt zu werden. Die Brust war ihm schwer, als hätte er niederziehendes Blei darin.

In diesem Augenblick hörte er sich mit einem kräftigen »Guten Morgen!« ansprechen. Es war der Erste Steuermann, Herr von Halm, der zur Brücke ging. Und sogleich, vor der gesunden Schönheit des Sprachlautes, wich der Spuk, und Friedrichs Seele ward dem Dasein zurückgegeben. »Wollten Sie Tiefseeforschungen machen?« fragte Herr von Halm. Friedrich lachte: »Jawohl, es fehlte nicht viel«, sagte er, »so hätte ich eine Lotung nach der versunkenen Atlantis unternommen.«

Er sprang ab: »Wie denken Sie über das Wetter?« – Der Recke hatte Südwester und Ölzeug angelegt und wies Friedrich an das Barometer, das erheblich gefallen war. Adolf, der Steward, suchte Friedrich. Er hatte ihn in der Kabine vermißt und brachte ihm Zwieback und Tee an Deck. Friedrich nahm, wie tags zuvor, gegenüber der Kajüttreppe Platz, schlürfte wohlig und wärmte sich an der Tasse die Hände.

Und seltsam: ehe er seinen Tee getrunken und seinen Zwieback geknabbert hatte, fing es im Takelwerk der Notmasten wieder zu sausen an. Eine eigensinnige steife Brise drückte sich backbord gegen das Schiff und legte es auf die Steuerbordseite. Friedrich haderte innerlich, wie wenn er mit jemand wegen der kommenden neuen Reisemühsal zu rechten hätte.

Als er und Wilhelm gegen acht Uhr früh im großen Speisesaal das eigentliche Frühstück genossen, erbebte das Schiff und rannte scheinbar hart gegen Felsen an. Das niedrige, hie und da elektrisch beleuchtete, im ganzen von trostlosem Dämmer erfüllte Kastenfach des Salons wurde in einem ziemlich tollen Tanz, mit allem, was darin war, hoch hinausgehoben oder ins gurgelnde Meer versenkt. Man lachte, und die wenigen Herren, die sich zum Frühstück gewagt hatten, suchten durch Späße und Witze über die nicht gerade rosige Lage hinwegzukommen. Friedrich meinte, er spüre unter dem Magen jenes Gefühl, das ihm schon als Kind das hohe Schaukeln verboten habe.

Wilhelm sagte: »Kollege, wir sind in des Satans Waschküche, da tut sich was, wogegen alles Bisherige nicht zu rechnen ist!« Und das Wort »Zyklon« wurde irgendwo ausgesprochen. Das Wort »Zyklon« ist ein furchtbares Wort, aber es schien auf den braven »Roland«, der, ein Vorbild entschlossener Pflichterfüllung, Wasser verdrängte und Breschen riß, keinen Eindruck zu machen. New York war das Ziel, und er eilte vorwärts.

Friedrich wollte an Deck, aber dort sah es böse aus, so daß er sich nicht hinauswagen konnte. Er mußte auf der obersten Stufe unter dem Schutz des Treppendaches stillestehen. Das Niveau des Meeres schien höher geworden, so daß es war, als wenn der »Roland« fortwährend in einer tiefen Gasse ginge. Man konnte dem Eindruck und Irrtum unterliegen, als müsse jeden Augenblick durch den Zusammenschluß der Oberfläche des Meeres über der Gasse das Schicksal des Schiffes entschieden sein. Matrosen und Schiffsjungen stiegen umher, um alles nicht Niet- und Nagelfeste zu kontrollieren und fester zu ziehen. Bereits waren Wogen übergekommen. Das Salzwasser rannte und schoß über Deck, dazu peitschte Regen und Schnee vom Himmel. In allen Tönen heulte, stöhnte, surrte und pfiff das Takelwerk. Und dieser harte und schaurige Zustand, mit dem rauschenden, brummenden, ewig dröhnenden, ewig zischenden gewaltigen Wasserlärm, durch den sich der Dampfer wie in wilder und blinder Trunkenheit vorwärtswälzte, dieser rasende, trostlose Taumel hielt Stunde um Stunde an und hatte, als es Mittag geworden war, zugenommen.

Der Ruf zum Lunch schmetterte trotzdem über Deck und durch die knackenden Dachsfahrten des Schiffes dahin; aber es waren nur wenige, die ihm Folge leisteten. Der lange Hahlström hatte an der gähnenden Tafel bei Friedrich und Doktor Wilhelm Platz genommen. »Kann man sich wundern«, sagte Friedrich, »wenn Seeleute abergläubisch sind? Wie dieses Wetter aus heiterem Himmel hereingebrochen ist, möchte man wirklich an Zauberei glauben.« Wilhelm meinte: »Es kann noch toller kommen.« Einige Damen, die es gehört hatten, blickten herüber und machten entsetzte Augen. »Meinen Sie«, fragte die eine, »daß etwa Gefahr vorhanden ist?« – »Gott«, antwortete Wilhelm, »Gefahr ist im Leben ja immer vorhanden!« und setzte lächelnd hinzu: »Es kommt nur darauf an, daß man nicht ängstlich ist.«

Unglaublicherweise fing die Kapelle, wie gewöhnlich, zu konzertieren an, und zwar ein Stück, das sich »Marche triomphale« nannte. Hahlström meinte: »Ein großes Kapitel ist der moderne Galgenhumor!« – »O Gott, einen ruhigen Tisch, einen ruhigen Sitz, eine ruhige Bettstelle! Wer diese Dinge sein eigen nennt, der weiß meistens nicht, wie reich er ist«, das sagte Friedrich mit schreiender Stimme, weil bei dem doppelten Lärm des ausgesperrten Meers und der eingesperrten Musik sonst nichts zu verstehen war.

Der armlose Artur Stoß nahm trotz des üblen Wetters mit Gleichmut und Heiterkeit seine Mahlzeit in dem von aller Welt gemiedenen Rauchzimmer ein. Er zerteilte mit Gabel und Messer, die er zwischen der großen und der zweiten Zehe hielt, seinen Fisch, als Friedrich nach beendigtem Lunch sich dem originellen und witzigen Ungeheuer gegenübersetzte. »Unser alter Omnibus rumpelt ein bißchen«, sagte Stoß. »Wenn unsere Kessel gut sind, ist nichts zu fürchten. Aber so viel steht fest: wenn das kein Zyklon ist, so kann er's noch werden. Es macht mir nichts. Die Sache sieht trostloser aus, als sie ist. Aber was ist man doch für ein Kerl. Um den Leuten in Kapstadt, in Melbourne, in Tananarivo, in Buenos Aires, in San Franzisko und Mexiko zu zeigen, was ein Mensch mit festem, energischem Willen, trotz Mißgunst der Natur, leisten kann, läßt man sich durch alle Zyklone, Tornados und Taifune sämtlicher Meere der Welt schleifen. Davon träumt der Philister nichts, der im Berliner Wintergarten, in der Londoner Alhambra et cetera sitzt, was ein Artist, den er auf der Bühne seine Nummer abspielen sieht, alles durchmachen muß, um bloß erst mal dort oben zu stehen.«

Friedrich fühlte sich elend. Obgleich die nächtlichen Träume noch in seinem Hirn spukten, spürte er doch, daß mehr und mehr jedes andere Gefühl in dem überall deutlichen Drohen einer brutalen Gefahr unterging. Hans Füllenberg kam und erzählte mit entgeisterter Miene, daß man eine Leiche an Bord habe. Und es war nicht anders, als brächte er den toten Heizer und den rasenden Sturm in Zusammenhang. Ihm war die Butter vom Brot gefallen. Stoß meinte, Bulke, sein Bursche, habe ihm auch erzählt, daß einer der Heizer gestorben wäre. Friedrich tat, als wisse er nichts davon. Gewohnt, sich auf ehrliche Weise zu beobachten, stellte er fest, daß ihn bei der ihm ja bekannten Nachricht ein Schauder gestreift hatte. »Der Tote ist tot«, sagte Stoß, nun mit Appetit seinen Braten vertilgend. »An dem toten Heizer scheitern wir nicht. Aber es ist diese Nacht ein Wrack gesichtet worden. Diese Schiffsleichen sind gefährlicher. Wenn die See bewegt ist, sieht man sie nicht.«

Friedrich ließ sich genauer informieren.

»Neunhundertfünfundsiebzig treibende Wracks«, sagte Stoß, »sind in fünf Jahren hier im nördlichen Teil des Atlantischen Ozeans gesichtet worden. Es ist sicher, daß die Zahl doppelt so groß und größer ist. Einer der gefährlichsten Vagabunden dieser Art ist der eiserne Viermaster ›Houresfield‹, der auf der Fahrt von Liverpool nach San Franzisko Feuer in die Ladung bekam und von der Mannschaft verlassen wurde. Wenn wir auf so etwas stoßen, dann hört man in keinem von allen fünf Weltteilen je mehr auch nur einen Mauz von uns.« Stoß sagte das, immer lebhaft kauend, aber nicht so, als ob er mit einem solchen Ausgang der Reise rechne.

»Man kann in den Gängen nicht fort«, sagte Füllenberg, »die Schottenverschlüsse sind zugezogen.« Jetzt fing auch wieder die Dampfsirene zu brüllen an. Friedrich hörte zwar immer noch Trotz und Triumph heraus, aber doch auch etwas, was an das geborstene Horn des Helden erinnerte, dessen Namen der Dampfer trug. »Noch ist keinerlei Not!« sagte beruhigend Stoß.

Friedrich befand sich noch in dem gemiedenen Rauchzimmer, als Stoß von seinem Burschen längst zum gewohnten Mittagsschlaf in sein Bett verpackt worden war. Der Raum war Friedrich unheimlich, aber gerade deshalb teilte ihn niemand mit ihm. Und das Alleinsein tat Friedrich bei dem Ernst der Lage besonders not. Er fing sich bereits mit der schlimmsten der Möglichkeiten zu befassen an. An der Wand des Raums lief eine lederne Polsterbank, Friedrich kniete darauf und konnte so durch die Luken in den machtvollen Aufruhr des Weltmeers hineinsehen. In dieser Stellung und beim Anblick des unbegreiflich zähen Sturmlaufs der Wogen gegen das verzweifelt kämpfende Schiff ließ er sein Leben Revue passieren.

Um ihn war eine graue Finsternis. Und er fühlte nun doch, daß er sich nach Licht sehnte und lange nicht so bereit, als er jüngst noch geglaubt hatte, zu sterben war. Es wollte ihn etwas wie Reue anwandeln. Warum bin ich hier? Warum habe ich nicht einen vernünftigen eigenen Willen nach ruhiger Überlegung eingesetzt, der mich vor dieser sinnlosen Fahrt bewahrt hätte? Meinethalben sterben! aber nicht so sterben! nicht in einer Wasserwüste, fern von der Muttererde, unerreichbar fern von der großen Gemeinschaft der Menschen zugrunde gehen. Denn dies ist ein besonderer Fluch, wie mir scheint, von dem die Menschen nichts ahnen, die auf festem Land und am eigenen Herde, Menschen unter Menschen, geborgen sind. Was war ihm jetzt Ingigerd! Ingigerd war ihm jetzt gleichgültig! Und er gestand sich, wie er jetzt nur noch im engsten Sinne an sich dachte. Welcher Gedanke, diesem brutalen Schicksal entronnen, wieder an irgendeinem Ufer gelandet zu sein! In Friedrichs Vorstellung war jeder Erdteil, jede Insel, jede Stadt, jedes verschneite Dorf zum Eden, zum Paradiese, zum unwahrscheinlichsten Traum von Glück geworden. Wie wollte er künftig für den bloßen Schritt auf trocknem Land, für das bloße Atmen, für eine belebte Straße, kurz, für die allereinfachsten Dinge bis zur Überschwenglichkeit dankbar sein! Friedrich knirschte. Was nutzt uns hier wohl ein menschlicher Hilferuf? Wo sollte man hier wohl Gottes Ohr finden? Wenn das Letzte geschah und der »Roland« mit seiner Menschenmenge zu sacken begann, so würde man Dinge sehen, die einen Menschen, der sie gesehen hätte, auch wenn er gerettet würde, nicht mehr könnten froh werden lassen. Ich würde es nicht mit ansehen, dachte Friedrich, ich spränge, nur um es nicht zu sehen, freiwillig über Bord hinaus.

Dampfer »Roland« ist untergegangen, steht in den Zeitungen. Oh, sagt der Philister in Berlin, der Philister in Hamburg und Amsterdam, nimmt einen neuen Schluck Kaffee und tut einen Zug aus seiner Zigarre, ehe er dann mit Behagen das Nähere über die Katastrophe, soweit wie beobachtet oder fabuliert wurde, auskostet. Und das Hurra der Zeitungsverleger! eine Sensation! neue Abonnenten! Das ist die Medusa, der wir ins Auge sehen und die uns sagt, welchen wahren Wert in der Welt eine Schiffslast von Menschenleben besitzt.

Und Friedrich versuchte vergeblich, gegen eine Vorstellung anzukämpfen, die ihm das gewaltig strebende, rollende und sich rastlos vorwärtswälzende Haus des »Roland« mit seinem im Sturm nun beinahe erstickten Sirenenlaut still und stumm auf dem Grunde des Meeres zeigte. Dort sah er, wie in eine Glasmasse eingesargt, das mächtige Schiff, über dessen Deck Züge von Fischen hin und her gingen und dessen Räume von Wasser erfüllt waren. Der große Speisesaal mit allen seinen Paneelen von Nußbaumholz, seinen Tischen und ledergepolsterten Drehsesseln war von Seewasser angefüllt. Ein großer Polyp, Quallen, Fische und pilzartige rote Seerosen waren auf dem gleichen Wege, wie jetzt die Passagiere, hineingedrungen. Und zum Entsetzen Friedrichs schwammen die eingeschlossenen uniformierten Leichen des Oberstewards Pfundner und seines eigenen Stewards immer langsam im Kreise darin herum. Diese Vorstellung war beinahe lächerlich, wenn sie nicht so grausig gewesen wäre und nicht so durchaus im Bereiche eines möglichen Falles gelegen hätte. Was sollen Taucher nicht alles berichtet haben. Was haben Taucher nicht alles in Kabinen und Gängen großer gesunkener Schiffe angetroffen: untrennbar verknotete Menschenmassen, Passagiere oder Matrosen, die ihnen, wie wenn sie auf sie gewartet hätten, mit ausgestreckten Armen, aufrecht, wie lebend, entgegenkamen. Näher betrachtet, waren die Kleider dieser Verweser und Wächter eines verlorenen Gutes am Meeresgrund, dieser seltsamen Reeder, Kaufleute, Kapitäne und Zahlmeister, dieser Glücksjäger, Goldsucher, Defraudanten und Hochstapler, oder was sie nun sein mochten, mit Polypen, Krebsen und allerhand Meeresgewürm behängt, das sich an ihnen gütlich tat, solange noch etwas anderes als bleiches, abgenagtes Gebein vorhanden war.

Und Friedrich erblickte sich selbst als ein solches verwesendes Schiffsgespenst, das in der grausenvollen Behausung herumirrte. Diesem schaudervollen Vineta, wo ein jeder stumm an seinem Nachbar mit fürchterlicher Gebärde vorüberging. Ein jeder, schien es, mit einem erstarrten Weheruf in der Brust, den er, den Kopf nach unten gekehrt, die Arme ausbreitend oder den Kopf nach rückwärts geworfen, mit offenem Mund, oder schauerlich auf den Händen gehend oder mit so oder so gerungenen, gefalteten oder gespreizten Händen ausdrückte. Die Maschinisten im Kesselraum schienen noch immer langsam, langsam Zylinder und Triebrad zu kontrollieren, nur anders als früher, weil das Gesetz der Schwere bei ihnen aufgehoben schien. Einer von ihnen war dabei auf eine sonderbar gebogene Art und Weise, wie ein Schlafender, zwischen den Felgen eines Rades festgewunden. Auf seinen gespenstischen Wanderungen war Friedrich auch zu den Heizern hinuntergelangt, die im Augenblick der Katastrophe bei ihrer Tätigkeit überrascht worden waren. Einige hielten die Schaufel noch in der Hand, aber sie konnten sie nicht emporheben. Sie selber schwebten, aber die umklammerte Schaufel an der Erde regte sich nicht. Es war alles aus, sie konnten das Feuer nicht mehr in Glut und also das mächtige Fahrzeug nicht mehr in Gang bringen. Im Zwischendeck sah es dermaßen aus, mit Durcheinandertreiben von Männern, Frauen und Kindern in einer solchen Dichtigkeit und Verfinsterung, daß selbst ein Katzenhai, der durch den Schornstein in den Heizraum und durch die Maschine bis hierher gedrungen war, sich in diese Versammlung zu mischen nicht hinreichend mutig und freßgierig war. Noli turbare circulos meos! schienen auch diese Leute zu sagen. Alle dachten angestrengt und in einer Vertiefung ohnegleichen, zu der sie freilich auch hinreichend Zeit hatten, über das Rätsel des Lebens nach.

Überhaupt schien jedermann hier nur deshalb auf eine so sonderbare Weise angestellt, um nachzudenken. Die Händeringer, die

Händespreizer, die auf Händen liefen, ja auf der Spitze eines einzigen Fingers zu stehen vermochten, während sie mit den Füßen die Decke streichelten, dachten nach. Nur Professor Toussaint, der Friedrich auf dem Gange entgegenschwebte, schien mit erhobener Rechten sagen zu wollen: Ein Künstler darf nicht verrosten! man muß sich lüften! man muß neue Verhältnisse aufsuchen! und wenn man in Italien nicht nach Gebühr gewürdigt wird, muß man ganz einfach, wie Leonardo da Vinci, nach Frankreich gehen oder meinethalben ins Land der Freiheit auswandern.

Ich will leben, leben, sonst nichts, dachte Friedrich. Ich will, wie der ältere Cato, künftig lieber ein Jahr lang zu Fuße gehen, auch wenn ich denselben Weg in drei Tagen zu Schiff machen könnte. Und er verließ, um nur nicht etwa in die schreckliche Hausgenossenschaft der blauen, gedunsenen Denker hineinzugeraten, das grabartig düstere Rauchzimmer und schleppte sich mit schmerzendem Kopf und bleiernen Gliedern an Deck, wo die wilde Bewegung des Sturms und das Chaos von Schnee, Regen und salzigen Gischtwolken ihm den Alp von der Seele nahm.

In dem kleinen Raum um die Kajütentreppe traf Friedrich die auch tags zuvor dort versammelte kleine Gesellschaft an, die sich auf eng aneinandergeschobenen Deckstühlen niedergelassen hatte. Auch Professor Toussaint befand sich darunter. Im übrigen waren es der furchtsame Seglerkapitän sowie der lange Elektrotechniker; der das Kabel erklärt hatte, und außerdem ein amerikanischer Colonel. Dieser, ein Vorzugsexemplar seiner verbreiteten Spezies, hatte ein Gespräch über die Länge des Eisenbahnnetzes in den Vereinigten Staaten angefangen und Behauptungen aufgestellt, die den Chauvinismus des langen Elektrotechnikers, als eines Europäers, trotz des schauderhaften Wetters entflammt hatten. Unglaubliche Kilometerzahlen wurden von beiden Seiten genannt und dann von einem jeden die Vorzüge seines heimatlichen Bahnbetriebes herausgestrichen.

»Wir laufen nur halbe Kraft«, sagte Toussaint zu Friedrich. »Ist es nicht ganz erstaunlich, wie sich das Bild auf einmal geändert hat?« – »Jawohl, ganz erstaunlich«, antwortete Friedrich. – »Ich verstehe natürlich nichts vom Zyklon«, fuhr Toussaint mit einer bleichen Grimasse fort, die ein Lächeln darstellen sollte, »aber die Seeleute sagen, daß dieser Sturm zyklonartig ist.« Der kleine, dicke, furchtsame Segelschiffkapitän erklärte, man könne dies Wetter wohl einen Zyklon nennen. »Wäre ich auf meinem Schiffe gewesen, und hätte derselbe Sturm mit der gleichen Heftigkeit und ebenso plötzlich eingesetzt, wir hätten nicht Zeit gehabt, die Segel herunterzubekommen. Gott sei Dank, mit den modernen Steamern sieht es besser aus. Trotzdem fühle ich mich wohler auf meiner Viermasterbark und möchte lieber heut als morgen in meinen vier Pfählen sein.« Friedrich mußte hell auflachen. »Was den ›Roland‹ angeht, Herr Kapitän«, sagte er, »so möchte ich ja auch jetzt lieber im Hofbräuhause in München sein. Aber Ihre vier Pfähle locken mich weniger.« Hans Füllenberg schlängelte sich heran und erzählte, ein Rettungsboot habe das Wasser glatt weggeschlagen. Im gleichen Augenblick, als er das sagte, flog schräg von vorn eine gewölbte Wassermasse über das Schiff, die allen einen Ausruf entsetzten Staunens ablockte. »Großartig!« sagte Friedrich, »schön!« Der Schiffskapitän: »Das ist zyklonartig!« – »Sie können mir glauben«, hörte man wieder den Colonel, »daß allein die Strecke New York–Chikago ...« Toussaint sagte: »Das war ja ein Niagarafall.« In der Tat war eine Wassermasse heruntergekommen, die in die Luftschächte und Schornsteine schlug und den mächtigen Schiffskörper förmlich badete.

Dabei war es kalt, und der »Roland« setzte allbereits unter einer Kruste von Schnee und Eis seine trotzige und bewunderungswürdige Reise fort. An Masten und Tauen hingen Eiszapfen. Die glä-

sernen Stalaktiten formten sich um Kommandobrücke und Kartenhaus und überall an Geländern und Rändern. Das Deck war glatt,
und es blieb ein Wagnis vorwärtszukommen. Diesen Versuch
machte Friedrich sofort, als Ingigerds Kabine geöffnet wurde und
das vom Wetter gezauste lange Blondhaar des Mädchens sichtbar
ward. Ingigerd zog ihn zu sich hinein.

Sie hatte Siegfried und Ella Liebling zu sich genommen, weil,
wie sie sagte, Rosa genug mit der Mutter beschäftigt war. Sie äußerte Freude darüber, daß Friedrich gekommen war, und wollte
wissen, ob man sich mit dem Gedanken an Gefahr vertraut machen
müsse. Als Friedrich die Achseln zuckte, erschrak sie nicht, sondern
gewann eher an Entschlossenheit. Sie rief: »Was sagen Sie zu einem
Menschen wie Achleitner? Er liegt in seiner Kabine, schreit immerfort: ›Ach, meine arme Mutter! Meine arme Schwester! Warum
hab' ich dir nicht gefolgt, Mama!‹, und so fort. Er heult! Ein Mann!
Es ist scheußlich!« Und sie klammerte sich, wie es jedermann tun
mußte, der nicht wie ein Paket in irgendeine Ecke geschleudert
werden wollte, an die Bettstelle fest und wollte sich vor Lachen
ausschütten.

In diesem Augenblick war der Berg von Steinen, unter dem
Friedrich die kleine Sünderin Ingigerd begraben hatte, weggeräumt.

Seine Bewunderung steigerte sich. Denn nun wollte sie plötzlich,
um diesen alten Esel zu trösten, über Deck und hinunter zu Achleitner. Friedrich aber erlaubte es nicht.

Seine Ankunft entlastete Ingigerd, da er sich sogleich mit den
Kindern zu schaffen machte. Ella, der Ingigerd ihre Puppe gegeben
hatte, saß auf der einen Seite des Diwans, die Beinchen in eine
Decke gehüllt, während Siegfried es sich auf dem Bett bequem
gemacht hatte. Dort trieb er mit abgespanntem Gesicht ein ziemlich
monotones Spiel mit einem Satz Karten, wobei er einen imaginierten Partner zu haben schien.

»Mama ist geschieden«, erzählte Ella, »Papa hat mit ihr immer Zank gehabt.« Siegfried bestätigte, indem er das Spiel Karten beiseite schob: »Mama hat mal nach Papa einen Stiefel geworfen.« – »Papa ist stark«, erklärte Ella wiederum. »Er hat mal einen Stuhl auf die Erde gehaut.« Ingigerd mußte lachen und sagte: »Diese Kinderchen sind zum Schießen.« – »Papa hat auch mal eine Wasserflasche an die Wand geworfen«, sagte Siegfried, »weil Onkel Bolle immer gekommen ist.« Und so fuhren die Kleinen fort, das Thema Ehe altklug und eingehend zu erörtern.

Rosa wurde von dem Diener des Artisten Stoß auf dieselbe Weise wie sein Herr über Deck und in die Kabine bugsiert. Beide sahen vergnügt und gerötet aus, und Friedrich fragte den jungen Mann, wie er die Lage des »Roland« ansehe. Er lachte und sagte, es sei alles gut, wenn nur sonst nichts dazwischenkomme. »Bulke«, sagte Rosa, »nehmen Sie Siegfried auf den Buckel!« Bulke machte Miene, das zu tun, während sie bereits Ella auf ihren krebsroten Arm gesetzt hatte.

Aber die Kinder sträubten sich, und Ingigerd sagte, sie wolle die Kleinen gern bei sich behalten. Rosa dankte und meinte, sie wären hier wirklich am besten untergebracht. Ein bißchen Semmel und Milchkaffee, was sie zur Vesper bekommen müßten, wolle sie augenblicklich herbeischaffen. »Was haben Sie denn am Arm?« sagte Friedrich. Er sah einen langen Krallenriß. Ihre gnädige Frau, meinte sie, sei vor Elend und Angst wie wahnsinnig.

Fünf Stunden lang hatte nun der Zyklon mit unbarmherziger Wut getobt. Bö auf Bö stürzte sich gegen das Schiff, die eine der anderen nach immer kürzeren Pausen folgend. Friedrich hatte mit Mühe den Weg zum Barbier hinunter gemacht, der wirklich das Kunststück fertigbrachte, ihn auch bei diesem furchtbaren Wetter zu rasieren. »Man muß im Zug bleiben«, schrie der Barbier, »wenn man nicht arbeitet, ist man verloren.« Er hielt plötzlich inne, nahm das Messer von Friedrichs Kehle und entfärbte sich. Im Maschinenraum hatte die Signalglocke angeschlagen, zum Zeichen, daß durch das Sprachrohr ein Kommando des Kapitäns von der Brücke herunterkam. Gleich darauf stockte der Gang der Maschinen. Ein solches Ereignis, überaus einfach an sich, wirkte bei diesem Wetter, mitten im Atlantischen Ozean, nicht nur auf Friedrich und den Barbier, sondern auf jeden irgendwie noch zurechnungsfähigen Passagier und ebenso auf die gesamte Mannschaft mit der Kraft einer Katastrophe. Man merkte sofort die Aufregung, die jedermann in dem willenlos gewordenen Schiff ergriffen hatte. Stimmen riefen, Weiber kreischten, Schritte eilten die Gänge entlang. Ein Herr riß die Türe auf und rief: »Warum liegen wir eigentlich still, Herr Barbier?« Und er tat diese Frage mit einer Entrüstung, die dem armen Barbier die Verantwortlichkeit eines Kapitäns zutraute. Friedrich wischte den Seifenschaum vom Gesicht und strebte mit aller möglichen Eile, in Gesellschaft vieler fragender, kletternder, hüpfender, tappender, von einer Gangwand zur anderen geworfener Leute an Deck hinauf. »Wir treiben«, hieß es. »Wir haben die Schraube gebrochen!« – »Zyklon!« riefen einige. Andere: »Schraubenbruch!« – »Ach«, sagte ein junges Mädchen, das sich in einem Morgenrock mitschleppte, »es ist mir durchaus nicht um mich, durchaus nicht um mich. Aber in Stuttgart wohnt meine arme Mutter.« – »Was gibt's, was gibt's?« schrien zwanzig Stimmen auf einmal einen vorübereilenden Steward an. Er lief davon und zuckte die Achseln.

Da die Menschen, wie Schafe gedrängt, die erste Treppe an Deck, die Friedrich erreichte, verstellt hielten, suchte er eine andere auf und war genötigt, einen ziemlich langen Weg in das Achterteil des Schiffes und von da, einen engen Korridor entlang, wieder nach vorn zu nehmen. Dabei ging er schnell, schien äußerlich ruhig und war doch in ungewöhnlichem Maße gespannt, ja in Angst versetzt. In der zweiten Kajüte sah sich Friedrich durch einen

Mann aufgehalten, der barfuß vor seiner Kabine stand. Er versuchte den Hemdkragen festzuknöpfen, was ihm indessen in der Aufregung nicht gelang. »Was ist denn los?« schrie er Friedrich an. »Ist denn alles in diesem verfluchten Kasten wahnsinnig? Erst stirbt ein Heizer! Jetzt haben wir womöglich ein Leck oder einen Schraubenbruch! Was denkt sich der Kapitän? Ich bin Offizier! Ich muß am fünfundzwanzigsten Februar unbedingt in San Franzisko sein. Wenn es so weitergeht, bleibe ich liegen.«

Friedrich wollte vorübereilen, aber der Herr vertrat ihm den Weg.

»Ich bin Offizier«, sagte er. »Ich heiße von Klinkhammer. Was glaubt denn der Kapitän«, schrie er weiter, während er durch einen unerwarteten Stoß gegen die Gangwand zurück und beinahe bis in seine Kabine geschleudert wurde. »Ich habe doch nicht meinen Dienst quittiert und eine Karriere aufgegeben, um in diesem verfluchten, abgenutzten Kasten ...« Aber Friedrich war schon weitergerannt.

In dem innerlich nicht mehr pulsierenden Schiff war jetzt eine tiefe Stille verbreitet: eine Stille, darin das bange Leben der Bewohner nun doppelt bemerkbar ward. Türen schlugen, und wenn sie sich öffneten, drangen kurze, abgerissene Laute aus den Kabinen, die von der Verwirrung und Angst der Bewohner zeugten. Ganz besonders war Friedrich in diesem durch elektrisches Licht erleuchteten, wie ein neuer Stiefel knarrenden, schwankenden Korridor der unablässige Laut der elektrischen Klingeln schauerlich. In hundert Kabinen zugleich schienen von angstvollen Menschen, die ihre Kajütplätze teuer bezahlt und Anspruch auf gute Bedienung hatten, die Klingelknöpfe gedrückt zu werden. Keiner von ihnen war geneigt, die force majeure des Atlantischen Ozeans, des Zyklons, eines Schraubenbruchs oder irgendeines möglichen Unglücksfalles anzuerkennen. Sie glaubten, wenn sie klingelten, so gäben sie der unwiderstehlichen Forderung Ausdruck, von einem durchaus verantwortlichen Retter unbedingt aufs Trockene gebracht zu werden. Wer weiß, dachte Friedrich, während ihr hier klingelt, sind vielleicht oben schon die Boote aufs Wasser gebracht und bis zum Sinken mit Menschen beladen.

Aber so weit war es noch nicht, als Friedrich einen Ausgang gewonnen und die Deckkabine Ingigerds endlich erkämpft hatte: denn zu Ingigerd Hahlström trieb es ihn. Er fand außer den Kindern, die sie wie eine kleine Mama zu beschäftigen suchte, ihren Vater und Doktor Wilhelm bei ihr. Wilhelm sagte: »Die Feigheit der Menschen ist grausenhaft!« – »Ja, das sagen Sie so, aber was ist denn los?« fragte Friedrich. – »Eine Welle wird heißgelaufen sein. Das braucht etwas Zeit, um sie abzukühlen.« Die auf den Treppen gedrängten Passagiere riefen in einem fort nach dem Kapitän. Wilhelm sagte: »Der Kapitän hat anderes zu tun, als blödsinnige Fragen zu beantworten.« Friedrich meinte, man sollte die Leute aufklären und beruhigen und setzte hinzu: »Ich finde, daß Besorgnis bei einer Landratte, die von Nautik und von der Beurteilung der Sachlage keine Ahnung hat, berechtigt ist.« – »Warum soll man den Leuten was sagen«, gab der Schiffsarzt zurück, »selbst wenn die Sache ganz schief geht, ist es besser, die Leute zu täuschen.« – »Na, so täuscht sie doch«, sagte Hahlström, »schickt die Stewards ab, laßt ihnen sagen, alles ist allright, wir müssen ersaufen!«

Kurze Zeit darauf wurden in der Tat die Passagiere im Auftrag der Oberleitung durch die kleine Armee der Stewards mit der Nachricht beruhigt, daß wirklich nur, wie der Doktor gesagt hatte, eine Welle heißgelaufen sei und die Maschine bald wieder in Gang kommen werde. Auf die tausendmal wiederholte Frage, ob Gefahr wäre, wurde von allen Stewards auf entschiedenste Weise mit »Nein« geantwortet. Aber der hilflose Anblick, den der willenlos treibende Koloß des »Roland«, von der Kabine Ingigerds aus betrachtet, gewährte, unterstützte die Nachricht der Stewards nicht sonderlich.

Um die Luft zu verbessern, hatte Ingigerd, soweit möglich, die Tür an Deck immer einen Spalt offengestellt. »Wir können uns nicht verhehlen«, sagte Hahlström, »daß wir vor Topp und Takel treiben.« Gleich darauf sagte Wilhelm: »Wir hängen Ölbeutel aus!«, wobei er Friedrich durch den Türspalt den Schiffsjungen Pander zeigte, der gemeinsam mit einem Matrosen einen Segeltuchbeutel, getränkt mit Öl, an einer Leine ins Wasser hängte. Diese Maßregel schien angesichts der schweren Seen, die gleich wandelnden Bergen herankamen, und bei den schauerlich wuchtenden Böen, die sie begleiteten, fast lächerlich. Aller Augenblicke wurde der tote »Roland«, der fortwährend mit einem langgezogenen Ton nun seine hilferufähnlichen Warnungssignale gab, auf ein unter ihm hervorquellendes Wassergebirge emporgedrückt, wo es aber ebensowenig wie in der Tiefe einen Ausblick gab. Der gewaltige Steamer stand, schien nicht zu wissen, wohin er sich wenden solle, ward bald nach Steuerbord, bald nach Backbord von der Wucht der Böen hinübergedrückt und hatte von seiner herkulischen Kraft nichts als seine ungefüge, hilflose Masse zurückbehalten. Er drehte sich langsam, er wendete sich, und mit einemmal kam wie eine vieltausendköpfige Schar zischender weißer Panther, die von einem schwarzgrünen Gebirgsrücken abgeschleudert wurden, eine schreckliche See über Bord gestürzt.

»Das war bös«, sagte Wilhelm, der, noch gerade zur rechten Zeit, die Decktür ins Schloß gerissen hatte.

Friedrichs Nerven beherrschte ein Spannungsgefühl, das nicht nur im übertragenen Sinne, sondern deutlich spürbar von ihm wie die bis zum Reißen straffe Anspannung einer Saite empfunden wurde. »Macht Sie die Sache nervös?« fragte Hahlström. – »Etwas«, gab Friedrich zur Antwort, »ich leugne es nicht. Man hat Kraft, man hat einige Intelligenz und kann nichts davon ausüben, selbst wenn die Gefahr vor Augen ist.« Wilhelm meinte: »Direkte Gefahr? Kollege, so weit sind wir noch nicht. Erstlich wird die Schraube gleich wieder arbeiten, und wenn wir wirklich treiben und schließlich unsere Notsegel beisetzen, können wir hier auf unserem Kasten noch in acht Tagen fuchsmunter sein.« Hahlström sagte: »Was verstehen Sie unter fuchsmunter, Herr Doktor?« – »Wir haben den Sturm aus Nord-Nordwest. Es kommt gar nicht vor, daß ein solches Schiff auf hoher See etwa kentert. Also würden wir höchstwahrscheinlich gegen die Azoren zu getrieben und eines Tages in einen dortigen Hafen eingebracht werden. Vielleicht kämen wir aber auch noch südlicher, und dann ist es gar nicht ausgeschlossen, daß wir in acht Tagen auf den Kanarischen Inseln, im Angesicht des herrlichen Piks von Teneriffa vor Anker gehn.« Hahlström sagte verstimmt: »Ich danke für Pik von Teneriffa. Ich muß nach New York. Wir sind verpflichtet.«

Friedrich kam wieder auf seine bis zum Bersten gespannten Nerven zurück. »Acht Tage Unsicherheit«, sagte er, »könnte mein Nervensystem nicht durchhalten. Ich bin nicht geeignet für dieses passive Heldentum. Im. Aktiven könnte ich mehr leisten.« – »Sie kennen doch Lederstrumpf«, sagte Wilhelm ironisch, »da müssen Sie doch auch wissen, Kollege, daß bei den alten amerikanischen Rothäuten schon – denken Sie an die Marterpfähle – das passive Heldentum das höher geachtete ist.« – »Nein, nein«, meinte Friedrich, »mit der Marterpfahlwirtschaft lassen Sie mich gefälligst in Frieden! Wenn ich heute erfahre, daß unsere Schraube gebrochen ist und wir morgen noch hilflos herumtreiben, so halte ich das ganz einfach nicht aus und springe übermorgen ins Wasser. Es ist der gleiche Grund, weswegen ich gegen den Rettungsgürtel bin. Ich lehne ihn ab: Sie mögen mir dreist einen anbieten.«

Die Stunden verrannen. Auf den grauen Tagesdämmer, mit dem endlosen, trommelfellzerstörenden Lärm der See, folgte ein abendliches, noch tieferes Dämmerlicht. Friedrich, wie jedermann, hatte vergeblich des Augenblicks gewartet, wo die Schraube sich wieder bewegen und dem hilflosen Schiffsrumpf seinen Kurs zurückgeben sollte. Die Stärke der Böen wurde taxiert, und man beobachtete mit der Angst der Verzweiflung, ob sich die Ruhepausen zwischen ihnen verkleinerten oder vergrößerten. Als das Wetter nicht nachließ, bemächtigte sich Friedrichs zeitweise ein köhlerhafter persönlicher Verfolgungswahn. Schauerlich war besonders der Umstand, daß in kurzen Zwischenräumen, während vieler Stunden, die Massenschreie der eingesperrten Zwischendeckler laut wurden. Die zusammengepferchten Leute wimmerten, beteten schreiend, riefen wütend den Himmel um Hilfe an und brüllten, teils vor Angst, teils vor Wut, teils im physischen Schmerze. Aber als ob nichts geschehen wäre, erscholl zur bestimmten Zeit der erste schmetternde Ruf zum Diner über das immer noch steuerlos treibende Schiff, diese mächtige, nun wieder von zahllosen Lampen erleuchtete, hilflose Arche, diesen aus Reihen von Luken strahlenden, zum trostlosen Spiele der Wogen gewordenen, vereisten Feenpalast – und Friedrich fragte sich, wer wohl jetzt Kaltblütigkeit oder Mut oder Lust zu der täglichen Tafelei finden sollte. Aber Wilhelm rief: »Zu Tisch, meine Herren!«, und da Rosa eben wieder, naß und mutig, die Kinder versorgen kam und ein längeres Bleiben in Ingigerds Zimmer nicht angängig war, mußte sich Friedrich Doktor Wilhelm und Hahlström anschließen, die mit kurzem Entschluß hinaus und über Deck voltigiert waren. Der Kakadu kreischte, Ella schrie und wurde von Ingigerd und Rosa ziemlich energisch zurechtgesetzt. Eh er aber das Zimmer verließ, sagte Friedrich: »Wünschen Sie, daß ich hierbleibe? Es liegt mir daran, daß Sie jetzt ganz über mich verfügen, Fräulein Ingigerd.« Sie gab zur Antwort: »Danke, Herr Doktor, Sie kommen ja wieder.« Und Friedrich wunderte sich über die selbstverständliche Art, mit der er gefragt und die Antwort erhalten hatte.

Jetzt aber trat unerwartet ein Umschwung ein. Man merkte an einem gewissen, alles durchdringenden Beben von Wand und Fußboden, daß der Rhythmus der Kraft, der Rhythmus der Zielstrebigkeit, der Puls und das Herz des »Roland« wieder lebendig geworden war. Ingigerd jauchzte auf wie ein Kind, und Friedrich biß die Zähne zusammen. Der Zustrom erneuten Lebens, erneuter Aussichten und Hoffnungen, die wiedereingetretene Planmäßigkeit, verbunden mit allgemeiner Entspannung, hatte in ihm eine Schwachheit erzeugt, die ihn mit Rührung und Tränen zu überwältigen drohte. Erschüttert trat er auf Deck hinaus.

Und nun war das Bild ein anderes geworden. Fröhlich und machtvoll sprang der »Roland« wiederum vorwärts, in die lärmende Dunkelheit. Die ganze ungeheure, nächtlich rauschende Hexenwäsche, die mit Sintflutgewässern arbeitete, schien ihm nun wieder ein willkommenes Fest zu sein. Wieder bohrte er Breschen durch finstere Gebirgszüge, ließ sich emporheben und stürzte mit wilder Tollheit in tiefe Täler hinab, wobei hinten die Schraube jedesmal viele Sekunden lang, wie rasend, frei in der tosenden Luft quirlte.

Rinck saß auf der Schwelle seines deutsch-amerikanischen Seepostamtes, das hell erleuchtet war, rauchte und streichelte seine gefleckte Katze. »Gut, daß wir wieder laufen«, konnte Friedrich sich nicht enthalten zu sagen, als er sich in der Nähe vorüberhantelte. – »Why?« gab Rinck ihm phlegmatisch zurück. – »Ich jedenfalls«, sagte Friedrich, »laufe lieber mit Volldampf, als daß ich mich hilflos treiben lasse.« – »Why?« sagte Mr. Rinck wiederum. In den Gängen unten war es nun trotz der Schiffsbewegung wieder ziemlich behaglich geworden. Die Angst schien vergessen. Man taumelte, Witze reißend, sich überall festhaltend, aneinander vorbei, zum Speisesaal. Das Geklapper des Porzellans in der Nähe der Küchen war ohrenbetäubend, besonders wenn, wie es vorkam, ein Stoß Teller zusammenbrach. Man mußte lachen. Man sagte Prosit. Und jedermann hatte den wohligen Rhythmus der wieder in Gang befindlichen großen Maschine im Ohr, mit dessen beglückender Wirkung keine Musik der Welt jetzt wetteifern konnte.

Friedrich faßte den Mut, da er ziemlich durchnäßt war, sich in seiner Kabine umzukleiden. Adolf, sein Steward, kam, ihm behilflich zu sein. Er erzählte, während Friedrich die Kleider wechselte, von einer Panik, die beim Stoppen der Maschinen im Zwischendeck ausgebrochen war. Einige Frauen hatten wollen ins Wasser gehen. Das hätten die anderen mit Mühe verhindert. Und eine Polackin habe sein Kollege, Steward Scholl, und ein Matrose buchstäblich nur noch bei den Beinen wieder an Deck gebracht.

»Man kann es den Leuten nicht verdenken, daß sie in dieser Lage feige sind«, sagte Friedrich. »Das Gegenteil wäre wunderbar. Wer kann von sich sagen, daß er feststehe, wenn der Boden ihm unter den Füßen wankt. Ein solcher Mensch löge entweder, oder er besäße einen Grad von Stumpfheit, der ihn noch unter das Tier degradierte.« – »Ja, was sollten wir aber machen«, sagte der Steward, »wenn wir so feig wären?« Und Friedrich kam, wie nicht selten, in jenes Dozieren hinein, das ihm als Privatdozent eine Menge von jugendlichen Hörern verschafft hatte. »Bei euch ist es anders«, sagte er, »ihr werdet durch das Gefühl, eure Pflicht zu tun, zugleich belohnt und aufrechterhalten. Gut, während wir Passagiere uns ängsteten, haben die Köche Bouillon abgeschäumt, Fische geschuppt, gekocht und mit Petersilie angerichtet, Geflügel gebraten und zerteilt, Rehrücken mit Speck gespickt und dergleichen« – der Steward lachte –, »aber ich kann euch versichern, daß es zuzeiten leichter ist, einen Braten zu braten, als ihn zu essen.« Und Friedrich fuhr fort, in fast feierlicher, aber gerade deshalb schalkhafter Art, über Feigheit und Mut zu philosophieren.

Das Diner begann, und obgleich das Wetter keineswegs besser geworden war, hatten sich doch jetzt, nach einer überstandenen noch größeren Gefahr, verhältnismäßig viele Esser an der Dreizacktafel zusammengefunden. Obersteward Pfundner, dessen weißes Haar auch heut vom Schiffsfriseur zwar nicht gerade in einen Zopf gebunden, aber doch gebrannt und zierlich rokoko-perückenhaft zugestutzt worden war, stand wie immer in majestätischer Haltung vor einem Scheinkamin zwischen den Eingangstüren des Salons, von wo aus man am besten den Speisesaal überblicken konnte.

Ganne, »Le Père la Victoire«. Es war ein Marsch. Gillet, »Loin du Bai«, folgte. Bei Suppé, Ouvertüre zu »Banditenstreiche«, polterten und taumelten die ewigen Skatspieler in den Saal, die sich, wie meistens, bei ihrer Partie verspätet hatten. Überall wurde viel Wein getrunken, weil es Mut machte und betäubend war. Vollstedt, »Lustige Brüder«, stieg, wobei immer noch die überstandene Katastrophe besprochen wurde. »Wir hatten Notflaggen gehißt«, sagte man. – »Wir haben Raketensignale gegeben.« – »Gürtel und Boote wurden bereits instand gebracht!« – »Jawohl, wir haben ja Öl ausgegossen!« Und um so lauter schossen die Bemerkungen hin und her, da weder der Kapitän noch einer der Schiffsoffiziere bei Tafel war. »Der Kapitän«, hieß es, »ist von morgens an nicht von der Brücke gekommen.«

Plötzlich wurden die Luken von außen hell, jedermann ließ mit einem Ausruf des Staunens Gabel und Messer fallen, und nach diesem allgemeinen »Ah!« sprang alle Welt von den Stühlen empor, um stoßend, drängend, polternd und mit dem Rufe »Ein Schiff!« »Ein Dampfer!« Hals über Kopf an Deck zu klettern, wo denn wirklich mit einer erschütternden Majestät, im Glanz seiner tausend Lichter, einer der gewaltigsten Ozeanbezwinger von damals in schöner Bewegung, stampfend und rollend, nicht weiter als fünfzig Meter entfernt, heran- und vorüberkam.

»Der ›Fürst Bismarck‹!, der ›Fürst Bismarck‹!« schrien die Leute, da der Dampfer bereits erkannt worden war. Und dann brüllte man »Hurra« aus voller Kehle. Und Friedrich brüllte! Und Hahlström brüllte! Und Doktor Wilhelm und Professor Toussaint, und was eine Kehle hatte, brüllte aus vollen Lungen mit. Das gleiche Freudengebrüll scholl vom Zwischendeck. Und nun donnerten noch zum Gruß die gewaltigen Dampfpfeifen.

Natürlich sah man auch von den verschiedenen Decks des »Fürst Bismarck« Passagiere herüberwinken und hörte trotz des Lärms, den der Ozean aufführte, wenn auch nur schwach, ihr Hurrageschrei. Der Dampfer »Fürst Bismarck« hatte damals gerade seine Weltrekordreise hinter sich, auf der er den Atlantischen Ozean in sechs Tagen, elf Stunden, vierundzwanzig Minuten gekreuzt hatte. Etwa zweitausend Menschen machten jetzt auf dem Doppelschrauber, einem der ersten Exemplare dieses Typs, die Fahrt von New York nach Europa zurück. Zweitausend Menschen, das bedeutet soviel wie eine Menge, mit der man zweimal den Zuschauerraum eines großen Theaters vom Parkett bis zur Galerie anfüllen kann.

Es wurde vom »Roland« zum »Bismarck« und vom »Bismarck« zum »Roland« mit Flaggen signalisiert. Aber die ganze Vision hatte vom Auftauchen bis zum Verschwinden noch nicht drei Minuten gebraucht. Während dieser Zeit war der kochende Ozean mit einer Flut von Licht übergossen. Erst als nur noch ein quirlender Nebel von Licht zu sehen war, hatte der »Bismarck« Musik auf Deck gebracht, und man hörte einige gespenstisch verwehte Klänge der Nationalhymne. Gleich darauf war der »Roland« wieder mitten im Ozean, mitten in Nacht, Sturm und Schneegestöber mit sich und seinem Kurs allein.

Mit doppelter Verve spielte jetzt die Kapelle eine Quadrille von Karl, »Festklänge«, und einen Galopp von Kiesler, »Jahrmarktskandal«; und mit doppeltem Appetit, mit doppelter Lebhaftigkeit wurde das Abendessen im Speisesaal fortgesetzt. Bewundernde Ausrufe wie »Feenhaft!«, »Märchenhaft!«, »Herrlich!«, »Gewaltig!« und »Kolossal!« überstürzten einander. Selbst Friedrich empfand ein Gefühl von Stolz und Beruhigung und den Lebenshauch einer Atmosphäre, die dem Geiste des modernen Menschen nicht minder notwendig als Luft seinen Lungen ist. »So sehr wir uns sträuben, Kollege«, sagte Friedrich, »und so sehr ich noch gestern abend auf die moderne Kultur losgezogen bin, ein Anblick wie dieser eben genossene muß einem doch bis auf die Knochen imponieren. Es ist einfach toll, daß ein solches durch Hand und Geist des Menschen zusammengestelltes Produkt geheimer Naturkräfte, eine solche Schöpfung über der Schöpfung, ein solches Schiff nur möglich geworden ist.« Sie stießen an, und man hörte an vielen Tischen anklingen. »Und welcher Mut, welche Kühnheit, welcher Grad von Unerschrockenheit«, fuhr Friedrich fort, »den seit Jahrtausenden gefürchteten Naturkräften gegenüber liegt darin, und welche Welt von Genie ist vom Kiel bis zur Mastspitze, vom Klüverbaum bis zur Schraube in diesen mächtig lebenden Organismus eingebaut.«

»Und dies alles, Kollege«, sagte der Schiffsarzt, »heut Erreichte ist in kaum hundert Jahren erreicht und bedeutet also erst den Anfang einer Entwicklung. Mag sich sträuben, wer will, die Wissenschaft, aber mehr noch der technische Fortschritt ist die ewige Revolution und die echte und einzige Reformation aller menschlichen Zustände. Was hier seinen Anfang genommen hat, diese Entwicklung, die ein dauernder Fortschritt ist, wird nichts mehr aufhalten.« – »Es ist«, sagte Friedrich, »der durch Jahrtausende passiv gewesene, plötzlich aktiv gewordene Menschengeist. Unzweifelhaft ist das Menschengehirn und damit die soziale Gemeinschaftsarbeit in eine neue Phase getreten.« – »Ja«, sagte Wilhelm, »auf gewisse Weise war vielleicht auch im Altertum der Menschengeist schon aktiv, aber er hat zu lange nur mit dem Mann im Spiegel gefochten.« – »Hoffen wir also«, bestätigte Friedrich, »daß die letzte Stunde der großen, auf uns gekommenen Spiegelfechter, Gaukler, südseeinsulanischen Medizinmänner und Zauberer nicht mehr ferne ist und daß alle Flibustier und zynischen Freibeuter, die vom Seelenfang leben und seit Jahrtausenden gelebt haben, vor dem schnellen und sicheren Meerschiff der Zivilisation, das den Intellekt zum Kapitän und die Humanität zum einzigen Hausverwalter hat, die Segel streichen.«

Nach dem Essen kletterten Friedrich und Doktor Wilhelm ins obere Rauchzimmer. Am Skattisch saßen die Kartenspieler. Sie rauchten, tranken Whisky und Kaffee, schlugen die Karten auf den Tisch, und alles übrige schien ihnen gleichgültig. Friedrich bestellte Wein und fuhr fort, sich aufzustacheln. Ihn schmerzte der Kopf, und er vermochte ihn kaum auf dem schmerzenden Nacken zu halten. Die Augenlider taten ihm weh vor Müdigkeit, aber wenn sie über die Augäpfel herabfielen, so strahlten diese gleichsam von einer inneren peinlichen Helligkeit. Jeder Nerv, jeder Muskel, jede Zelle in ihm war wach, und er durfte an Schlaf nicht denken. Wie hatte er, gleichsam im Handumdrehen, Wochen, Monate, Jahre verbracht, und an diesem Abend waren seit Southampton nicht mehr als dreieinhalb Tage vergangen.

»Sie sind müde, Kollege«, sagte Wilhelm, »ich werde Sie also lieber nicht auffordern, heute noch mit zum Begräbnis des toten Heizers zu gehen.« – »Doch, doch«, sagte Friedrich, und es war eine schmerzhafte Wut in ihm, sich nichts zu ersparen und alle, auch die bittersten Eindrücke dieses losgelösten, gerüttelten und geschüttelten Stückes Menschenwelt bis zur Neige durchzukosten.

Die beiden Ärzte kamen dazu, als man den Heizer Zickelmann, der seine Mutter hatte besuchen oder überhaupt suchen wollen, in Segeltuch einnähte. Der kahle Raum, wo das geschah, war nicht gerade stark durch eine elektrische Birne erhellt. Friedrich erinnerte sich seines Traums und daran, wie der tote Heizer, mit den Bastschnüren, ihn und Peter Schmidt zu den Lichtbauern geführt hatte. Nun war bereits eine starke Veränderung mit ihm eingetreten, sein Antlitz schien eine künstlich geformte Masse aus gelbem Wachs zu sein, auf der Haupthaar, Brauen und Bart festgeleimt waren. Aber ein leises, schlaues Lächeln lag, wie es Friedrich schien, um des Toten Mund. Und als der junge Arzt ihn mit einer seltsamen Spannung und Neugier schärfer betrachtete, schien er zu sagen: »Legno santo! die Lichtbauern!«

Als nun auch das Gesicht des Toten verhüllt und alles mit groben Stichen zugenäht worden war, wurde die ganze, nur mit Mühe in Ruhe gehaltene Puppe aus Segeltuch von Matrosen auf ein gehobeltes, mit Eisen beschwertes Brett gebunden. Wird wirklich, fragte sich Friedrich, aus einer solchen Verpuppung je wieder ein Schmetterling? Der ganze Vorgang mit seiner taumelnden Akrobatik war weniger grausig als lächerlich. Ob man es aber auch nur mit der sterblichen Hülle einer unsterblichen Seele zu tun haben mochte, es blieb ein Gedanke von unendlicher Traurigkeit, auch nur diese der schrecklichen Öde des Weltmeeres zu überantworten.

Da die Beförderung über Bord bei diesem Wetter nicht gerade eine leichte Sache war und das ständig von Wasser überflutete, schwankende Deck Zeremonien nicht ermöglichte, forderte der Zahlmeister die wenigen Anwesenden – Kapitän von Kessel durfte die Brücke nicht verlassen – auf, ein stilles Gebet für die Seele des Toten zu sprechen. Dies geschah, und vier Kollegen des Heizers trugen stockend, schwankend, stolpernd und schnaufend das lange Paket auf Deck an die Reling hinaus, von wo sie es in einem gegebenen Augenblick in die See hinabschießen ließen.

Wilhelm bot Friedrich gute Nacht und setzte hinzu: »Sie sollten zu schlafen versuchen.« Man trennte sich, und Friedrich suchte an Deck einen geschützten Platz, um womöglich dort die Nacht zu verbringen und lieber bei eisiger Luft und dicker Nacht, unter dem bleichen Licht der am Mast befestigten Bogenlampen, dem Graus von Wind und Wetter ins Auge zu sehen. Vor der beklemmenden Enge seiner Kabine mit der verwahrten Luke und der heißen, verbrauchten Luft schauderte ihn. Aber es war nicht dieser Schauder allein, der ihn hier oben festbannte, sondern mehr noch der Wunsch, für den Fall der Gefahr Ingigerd Hahlström nahe zu sein. Und als er sich in der Nähe der Schornsteine niedergelassen und, den Rücken gegen eine erwärmte Wand gedrückt, den Hut heruntergezogen, das Kinn unter den Mantelkragen gedrückt hatte, lachte er plötzlich in sich hinein, denn er war nun in derselben Verfassung und an dem gleichen Platz, an dem er gestern den Baumeister Achleitner gefunden hatte.

Vor Friedrichs Ohren rauschte es. Er spürte die Bogenlampen, die über ihm gewaltige Kreisbogen ausführten. Er spürte den regelmäßigen Sturmlauf der Böen, und in das Brausen und Gären der Wassermassen klang die schauerliche Katzenmusik des Luftzugs im Takelwerk: ein eigensinniges, böses Miauen, mit plötzlich fauchendem Tigersprung. Dann wieder schienen die Laute Friedrich mehr das unsagbare, klägliche Winseln und Weinen verirrter Kinder zu sein, einer Schar von Kindern, die er jetzt deutlich sehen konnte und die mit lautem Wehklagen um die Bahre des toten Heizers versammelt standen. Und richtig, da waren auch wieder die Lichtbauern. Sogleich griff Friedrich einen davon, um ihn Ingigerd Hahlström in die Kabine zu tragen. Ingigerd aber zog sich gerade zu ihrem berühmten mimischen Tanze an. Die große Spinne hing schon bereit und wob das Netz, in das Mara sich später verwickeln mußte. Friedrich ersuchte um einen Besen, weil er den Tanz verhindern und die Spinne hinwegfegen wollte. Ein Besen kam, aber in Gestalt eines Knechtes, der Wasser trug und ausschüttete; ihm folgte ein zweiter, ein dritter, ein vierter, ein fünfter, bis alles von rauschenden Wassermassen überfloß. Friedrich wachte auf, er hatte den Zauberlehrling geträumt und das angstvolle Wort noch auf den Lippen, womit man die Fluten bannen konnte. Die Wogen rauschten. Er war wieder eingeschlafen. Jetzt ward das Rauschen zu einem Strom, der zu Friedrichs Füßen floß. Die Sonne schien, es war heller Morgen. Vom anderen Ufer kam Friedrichs Frau, jugendlich schön, in einem großgeblümten Kleide, selbst ihren kleinen Nachen rudernd. Ihre milde, dunkle und volle Gestalt hatte zugleich den Reiz der Vestalin und des Weibes. Und aus einem nahen Walde trat Ingigerd in ihrer Zartheit und im Schmuck ihres blonden Haares und Fleisches. Die besonnte Landschaft, mit der ihre reine Nacktheit vereinigt war, schien aus der Zeit vor der Vertreibung Adams und Evas aus dem Paradiese zu sein. Friedrich nahm seine Frau bei der Hand, die ihn huldreich anlächelte, und nahm Ingigerd Hahlström bei der Hand, die weich und rein und gehorsam schien, und legte die Hände der beiden ineinander. Dabei sagte er zu Ingigerd:

»Ich wende dich in Klarheit;
ich brenne dich von Schlacken rein.«

Aber der Himmel verfinsterte sich. Der Wald wurde schwarz, und ein gespenstisches Mondlicht war über dem furchtbar wie große Wasser rauschenden Walde aufgegangen. Friedrich lief mit eiligen Schritten am Rande verdüsterter Felder hin, als plötzlich hinter ihm der Ruf »Moira! Moira!« erscholl und sich mit schwerer Bewegung, wie von gewaltigen schwarzen Flügeln, ein Stück Finsternis vom Waldrande ablöste. Es war ein Vogel, der mit dem immer lauter schallenden Schrei »Moira, Moira!« hinter ihm dreinschwebte. Friedrich floh, als ob der furchtbare Vogel Rock hinter ihm her wäre. »Moira, Moira!« Er zog sein Federmesser heraus, um sich zu verteidigen … Friedrich erwachte und fand sich entkleidet in seinem Bett; irgend jemand hatte ihn, wie er gestern Achleitner, hinunter in seine Kabine geführt. Der Ruf »Moira!« aber scholl noch im Wachen vor seinen Ohren.

Nachdem Friedrich einige Stunden geschlafen hatte, fand er sich plötzlich, erwachend, irgendwo draußen im Korridor, wo er mit einigen Stewards, die schon bei der Morgenarbeit waren, gesprochen hatte. Langsam begriff er, daß er mit nichts als dem Hemde bekleidet war. Irgendeine Erfahrung als Nachtwandler hatte er bisher an sich nicht gemacht. Nun aber wußte er, daß auch er vor dem Übel nicht sicher war. Er war bestürzt, er schämte sich und mußte sich, im Hemde wie er war, von einem Steward in die Kabine zurückbringen lassen. Er sah nun, wie seine Kabine drei, vier Zoll hoch voll Wasser stand, das wohl aus irgendeinem undichten Rohre stammte. Er kroch ins Bett und quetschte, zwängte und klammerte sich, um nicht herausgeschleudert zu werden, auf selbsterfundene Art und Weise zwischen die Bettbretter. Kurz nach sechs Uhr war Friedrich an Deck und auf seiner Bank und hatte die heiße Teetasse in den Händen. Das Wetter war furchtbar. Der Morgen von nicht zu überbietender, eisiger Trostlosigkeit. Die Wut der See hatte zugenommen. Eine neue Art Finsternis, nichts anderes, war die kommende Dämmerung. Rauschen und Heulen von Wasser und Wind waren ohrenbetäubend. Friedrich schmerzte das Trommelfell. Aber immer noch lief und kämpfte das Schiff und konnte den Kurs, wenn auch langsam, einhalten.

Und plötzlich, Friedrich wußte nicht gleich, ob er recht hörte, drangen überirdische, gläubige Klänge durch den Lärm der See an sein Ohr, feierlich anhebend, ruhig anschwellend, Akkorde und Harmonien eines Kirchenchorals, die Friedrich bis zu Tränen erschütterten. »Nun danket alle Gott, mit Herzen, Mund und Händen.« Er besann sich darauf, daß der trostlose Morgen, der eben angehoben hatte, der eines Sonntags war, den die Schiffskapelle, auch inmitten eines Zyklons, gemäß ihrer Vorschrift, mit diesen frommen Klängen einleitete. Sie hatte sich in dem gemiedenen Rauchzimmer unter Deck, in halber Höhe der Treppe, aufgestellt, von wo die Weise schwach herauf- und heranflutete. Alles, was in Friedrichs Seele hart und wirr und getrennt im Kampfe lag, ward von dem Ernst, der Einfalt und Unschuld dieser Musik hinweggeschmolzen. Er mußte an seine Jugend denken, so manchen Morgen voller Unschuld, voller Erwartung und voll von Ahnungen einer großen Glückseligkeit, Sonntage, Festtage, Geburtstage des Vaters oder der Mutter, wo den Knaben das Ständchen der mit einem Choral beginnenden Regimentskapelle aus dem Morgenschlummer geweckt hatte. Was war das Heut, verglichen mit dieser Vergangenheit? Was lag dazwischen: welche Summe nutzloser Arbeit, enttäuschter Hoffnung, bitter bezahlter Erkenntnis, wieviel leidenschaftlich ergriffener Besitz, der verlorenging, versickerte Liebe, versickerte Leidenschaft, wieviel erstes Begegnen und schweres Valetsagen, ein mühsames, quälendes Ringen ins Allgemeine und ins Besondere hinein, wieviel reine Absicht in Schmach und Schmutz gezogen, wieviel Ringen nach Freiheit und Selbstbestimmung, mit dem Resultat einer willenlosen, blinden Gefangenschaft.

War er wirklich vor Gott eine Person von so großer Wichtigkeit, daß er ihn mit so ausgesuchten, bitteren Läuterungsarten heimsuchte?

»Ich bin desperat«, schrie Hans Füllenberg, der jetzt am Eingang zur Kajüttreppe erschien. »Ich mache nun nicht mehr mit, sonst werde ich blödsinnig.« Allein er und Friedrich sowie alle übrigen Passagiere, die allesamt im letzten Grade erschöpft und willenlos oder desperat waren, machten auf die gleiche schreckliche Weise, Stunde um Stunde, von Morgen zu Mittag, von Mittag zu Abend und wieder von Abend zu Morgen mit, wo alle, die zwanzigmal zu sterben geglaubt hatten, immer noch lebendig, wenn auch ohnmächtig und desperat waren. Diesem Zustand auch nur eine weitere Stunde standzuhalten, schien den meisten unmöglich zu sein, und doch wurde ihnen gesagt, daß sie bis New York noch mindestens dreimal vierundzwanzig Stunden zu dulden hätten.

Der Montag, mit etwas Sonne und nicht vermindertem Sturm, war fürchterlich. Alles nicht Niet- und Nagelfeste wurde von Deck heruntergeschlagen. Die regelmäßigen Schreie, die vom Zwischendeck her das kämpfende Schiff durchdrangen, erinnerten nicht an Menschen, sondern an Tiere, die unter dem Messer des Metzgers sind. Die Nacht zu Dienstag war eine Tortur, und niemand, der nicht vor Schwäche oder unter den Martern der Seekrankheit bewußtlos geworden war, schloß ein Auge. Es war Dienstag früh, im Morgengrauen, als jedermann in der ersten Kajüte von den Stewards mit dem ruhig gesprochenen Wort »Gefahr!« überrascht wurde.

Friedrich hatte, ohne die Kleider abzulegen, einige Zeit auf seinem Bett liegend zugebracht, als auch sein Steward die Türe öffnete und das Wort »Gefahr« instruktionsgemäß mit ernster Haltung in die Kabine sprach. Dabei hatte der Verkünder einer so lapidaren und inhaltsschweren Botschaft das elektrische Licht eingeschaltet. Friedrich fuhr empor. Er saß auf dem Bett, wobei ihn das Wasser des lecken Rohres genierte, das, je nach den Schlingerbewegungen des Schiffs, bald auf dieser, bald auf der anderen Seite der Kabine zusammenlief. Zunächst wußte er nicht, ob das Wort, das er gehört hatte, wirklich gerufen oder nur eine jener Gehörstäuschungen gewesen war, wie sie die Überreizung und Übermüdung der Nerven mit sich brachte. Als er jedoch deutlich das Klopfen der Stewards an die Nachbarkabinen, das Öffnen der Türen, zwei- oder dreimal das Wort »Gefahr« auf eine unzweifelhafte Weise unterscheiden konnte, kam ihn eine Empfindung an, die eine Veränderung in ihm hervorbrachte. »Gut«, sagte er leise und trat, noch sorgfältig seinen Mantel umnehmend, wie wenn er zu einem ihn nicht berührenden Schauspiel gerufen wäre, in den Gang hinaus.

Der Korridor war wie ausgestorben. Friedrich hatte noch eben gedacht: Gut, jetzt werden wir von den unsichtbaren Machthabern, deren Spielzeug wir Menschen nun einmal sind, auf die letzte, unverhüllte Manier brutalisiert. Er war nicht etwa aus einem Schlaf, sondern aus hundert Schichten von Traum und Schlaf geweckt und ernüchtert worden. Nun kam es ihm vor, als ob dies alles doch wieder nur eine phantastische Täuschung seines zerrütteten Hirnes sei, und er wollte sich in die Kabine zurückziehen.

Da erst merkte er, daß weder der Rhythmus der Maschine mehr zu fühlen oder zu hören noch auch das Quirlgeräusch der Schraube zu spüren war. Er glaubte plötzlich, das gewaltige Schiff treibe von Mannschaft und Passagieren verlassen im Ozean, nur er sei bei der allgemeinen Rettung vergessen worden. Allein, nun taumelte ein Passagier im seidenen Schlafrock vorbei, den Friedrich mit der erstaunten Frage, was es denn gäbe, anreden konnte. »O nichts«, sagte der Herr, »ich suche nur meinen Steward. Ich leide an Durst. Ich hätte nur gern ein Glas Limonade gehabt.« Damit torkelte er in seine Kabine.

»Esel!« sagte Friedrich und meinte sich. Er nannte sich einen vollkommen Wahnwitzigen. Aber die Stille lastete fürchterlich, und Friedrich konnte, von einem wilden Instinkt gepackt, nicht anders, als plötzlich, nur um an Deck zu kommen, vorwärtsstürzen.

Jemand trat ihm entgegen und fragte ihn, wo er hinwolle. »Platz!« antwortete Friedrich, »das geht Sie nichts an.« Aber der entsetzliche, mit den Spuren der Seekrankheit besudelte, halbangezogene leichenhafte Mensch wich nicht und rief: »Sind denn die Stewards hier alle irrsinnig?« In diesem Augenblick fing ganz nahe an Friedrichs Ohr die elektrische Klingel zu hämmern an, und im nächsten war das schlotternde Furchtgespenst, das Friedrich den Weg versperrte, durch zehn, zwanzig, dreißig andere ebensolche Gespenster verstärkt worden. Sie schrien: »Was gibt's? Was ist los? Wir sinken! Gefahr!« – »Steward, Steward!« brüllte ein Herr mit Kommandostimme. Ein anderer: »Kapitän, Kapitän!« – »Das ist eine verfluchte gemeine Wirtschaft!« schimpfte ein Mensch, dessen Stimme überschlug. »Kein Steward ist da! Will man uns denn hier brutalisieren?« Und die elektrischen Klingeln begannen zu toben.

Friedrich wich zurück und lief den endlosen Korridor nach der entgegengesetzten Seite hinunter, wobei er, von niemand aufgehalten, an den Fenstern zum Maschinenraum vorüberkam. Zylinder und Wellen regten sich nicht. Aus der Tiefe des Schiffes, von den Kesseln und Feuern herauf, drang trotz des Lärms, den das Knacken und Knirschen der Wände verursachte, ein Geräusch, das wie Plätschern und Strömen von Wasser klang. Sollte ein Kessel geplatzt sein? dachte Friedrich und vergaß dabei, daß er in einem solchen Falle hätte das gewaltige Ausbrechen kochender Dämpfe vernehmen müssen. Aber er hielt sich nicht auf und lief weiter, am Postbüro vorüber, dem Hintersteven des Schiffes und der zweiten Kajüte zu. Während des Laufens ging es ihm durch den Kopf, wie glücklich er in Paris gewesen war, als er auf dem Büro von Thomas Cook und Sohn, Place de l'Opéra, erfahren hatte, daß er bei großer Eile den »Roland« noch im Kanal vor Southampton erreichen würde. Weshalb war er eigentlich mit einer so großen und zitternden Ungeduld, in immerwährender Angst, es zu versäumen, geradezu ins Verderben gerannt?

An der Durchgangstür zur zweiten Kajüte stieß Friedrich auf den Barbier. »Die Feuer sind aus«, rief der Mann. »Zusammenstoß! Das Wasser ist unterhalb meines Salons in den Raum gedrungen.« Die Klingeln rasten. Der Barbier schleppte sich mit zwei Rettungsgürteln. »Wozu brauchen Sie zwei?« Friedrich nahm einen und rannte davon.

Er hatte die hintere Decktür erreicht, konnte jedoch nicht ins Freie hinaustreten. Er erkannte sofort an der Lage des Schiffs, daß etwas nicht wieder Gutzumachendes mit ihm geschehen war. In Lee lag es hoch, in Luv nur drei bis vier Meter über der Wasserlinie. Da auch der Hintersteven bedeutend tiefer als der vordere Teil des »Roland« lag, so wäre es, zumal bei den überkommenden schweren Seen, ein nahezu aussichtsloses Wagnis gewesen, über Deck nach vorn zu klettern. Gern oder ungern, wohl oder übel mußte Friedrich durch dieselbe Dachsröhre, die er soeben abwärts gekommen war, wieder nach vorn und nach oben zurück.

Kaum fünfzehn Sekunden später, als Friedrich den vorderen Ausgang an Deck, über dem Speisesalon, erreicht hatte, hätte er nicht zu sagen gewußt, wie ihm möglich gewesen war, durch den mit Passagieren überfüllten Gang zu kommen, ohne erschlagen, erdrosselt oder niedergetreten worden zu sein. Seine Stirn, seine Hände waren beschunden, und er hielt sich mit Anstrengung an dem Rahmen der Tür, heftig mit Doktor Wilhelm verhandelnd. Wilhelm packte ihn an, und die Kollegen klommen mit Todesverachtung auf die Kommandobrücke hinauf. Sie duckten sich, im Schutze des Deckbaus und der Leeseite, sahen, wie etwas im grauenden Dämmer des Morgens in mächtiger Höhe und tollem Schwunge über sie flog, und wären im nächsten Augenblick, bis an den Bauch in einem stürzenden Wasserfall klimmend, über Bord gespült worden, wenn sie sich nicht mit aller Gewalt an Geländer und Laufstangen geklammert hätten.

Auf der Kommandobrücke sah es ungefähr wie gewöhnlich aus. Kapitän von Kessel stand, scheinbar gelassen, vornübergelehnt; der riesige Herr von Halm hatte das Glas an die Augen gesetzt und suchte den Nebel, der immer wieder einfiel, zu durchdringen. Die Sirene heulte. Am Vordersteven wurden Raketensignale gegeben und Böllerschüsse gelöst. Rechts vom Kapitän stand der Zweite Offizier, und der Dritte erhielt soeben den Befehl; »Taue kappen, Rettungsboote aufs Wasser werfen!« – »Taue kappen, Rettungsboote aufs Wasser werfen«, wiederholte er. Er verschwand, den Befehl nach Möglichkeit auszuführen.

Bei alledem hatte Friedrich zunächst wieder die Empfindung von etwas Unwirklichem. Augenblicke wie diese hatten zwar immer wie etwas Mögliches vor seiner Seele gestanden, nun erkannte er aber, wie er niemals ernstlich mit ihresgleichen gerechnet hatte. Er wußte bestimmt, daß die Wahrheit, vor der er stand, unerbittlich vorhanden war: dennoch vermochte er nicht, sie überzeugend aufzufassen. Er sagte sich, eigentlich sollte wohl auch er in ein Boot zu gelangen suchen. Da streifte ihn das blaue Auge des Kapitäns, aber ohne ihn zu erkennen oder mit Verständnis an ihm zu haften. Mit ruhiger Stimme erklang der Befehl, in dem bekannten, an das Zusammenschlagen von Billardbällen irgendwie erinnernden schönen Ton: »Alle Mann an Deck, die Pumpenmannschaft auf die Stationen!« – »Alle Mann an Deck, die Pumpenmannschaft auf die Stationen«, wiederholte der Mann, eh er die Treppe an Deck hinunterstieg. Nun hieß es: »Frauen und Kinder nach Steuerbord!« – »Frauen und Kinder nach Steuerbord!« kam wie ein nahes, sachliches Echo die Antwort. Jetzt trat der Schiffsjunge Pander zum Kapitän. Er hatte die brave und sonderbare Idee, ihm einen Rettungsgürtel anzubieten. Von Kessels Hand fand einen Augenblick seinen Scheitel. Er sagte: »Ich danke dir, lieber Sohn, ich brauche ihn nicht.« Er nahm einen Bleistift, schrieb einige flüchtige Worte auf und reichte dem Schiffsjungen das Dokument, mit den Worten: »Spring in ein Boot, Bengel, und bring's, wenn du kannst, meinen Schwestern!«

Eben brach sich eine schwere See über der Leeseite. Eine furchtbare Dünung schwoll, hob und drehte das kolossale, noch erleuchtete Schiff, und Friedrich versuchte vergebens, sich aus einer bleiernen Gleichgültigkeit emporzuraffen, die ihn angesichts des unbegreiflichen Schauspiels befangen hielt. Plötzlich sprang in ihm das Entsetzen auf. Er kämpfte es nieder, weil er um keinen Preis vor sich selbst und anderen als feige erscheinen wollte. Aber er folgte seinem Kollegen Wilhelm, der sich dem Schiffsjungen Pander an die Ferse hing. »Wir müssen ins Boot«, sagte Wilhelm, »es ist kein Zweifel, wir sinken.« Gleich darauf befand sich Friedrich in der Deckkabine Ingigerds. »Auf! vorwärts! die Leute springen schon in die Boote!« Er hatte die Türen offengelassen, und man sah, wie der Schiffsjunge Pander und zwei Matrosen in nächster

Nähe mit Beilen die festgefrorenen Taue einer Rettungsschaluppe durchhieben. Ingigerd fragte nach ihrem Vater. Sie fragte nach Achleitner. Friedrich erklärte, sie könne nur noch an sich denken. Jetzt noch unter Deck zu gelangen, sei eine Unmöglichkeit und würde nur sicheren Tod bedeuten. »Anziehen, anziehen!« Stumm beeilte sie sich, es zu tun. Jetzt erst kam einer der Stewards an Ingigerds Deckkabine vorüber und rief sein kurzes »Gefahr!« hinein. »Wieso Gefahr?« rief die Kleine, »gehen wir unter?« Aber Friedrich hatte sie schon gepackt, aufgehoben und in die Nähe des Bootes gebracht. Eben gaben die Seile nach, und es fiel in den nebelichten Strudel hinunter.

»Frauen und Kinder auf die andere Seite!« kommandierte entschieden die Stimme des Dritten Offiziers. Dieser Befehl bezog sich nicht nur auf Ingigerd, sondern auch auf das Dienstmädchen Rosa, das vor Anstrengung feuerrot, wie wenn sie mit Markteinkäufen überladen die Tram zu versäumen fürchtete, an Deck erschien und mit einer unglaublichen Kraft ihrer dicken Arme Frau Liebling und beide Kinder heranschleifte. »Frauen und Kinder auf die andere Seite«, wiederholte, ein wenig zu schneidig, der Dritte Offizier, wurde aber zum Glück durch beginnende Kämpfe um das nächstfolgende Rettungsboot in Anspruch genommen. Es war keine Zeit zu verlieren, und trotz entschiedenen Widerstandes zweier Matrosen ließen Friedrich, Pander, der Schiffsjunge, und Doktor Wilhelm Ingigerd glücklich ins Boot hinab. Hierbei zeigte sich Friedrich plötzlich ebenfalls laut und preußisch. Durch seine eiserne Energie, die jeden Widerspruch kappte, wurde es durchgesetzt, daß man die Kinder, dann Frau Liebling und schließlich Rosa in die Schaluppe befördern konnte, was keine leichte Sache war. Friedrich hörte sich rufen, kommandieren, ward angebrüllt, brüllte Matrosen und Bootsmann an, er kämpfte, er arbeitete: alles ohne einen Schimmer von Hoffnung und mit dem klaren, festen Bewußtsein, einer unrettbaren Lage gegenüberzustehen. Es war alles aus. Es war alles verloren. Wer es etwa nicht glauben mochte, dem wurde es eben jetzt überzeugend vor Augen geführt. Man hatte das nächste Boot glücklich aufs Wasser hinabgelassen. Drei Matrosen sprangen darin herum. Es schwebte. Es stieg. Friedrich schien es, als wenn unter den Passagieren, acht oder neun, die es bereits aufgenommen hatte, bekannte Gestalten wären, da schlug es voll Wasser und war verschwunden. Wie infolge eines Taschenspielertricks blieb die Stelle, wo noch eben die wimmelnde Holzbarke mit Menschen getanzt hatte, leer, Nebel und Schaumstürze schossen darüber.

Langsam veränderte sich das Schwarzgrau und Braungrau der frühesten Dämmerung, wie der nahende Tag sich seltsam fremd und gleichgültig fortschreitend durchsetzte. Wenn der Nebel ein wenig wich, hatte Friedrich manchmal augenblicklang den schauerlich-täuschenden Eindruck, zwischen Bergen in einem windstillen Tal mit blumigen Weiden zu sein, in das der Blütenschnee des Frühlings hineinstäubte. Dann aber kamen die Berge, umheult von den rasenden Geistern des Orkans, ins Tal gewandert. Die schweren, gläsernen Höhen brachen sich und schlugen mit der Wucht ihrer flüssigen Felsmassen die ersten und zweiten Notmaste des »Roland« wie Binsen von Deck. Das arme Wrack konnte bei seinen nun bereits erkalteten Kesseln einen Hilferuf nicht mehr ausstoßen. Sein kläglicher Rumpf stand noch immer gigantisch nach vorn empor. Raketen stiegen. Am vordersten Mast führten hurtig flatternde Flaggsignale eine nutzlose Sprache in das erbarmungslose Rasen der Elemente hinein. Im Zwischendeck war es still geworden. Dagegen hörte man von der Leeseite her einen eigentümlichen Lärm, der an das Jauchzen und Kreischen einer Volksmenge zwischen Jahrmarktsbuden, auf Rutschbahn und Karussell erinnerte. Ein Gesumm wie von schwärmenden Bienen drang deutlich durch die Wut des Orkans, ein Gesumm, das von den Fisteltönen bis zur Raserei entrüsteter oder entzückter Weiberstimmen übertönt wurde. Friedrich dachte an seine dunkle Deborah. Er dachte an Wilke, gerade als Artur Stoß von seinem getreuen Burschen Bulke herangeführt wurde. Wilke folgte. Er hatte getrunken und schrie, als wäre das Ganze nur eine Lustbarkeit. Aber er brachte auch, sie halb ziehend, halb tragend, eine ältere Arbeiterfrau an Deck herauf, die er, Stoß und Bulke zurückdrängend, glücklich in die Schaluppe hinunterließ. Ingigerd rief nach ihrem Papa und nach Achleitner. Statt ihrer fiel aber nur, von Wilke und Bulke am Strick gehalten, der armlose Stoß ins Boot hinein.

Nicht weit von Friedrich stand Mr. Rinck, seine Katze im Arm, in die offene Tür seines Postamtes eingeklemmt. Friedrich rief: »Mir scheint, die Sache ist bös, Mr. Rinck.« Er bekam ein phlegmatisches »Why?« zur Antwort. Im nächsten Augenblick wurde der Postmeister von einer angstvollen Stimme angebrüllt: »Was ist los, was ist los?« – »Nichts!« gab er zur Antwort.

Inzwischen ward auch Doktor Wilhelm durch Wilke und Bulke ins Boot befördert. »Das Mädchen dort unten«, sagte Bulke, »schreit sich nach ihrem Vater wund.« Ingigerds Kreischen schnitt Friedrich ins Herz. Aber kein Hahlström war zu entdecken. Friedrich drang bis an das gemiedene Rauchzimmer vor, das ihn, trotzdem die elektrischen Birnen strahlten, mit seinen Lederpolstern wie eine höllische Falle angähnte. Wirke war plötzlich neben ihm: »Hierdrin ist niemand«, sagte Wilke. Beide kletterten weiter die Treppe hinab. Der Raum vor dem Speisesaal und der Speisesaal selbst waren leer. Er stand bergan. Eine Menge Teller und Silberzeug war am Eingang zusammengekollert. Friedrich schrie, was er konnte: »Hahlström! Achleitner! Hierher, hierher!« Aber er bekam keine Antwort. Da geschah es, daß die Musik im Saale mit einer kräftigen Marschweise einsetzte, wahrscheinlich auf Order des Kapitäns, um die Schrecken der Panik zu beschwichtigen. Aber nun, gerade im Angesicht dieses zum Feste des Todes hellerleuchteten, musikdurchrauschten leeren

Raums, griff Friedrich nacktes Entsetzen an. Jetzt rannte er, rannte um sein Leben.

Gleich darauf war er im Boot, und man wollte abstoßen. Friedrich erhob Protest und hatte einen schreienden Zwist mit dem Offizier, der hereingekommen war und das Steuer des Fahrzeugs ergriffen hatte. Er konnte sich nicht entschließen, den braven Wilke aus der Heuscheuer aufzugeben, der ihm so tapfer unter Deck gefolgt, aber noch nicht wieder erschienen war. Da entdeckte er ihn, wie er vom Überbau der Salontreppe her buchstäblich wie auf einer Schlittenbahn bis gegen die Reling rutschte. Er schrie ihm zu: »Wilke! Wilke! Vorwärts ins Boot!« Wilke gab mehrmals ein »Gleich! Gleich!« zur Antwort. Er hatte Rettungsgürtel entdeckt und schleuderte sie von verschiedenen Punkten aus ins Meer, wo von Bord Gespülte verzweifelt rangen. Indessen hatte die Rettungsschaluppe infolge von Seegang und Ruderschlägen bereits zwanzig, dreißig und mehr Meter zwischen sich und die Bordwand des »Roland« gebracht.

Jetzt sah man die Stelle, wo sich ein fremdes Schiff oder ein treibendes Wrack in die Breitseite des »Roland« gebohrt haben mußte: einen gewaltigen Riß, der die Katastrophe verursacht hatte. Da fiel wiederum Nebel ein, der das tödlich verwundete Schiff den Blicken entzog. Als es gleich wieder klar wurde, hatte das Wrack eine unbegreifliche Wendung gemacht, und die etwa zwanzig Personen, die mit Friedrich in der Schaluppe waren, blickten, hoch über das beinahe mit dem Niveau des Wassers gleiche Hinterdeck des Dampfers emporgehoben, aus schwindelerregender Höhe darauf hinab. Sie brüllten laut, denn sie glaubten, sie würden mit furchtbarem Wurf in die auf dem Hinterdeck zusammengekeilte, ameisenartig schwarzwimmelnde Menschenmenge hineingeschleudert. Jetzt erst, in dieser Sekunde, konnte man sehen, welcher für Menschenbegriffe unfaßbare Zustand hier eingetreten war. Alle diese kleinen, gedrängten, dunklen Ameisen, die ratlos und hilflos durcheinanderwimmelten, zerrten, stießen und drängten sich. Trupps von Weibern und Männern waren zu kämpfenden Knäueln verbunden. Einige Rettungsboote, die noch nicht flott waren, schienen mit Seilen und Eisenträgern zu schaukelnden, dunkel wimmelnden Trauben geworden, von denen immer wieder etwas wie eine Beere oder Ameise ins Wasser hinunterfiel.

Wiederum machten Nebel und Gischt die umgebende Luft undurchsichtig. Aber das Rauschen und Brausen der See, das blecherne Knattern des Orkans vor den Ohrmuscheln wurde von einem Geräusch durchdrungen, das Friedrich nicht sogleich mit dem grausamen Schauspiel an Deck in Zusammenhang brachte. Sekundenlang war er weit fort, in einer bestimmten Gegend seiner Heimat, wo sich auf weiten Sumpfwiesen riesige, herbstlich ziehende Vogelschwärme zur Rast niedergelassen hatten. Aber es war nicht der Massenlärm reiselustiger Zugvögel, den er aus dem Nebel vernahm, sondern der Lärm jener Menschen, die eine Strafe erlitten so über alle Begriffe schwer, daß sie durch irgendeine menschenmögliche Schuld nicht verdient sein konnte. Friedrich spürte genau, wie durch das Übermaß des Eindrucks die Brücke zwischen dem, was die Sinne aufnahmen, und dem Innersten seiner Seele gesprengt wurde. Aber plötzlich drang doch das Fieber des offensichtlichen Todeskampfes von so vielen schuldlosen Menschen auch in Friedrichs innerste Seele ein und entpreßte ihm einen Ruf, in den, wie auf Kommando, alle im Boot einstimmten: es lag Angst, Not, Wut, Protest, Bitte, Entsetzen, Anklage, Fluch und Grauen darin.

Und dieses Grauen wurde durch das Bewußtsein genährt, daß hier kein Ohr, sondern nur ein tauber Himmel vorhanden war. Wo Friedrich hinblickte, war der Tod. Gleichgültig kamen die bleischweren Hügelketten herangeschoben. Es waren Bewegungen von einer mörderischen Gesetzmäßigkeit, die nichts aufhalten konnte und die mit keinem Hindernis rechneten. Friedrich schloß die Augen, zu sterben bereit. Einige Male griff er nach den Briefen der Eltern in der Brusttasche, als ob er sie als Reisepässe durch das nahe Land der ewigen Finsternis nötig hätte. Er wagte die Augen nicht wieder zu öffnen, denn er konnte die Krämpfe der Frauen im Boot, die grausame Hinrichtung auf dem Heck des »Roland« nicht weiter ansehen. Die Böen rasten. Es war eiskalt. Das Wasser gefror an den Bordkanten. Rosa, das Dienstmädchen, war die einzige, die unentwegt mit Hilfeleistungen für die Kinder, für Frau Liebling, für Ingigerd und für Artur Stoß tätig war. Bulke und sie überboten einander in stetem Eifer, das überschlagende Wasser auszuschöpfen, darin Artur Stoß und Frau Liebling lagen und das den Sitzenden bis zu den Knien ging.

Was sich indessen auf dem Achterdeck des »Roland« abspielte, paßte, soweit es Friedrich blitzartig auffassen konnte, nicht in seine Begriffe von Menschennatur. Was er dort im einzelnen zu erkennen glaubte, hatte nichts mit jenen zivilisierten und gesitteten Leuten gemein, die er beim Klang der Musikstücke, im Speisesaal und auf Deck hatte tänzeln, konversieren, lächeln, grüßen und zierlich den Fisch mit der Gabel zerteilen sehen. Friedrich hätte geschworen, er unterscheide die weiße Gestalt eines Kochs, der sich mit langem Küchenmesser durch die Respektspersonen, für die er gekocht hatte, Bahn machte. Er war überzeugt, er sah einen Heizer, einen schwarzen Kerl, der eine Dame, vielleicht die Kanadierin, die sich an ihn geklammert hatte, schlug und über die Reling stieß. Einige Stewards, deutlich erkennbar, benahmen sich immer noch heldenhaft, instruktionsgemäß. Sie wurden in Schlägereien verwickelt. Einer der Stewards war blutüberströmt; immer kämpfend und schreiend, half er einer Frau mit ihrem Kinde ins Rettungsboot. Aber das Boot schlug um und war verschwunden.

Noch strahlten die Lukenreihen, schräg von vorn nach hinten aufsteigend, im vollen Glanz des elektrischen Lichts. Auch die

Vortopplaterne ließ das stechende Weiß ihres Brenners noch in den grauen Morgen hinein funkeln. Hie und da fiel ein erstickter Schuß aus dem Notmörser, und eine Rakete, schwach leuchtend, stieg in die Luft. Aber das Licht der Luken erlosch. Und als ob die See, in ihrem losgebundenen Haß, auf dies Ereignis gewartet hätte, wusch sie mit einer riesigen Flutwelle über Deck, so daß gleich darauf der Gischt in Lee von schwimmenden, brüllenden, um sich schlagenden, mit dem Tode ringenden Menschen wimmelte. Auf einmal, ohne daß jemand wußte, auf welche Weise man plötzlich wieder in allernächste Nähe des »Roland« gekommen war, wurde die Rettungsschaluppe von wütenden, zu allem entschlossenen Menschen angefallen, und der bestialische Kampf einer Seeschlacht begann.

Friedrich sah dies alles und sah es nicht: obgleich es in seiner Nähe geschah, so schien es doch in unendlicher Ferne vor sich zu gehen. Er schlug nach etwas: es war eine Hand, ein Arm, ein Haupt, ein nasses, nicht mit menschlicher Stimme heulendes seehundartiges Abgrundtier, das scheinbar von Henkershänden rückwärtsgerissen wurde. Er sah die roten Fäuste Rosas, die gekrampften Finger Frau Lieblings und der kleinen Ingigerd, wie sie mit der Kraft der Verzweiflung Hände und Ellenbogen ertrinkender Nebenmenschen von dem glattgefrorenen Bootsrand abnestelten. Matrosen gebrauchten die Ruder in einer Weise, der schwarze Ströme Blutes nachfolgten. Keiner bemerkte, daß nach einiger Zeit Bulke an Stelle des Offiziers das Steuer versah, daß der Offizier verschwunden und ein neuer Gast, ein junger Mensch mit langem Haar, der kein Lebenszeichen mehr von sich gab, im Boote lag.

Es kam darauf an, aus dem Bereich dieser Hölle ertrinkender Menschen herauszukommen und aus dem Bereich des Strudels, den das Schiff beim endlichen Untergange erzeugen mußte. Noch hörte man die Weisen der Schiffskapelle zeitweilig todesmutig herabhallen. Diese armen, namenlosen und bescheidenen Musikanten standen augenblicklang vor Friedrichs Seele in heroischer Größe da. Und doch wird man euch, dachte er, keine Gedenktafel aufrichten. Wir werden alle bald, samt unserem fürchterlichen Schicksal, vergessen sein. Aber Friedrich hielt dies alles, was er erlebte, plötzlich wieder für traumhafte Vorspiegelung und schlug seine Stirne gegen das Ruder. War er nicht eben noch im sichren Komfort eines wohligen Zimmers geborgen gewesen und schwebte doch jetzt ganz hilflos preisgegeben ohne Dach und Diele im unendlich wogenden Raum? Wie sollte man hier überleben können? Minutenlang mußte Friedrich die Besinnung gänzlich abhanden gekommen sein, denn in einer Art von Erwachen kam es ihm vor, als ob er aus weiter Ferne an den Ort des Entsetzens zurückkehre. Er hatte im Geist seine Eltern besucht, die im geruhsamen Frieden des Hauses mit gelassener Miene umhergingen, ohne auch nur eine Ahnung von der furchtbaren Todesnot zu fühlen, in der er stand. Wie qualvoll war diese Wiederkehr, wie peinvoll die unerreichbare Ferne. Jetzt hieß es, ganz unbeachtet untergehen, ohne auch nur von einem Gedanken der Liebe andrer gestreift zu sein. Friedrich fühlte, wie seine Gurgel vor Wut und Verzweiflung winselte. Aber auch das, was ihn hier zwischen Himmel und Meer umherschleuderte, war ein Ausdruck schadenfroher, dämonischer Wut: blinde Rache am Tun der Menschen. Mordgier und Feindschaft, grenzenlos. Und plötzlich, bei dieser Erkenntnis, steiften sich Friedrichs Arme an, stieg eine eigensinnige, wilde und trotzige Macht in ihm auf, mit der er sich, Feind gegen Feind, dem übermächtigen, tauben Rasen entgegensetzte. Er ruderte eisern, Schlag auf Schlag, und rücksichtslos alles zugrunde stoßend, was sich hemmend ans Ruder hing. Jetzt wollte er leben und würde sich retten. Freilich wußte kaum jemand im Boot, was vorn und rückwärts, was oben und unten war. Aber es kam in den Schlag der Ruder Gleichmäßigkeit, und so wurde das Kentern hinausgezögert. Man kam in Fahrt, als der Bursche Bulke Kommandos gab; und ohne daß jemand zu sagen gewußt hätte, wie es möglich geworden war, hatten sich nach kurzer Zeit viele ewigbewegte Gebirgszüge zwischen das Boot und das Wrack des »Roland« gelegt, und von dem gewaltigen Schnell- und Postdampfer der Norddeutschen Schiffahrtsgesellschaft war nichts mehr zu sehen.

Am Abend des Unglückstages sichtete der Kapitän eines Hamburger Frachtdampfers, der Orangen, Wein, Öl und Käse geladen hatte, bei klarem Wetter und hoher Dünung ein treibendes Boot. Der kräftig gebaute kleine Steamer hatte landwirtschaftliche Werkzeuge von Hamburg nach den Azoren gebracht und seine Ladung für New York an der Reede von Fayal eingenommen. Der Kapitän stellte fest, daß von dem treibenden Boote aus mit Tüchern gewinkt wurde. Er hielt darauf zu, und nach Verlauf einer halben Stunde wurden die in dem Boote befindlichen Schiffbrüchigen mit vieler Mühe an Bord gebracht. Es waren im ganzen fünfzehn Personen. Drei Matrosen und ein Schiffsjunge, die den Namen des bekannten Schnelldampfers »Roland« an der Mütze führten, zwei Herren, zwei Damen, eine gewöhnliche, ältere Frau und ein Dienstmädchen, ein Mensch ohne Arme, einer mit langem Haar, der eine Samtjacke trug. Außer diesen Leuten der Steuermann und zwei Kinder, Mädchen und Knabe. Der Knabe war tot.

Die Strapazen, Nöte und Ängste, denen der zarte Knabe erlegen war, hatten den übrigen Leuten auf das schrecklichste mitgespielt. Ein nasser Herr, es war Friedrich, versuchte eine bewußtlose junge Dame über das Fallreep emporzuschleppen. Seine Kraft jedoch langte nicht aus. Die Matrosen des Frachtdampfers mußten den Wankenden aufhalten und ihm die schöne triefende Last vom Arm nehmen. Er wollte sprechen, aber er brachte nur pfeifende Laute eines Bräunekranken heraus. Man mußte ihm, steifgefroren und durchnäßt wie er war, wie einem von Gicht Gekrümmten an Deck helfen. Er ächzte, stieß ein krächzendes, unmotiviertes Lachen aus und spreizte die blaugefrorenen Hände. Auch seine Lippen waren blau, und die eingesunkenen Augen fieberten aus einem von Schmutz und Salzwasser verkrusteten Angesicht. Man gewann den Eindruck, daß er vor allem den Wunsch habe, sich zu trocknen, zu wärmen, zu reinigen. – Ihm folgte das Dienstmädchen, es war Rosa, die, nachdem sie dem Ersten Steuermann ein bewußtloses kleines Mädchen, Ella Liebling, in die Arme gelegt hatte, umkehrte und wieder ins Boot hinabsteigen wollte. Der Weg war nicht frei, denn soeben wurde der völlig durchweichte Armlose auf die gewöhnliche Art von seinem Burschen Bulke und einem Matrosen des Frachtdampfers treppauf bugsiert. Der Armlose blickte stier, er troff, seine Zähne klapperten. Zwischen diesen klappernden Zähnen hervor konnte er erst nach einem erneuten Ansetzen die Worte: »Grog! Heißen Grog!« aussprechen. Seine Nase floß, seine Augenlider zeigten eine entzündliche Rötung, während die Spitze seiner Nase wächsern weiß wie bei Leichen war. Der Bursche Bulke und Rosa schienen einander bewußt in die Hände zu arbeiten. Sie stiegen, vor Nässe förmlich regnend, gemeinsam in die Schaluppe zurück, wo die zweite der Damen, Frau Liebling, in einer schlimmen Verfassung lag. »Die Frau ist tot, und der Junge ist tot«, sagten die Matrosen des Frachtdampfers und wollten das Weib aus dem Zwischendeck zuvörderst in Sicherheit bringen, das noch röchelnde Laute von sich gab. Aber Rosa brach in heulendes Weinen aus und schwor, daß Frau Liebling lebendig wäre. Die Matrosen erklärten, sie habe zuviel Wasser geschluckt. Dennoch ließ Rosa nicht nach, bis ihre Herrin ins Trockene gebracht und auf dem großen Tisch der Hauptkabine niedergelegt worden war. Als das furchtbar röchelnde, bewußtlose Weib aus dem Volke auf Deck gebracht wurde, fing einer der Matrosen des »Roland«, dem die Füße erfroren waren und der während des Herumtreibens keinen Laut von sich gegeben hatte, plötzlich vor Schmerzen zu brüllen an. Seine Kameraden riefen ihm plattdeutsch zu: »Hab dich nich, Korl, bist keen alt Wieb! halts Mul und swieg stille.« Hierauf brachte man den mit dem Ausdruck maßlosen Schmerzes nur noch leise Wimmernden die Stiege hinauf. Ihm folgten der Mann in der Samtjacke, der irre redete, Doktor Wilhelm und, von Matrosen getragen, schließlich die Leiche des kleinen Siegfried Liebling nach.

Oben an Deck gebärdete sich der Langhaarige in seinem jämmerlichen Aufzug höchst wunderlich. Bald stand er wie ein Rekrut, bald verbeugte er sich, bald zielte er in die Luft, wie wenn er auf Jagd wäre. Dabei schrie er: »Ich bin Künstler! Ich habe meine Kabine bezahlt! Ich habe nur meine Kabine verloren! Man kennt mich in Deutschland« – und hierbei nahm er eine selbstbewußte Haltung an –, »ich bin der Maler Jakob Fleischmann aus Fürth.« Er brach in erbarmungswürdiger Weise Seewasser, während um ihn das Deck von der aus seinen Kleidern strömenden Nässe schwamm. Doktor Wilhelm hatte das Sprechen verlernt, er konnte nur niesen und wieder niesen.

Inzwischen hatte der einzige Steward des Schiffs Friedrich heißen Tee gebracht, und ein Matrose, der an Bord zugleich Krankenpflegerdienste versah, versuchte Frau Liebling ins Leben zurückzurufen. Bald fand sich Friedrich so weit gestärkt, daß er sich an dem Samariterwerk des Matrosen beteiligen konnte. Doktor Wilhelm hatte nur mehrere Kognaks hinuntergeschluckt und sich dann, allerdings nur mit schwacher Hoffnung, assistiert von Herrn Wendler, dem Ersten Maschinisten des Schiffs, an die Wiederbelebung des kleinen Siegfried gemacht.

Frau Liebling unterschied sich in nichts von einer Toten. Stirn, Wangen und Hals der noch jungen und jüngst noch schönen Frau waren durch düster-rötlichblaue Flecken entstellt. Der Körper, den man entblößt hatte, war ebenfalls, wenn auch nicht so stark wie Hals und Gesicht, unterlaufen und aufgedunsen. Friedrich öffnete mit den Fingern ihre Lippen, drückte die mit vielem Gold plombierten Zahnreihen auseinander, gab der Zunge die rechte Lage und entfernte Schleim, der sich am Ausgang der Luftröhre angesammelt hatte. Hierauf ließ er den toten Körper vom Schiffskoch mit heißen Tüchern frottieren und leitete selbst die künstliche Atmung ein.

Der große, ovale Mahagonitisch, auf dem der leblose Frauenleib zu mechanischer Atmung durch gliederpuppenartige Verrenkungen der Arme und Beine gezwungen wurde, nahm den größten Teil der Passagierskajüte ein, die der Frachtdampfer zur Verfügung hatte. Der kleine ratternde Schiffssalon besaß Oberlicht, und seine zwei Längswände bestanden aus je sechs Mahagonitüren, die zu ebensovielen Bettkabinen den Zugang bildeten. Dieser sonst verlassene Raum, denn der Dampfer reiste ohne Passagiere, war im Handumdrehen zur Klinik geworden.

Ein ganz gewöhnlicher Maat hatte Ingigerd Hahlström aus ihren Kleidern geschält, den zarten, perlmutterglänzenden Leib ohne alle Umstände auf einen die Querwand einnehmenden Diwan gelegt und war, nach Friedrichs Anordnung, damit beschäftigt, ihr mit wollenen Lappen kräftig den ganzen Körper zu reiben. Das gleiche geschah durch Rosa der kleinen Ella Liebling, und das Kind ward, zuerst von allen, zu Bett gebracht. Mit Feuereifer war der Steward dabei, das ganze Dutzend von Betten zu überziehen. Als das zweite bereit war, wurde Ingigerd in gewärmte Decken und Kissen gelegt. Der Artist ohne Arme, Artur Stoß, hatte es seinem getreuen Bulke zu danken, daß er, noch immer zähneklappernd, das dritte fertige Lager bezog. Mit dem Maler, Jakob Fleischmann, hatte man große Schwierigkeiten. Als ein Matrose ihn, unter freundlichem Zureden, auskleiden wollte, fing er mit einem wütenden Schrei »Ich bin Künstler!« um sich zu schlagen und zu toben an. Der Steward und Bulke mußten helfen, ihn festzuhalten. Man brachte ihn gewaltsam zu Bett, und Doktor Wilhelm, der sein großes Lederetui mit Medikamenten gerettet hatte, erschien gerade zur rechten Zeit, um ihn durch eine Spritze Morphium zu beruhigen. Leider hatte der Schiffsarzt mittlerweile den Tod des kleinen Siegfried Liebling festgestellt.

Jenem Matrosen, den der Schmerz zuletzt überwältigt hatte, so daß er in laute Schreie ausgebrochen war, wurden die Stiefel mit der Schere von den gequollenen Füßen getrennt. Er verbiß den Schmerz und ächzte nur, bis man ihn in der Koje zur Ruhe brachte. Dort ausgestreckt, bat er um Kautabak. Man hatte die mit Lumpen bekleidete Frau ebenfalls zu Bett gebracht, und sie wußte nichts weiter zu sagen, als daß sie mit ihrer Schwester, ihren vier Kindern, ihrem Mann und ihrer Mutter unterwegs nach Chikago sei. Was mittlerweile mit ihr geschehen war, davon schien ihr nichts haften geblieben zu sein.

Inzwischen hatte Friedrich, selbst mit nacktem Oberkörper, unter Assistenz des Matrosen die Wiederbelebungsversuche an dem armen weiblichen Leichnam unablässig fortgesetzt. Es tat ihm gut, denn er war dabei in Schweiß geraten. Allein, seine Kraft ließ nach, und Doktor Wilhelm löste ihn ab. Als dieser mit den Armen der Erstickten, als wären es Pumpenschwengel, weiterarbeitete, taumelte Friedrich in die nächste Koje, die offenstand, und fiel, das Gesicht voran, erschöpft zwischen unüberzogene Decken und Kissen.

Nach einiger Zeit trat Herr Butor, der Kapitän des immer hurtig reisenden Frachtdampfers, ein, um Friedrich und Doktor Wilhelm zu beglückwünschen. Er sendete einen Matrosen aus, um für die beiden Ärzte, die halbnackt, trotz schwerster Ermüdung, die Behandlung des Frauenleibes fortsetzten, trockene Kleider herbeizuschaffen. Natürlich schwamm der Speisesalon, und die Luft war dick von süßlichen Dünsten.

Als die Herren, immer die Bemühungen um die Ertrunkene fortsetzend, einen ersten kurzen Bericht von der Katastrophe auf dem »Roland« gegeben hatten, zeigte sich Kapitän Butor insofern erstaunt, als er auf seiner Reise zwar nirgends besonders gutes, aber ebensowenig besonders übles Wetter getroffen hatte, sondern, bei meist klarer Luft, kräftige Brise, so wie jetzt, und mittleren Wellengang.

Über den Anlaß der Katastrophe konnten Friedrich und Doktor Wilhelm nur wenig aussagen. Wilhelm meinte, er habe gegen sechs Uhr des Morgens ein Geräusch wie von einem starken Gong gehört, in seiner Verschlafenheit aber geglaubt, es werde bereits zum Diner gerufen: bis er sich wieder an die Trompete des »Roland« erinnert habe, auf dem ja das Gong nicht gebräuchlich war. Friedrich glaubte, der »Roland« sei gegen ein Wrack oder gegen eine Klippe gelaufen. Dagegen erklärte der Kapitän, von Klippen könne in diesen Gewässern nicht die Rede sein, und wenn man annehmen wolle, der »Roland« sei durch Strömungen abgekommen, so spräche dagegen die kurze Zeit, die das Rettungsboot vom Punkte des Untergangs bis in den Kurs seines eigenen Dampfers gebraucht habe. Kapitän Butor nannte seinen Kollegen von Kessel, den er vor kurzem in Hamburg gesprochen hatte, einen erprobten Kapitän, die Katastrophe eine der allerschwersten. Vorausgesetzt, daß der Riesendampfer wirklich gesunken sei und nicht vielleicht doch noch in irgendeinen Hafen geschleppt werde. Schließlich lud der Kapitän die Herren, sobald es ihre Pflicht zulasse, in den Meßraum zum Abendessen.

Eben wollten die Herren ihre Wiederbelebungsversuche an Frau Liebling einstellen, als ihr Herz zu ticken, ihre Brust zu atmen begann. Rosas Freude war ohne Grenzen. Laute Ausbrüche nur mit größter Mühe zurückhaltend, fühlte sie, wie die Lebenswärme auch in die Füße ihrer Herrin zurückkehrte, deren Sohlen sie unermüdlich mit ihren reibeisenharten Händen rieb. Man brachte nun die Gerettete ebenfalls in ein Bett und legte Wärmflaschen um sie herum, wie bei einem zu früh geborenen Kinde.

Der letzte große Erfolg, den die Bemühungen der beiden Ärzte durchgesetzt hatten und der einer Totenerweckung ähnlich sah, bewirkte in allen, die ihm beiwohnten, auch in Friedrich und Doktor Wilhelm, eine tiefe Erschütterung. Die beiden Männer fühlten sich plötzlich veranlaßt, einander die Hand zu schütteln. »Wir sind gerettet!« sagte Wilhelm. »Das Unwahrscheinlichste ist geschehen!« – »Ja«, sagte Friedrich, »es ist tatsächlich so. Die Frage ist jetzt: wozu blieb man aufbehalten?«

Der Meßraum des Dampfers »Hamburg« war eine kleine quadratische Kammer mit eisernen Wänden, die außer einem viereckigen Tisch und einer Wandbank um drei ihrer Seiten herum nichts enthielt. Man räumte den beiden Ärzten, denen man, wie allen Verunglückten, eine geradezu rührende Sorgfalt widmete, die wärmste, an den Maschinenraum grenzende Wandseite ein, als man sich um eine gewaltig dampfende Suppenterrine niederließ. Der Dampfer besaß kein elektrisches Licht, und über dem Tisch hing eine Lampe, deren gut konstruierter Ölbrenner behagliches Licht verbreitete.

Kapitän Butor hatte persönlich die kräftige Suppe aufgegeben, und Herr Wendler, der Erste Maschinist, hatte, noch vor dem Braten, in dem Bemühen, die Geretteten einigermaßen aufzuheitern, vorsichtig diesen und jenen Scherz gewagt. Er war aus der Gegend bei Leipzig gebürtig, und das Plattdeutsche des kleinen, rundlichen Mannes ward auf dem Schiffe viel belacht. »Sprechen Sie nichts«, sagte der Kapitän zu den Ärzten, »Sie sollen nur essen, trinken und ausschlafen.« Aber der Braten, ein ungeheures Hamburger Roastbeef, wurde von einem Matrosen aufgetragen, und als es, vom Kapitän tranchiert, später von den Tischgenossen zum Teil verzehrt und mit Rotwein begossen worden war, kam der Rat des braven Mannes bei den Geretteten nach und nach in Vergessenheit. Bulke erschien, der mit den Matrosen vom »Roland« augenscheinlich aufs reichlichste regaliert worden war. Er wollte, trotz seines merkbar angeheiterten Zustandes, den man ihm gönnen konnte, nicht ohne Instruktionen von Doktor Wilhelm und Friedrich schlafen gehen und begrüßte die Ärzte militärisch. Es ward festgesetzt, daß der Barbier und Krankenpfleger mit einem anderen Matrosen der »Hamburg« gemeinsam die Nachtwache übernehmen sollte: alles, was vom »Roland« herübergekommen war, durfte und sollte, soweit möglich, des Schlafes genießen.

Der eigentlichen Katastrophe des vermutlichen Untergangs wurde aber, auch als sie merkbar auftauten, von den Ärzten nicht mit Worten gedacht. Es war etwas so Großes, etwas so Furchtbares und lag zu nahe, um jetzt schon von den Schiffbrüchigen, die »Roland«-Matrosen ausgenommen, ohne tiefste Gemütsbewegung berührt zu werden. Es hing in den Seelen als dumpfe Last. Was Wilhelm während des Essens erzählte und was Friedrich, mehr und mehr dem Leben äußerlich wiedergegeben, vorbrachte, betraf die Mühseligkeiten auf dem Rettungsboot und Einzelheiten der Reise des »Roland« aus der Zeit, bevor er die Woge im Ozean und die Sekunde der Ewigkeit gekreuzt hatte, wo sein schweres Schicksal sich entschied.

Friedrich sagte: »Herr Kapitän, Sie kennen das Staunen eines von den Toten Auferstandenen nicht. Denken Sie sich einen Menschen, Herr Kapitän, der von allem, was ihm im Leben lieb war, seinen ganz klaren, bestimmten Abschied genommen hatte. Ich habe nicht nur die Wegzehrung auf der Zunge gehabt, Herr Kapitän, und die Letzte Ölung empfangen, sondern ich habe den Tod, den leibhaftigen Tod, in allen Gliedern gehabt. Und fühle ihn jetzt noch in allen Gliedern. Und dabei sitze ich hier schon wieder gesichert beim freundlichen Lampenlicht, ich möchte sagen in einem Familienkreise. Ich sitze im allerbehaglichsten Heim, allerdings mit dem Unterschied, daß ich Sie alle« – es waren der Kapitän, der Maschinenmeister Wendler, der Bootsmann und der

Erste Steuermann –, »daß ich Sie alle noch nicht recht für etwas so Geringes als nur für Menschen ansehen kann.«

Wilhelm sagte: »Als wir die ›Hamburg‹ sichteten, hatte ich gerade mein Testament gemacht. Denn ich gebe mich nicht so leicht wie Kollege von Kammacher. Als Ihr Schiff von der Größe einer Stecknadelkuppe langsam zur Größe einer ausgewachsenen Erbse wuchs, strengten wir schon – was irgend noch schreien konnte, schrie! – unsere Kehlen bis zum Bersten an. Als Ihre ›Hamburg‹ so groß wie eine Walnuß geworden war, Herr Kapitän, und wir erkannt hatten, daß wir gesichtet worden waren, fing Ihr Schiff für meine Augen wie ein ungeheurer Diamant oder ein Rubin zu flammen und wie mit Posaunen zu trompeten an. Der Osten, aus dem Sie kamen, Herr Kapitän, überstrahlte, weiß Gott, für mich den Westen, wo die Sonne noch über dem Meere stand. Wir haben alle geheult wie die Schloßhunde.«

»Es bleibt ewig wunderbar«, fuhr Friedrich fort, »wie auf einen solchen Morgen ein solcher Abend folgen kann. Ich habe Tage schockweise hinter mich gebracht, und sie waren nicht inhaltsvoller als Minuten. Ein Sommer verging. Ein Winter verging. Mir war es, als ob auf den ersten Schnee das erste Veilchen unmittelbar gefolgt wäre. Auf das erste Veilchen unmittelbar der erste Schnee. Was enthält dieser eine einzige Tag!« Doktor Wilhelm erzählte, daß die Matrosen des »Roland« schon in Cuxhaven wegen einiger Geistlichen abergläubisch erregt gewesen wären. Dann erwähnte er einen Traum, den seine alte Mutter in der Nacht, bevor er an Bord sollte, gehabt hatte. Eins ihrer längst verstorbenen Kinder, das im ganzen nach der Geburt nur vierundzwanzig Stunden geatmet hatte, war ihr, und zwar als erwachsener Mensch, erschienen und hatte von der Seereise auf dem »Roland« abgemahnt. Da man nun einmal auf das weite und in Kreisen von Seeleuten immer beliebte uferlose Gebiet des Aberglaubens gekommen war, fuhr man fort, Fälle von prophetischen Träumen, erfüllten Ahnungen,

Erscheinungen Sterbender oder Toter aufzuzählen. Bei dieser Gelegenheit zog Friedrich auch das letzte Schreiben Rasmussens aus der Brieftasche, die er gerettet hatte, und las die Stelle, die also lautete: »Sollte es mir, nach dem großen Moment, aus dem Jenseits irgend möglich sein, mich bemerklich zu machen, so hörst Du später noch mehr von mir.«

Kapitän Butor fragte lächelnd, ob sich der Freund aus dem Jenseits denn nun auch gemeldet habe. »Folgendes ist mir im Traum begegnet«, sagte Friedrich, »urteilen Sie, ich weiß es nicht.« Ganz gegen seine sonstige Art entwickelte er nun jenen Traum, der mit der Landung in einem mystischen Hafen begonnen, mit den Lichtbauern geendet und ihn seither viel beschäftigt hatte. Er gab dabei die Personalien seines amerikanischen Freundes Peter Schmidt, von dem er, mit immer noch heiserer und bellender Stimme, erklärte, er habe ihm seinen Astralleib zur Begrüßung bis mitten auf den Atlantik entgegengeschickt. Er sprach von fourteen hundred and ninety-two, von der Caravella »Santa Maria« des Kolumbus, hauptsächlich aber von der Begegnung, die er mit Rasmussen, in Gestalt eines alten Krämers, gehabt hatte. Er gab von Rasmussens Anzug, von dem wunderlichen Meerschiff im Schaufenster des Kramladens, von dem Kramladen selbst und dem Gezwitscher und Geschwirr der Goldammern eine genaue Schilderung. Er zog sein Notizbuch und las die Worte, die der mysteriöse Krämer im Traum gesprochen hatte: »Ich tat genau am vierundzwanzigsten Januar, ein Uhr dreizehn Minuten, meinen letzten Atemzug.« – »Ob das wahr ist«, schloß Friedrich, »muß sich herausstellen. So viel ist sicher, wenn an diesem Traum irgend etwas nicht bloß ein leeres Spiel der Phantasie gewesen ist, so habe ich die Welt von jenseit mit der Seele gestreift und bin auf die kommende Katastrophe hingewiesen worden.«

Eh die kleine Familie der »Hamburg« sich von Tisch erhob, wurde noch einmal auf eine besonders ernste, ja feierliche Weise angestoßen.

Am nächsten Morgen erwachte Friedrich aus einem elfstündigen Schlaf. Doktor Wilhelm hatte die Behandlung der Kranken während der Nacht, soweit sie notwendig wurde, übernommen. Helle Sonne schien in Friedrichs schmale Kabine hinein, durch deren Jalousietür man ruhig sprechende Stimmen und das freundliche Klappern von Tassen und Tellern vernehmen konnte. Er besann sich auf nichts, glaubte, auf dem Post- und Schnelldampfer »Roland« zu sein, konnte aber die Veränderung seiner Kabine nicht mit dem Begriff in Übereinstimmung bringen, den er sich von seiner Schlafkammer auf dem »Roland« gebildet hatte. In seinem Befremden pochte er schließlich an die nahe Mahagonijalousie und hatte im nächsten Augenblick das frische, erholte Gesicht Doktor Wilhelms über sich. Die Kranken, sagte der Doktor, hätten, ausgenommen die Frau aus dem Zwischendeck, eine ruhige Nacht gehabt. Als er seinen klinischen Bericht eine Weile fortgesetzt und beinahe beendet hatte, merkte er, daß sein Kollege im Bett sich erst jetzt mit Mühe zu orientieren begann. Wilhelm lachte und brachte ihm einige der jüngsten Tatsachen in Erinnerung. Friedrich sprang auf und hielt sich die Schläfen. Er sagte: »Es geht mir eine wüste, unmögliche Menge Dinge im Schädel herum.«

Kurze Zeit danach saß er mit Doktor Wilhelm beim Frühstück, aß und trank, aber ohne daß dabei die Katastrophe erwähnt wurde. Ingigerd Hahlström war wach gewesen und wieder eingeschlafen. Der Barbier, Krankenpfleger und Matrose namens Flitte hatte ihre Kabinentür ins Schloß gedrückt. Der armlose Artur Stoß lag zu Bett und ließ sich bei geöffneter Tür, in aufgeräumtester Stimmung unter Späßen von seinem getreuen Bulke das Frühstück teils einflößen, teils in die Füße zureichen. Seinem Falsett schien die ganze überstandene Not nur mehr eine Kette komischer Situationen zu sein. Er erörterte unter gepfefferten Flüchen die Wahrscheinlichkeit, nicht pünktlich zum Anfangstermin seines Vertrages in New York zu sein, wodurch ihm mindestens eine Summe von zweihundert englischen Pfund verlorengehe. Dazu verwünschte er auf gut Englisch die ganze Hansa, besonders aber die »Hamburg«, den schäbigen Heringsdampfer, der höchstens seine zehn Knoten laufe.

Den Künstler Jakob Fleischmann aus Fürth hatten vierzehn Stunden ruhigen Schlafs zur Besinnung gebracht. Er bestellte von seinem Bett aus Eßbares, kommandierte und ließ den Steward springen. Er sprach sehr laut, und man hörte ihn immer wieder versichern, daß der Verlust seiner Ölbilder, Zeichnungen und Radierungen, die er in New York hätte an den Mann bringen wollen, zwar unersetzlich, daß aber unbedingt die Dampferkompanie dafür haftbar sei.

Rosa, das Dienstmädchen, nahm mit verweinten Augen, aber doch auch eifrig und glücklich, Kaffee, Zucker und Brot vom Tisch und brachte es ihrer Herrin in die Kabine. Es war erstaunlich, bis zu welchem Grade die Tote sich wieder erholt hatte. Als Friedrich nach dem Frühstück seine Visite bei der Dame machte, hatte sie nur einen dunklen Begriff davon, was mit ihr geschehen war. Sie sagte, sie habe herrlich geträumt, und als sie bemerkte, sie solle geweckt werden, habe sie ein Bedauern gefühlt.

Gegen zehn Uhr früh erschien Kapitän Butor in der Kajüte, fragte die Herren, wie sie geschlafen hätten, drückte ihnen beiden die Hand und erzählte, man habe die ganze Nacht auf der Brücke nach etwa weiter Geretteten Auslug gehalten. Da der Wind noch immer nordwestlich sei, wäre damit zu rechnen, daß man sich dem Kurs des Wracks, sofern es noch über Wasser sei, annähere. »Um ein Uhr nachts sichteten wir tatsächlich ein treibendes Wrack«, sagte er, »aber wir konnten feststellen, daß es von Menschen verlassen, älterer Herkunft und überhaupt kein Dampfer, sondern ein Segler war.« – »Vielleicht war es der Mörder des ›Roland‹«, sagte Wilhelm.

Der Kapitän bat in der Folge Doktor Wilhelm und Friedrich ins Kartenhaus, wo die gerettete Mannschaft des »Roland« bereits auf ihn wartete. Es kam darauf an, die Unterlagen für den knappen Seemannsbericht zu erhalten, den er der Agentur seiner Reederei in New York über die Aufnahme der Schiffbrüchigen und alle näheren Umstände zu erstatten hatte. Mit Feder und sonstigem Schreibzeug ward eine Art Verhör gehalten, wobei etwas wesentlich Neues über die Riesenkatastrophe nicht zutage kam.

Pander, der Schiffsjunge, zeigte den mit Bleistift geschriebenen Zettel, den Kapitän von Kessel ihm zur Besorgung an seine Schwestern gegeben hatte. Man betrachtete ihn und die wenigen Worte darauf mit Ergriffenheit. Bei dieser Gelegenheit ergab sich, wie sehr die Herzen und Nerven, sogar der Seeleute, durch den schrecklichen Vorgang gelitten hatten. Nicht nur Pander, sondern ebenso die Matrosen brachen bei Erwähnung dieses und jenes Menschen oder Umstandes in hysterische Tränen aus.

Nach Beendigung des Verhörs fühlte Friedrich das starke Bedürfnis, allein zu sein. Sonderbar: noch gestern abend hätte er zu lachen vermocht, heute hatte er ein Gefühl, als sei der Ernst seines Wesens zu Erz geworden und habe sich, nicht wie eine eiserne Maske, nicht wie ein bleierner Mantel, sondern viel eher ähnlich einem schweren metallenen Sarkophag um sein Wesen gelegt.

Friedrich spürte, das Ereignis hatte ihm eine finstere Erbschaft zurückgelassen. Es war ein schwarz zusammengezogener Ballen Gewölks, der drohend und brütend im Raum seiner Seele herumirrte. Friedrich mußte mit Willenskraft jedesmal ein Zittern bekämpfen, wenn etwas, einem Blitze ähnlich, aus diesem Gewölke brach und das ganze überstandene Schrecknis wie etwas noch Gegenwärtiges aufhellte.

Warum hatten die Mächte ihm den Jüngsten Tag nicht etwa als Vision, sondern wirklich gezeigt und hatten die unerhörte Parteilichkeit gehabt, mit den wenigen auch ihn dem Verderben entrinnen zu lassen? War er, die winzige Ameise, die so gigantische Schrecken aufzufassen imstande war, wichtig genug, um eine Führung für sich besonders, eine höhere Absicht im Guten oder im Bösen anzunehmen? Hatte er sich vergangen? War er strafwürdig? Aber dazu war dieses Ereignis des Massenmordes zu entsetzlich, zu riesenhaft! Es war lächerlich, ihm etwas wie eine pädagogische Absicht in bezug auf ein winziges Menschendasein unterzuschieben. Fühlte Friedrich doch auch, wie von dem großen Allgemeinen des Ereignisses alles Persönliche fast verdrängt worden war. Nein! in diesem Geschehnis waren, ausgenommen der furchtbar betroffene Mensch, nur blind zerstörende, taube und stumme Mächte am Werk.

Trotz alledem hatte Friedrich der Urtragik des Menschengeschlechts, der unabirrbaren Grausamkeit der Mächte und dem Tode ins Auge gesehen. Wenn auch ohne besondere höhere Fügung und Bestimmung, war er doch einer Erkenntnis teilhaft geworden, die etwas in seinem Wesen zur Härte des härtesten Felsens erstarren ließ. Wo lag der Sinn eines solchen Vorgangs, wenn die ewige Güte ihn angeordnet hatte, und wo lag ihre Allmacht, wenn sie ihn zu hindern nicht fähig war?

So langsam auf dem »Roland« die Zeit vorübergegangen war, so überraschend schnell hatte der Zeiger der Uhr auf der »Hamburg« zweimal zwölf Stunden zurückgelegt. Während dieser Zeit waren die beiden Damen zu Bett geblieben, obgleich das Wetter frisch und gleichmäßig war und den Aufenthalt an Deck ermöglichte. Die Folgen der Katastrophe zeigten sich bei Frau Liebling in Perioden starker Erregung und heftigen Herzklopfens, die von Angstzuständen begleitet waren, bei Ingigerd Hahlström in einer gesun-

169

den Schlafsucht, die den Gebrauch von Morphium, das man bei Frau Liebling anwandte, erübrigte. Beide geretteten Damen waren fieberlos. Dagegen hatte sich bei dem Matrosen, dessen Füße erfroren waren, Fieber eingestellt; auch war es den Ärzten nicht gelungen, die hohe Körpertemperatur bei dem Weibe aus dem Zwischendeck erheblich unter vierzig Grad herabzudrücken.

Sooft Friedrich bei der armen Schiffbrüchigen seinen Krankenbesuch machte, fühlte er sich versucht, ihr das Erwachen für immer zu ersparen. In den ersten Stunden hatten sich ihre Fieberphantasien mit dem Schiffsuntergang, ihrem Mann, ihrer Schwester und ihren Kindern beschäftigt. Endlich schien sie selbst zum Kinde geworden zu sein und im Elternhause Tage der Jugend zu durchleben: Schwalbennester, eine Kuh, eine Ziege, eine Wiese mit eingekapptem Heu, auf das es nicht regnen sollte, waren wichtige Dinge darin.

Artur Stoß, von seinem getreuen Bulke transportiert, und der Maler Fleischmann liefen bereits in bester Verfassung auf Deck herum oder lagen in den auch hier vorhandenen Deckstühlen. Die Ärzte, die auch an dem Monstrum noch Kleinigkeiten zu pflastern und zu massieren hatten, krähte der Artist in aufgeräumtester Stimmung an: »Ich sag' es ja immer, Unkraut verdirbt nicht, meine Herren! Durchgegerbtes Leder kann selbst Seewasser nicht angreifen. Ich bin ebensogut wie jede Ameise, die acht Tage, ohne draufzugehen, unter Wasser zubringen kann.«

Ella Liebling war, dank der unermüdlichen Sorgfalt Rosas, mit einem starken Schnupfen davongekommen. Ihre Kleider waren getrocknet worden, und das kleine Mädchen stieg, kokett und niedlich anzusehen, unter Aufsicht aller in allen Winkeln der »Hamburg« herum. Ihr Freipaß gestattete ihr, nach Belieben zu Kapitän Butor auf die Kommandobrücke, mit den Maschinisten in die Maschine, ja bis in den Tunnel der dicken Schraubenwelle hinabzuklettern. Sie war der Verzug von jedermann. Natürlich, daß bald jedermann über Lebenslage und Lebensweise der Frau Mama Bescheid wußte.

Es war ein Fest für die gesamte kleine Schiffsfamilie, als man Ingigerd, nachdem sie lange Bettruhe genossen hatte, in Friedrichs geretteten Mantel gewickelt, an Deck brachte. Das süße, blonde Geschöpf, das seinen Vater verloren hatte, wurde von allen Männern an Bord mit demselben männlichen Mitleid betrachtet. Der brave Schiffsjunge Pander war zu ihrem Schatten geworden. Aus einer Kieler-Sprotten-Kiste hatte er für sie eine Fußbank konstruiert, und während sie dasaß und mit Friedrich sprach, stand er entfernt, aber nahe genug, um ihre Befehle entgegenzunehmen. Auch Flitte, Matrose und Heilgehilfe, lief mit besonderem Eifer hin und her, um kleine Obliegenheiten der Pflege des Mädchens nicht zu versäumen.

Überhaupt war der Ruf nach Flitte derjenige, der am meisten gehört wurde. Der kleine, untersetzte Mensch aus der Mark, den Abenteuerlust aus einem Barbier und Heilgehilfen zum Matrosen gemacht hatte, erlebte inmitten seiner Schiffsfamilie unerwartet einen Triumph seiner Persönlichkeit. Bald rief Frau Liebling, bald Ingigerd, bald der Matrose mit den erfrorenen Füßen, bald Fleischmann, bald Stoß, bald sogar Bulke und Rosa nach ihm, Rosa, die sich mehrere Stunden am Tag in der schmalen Küche des alten und pfiffigen Schiffskochs nützlich machte. Auch die Ärzte hatten natürlich fortwährend mit Flitte zu tun, und es war selbstverständlich, daß er auch in den Augen seines vergötterten Kapitäns, den er im gewöhnlichen Lauf der Dinge zu rasieren hatte, jetzt ein Mann von ganz anderer Bedeutung geworden war.

Es war nicht zu leugnen: die unerwartete Ankunft des kleinen Trupps wunderlicher Passagiere mitten im Ozean hatte eine Erregung, die ebenso ernst als festlich war, bei Kapitän und Besatzung des kleinen Frachtdampfers hervorgerufen. Die Ärzte mußten sich immer wieder vom Kapitän, vom Bootsmann, vom Ersten Steuermann, vom Schiffskoch, vom sächsischen Maschinisten Wendler die Geschichte ihrer eigenen Sichtung und Bergung wie ein fremdes Ereignis vortragen lassen. An der Erregung, mit der es geschah, erkannten sie, wie es auch diesen Seebären ein unerhörtes Ereignis bedeutete. Keiner von ihnen hatte, solange er auf See war, eine solche Beute herausgefischt.

Ingigerd lag auf ihrem bequemen Deckstuhl ausgestreckt, und Friedrich hatte sich auf einem Feldstühlchen ihr gegenüber niedergelassen. Kollege Wilhelm und infolge seines Einflusses alle, die auf der »Hamburg« vereinigt waren, sahen Friedrich als den romantischen Retter und Verehrer der Kleinen an. Jedermann war sich mit Respekt und Interesse bewußt, der Entwicklung eines gleichsam vom Himmel selber sanktionierten Romanes beizuwohnen. Ingigerd war Friedrich gegenüber von einer schweigenden Fügsamkeit, als ob sie, ein gehorsames Mündel, in ihm den natürlichen Vormund sähe.

Das Wetter war frisch und bei mäßigem Seegang vollkommen klar geworden. Plötzlich, nach längerem Schweigen, das Friedrich ihr auferlegt hatte, fragte ihn Ingigerd: »Sind wir eigentlich wirklich bloß durch Zufall auf dem ›Roland‹ zusammengekommen?« Friedrich wich aus, indem er zur Antwort gab: »Es gibt keinen Zufall, oder alles ist Zufall, Ingigerd!« Damit war sie indessen nicht zufrieden. Sie ließ nicht nach, ehe sie über die Gründe und Umstände, die Friedrich noch vor Southampton auf den »Roland« geführt hatten, im klaren war. Da schloß sie: »Also hätte ja wenig gefehlt, und Sie wären präzis um meinetwillen zugrunde gegangen. Nun sind Sie dafür mein Retter geworden.« Mit diesem kurzen Hin und Her des Gesprächs ward das Band zwischen beiden fester gezogen.

Ausgenommen bei Friedrich und Ingigerd, nahm das Bewußtsein des neugeschenkten Daseins in den Geretteten, auch nach außen, übermütige Formen an. Nicht viel mehr als zweimal vierundzwanzig Stunden lagen zwischen jetzt und dem Schiffsuntergang, und die heiterste, unbefangenste Lustigkeit brach vielfach bei eben den gleichen Menschen aus, die alle brutalen Schrecken dieses Vorgangs durchlebt hatten. Artur Stoß hatte in seinem ganzen Leben wohl kaum jemals ein Publikum so wie jetzt den Kapitän, den Ersten Steuermann, den Bootsmann, den Obermaschinisten Wendler, den Schiffskoch, den Maler Fleischmann, Doktor Wilhelm, ja selbst Frau Liebling zum Lachen gebracht.

Was den Maler Fleischmann betraf, so tat er das gleiche unfreiwillig und unbewußt, was der Artist aus guter Laune und Absicht besorgte: konnte doch nichts unterhaltlicher sein, als wenn der schwarzgelockte Mensch, der seine schwarze Samtjacke und eine ebensolche Hose, durchtränkt von Seewasser, gerettet hatte, bei seinen malerischen Theorien auf seinen eingebüßten Bilderschatz zu exemplifizieren begann. Immer wieder machte sich Stoß den Spaß, das knotige Urgenie zur Schilderung seiner Gemälde zu veranlassen, deren Verlust, nach Fleischmanns Ansicht, bei der ganzen Katastrophe des »Roland« der schwerste war. Oder Doktor Wilhelm, wenn Ingigerd nicht zugegen war, brachte den Maler auf die näheren Umstände seiner Errettung. Diese nämlich stellten sich im Haupte des Künstlers auf eine ihn selber im höchsten Grade glorifizierende Art und Weise dar, und alle vorwiegend kläglichen Zwischenfälle, die ihn betroffen hatten, waren ihm gänzlich abhanden gekommen.

Allgemein bekannt auf dem Schiffe, wie der jeweilen erreichte Kurs eines Staats- oder Industriepapiers, war die letzte Summe, womit Fleischmann seinen Verlust an Bildern und seine Ansprüche an die Schiffsgesellschaft bewertete. Sie waren in zwei und einem halben Tag von dreitausend Mark auf mindestens fünfundzwanzigtausend Mark hinaufgeschnellt. Und vorläufig war nicht abzusehen, welche Höhe sie noch erreichen konnten.

Fleischmann hatte sich auf der »Hamburg« Konzeptpapier und Bleistift zu verschaffen gewußt und war seitdem unermüdlich beschäftigt, jedermann auf dem Schiffe zu karikieren. So kam es, daß er jetzt, da Friedrich und Ingigerd keines weiteren Menschen bedurften, zuweilen der ungebetene Dritte war. Friedrich geriet dann in üble Laune. »Ich wundere mich«, sagte er einmal, nicht gerade liebenswürdig, zu ihm, »Sie nach einem so ernsten Ereignis schon wieder zu solchen Spaßen fähig zu sehen.« – »Starker Charakter!« sagte Fleischmann lakonisch. – »Glauben Sie nicht«, fuhr Friedrich fort, »Fräulein Hahlström könnte sich durch Ihr ständiges Anblicken geniert fühlen?« – »Nein«, sagte Fleischmann, »das glaube ich nicht!« Ingigerd aber nahm seine Partei und erhöhte damit Friedrichs Unbehagen.

Man hatte Frau Liebling den Tod des kleinen Siegfried bis jetzt noch nicht mitgeteilt. Nun war Verdacht in ihr aufgestiegen, da sie nur immer die kleine Ella zu sehen bekam. Flitte und Rosa, von ihr gebeten, Siegfried herbeizuholen, waren ohne ihn wiedergekehrt und hatten sich schließlich durch die erregte und beängstigte Frau die Erklärung, der Knabe sei krank, abpressen lassen. »Was fehlt meinem süßen armen Siegfried?« rief sie Friedrich entgegen, als er in ihre Kabine kam. Gleich darauf fiel sie, die Hände vor beide Augen gedrückt, in die Kissen zurück und sagte: »O Gott, o Gott, es ist ja nicht möglich!« Und dann, ohne abzuwarten, was Friedrich vorbrachte, weinte sie still und ehrlich in sich hinein.

Am folgenden Tage, gegen die Mittagszeit, wurde sie von Doktor Wilhelm und Friedrich an Deck geführt. Auf alle, die sie nicht wiedergesehen hatten, seit sie als Leichnam aus dem Boot an Bord geschleppt worden war, machte das Erscheinen der wieder lebendig gewordenen Frau einen grauenerregenden Eindruck. Die Matrosen richteten scheue Blicke auf sie, und während jeder von ihnen sich beeiferte, Ingigerd Hahlström die Wünsche von den Augen zu lesen, hielten sie sich von Frau Liebling fern, als ob sie noch immer zweifelten, es mit einem natürlichen Menschen zu tun zu haben. Warum sollte nicht, wenn das Meer, wenn das Grab seine Toten wiedergab, auch der kleine Siegfried aus seiner Totenkammer wieder hervorgehen?

Als man die schöne, blutlose Dame, mit einem Mantel des Kapitäns und Wolldecken wohlverwahrt, in eine bequeme Lage gebracht hatte, blickte sie lange stumm in die Weite der ruhigen See hinaus. Dann sagte sie plötzlich zu Friedrich, dessen Gesellschaft sie gewünscht hatte: »Sonderbar, es ist mir nicht anders zumute, als hätte ich einen fürchterlichen Traum gehabt. Aber eben nur einen Traum, das ist das Seltsame. Und wenn ich mir noch soviel Mühe gebe, so kann ich mich nicht überzeugen, außer wenn ich an Siegfried denke, daß der Traum etwas wirklich Erlebtes widerspiegelt.«

»Wir dürfen nicht grübeln«, sagte Friedrich.

»Gewiß«, fuhr sie, ohne ihn anzusehen, fort, »gewiß, ich habe nicht immer recht gehandelt. Ich denke an Strafe. Habe ich aber Strafe verdient, so hat sie doch Siegfried nicht verdient. Und warum bin ich entlassen worden?« Sie schwieg und kam dann auf dies und das aus ihrer Vergangenheit: Kämpfe mit ihrem Mann, mit dem sie in der üblichen Art und Weise verkuppelt worden war und der sie zuerst betrogen hatte. Sie sagte, sie sei eine Künstlernatur, und der alte Rubinstein, dem sie, elf Jahre alt, vorgespielt, habe ihr eine große Zukunft vorausgesagt. Sie schloß: »Von Küche und Kindern verstehe ich nichts. Ich war immer schrecklich nervös, aber ich werde doch wohl meine Kinder liebhaben! Hätte ich sie wohl sonst meinem von mir geschiedenen Manne abgetrotzt?«

Friedrich machte tröstliche Redensarten, worunter auch hie und da etwas minder oberflächlich Gedachtes zutage kam: so, was er von Sterben und Auferstehen und von der großen Sühne sagte, die jede Art Tod, ja sogar der bloße Schlaf einschließe. »Wenn Sie ein Mann wären, gnädige Frau«, sagte er, »so würde ich Ihnen Goethe empfehlen. Ich würde sagen, lesen Sie recht oft den Beginn des zweiten Teils des ›Faust‹:

Kleiner Elfen Geistergröße
eilet, wo sie helfen kann ...

oder:

Besänftiget des Herzens grimmen Strauß,
entfernt des Vorwurfs glühend bittre Pfeile,
sein Innres reinigt von erlebtem Graus ...

und so weiter. Bei alledem, was wir erlebt haben, spüren Sie nicht ein Gefühl der Entsühnung, der Reinigung?« – »Mir ist«, sagte die Wiederauferstandene, »als ob mein früheres Leben in einer unendlichen Ferne läge. Ein unübersteiglicher Gebirgszug liegt seit dem Ereignis vor meiner Vergangenheit.« Sie endete: »Gehen Sie, Doktor, Sie langweilen sich! Sie sollen bei mir nicht Ihre kostbare Zeit unnütz vertun.«

Aber Friedrich unterhielt sich eigentlich lieber mit Frau Liebling als mit Ingigerd. Wenn er sich langweilte, so geschah es viel eher bei der Kleinen als hier. »O bitte«, sagte er deshalb, »nur keine Sorge!«

»Meine Mutter stellte mir vor«, fuhr Frau Liebling fort, »es sei unrecht, die Kinder mit über See zu nehmen. Hätte ich ihr gefolgt, Siegfried wäre heut noch am Leben. Sie kann mir mit Recht einen Vorwurf machen. Und wie soll ich schließlich; nach diesem furchtbaren Fall, auch vor Siegfrieds Vater stehn! Auch er tat, was er konnte, durch Briefe, durch Freunde, auch durch Anwälte, um die Kinder zurückzuhalten.«

Kleine Unstimmigkeiten zwischen Ingigerd und Friedrich abgerechnet, ging es auf der »Hamburg«, bei gleichmäßig schönem Wetter, gutgelaunt und lebhaft zu. Die Stätte des Schreckens lag bereits sechs-, sieben-, achthundert Meilen zurück im Ozean, und man wurde mit jeder Minute tiefer ins neugeschenkte Leben hineingetragen. Die Südfruchtladung im Raum des Schiffs gab Gelegenheit, die Damen immer aufs reichlichste zu versorgen. Nicht selten wurde, zur Belustigung Ingigerds, von den Herren mit großen Orangen Fangball gespielt. Die See, der Atlantische Ozean schien um die »Hamburg« her ein ganz anderer zu sein als jener, der den »Roland« verschlungen hatte. Er legte sich wie ein zweiter, wellenwerfender Himmel unter das Schiff, das er nur gerade wohlig schaukelte. Auch der kleine, über der Wasserlinie schwarz-, unter ihr rotgestrichene schmucklose Kauffahrer war in seinem Gange nicht ohne Majestät. Mit dem Wunderwerk der Technik, dem »Roland«, verglichen, bedeutete er eine alte, gemütliche Postkutsche, die aber zuverlässig und hurtig ihre zehn Knoten die Stunde lief. Kapitän Butor behauptete allen Ernstes, die Schiffbrüchigen hätten ihm Glück gebracht. Vom Augenblick ihres Erscheinens an sei der alte Ozean still und sanft wie ein achtzigjähriger englischer Pfarrer geworden. »Ja«, sagte Stoß, »aber der alte englische Pfarrer hat sich vorher, Teufel nochmal, an einigen Hekatomben von Menschenfleisch sattgefressen. Trau, schau, wem! Wenn er verdaut hat, wird er noch besseren Appetit kriegen.«

Allein die Reise verlor bis zum Schluß, trotzdem man einen Toten und die schwerkranke Frau an Bord hatte, nichts mehr von ihrer Festlichkeit. Die Kommandobrücke war freies Gebiet, und man sah meist, solange die Sonne schien, Ingigerd dort mit Herrn Wendler Schach spielen oder zuschauen, wenn Friedrich dem Obermaschinisten Partie auf Partie abgewann. Die gesamte Mannschaft, nicht am geringsten der Kapitän, empfand der Beute wegen, die man auf hoher See geborgen hatte, tiefste Befriedigung.

Hätten sich die Hochgefühle, die in den Menschenherzen an Bord der wackeren Frachtkutsche »Hamburg« frei wurden, in Odstrahlen umgesetzt, der Dampfer wäre mitten am Tag von einer besonderen Gloriole umgeben gewesen.

Man wettete auf die Lotsennummer, kurz ehe der Lotsenkutter, mit Nummer fünfundzwanzig im Segeltuch, plötzlich ganz in der Nähe auftauchte. Artur Stoß, der gewonnen hatte, ließ, fast erstickend vor Lachen, ein erhebliches Sümmchen durch Bulke einstreichen. Der enge Zusammenschluß mit den Reisegefährten machte Friedrich innerlich ungeduldig. Er hatte noch nicht, wie sie, das alte Verhältnis zum Leben wiedererlangt. Eine gewisse Taubheit der Seele beherrschte ihn. Die Empfindung für seine Vergangenheit, die Empfindung für seine Zukunft, ja seine Leidenschaft für Ingigerd waren ihm abhanden gekommen. Es war, als ob ein Riß in der Stunde der Schrecken alle Verbindungsfäden zu Ereignissen, Menschen und Dingen seines bisherigen Lebens getrennt hätte. Er spürte, sooft er Ingigerd ansah, eine dumpfe Verantwortung. In diesen Tagen schien es beinahe, als wenn das vorwiegend ernst und weich gestimmte Mädchen auf eine Erklärung seiner Neigung gewartet hätte. Sie sagte einmal: »Ihr wollt alle nur euer Vergnügen, aber keiner will etwas ernsthaft von mir.« Friedrich verstand sich selber nicht. Hahlström war dahin, Achleitner hatte seine hündische Liebe büßen müssen, und das Mädchen, in einem gewissen Sinne durchgeschüttelt und durchgeläutert, war, wie Friedrich jetzt Grund zu glauben hatte, Wachs in seiner Hand. Oft traf er ihr Auge, wenn es ihn lange nachdenklich-ernst betrachtet hatte. Dann kam sich Friedrich recht kläglich vor, denn er mußte sich eingestehen, daß er, der sie einst mit dem ganzen Reichtum einer leidenschaftlich liebenden Seele hatte überschütten wollen, mit leeren Händen vor ihr stand. Er sollte reden, die Schleusen aufziehen, hinter denen die Fluten seiner leidenschaftlichen Liebe sich doch gestaut haben mußten, und blieb in tiefer

Beschämung stumm, weil er wußte, daß vorläufig alles Wasser versiegt, alle Quellen vertrocknet waren.

Es war gegen zehn Uhr früh am sechsten Februar, als Kapitän Butor an der kleinen, zwischen den Krimstechern sitzenden, mit den schlanken Beinchen lustig baumelnden Ella Liebling vorüber durch das Glas Land sichtete. Es war ein erschütternder Augenblick, als die Nachricht davon zu den Passagieren drang. Der Steward, der sie in Friedrichs Kabine rief und im nächsten Augenblick wieder verschwand, ahnte nicht, wie sehr sein kurzer Zuruf »Land!« den Fremden getroffen hatte. Friedrich schloß die Kabine und wurde von einem gewaltsam tonlos gemachten, hohlen und tiefen Schluchzen geschüttelt. So ist das Leben, drang es ihm durch das Herz: wurde nicht eben erst in finsterer, trostloser Nacht das Wort »Gefahr!« in meine Kabine wie das Todesurteil in die Zelle eines armen Sünders hineingerufen? Und nun die Schalmei in das Schüttern des noch nicht verrollten Donnerschlags. Und jetzt erst, im Weinen, und nachdem er sich ausgeweint hatte, spürte Friedrich ein Schaudern, als ob sich das Leben im Triumph wieder annähere. Ihn packte ein Rausch, als ob eine ungeheure Armee mit klingendem Spiel von ferne her anrücke: eine Armee von Brüdern, bei denen er wieder daheim und sicher war. Nie hatte er das Leben so angesehen. Nie war es ihm so entgegengeflutet. Man muß sehr tief in Verwirrung und Finsternis verstoßen werden, um zu wissen, daß in allen Himmeln keine schönere Sonne als unsre vorhanden ist.

Auch die übrigen Schiffbrüchigen und Geretteten wurden, jeder auf seine Weise, von dem Rufe »Land!« in Erregung versetzt. Man hörte Frau Liebling in der nahen Kabine nach Rosa und Flitte rufen. »Per bacco, mein alter Schlingel«, sagte Stoß zu seinem getreuen Bulke laut, »per bacco, wir werden also doch nochmal wieder Land unter die Pfoten kriegen.« Doktor Wilhelm guckte zu Friedrich hinein: »Gratulor, Kollege von Kammacher«, sagte er. »Das Land des Kolumbus ist gesichtet. Wir haben den Vorteil, keine Koffer packen zu müssen.« Hinter Doktor Wilhelm blickte plötzlich der dicke Obermaschinist Wendler herein. Er war etwas komisch anzusehen. Er sagte: »Doktor, Sie müssen gleich an Deck kommen. Ihr Schützling löst sich in Tränen auf.« Natürlich betraf dies Ingigerd. Sie weinte, als Friedrich bei ihr erschien, und seine Tröstungen wollten nicht fruchten. Er hatte das Mädchen bisher niemals weinen gesehen. Ihr Zustand, der jenem so ähnlich war, den er kaum überwunden hatte, erregte ihm Mitleid und Sympathie. Aber auch jetzt blieben Mitleid und Sympathie mehr väterlich. Sie sagte plötzlich: »Ich bin nicht schuld, daß mein Vater zugrunde gegangen ist! Nicht einmal für Achleitner bin ich verantwortlich, ich habe ihm von der Reise im guten und bösen abgeraten.«

Friedrich streichelte Ingigerd.

Der Kurs der »Hamburg« ließ mehr und mehr die gewaltige Ozeaneinsamkeit hinter sich. Man sah nicht mehr nur dieses und jenes Schiff, das dem Hafen zustrebte, sondern allbereits war die Wasserfläche von einer großen Anzahl kommender und gehender Dampfer und Segler belebt, wodurch sich die Nähe des großen Hafens ankündigte. Schon sah man den Leuchtturm von Sandy Hook. Obgleich nun Ingigerd und Friedrich das innere Schwingen ihrer durch und durch erschütterten Seelen nicht zur Ruhe bringen konnten, wurden sie doch von den wechselnden Bildern der Einfahrt angezogen. Staunen folgte auf Staunen, und fast von Sekunde zu Sekunde beherrschte sie eine neue Form der Ergriffenheit.

Mit klingendem Spiel kam ein White-Star-Dampfer langsam vorbeigezogen. Er trat soeben die von der »Hamburg« beinahe vollendete Reise aufs neue an. Auf den Decks des majestätischen Schiffs wimmelten Passagiere wie Ameisen. Ihre Stimmung schien heiter bewegt und festlich zu sein. Was wußten sie jetzt von dem, was möglicherweise ihrer wartete? Und wenn sie auf die kleine »Hamburg«, mit den wenigen Passagieren an Deck, herabsahen, so kam ihnen auch nicht die leise Ahnung von der Größe und Furchtbarkeit des Ereignisses, das diese wenigen Menschlein als einzige Zeugen entlassen hatte.

Was bei dieser Einfahrt an Sandy Hook vorüber, durch die Lower Bay auf die Engen zu, die Erregung und Bewegung der Nerven, wie von Feuer und Tränen, nicht zur Ruhe kommen ließ, das war zugleich Abschied von Heimat und Meeresgefahr und Wiedersehen. Das Wiedersehen des festen Landes und der gesicherten menschlichen Zivilisation. Dies war der Mutterschoß, dem man entsprossen und in dem man bis zur Zeit der geistigen Lebensreife gewachsen war. So erlebte man eine Art Heimkehr, aber doch mit dem eigentümlichen Nebengefühl, als käme man auf einem fremden Planeten an. Da draußen im Meer und über dem Meer webte das Grauen der Einsamkeiten, darin der Mensch, der alles sieht, ein Ungekannter, Ungesehener, von Gott und Welt Vergessener bleibt. Das Mörderische in diesen Zwischenreichen ist es, was der Mensch in seinem erwärmten, wimmelnden und raspelnden Ameisenhaufen, um glücklich zu sein, vergessen muß: der Mensch, dieses insektenhafte Gebilde, dessen Sinnesapparat und dessen Geist ihn gerade nur zur Erkenntnis seiner ungeheuren Verlassenheit im Weltall befähigt.

Segler kreuzten, Dampfer tuteten. Scharen von Möwen fischten oder warfen sich da- und dorthin durch die frische, bewegte Luft. Ein zweiter großer atlantischer Dampfer näherte sich bei Norton Point, der Hamburg-Amerika-Linie angehörend. Das Riesengebäude wurde wie durch eine geheime Kraft ruhig und sicher vorwärtsgeschoben. Deutlich vernahm man das Gong, das die Passagiere von den Promenadendecks zur Tafel rief.

»Jetzt«, sagte Friedrich, indem er die Uhr aus der Tasche zog, »ist es in Europa eine Viertelstunde vor sieben und herrscht schon nächtige Finsternis.«

Kapitän Butor hatte mit der Quarantänestation Flaggensignale gewechselt, die »Hamburg« stoppte, und die Sanitätskommission erschien an Bord. Nach längeren Unterhandlungen und genauer Information durch die Ärzte wurden die kranke Frau und, mit Bewilligung von Frau Liebling, die Leiche des kleinen Siegfried von Bord gebracht. Friedrich sorgte dafür, daß Frau Liebling in ihrer Kabine blieb und ein allzu schmerzlicher Auftritt vermieden wurde. Dann ging die wackere »Hamburg« mit Volldampf durch die Narrows in die herrliche Upper Bay hinein.

Die Statue der Freiheit, das Geschenk der französischen Nation, wird noch immer von den Reisenden, lange bevor sie auftaucht, mit bewaffnetem Auge gesucht. Auch Friedrich huldigte ihr in Gedanken, als er sie mitten im Wasser auf einer sternförmigen Basis aufragen sah. Sie erschien hier nicht gerade riesenhaft, aber sie gab ihm doch einen schönen Klang, mehr der Zukunft als der Gegenwart, einen Klang, der sogar sein Herz berührte und selbst in der wunderlichen Verfassung, in der er war, ihm die Brust weitete. Die Freiheit! Mochte das Wort gemißbraucht sein, es hatte von seinem Zauber und von seiner Zukunft nichts eingebüßt.

Und jetzt plötzlich schien Friedrich die Welt verrückt geworden. Der engere Hafen, von babylonischen Wolkenkratzern umgeben, mit seinen zahllosen, damals noch höchst grotesken, riesig getürmten Fährbooten, kam heran, ein Anblick, dessen ungeheure Phantastik vielleicht lächerlich sein würde, wenn sie nicht wahrhaft gigantisch wäre. In diesem Krater des Lebens bellt, heult, kreischt, brummt, donnert, rauscht, summt und wimmelt die Zivilisation. Hier ist eine Termitensiedlung, deren Tätigkeit verblüffend, verwirrend und betäubend ist. Es schien unbegreiflich, daß in diesem unentwirrbaren, tosenden Chaos eine Minute ohne Zusammenstoß, ohne Einsturz, ohne Mord und Totschlag vorübergehen konnte. Wie war es möglich, in diesem Kreischen, Hämmern, Schmettern auf Metallplatten und sonstigen tollen Wirrwarr ruhig eigenen Zielen, eigenen Geschäften erfolgreich nachzugehn?

Die unfreiwilligen Passagiere der »Hamburg« waren in diesen letzten Minuten ihres Zusammenseins ein Herz und eine Seele geworden. Friedrich hatte bei der Schiffskatastrophe seine Barschaft nicht eingebüßt und Ingigerd Hahlström bewogen, während der ersten Tage an Land seine Dienste nicht von der Hand zu weisen. Alle verabredeten außerdem, sie wollten sich in New York nicht aus den Augen lassen. Es ist natürlich, daß das Abschiednehmen mit vielen Wünschen und wirklicher Rührung schon seit einer Stunde und länger, bevor die »Hamburg« festmachte, lebhaft im Gange war.

Dabei übte der dithyrambische Lärm der mächtigen Stadt, mit ihren Millionen arbeitender Menschen, eine Wirkung aus, die erneute und umbildete. Es war wie ein Strudel des Lebens, in den man widerstandslos hineinmußte. Er duldete keine Grübelei und kein Vertiefen in Vergangenes. Alles darin rief und drängte vorwärts. Hier war Gegenwart, nichts als Gegenwart. Artur Stoß schien mit einem Fuß bereits auf der Bühne von Webster und Forster zu stehen. Es wurde viel über Ingigerds Auftreten hin und her geredet. Sie und Stoß waren von dem gleichen Tage an engagiert, und dieser Termin war bereits überschritten. Ingigerd sagte, sie könne unmöglich tanzen, mit der Unsicherheit über den Verbleib ihres Vaters in der Brust. Dagegen erklärte Artur Stoß, er werde, wenn er zurechtkäme, noch heut abend auf der Bühne seine Nummer erledigen. »Ich habe«, sagte er, »bereits zwei Abende mit rund fünfhundert Dollar pro Abend eingebüßt. Übrigens: ich muß arbeiten! ich muß unter Menschen!« Und um Ingigerd zu ihrem Vorteile zu beraten, führte er Beispiele solcher Leute an, die sich selbst in den schwersten Augenblicken von der Ausübung ihres Berufs nicht hatten zurückhalten lassen: irgendein Gelehrter hielt seine Vorlesung, während seine Frau im Sterben lag. Ein Bajazzo, dem die Frau durchgegangen war, trat auf, um dennoch, wenn auch mit blutendem Herzen, Späße zu machen. »Das ist unser Beruf«, sagte Stoß. »Und übrigens nicht allein unser Beruf, sondern jedermanns Beruf, gleichviel ob mit Lust oder Unlust, mit Qual oder Glück im Innern, seine Pflicht zu tun. Jeder Mensch ist ein tragikomischer Gaukler, obgleich er vielleicht nicht so wie wir dafür gelten muß. Ich sehe einen Triumph darin«, fuhr er fort, »nach dem, was ich durchgemacht habe, heut abend unter den Blicken von dreitausend sensationslüsternen Zuschauern ohne Zittern das Herz aus dem As zu schießen.« Und der Artist kam mehr und mehr, aber nicht unsympathisch und ebensowenig ohne Geist, in ein lebhaftes Renommieren hinein. »Wenn Sie nichts Besseres wissen, meine Herren«, wandte er sich an die beiden Ärzte, »so kommen Sie vielleicht heut abend in Websters und Forsters Varieté und sehen mich meine Sprünge machen. Arbeit! Arbeit!« Die Worte galten jetzt Ingigerd. »Ich wünschte sehr, Sie entschlössen sich! Arbeit ist Medizin! Arbeit ist alles! Dem Geschehenen nachtrauern hilft zu nichts. Und außerdem«, sagte er plötzlich ernst werdend, »vergessen Sie nicht, daß unsere Aktien augenblicklich in eine tolle Hausse geraten sind! Artisten dürfen so etwas nicht ausschlagen. Passen Sie auf, wie wir, wenn wir nur den ersten Fuß an Land setzen, von Reportern umlagert sind!«

»Wieso?« fragte Friedrich. Und Stoß fuhr fort: »Glauben Sie etwa, daß wir nicht längst mit allen Einzelheiten der ›Roland‹-Katastrophe von der Quarantänestation aus nach New York signalisiert worden sind? Sehen Sie mal diese riesigen Wolkenkratzer an, den mit der Glaskuppel, und so weiter: das ist die ›Sun‹, die ›World‹, die New-Yorker ›Staatszeitung‹. Da werden wir jetzt bereits mit Schnellpressen gedruckt und in Millionen von Zeitungsexemplaren breitgetreten. Es gibt die nächsten vier, fünf Tage keinen Mann und keine Frau in New York, die sich an Berühmtheit mit den Geretteten vom ›Roland‹ werden messen können.«

Unter solchen und ähnlichen Aussprachen hatte sich die »Hamburg« an den Pier gelegt, und der Abschied begann nun Ernst zu werden. Da war es tatsächlich höchst wunderlich zu bemerken, welche Bewegung diese einander im Grunde doch fremden Menschen ergriff. Frau Liebling weinte, und Friedrich wie Doktor Wilhelm mußten sich ihre Dankesküsse gefallen lassen. Rosa küßte Bulke und dann unter wirklichem Heulen immer wieder Doktor Wilhelm und Friedrich die Hand. Es versteht sich von selbst, daß auch zwischen den Damen Zärtlichkeiten gewechselt wurden. Der Matrose und Krankenpfleger Flitte wurde belobt, Kapitän Butor und Maschinist Wendler, wie überhaupt die Mannschaft der »Hamburg«, als Biedermänner und Retter gepriesen. Die Matrosen vom »Roland« wurden von den Ärzten und Stoß als »unsere Helden!« tituliert. Ein Wiedersehen wurde verabredet, und Kapitän Butor und Maschinist Wendler sowie der rüplige Maler Fleischmann für übermorgen mittag von Doktor Wilhelm in die Hofmann-Bar bestellt, von dort aus wollte man dann gemeinsam bummeln.

Der arme Maler Fleischmann war angesichts dieser tobsüchtigen Stadt etwas verwirrt und kleinlaut geworden. Er verstand kein Englisch, seine Barschaft war klein, sein Bilderkapital war verlorengegangen. Er versuchte sich auf die beste Manier an seine Schicksalsgenossen anzuklammern. Man kam überein – selbst der armlose Stoß gab gute Ratschläge –, sich für den Künstler zu interessieren. »Sollten Sie Schwierigkeiten bei der Agentur finden«, erklärte ihm Stoß, »so führe ich Sie bei meinem Freunde, dem Chef der New-Yorker ›Staatszeitung‹, ein.«

Wenige Augenblicke später spürte Friedrich mit einer Art Schwindel den festen Steingrund des Piers unter sich. Ingigerd hing an seinem Arm, Cheers wurden ausgebracht, Hooray geschrien, und eine brüllende, schreiende, ja tobende Menschenmenge umdrängte ihn. Plötzlich schob sich ein kleiner Japaner vor, der mehrmals hastig die Worte sagte: »How do you do, Herr Doktor? Kennen Sie mich?« Friedrich sann nach. Er wußte im Augenblick kaum, wer er selber war, während ihm brüllende Hochs dicht in die Ohren gedonnert und die Hände von allen Seiten geschüttelt wurden. Freundliche Fäuste fuchtelten hinter ihm, über ihm und dicht vor seiner Nase herum. »Sie kennen mich nicht, Herr Doktor?« wiederholte grinsend der Japaner. – »Ja, zum Donnerwetter«, rief Friedrich jetzt, »Sie sind ja doch Willy Snyders, mein alter Schüler!? Willy! wie kommen denn Sie hierher?« – Friedrich hatte in Breslau studiert und, da er nicht reich war, seinen Wechsel durch eine sehr gut bezahlte Privatstunde aufgebessert, die ein dortiger Industrieller seinem desperaten Sohn geben ließ. Friedrich hatte dann in dem Früchtchen einen ebenso amüsanten als braven Schlingel gefunden, der ihm bald mit Leib und Seele ergeben war. Diesen Schlingel, zum jungen Manne herangereift, erkannte er jetzt in dem lustigen Japaner.

»Wie ich hierherkomme? Herr Doktor, das erkläre ich Ihnen nachher«, sagte, mit vor Freude des Wiedersehens weitgeöffneten Nasenlöchern, Willy Snyders. »Jetzt möchte ich Sie nur fragen, ob Sie Quartier haben und ob ich Sie auf Schleichwegen um die verfluchte Reporterbande, frei nach Cooper, herumbringen soll. Oder wünschen Sie interviewt zu werden?« – »Um keinen Preis der Welt, Willy«, sagte Friedrich. – »Dann muß ich schon bitten«, schrie Willy, »bleiben Sie mir an den Fersen. Ich habe für alle Fälle ein Cab engagiert, und wir fahren sofort zu unseren Leuten!« Friedrich stellte Ingigerd vor und fuhr dann fort: »Ich habe Pflichten! Ich muß erst diese verehrte junge Dame in einem guten Hotel in Sicherheit bringen. Und übrigens kann ich sie auch dann überhaupt nicht allein lassen.« Willy Snyders begriff sofort. Das änderte seinen Vorschlag nicht, er erneute ihn jetzt noch dringlicher. »Nämlich«, sagte er, »die junge Dame wohnt in unserem Privathaus bei weitem angenehmer und sicherer. Die einzige Frage ist, ob sie italienische Küche verträgt.« – »Lieber Willy«, antwortete Friedrich, der Ingigerds Bereitwilligkeit erkannt hatte, »in Ihren Makkaroni sehe ich keine Schwierigkeit, also will ich, wie Sie vor Jahren meiner Leitung, mich zur Abwechslung heute mal Ihrer bewährten Leitung anvertrauen.« – »Allright, also vorwärts!« gab Willy zurück, und man sah ihm die Freude darüber an, daß er einen so guten Fang getan hatte. Sie sahen noch, wie Stoß einem Kreis von Reportern mit den Mundbewegungen eines Zahnbrechers Vortrag hielt, und wollten eben nach einem fluchtartigen Lauf durch die Menge das Cab besteigen, als ein atemlos keuchender Herr mit einem »Entschuldigen Sie, habe ich wohl die Ehre?« vor Ingigerd Hahlström stand. »Ich bin von Webster und Forster entsendet«, sagte der trotz des windigen Tages stark schwitzende ältere Mann, indem er den Hut in der Hand mit dem Taschentuch auswischte. »Ich bin beauftragt, ich bin beauftragt! Ich bin mit einem Wagen hier! Ich habe einen Wagen hier ...« Er schwieg, zu erschöpft, um weiterzusprechen.

Friedrich sagte: »Die Dame kann heute unmöglich auftreten!« – »Oh, keineswegs, die Dame sieht doch sehr wohl aus, mein Herr!« – »Erlauben Sie mal!« Friedrich wollte grob werden. Der Agent von Webster und Forster hatte seinen Hut auf die Glatze gesetzt: »Es wäre ein unerhörter Fehler, ein nicht gutzumachender großer Fehler, wenn die Dame nicht auftreten wollte. Ich bin beauftragt, der Dame mit Geld und allem Nötigen zur Verfügung zu stehn. Dort ist mein Wagen. Im Astor-Hotel sind Zimmer bestellt.« Friedrich wurde heftig: »Ich bin Arzt, und ich sage Ihnen als Arzt, daß die Dame heute und in den nächsten Tagen nicht auftreten kann!« – »Werden Sie der Dame die Gage ersetzen?« – »Was ich in dieser Beziehung tun werde, ist weder Websters und

Forsters noch Ihre Sache!« Mit diesen Worten glaubte Friedrich befreit zu sein.

Aber der Agent wurde anzüglich: »Wer sind Sie, mein Herr? Ich habe ausschließlich mit dieser Dame zu tun! Sie sind nicht berechtigt, sich einzumischen.« Ingigerd meinte, sie glaube, sie könne nicht auftreten. »Das gibt sich sofort, wenn Sie auf der Bühne sind. Die Frau meines Chefs hat mir übrigens einen Brief an Sie mitgegeben; ihr Mädchen ist im Hotel und hat alles Nötige mitgebracht. Sie steht in allem zu Ihrer Verfügung.«

»Unsere Petronilla ist auch eine ganz famose Person«, rief Willy Snyders dazwischen. »Wenn Sie ihr sagen, was Sie brauchen, gnädiges Fräulein, so ist es in fünf Minuten herbeigeschafft!« Und er beförderte Ingigerd mit der Dringlichkeit eines Mädchenräubers in die Kalesche. »Dann«, sagte der Abgesandte von Webster und Forster mit Willenskraft, »mache ich Sie auf die Folge eines Kontraktbruches aufmerksam und muß Sie absolut dringend um Ihre Adresse bitten!« – »Hundertundsiebente Straße, Numero soundsoviel!« rief Willy dem mit dem Notizbuch bewaffneten Fremden zu, worauf er, Ingigerd und Friedrich im Cab davonrollten.

Das Cab mit seinen Insassen wurde mit anderen Cabs und Lastwagen auf dem üblichen Ferry Boat von Hoboken nach New York übergesetzt. Ein Zeitungsjunge reichte ein Exemplar der »Sun« in den Wagen, das bereits ausführliche Schilderungen vom Untergang des »Roland« enthielt.

Der Verkehr mit Fährbooten, Schleppern und Dampfern aller Art war riesenhaft. Die Fährboote glichen plumpen schwimmenden Riesenkäfern, die schwarz von Menschen waren und über die eine Art Pumpwerk oben hinausragte. Es gab ein Donnern, als das Boot an den Molen lag und alle Gefährte, Cabs und Lastwagen sich beinahe auf einmal in Bewegung setzten, von trappelndem Menschengewimmel eskortiert.

Diese Stadt, dachte Friedrich, ist von einem Wahnwitz der Erwerbsgier gepackt. Wo er hinblickte, drohten ihm Riesenplakate: riesige Buchstaben, riesige bunte Abbildungen, riesige modellierte Hände, Fäuste, Gesichter, die auf etwas hinwiesen. Es war ein schreiender, gieriger Konkurrenzkampf, der überall mit allen erdenklichen Mitteln sich austobte, eine wilde und schamlose Katzbalgerei des Erwerbes, und seltsamerweise im ganzen gerade dadurch einer gewissen Größe nicht ermangelnd. Hier war keine Heuchelei, dies war scheußliche Redlichkeit.

An einer Telegraphenoffice wurde haltgemacht. Kabeldepeschen an Ingigerds Mutter und Friedrichs Vater wurden aufgegeben. Friedrichs Nachricht lautete: »Ich bin gerettet, gesund und wohlauf«, Ingigerds: »Ich bin gerettet, Papas Schicksal unbestimmt.« Während sie diese Worte aufsetzte, hatte Friedrich Gelegenheit, Willy Snyders davon zu unterrichten, daß Ingigerd durch die Schiffskatastrophe wahrscheinlich zur vaterlosen Waise geworden war.

Das Cab mit den drei Insassen fuhr weiter, den Broadway hinab, jene meilenlange Hauptstraße von New York, in der sich zwei scheinbar ununterbrochene Ketten von Tramwaywagen aneinander vorbeischoben. Sie wurden damals von einem Drahtseil bewegt, das in einer unterirdischen Rinne lief. Überall war der Verkehr gewaltig. Um so sonderbarer berührte Friedrich und Ingigerd die Stille, die sie umgab, als der Wagen in eine Seitengasse gebogen war und sein Ziel erreicht hatte. Er hielt vor einem niedrigen Einfamilienhaus, von den übrigen Bauten der Straße durch nichts unterschieden. Höchstens Arbeiterkolonien zeigten in Deutschland die gleiche architektonische Monotonie, die hier ein vornehmes Viertel beherrschte. Aber das Innere der neuen Herberge glänzte von Sauberkeit und Behaglichkeit.

Dämmerung war hereingebrochen, als die Reisenden endlich hinter den Türen ihrer Zimmer zur Ruhe gelangten. Petronilla, eine alte italienische Wirtschafterin, hatte Ingigerd in Empfang genommen und sorgte für sie mit Eifer, ja Zärtlichkeit.

Friedrich wusch sich und stieg, von Willy Snyders geleitet, in das Souterrain, wo das Dinner stattfinden sollte. Der Boden des Speiseraums war mit Fliesen belegt und die Wände mit sauberen Bastmatten bekleidet. Wo sie endeten, lief ein Gesims an den Wänden herum, auf welchem strohgeflochtene Fiaschi gereiht standen. Der Tisch war für acht Personen gedeckt, und das Weißzeug war peinlich sauber.

Über Charakter und Zweck des ganzen behaglichen Heims war Friedrich von Willy Snyders belehrt worden. Mieter des Hauses war ein deutscher Künstlerkreis, der in einem Bildhauer namens Ritter seine Hauptstütze besaß. Er wurde als großes Talent gepriesen. Zu seinen Mäzenen und Kunden gehörten die Astor, die Gould, die Vanderbilt. Willy nannte Ritter »ein feines Aas« und rühmte das »Smarte« in seinem Charakter.

In einer Ecke des Speiseraums waren Abgüsse seiner Arbeiten aufgestellt, die Willy über den grünen Klee lobte.

Außer Ritter nahm ein anderer Bildhauer an den Segnungen dieses Klubhauses teil. Er hieß Lobkowitz und war, wie Ritter, geborener Österreicher. Der Vierte im Bunde war ein Schlesier, ein vollkommen mittelloser Maler und Sonderling, dessen Talent jedoch hier aufs höchste bewundert wurde. Der brave Willy hatte den Landsmann aus einem Elendsquartier New Yorks, nicht ohne Mühe, hierhergebracht.

»Passen Sie auf«, sagte Willy, mit dem ihm eigenen Ton, worin die gutturalen und nasalen Laute des amerikanischen Englisch mit dem österreichischen Dialekt seiner Freunde eine Verbindung eingegangen waren, »passen Sie auf, wie dieser verrückte Hund, der Franck, sich benehmen wird. Der Kerle beißt um sich herum, der Kerle ist zum Krummlachen. Das heißt«, fuhr er fort, »wenn die verdrehte Krücke überhaupt zum Vorschein kommt.«

Aber der Maler Franck kam als erster herein. Er hatte, wie Willy, Oberhemd und Dinnerjacket angezogen. Willy sprach sehr viel, während der sonderbare Mensch Friedrich wortlos und schlaff die Hand reichte. Obgleich nun die Landsleute beieinander waren, verlor sich doch durch das Eintreten Francks für einige Augenblicke die Ungezwungenheit, mit der Willy Snyders und Friedrich sich unterhalten hatten.

Dieser bedauerte sehr, nicht im Smoking zu sein. »Ja, Ritter ist ein feiner Hund«, meinte Willy wieder, »wir müssen Abend für Abend mindestens wie Gesandtschaftsattachés zu Tische gehen.«

Petronilla erschien und erzählte in wortreichem Italienisch, daß die liebe, kleine arme Signorina von einem bleiernen Schlaf befallen sei und ruhig, tief und gleichmäßig atme. Hierauf fragte sie, ob denn die Herren noch nichts von dem Untergang des großen Schiffs gehört hätten. Als man ihr Friedrich als einen Geretteten vorzustellen versuchte, lachte sie laut und lief davon.

Lobkowitz trat in den Speiseraum.

Lobkowitz war ein ruhiger, langer Mensch, der Friedrich, dessen jüngste Geschichte er schon erfahren hatte, mit Wärme entgegentrat. Er meldete, Ritter sei vorgefahren. Man blickte durchs Fenster und sah einen eleganten Wagen, auf dem ein schwarzlivrierter Kutscher saß. Er schloß das Spritzleder, um davonzufahren, während ein rassiger Eisenschimmel bereits in der Gabel zu steigen begann.

»Der Kerle, der die Leine hält«, sagte Willy, »ist ein verkrachter österreichischer Offizier und wegen Spielschulden ausgekniffen. Jedenfalls ist er jetzt eine unbezahlbare Kraft für Ritter, denn er sagt ihm, wie er sich zum ersten Frühstück, zum Lunch, zum Dinner, beim Tennis, beim Kricket, beim Reiten, beim Fahren zu kleiden hat, wie man Mailcoach fährt, grauen oder schwarzen Zy-

linder, solchen Schlips, solche Handschuhe trägt, solche Manschet-
tenknöpfe, solchen Strumpf – überhaupt alles, was man berücksich-
tigen muß, um hier in New York ein Aas zu sein.«

Und der achtundzwanzigjährige Bonifazius Ritter, dem wirklich
in Amerika mehr, als er je gehofft, in den Schoß gefallen war, trat
jetzt ein, frisch, schön, liebenswürdig wie Alkibiades. In der ersten
Minute war Friedrich von dem ganzen Wesen des Glückskindes
hingerissen. Alles an Ritter war Bonhomie, Naivität, Lebensfreude
und Herzlichkeit. Die weiche Liebenswürdigkeit des Österreichers
war durch die Luft der neuen Welt hell, frei und feurig geworden.
Man ging zu Tisch, wo gleich darauf bei einer Minestra die Unterhaltung in Gang geriet.

Man merkte es Willy Snyders an, als er höchstselbst – denn er
war Ökonom des Kreises – die Weine einschenkte, wie stolz er
auf Bonifazius Ritter war und welche Genugtuung es ihm bereitete,
seinem Lehrer von einst auf diesem außereuropäischen Boden mit
solchen Freunden und einem solchen Heim dienen zu können.
Man taute auf, und als die Bedienerin in weißem Häubchen und
weißer Schürze den Fisch serviert hatte, wurde bereits von allen
Seiten auf Friedrichs und seines Schützlings Errettung angestoßen.
Es entstand darauf eine kleine Pause, die der bleiche junge Gelehrte
zum Anlaß einer Erklärung nahm.

»Ich bin herübergekommen«, sagte er, »um gewisse Studien, die
ich vor vielen Jahren mit einem Freunde begonnen habe, hier in
Amerika mit ihm fortzusetzen. Sie kennen ihn ja, lieber Willy«,
wandte er sich an den alten Schüler, »es ist Peter Schmidt, der
Arzt, jetzt in Springfield, Massachusetts.« Willy Snyders warf ein:
»Er ist jetzt nach Meriden übergesiedelt.«

»Ich traf auf dem Schiff zu meinem Erstaunen die kleine Dame«,
erklärte nun Friedrich, »die jetzt Ihre Gastfreundschaft in Anspruch
nimmt. Wir hatten Glück, wir gelangten, bevor die Panik ausbrach,
in aller Ruhe ins Rettungsboot. Leider mußten wir schließlich den

Vater der Kleinen zurücklassen. So hat uns der Zufall zusammengeführt, und ich betrachte mich für das kleine Fräulein verantwortlich.«

Friedrich überkam ein Gefühl der Geborgenheit, wie er es lange nicht mehr gespürt hatte. Er hatte sich immer zu Künstlern hingezogen gefühlt. Ihre Unterhaltung, ihre Geselligkeit war ihm von jeher die liebste gewesen. Nun kam hinzu, daß er hier, wo er mit einer kalten Fremde gerechnet hatte, von einem solchen Kreise mit offenen Armen empfangen worden war. Während man anstieß und auf die ungezwungenste Weise tafelte, fragte sich Friedrich mitunter, ob er wirklich in New York, dreitausend Seemeilen von dem alten Europa entfernt wäre. War hier nicht die Heimat? War ihm im Verlaufe der letzten zehn Jahre, drüben in der wirklichen Heimat, jemals so heimatlich warm zumute gewesen? Und wie strömte das Leben auf ihn ein! Wie wurde er jetzt mit jeder Minute von einer neuen Woge emporgehoben. Er, der kaum noch aus einem allgemeinen Untergang sein nacktes Dasein gerettet hatte.

Er sagte: »Ich danke Ihnen aufs tiefste, meine Herren und lieben deutschen Landsleute, daß Sie mir unverdientermaßen so viel gastliche Freundschaft entgegenbringen.« Er hob sein Glas, und sie stießen an. Und plötzlich, eigentlich gegen seinen Willen, überraschte Friedrich ein Anfall von Offenherzigkeit. Er nannte sich einen doppelt Schiffbrüchigen. Er habe vielerlei hinter sich, und wenn nicht der Untergang des »Roland« an sich eine allzu tragische Sache wäre, könne er sich geneigt fühlen, das schwere Unglück als ein Symbol seines bisherigen Lebens anzusehen. »Die Alte Welt, die Neue Welt: der Schritt über den großen Teich ist getan«, meinte Friedrich, »und ich spüre schon etwas wie neues Leben.«

Er fuhr fort, er wisse nun eigentlich noch in keiner Weise, wie und worin er sich betätigen werde. Dies stand zu seiner Erklärung von vorhin in Widerspruch. Keinesfalls wolle er fernerhin als praktischer Arzt oder Bakteriologe wirken. Möglicherweise werde er Bücher schreiben. Welche Art Bücher, wisse er jetzt noch nicht. Er habe sich zum Beispiel über die Ergänzung des Torsos der Venus von Milo Gedanken gemacht. Er habe eine Schrift fertig im Kopfe über Peter Vischer und Adam Krafft. Vielleicht verfasse er aber auch nur eine Art Lebensroman, es könne auch etwas wie eine moderne Philosophie werden. »In diesem Falle würde ich dort anfangen, wo Schopenhauer das Loch gelassen hat«, sagte er, »ich meine den Satz, den ich immer im Kopfe habe, aus ›Die Welt als Wille und Vorstellung‹: ›Hinter unserm Dasein nämlich steckt etwas anderes, welches uns erst dadurch zugänglich wird, daß wir die Welt abschütteln.‹«

Diese Ausführungen des jungen Gelehrten, der seinen verspäteten »Sturm und Drang« durchmachte, wurden mit Achtung und Beifall aufgefaßt, Willy sagte: »Die Welt abschütteln, das ist was für Maler Franck, Herr Doktor. Erzähle mal, Franck, wie du nach Amerika gekommen bist!« – »Oder, Franck«, sagte Lobkowitz, »Ihre Fußtour nach Chikago!« – »Oder«, ergänzte Ritter, »das Abenteuer in Boston, wo Sie in einem Jagdwagen vonwegen eines Mordsrausches, den Sie gehabt haben sollen, ins Polizeigefängnis kutschiert worden sind.« – »Na, das war doch sehr gut«, sagte mit stillem Lächeln Franck, indem er Locken aus der Stirn streifte, »ich hätte mir sicher sonst eine Erkältung geholt.«

Die Äußerungen Francks wurden zur Verwunderung Friedrichs fast immer mit Lachsalven aufgenommen. »Franck ist ein wirkliches Malergenie«, sagte Willy, während er ihm Chianti eingoß, »aber zugleich das größte Original aller fünf Weltteile.«

Jetzt brachte der italienische Koch, Simone Brambilla, höchst eigenhändig Nachtisch und Käse herein, um zu erfahren, wie alles geschmeckt habe. Die Unterhaltung wurde italienisch geführt, und die Vertraulichkeit, die dabei zwischen Wirten und Koch zutage trat, verriet das allerbeste Verhältnis. »Na nu mal flott, old fellow«, rief plötzlich Willy, »Signore Simone Brambilla, Sie werden uns jetzt etwas vorklimpern! Und cantare!, verstanden, ma forte, non etwa bloß mezza voce!« Und er nahm eine Mandoline vom Bord und gab sie dem Küchenchef in die Hände. »Signore Guglielmo è sempre buffo«, sagte der Koch. – »Jawohl, buffo, buffo!« rief Franck und schlug mit der Faust auf den Tisch. Sein Lächeln war bereits etwas blöde geworden.

Der Koch, der ein Meister der Mandoline war und eine gute Gesangsstimme hatte, bot, die Kappe von weißer Leinwand auf dem Kopf, in Leinwandjacke und Leinwandschürze den lustigsten Anblick. Während er mit einem Rhythmus, der in die Nerven der Zuhörer überging, sein Instrument spielte, sang er zugleich jene Gassenhauer, wie man sie überall in Italien, aber zumeist in Neapel zu hören bekommt. Friedrich bog sich zurück und schloß die Augen. Vor seinem Innern stiegen die Küsten und blauen Golfe Italiens auf. Die braunen Doriertempel Paestums, die Felsen Capris. Man klatschte Beifall jedesmal, sobald der Koch eins seiner Lieder beendigt hatte. In einem solchen Augenblick kam Petronilla herein und flüsterte Willy Snyders etwas zu, wodurch sich jener veranlaßt sah, wiederum Friedrich zu verständigen, der sofort aufsprang und mit ihm das Zimmer verließ.

Ein Herr und eine stattliche Dame waren, trotz aller Gegenvorstellungen Petronillas, bis in das Schlafzimmer Ingigerds vorgedrungen. Friedrich und Willy kamen dazu, als die Dame, die ziemlich pompös gekleidet war, mit den Worten »Mein Kind, aber ich bitte um Gottes willen, mein Kind, Sie werden doch einen Augenblick aufwachen«, das schlafende Mädchen zu wecken versuchte.

Die Dame erklärte, gefragt, mit welchem Recht sie hier eingedrungen sei, sie wäre Inhaberin der größten New-Yorker Theateragentur und habe seinerzeit den Vertrag zwischen Webster und Forster und dem Vater dieser Dame zum Abschluß gebracht. Der

Vater dieser Dame habe tausend Dollar im voraus bekommen. Zeit bedeute Geld, besonders hier in New York. Wenn die Dame heute nicht auftreten könne, so sei es doch Zeit, an morgen zu denken. Sie wäre bereit, sagte sie, dem Fräulein zur Hand zu gehen, aber sie habe nicht nur mit dieser einen Angelegenheit, sondern mit hundert andren zu tun. Und wenn das Fräulein morgen auftreten solle, müsse sie stehenden Fußes mit ihr zu – sie nannte den Gerson von New York –, damit ihr Kostüm über Nacht in Arbeit gegeben werden könne. Das Geschäft befinde sich auf dem Broadway, und ein Cab stünde vor der Tür.

Alles dieses hatte die Dame im Schlafzimmer Ingigerds, und geflissentlich ohne die Stimme zu dämpfen, gesprochen. Friedrich und Willy geboten ihr Ruhe, einmal, zweimal, dreimal, es fruchtete nichts. Darauf sagte Friedrich: »Das Fräulein wird überhaupt nicht auftreten!« – »So?« antwortete die Agentin, »dann wird sie übermorgen in einen unangenehmen Prozeß verwickelt sein.« – »Die Dame ist minderjährig«, sagte Friedrich, »und ihr Vater, mit dem Sie einen Vertrag abgeschlossen haben wollen, hat wahrscheinlich bei der Katastrophe des ›Roland‹ sein Leben eingebüßt.« – »Und ich will«, sagte die Agentin, »nicht um nichts und wieder nichts tausend Dollar einbüßen.« – »Die Dame ist krank«, sagte Friedrich. Die Agentin dagegen: »Gut, dann werde ich meinen Arzt schicken.« – »Ich bin selber Arzt«, gab Friedrich zurück. – »Vielleicht deutscher Arzt«, sagte sie; »maßgebend sind für uns nur Amerikaner.«

Wer weiß, ob diese mit Mannsverstand, Mannsenergie und einer Männerstimme ausgerüstete Amerikanerin ihren Willen nicht doch noch durchgesetzt hätte, wenn der bleierne Schlaf der Kleinen nicht allem Rütteln und allem Lärm getrotzt hätte. Friedrich offenbarte zuletzt einen so unzweideutigen Grad von Entschlossenheit, daß endlich sogar die Agentin klein beigeben und vorläufig das Feld räumen mußte. Zuletzt kam Willy auf eine Idee, deren Tragweite Friedrich erst später verständlich wurde. Er erklärte nämlich der sichtlich verblüfften Agentin, daß er, falls sie die Segel nicht streiche, möglicherweise die »Society for the Prevention of Cruelty to Children« verständigen werde, da Fräulein Hahlström noch nicht siebzehn Jahre alt sei.

»Meine Herren«, sagte die Dame, merkbar einlenkend, »bedenken Sie doch, daß von Webster und Forster sowie von mir bereits seit vier Wochen Unsummen auf Reklamen ausgegeben sind. Ich habe mit einer Tournee bis nach San Franzisko gerechnet. Jetzt, wo die Dame unter den Geretteten des ›Roland‹ ist und außerdem ihren Vater verloren hat, ist sie zur Sensation der Season geworden. Wenn sie jetzt auftritt, kann sie in drei Monaten mit einem Überschuß von fünfzigtausend Dollar zurück nach Europa gehn. Wollen Sie einen solchen Riesengagenverlust Miß Hahlström gegenüber verantworten?«

Als die Agentin und ihr Begleiter gegangen waren, bestätigte Willy Snyders, daß er Plakate mit »Mara or the prey of the spider« an allen Bauzäunen, Zementfässern, Anschlagstafeln und so weiter, und zwar manchmal mit der Figur einer lebensgroßen Tänzerin, schon vor Wochen gesehen habe. Die Tänzerin sei ein halbes Kind, eine Art Albino mit roten Kaninchenaugen gewesen, das safrangelbes Haar gehabt hätte. Eine Spinne, deren Leib mindestens so groß wie ein kleiner Luftballon wäre, säße lauernd dahinter in ihrem Netz. Das Plakat sei von dem talentvollsten Plakatisten New Yorks gemacht, Friedrich könne es überall auf der Straße noch selbst ansehen. »Deshalb ist es mir ja«, schloß Willy, »so komisch, zu denken, daß ich dieses Plakat immer ganz ahnungslos angestiert habe und Fräulein Ingigerd jetzt mit Ihnen zusammen im Hause ist. Das Leben dichtet doch tolle Sachen. Ich kann Sie versichern, daß ich bei dem Plakat an alles andere eher als an Sie, Herr Doktor, gedacht habe oder daß es noch mal eine andere Bedeutung für mich als die einer klotzigen Varietéreklame bekommen könnte.«

Als die Herren ins Speisezimmer zurückkamen, war der Koch nicht mehr dort, Lobkowitz und Franck aber hatten über der veralteten Streitfrage, ob Raffael oder Michelangelo größer wäre, das Zanken gekriegt. Willy erzählte den überstandenen Amazonenkampf. Man entrüstete sich, und die Künstler erklärten, sie würden die Schutzbefohlene nicht gegen den Ansturm von ganz New York herausgeben. Friedrich zog seine Uhr, stellte fest, daß die elfte Stunde begonnen hatte, und erzählte, was der armlose Artur Stoß gesagt hatte. Nämlich: punkt halb elf Uhr nachts stehe er vor dem Publikum. Willy Snyders, der Mann der Initiative, schlug vor, man solle gemeinsam zu Webster und Forster und den Armlosen auftreten sehn.

Noch vor halb elf traten die Künstler und Friedrich in eine Loge bei Webster und Forster ein. Der gewaltige Raum, in dem man während der Produktionen rauchen und trinken durfte, war nach Willys Schätzung mit drei- bis viertausend Menschen gefüllt. Die Bühne war klein und flach und eben besetzt durch eine spanische Tänzerin. Sehr viele Bogenlampen standen wie weiße frostige Monde im Tabaksqualm, während die Tänzerin in einem Gemisch von Drolerie, Unschuld und Wildheit mit ihrem schlanken Torero tanzte.

Friedrich fühlte sich beim Anblick des männlichen Partners etwa in eine Arena zu Sevilla, beim Anblick des Mädchens an den Golf von Korinth oder auf eine der Inseln der Zykladen entrückt und entschied sich sehr bald, Spanien zu verlassen und der schönen Tänzerin in ihre griechische Heimat nachzugehn. Dort ernannte er sie zur Chloe, während er selber Daphnis ward. Alte zechende Hirten saßen in einem dem Pan geweihten Pinienhaine, indes man von den Wiesen der Hochfläche aus unter der felsigen Küste das griechische Meer zwar erblickte, aber nicht rauschen hörte. Die Musik ward zur Syrinx, und Webster und Forster und der dicke schweißige Dunst vieler Menschen war nicht mehr. Durch die Pinien säuselte Frühlingsatem. Die Hirtin tanzte, wie sie es den drolligen Sprüngen der Ziegen abgelauscht, aber noch mehr, wie der große Pan es ihr in die Wiege gelegt hatte. Sie tanzte wilde, junge, überschäumende Lebenskraft und Lebensglück. Der Ursprung aller Musik, dachte Friedrich, ist Tanz und Gesang zugleich ausgeübt. Die Füße erzwingen den Rhythmus, der in der Kehle erklingen muß. Und die Tänzerin hört eine andere Musik, wenn sie selbst nicht singt, als die ist, nach der sie tanzt. Aber selbst wenn sie nicht singt und nur tanzt und von keiner Musik begleitet wird, kann der sie Erblickende dennoch ihre Musik hören.

»Kaviar für das Volk«, sagte Friedrich, nachdem die Künstlerin, unter geringen Zeichen des Beifalls, in der Kulisse verschwunden war.

Nun erschien auf der Bühne ein Diener in roter Livree, der mehrere kleine Sitzgelegenheiten in gemessenem Abstande aufstellte. Erst nachdem er auch noch ein Tesching und einen Geigenkasten auf die Bühne gebracht hatte, erkannte Friedrich, daß es der brave Unteroffizier Bulke war. Gleich darauf kam Stoß und wurde von einem frenetischen Jubel empfangen.

Er trug einen Frack aus schwarzem Samt und war »in Eskarpins«: Spitzenjabot, Spitzenmanschetten, schwarzsamtene Kniehosen, schwarzseidene Strümpfe und Schnallenschuh' aus Lackleder. Das gelbliche Haar war nach allen Seiten um den mächtigen Schädel emporgekämmt. Das bleiche Gesicht mit den breiten Backenknochen und der breitgequetschten Nase blickte lächelnd und sachlich ins Publikum.

In diesem Augenblick sah Friedrich denselben Mann, der dort oben bejubelt wurde, hilflos, durchnäßt von Seewasser, unter den Sitzen am Boden des Rettungsboots und dachte daran, mit welcher mörderischen Entschlossenheit die Matrosen, Bulke, Doktor Wilhelm und er sowie Rosa und die Damen Liebling und Ingigerd das Boot vor dem Umschlagen retten mußten. Zwischen jetzt und damals welcher unwahrscheinliche Gegensatz! Und weshalb wurde der Mann bejubelt?

Was konnte der Beifall alles ausdrücken: Wir sind konform mit Gott dem Herrn, daß er dich gerettet hat! So viel hast du durchgemacht, du armer Armloser! Hunderte sind, trotzdem sie zwei Arme hatten, untergegangen, und du kannst heute abend, als wenn nichts geschehen wäre, auf der Bühne stehn! Und wir müssen auch unser Vergnügen haben! Es ist besser, daß du, der uns mit seinen Tausendkünsten unterhält und amüsiert, als daß dieser und jener gerettet worden ist! Außerdem wollen wir dich für die ausgestandenen Nöte entschädigen! Überdies bist du jetzt durch deine Kunst und deine Rettung ein doppelt wertvolles Wundertier!

Da das Tosen immer von neuem begann, wiederum ein Meer, in dem der Gefeierte förmlich unterging, trat ein Herr in gewöhnlichem Frack hervor und winkte ins Publikum, daß er reden wolle. Er bat für den berühmten Kunstschützen Artur Stoß, den Champion of the world, um das Wort. Gleich darauf scholl die helle und scharfe Knabenstimme des Armlosen so laut und durchdringend, daß sie in den hintersten Reihen des Saales gehört wurde.

Friedrich verstand etwas wie »Meine lieben New-Yorker«. Er hörte etwas vom »gastlichen Amerikaner«, von der »gastlichen amerikanischen Küste«, von »Kolumbus« und »fourteen hundred and ninety-two«. Auf allen Anschlagtafeln lese man jetzt die Jahreszahl vierzehnhundertzweiundneunzig, die das moderne Amerika geboren habe. Von den Lippen des Kunstschützen kamen Worte wie »Navigare necesse est, vivere non necesse«, »Durch Nacht zum Licht« und ähnliche mehr. Noahs Arche, hieß es, nicht ganz ohne Geist, sei immer noch nicht überflüssig geworden, zwei Drittel der Oberfläche der Erde wäre ja doch von Wasser bedeckt. Wenn aber auch hie und da ein Schiff von der Sintflut da draußen verschluckt werde, die Arche der Menschheit könne nicht untergehen, dafür hätte Gott seinen Regenbogen in die Wolken gestellt. Der Ozean sei und bleibe die Wiege des Heldentums und das einigende, nicht das trennende Element der Völker. Der Name des blonden Kapitäns von Kessel scholl durch den Raum. Friedrich sah vor seinem inneren Auge den toten Helden unter dem ausgestirnten Himmel draußen in den Sintflutgewässern der Erde umhertreiben. Er vernahm, durch die Rede des Artisten, die Stimme des Kapitäns: »Mein Bruder hat Frau und Kinder, Herr von Kammacher. Er ist ein beneidenswerter Mann.« Dann wurde Friedrich durch den tobenden Beifall geweckt, den der schneidige Redner soeben erntete.

Artur Stoß nahm auf einer der Sitzgelegenheiten Platz, während Bulke auf eine zweite die Violine legte. Hierauf zog der rotlivrierte Held und Lebensretter seinem Herrn die Schuhe aus, worauf seine Füße, in schwarzen Strümpfen, die die Zehen frei ließen, sichtbar wurden. Den Geigenbogen nahm der Artist mit den Zehen des rechten Fußes fest und begann, das Haar des Bogens mit Kolophonium vorzubereiten. Ein Anblick, bei dem ein Flüstern des Staunens durch die Menge ging. Jetzt fing das Orchester das bekannte Bachsche Präludium zu intonieren an, und das Gounodsche »Ave Maria«, von Stoß mit schönem Ton auf der Geige gespielt, schwebte zum Entzücken der lauschenden Menge herüber, die hierdurch, mit Rücksicht auf das schwere Schiffsunglück, in eine rührselig religiöse Stimmung kam, die Friedrich mit peinlichem Schauder berührte. So wurde das furchtbare Unglück ausgemünzt.

Es wirkte erlösend, als Artur Stoß mit dem Tesching »arbeitete«. Und hier war es wiederum Bulke, der Friedrich und den Künstlern eine mindestens ebenso große Bewunderung wie sein Herr abnötigte. Er hielt die Kartenblätter mit Kaltblütigkeit, deren Herzen sein Brotgeber Schuß auf Schuß, ohne je zu fehlen, durchlöcherte.

Friedrich war ganz erstaunt, als er am nächsten Morgen in seinem Bett ziemlich spät aufwachte und alles um ihn her stillstand.

Weder schwankte das Bett, noch klirrten Gläser und Waschbecken, noch ward der Fußboden abschüssig, noch stürzte die Wand über ihn herein.

Friedrich hatte geklingelt, Petronilla war erschienen: Die kleine Miß, erzählte sie, sei gesund und rotbäckig aufgewacht und habe bereits ihr Frühstück genommen. Ein Briefchen von Willy Snyders besagte, daß er bis da und da, in der und der Straße, in den und den Geschäftsbüros arbeite und daß er zum Lunch zu Hause sei.

Der junge Gelehrte nahm ein Bad, innerhalb von zwölf Stunden das zweite. Man hatte ihm nagelneue Anzüge, ebenso Wäsche bereitgelegt, und er konnte sich also »wie neugeboren« zum Frühstück setzen. Petronilla trug auf und erklärte zugleich, daß sie die letzte im Hause wäre. Sie ging und kam wieder, um nochmals nach Friedrichs Wünschen zu fragen. Gleich darauf sah er die wackere Haushälterin, dick eingemummt, durch die Haupttür auf die Straße hinaustreten.

Als er diese Beobachtung gemacht hatte, wurde er unruhig, steckte eine Zigarette in Brand und fing an, sich auf die Lippen zu beißen. Er war mit Ingigerd Hahlström allein. Auch jetzt berührte Friedrich die phantastische Unberechenbarkeit des Lebens wunderlich. Eine Gelegenheit, einen Zustand wie diesen hatte er kaum in Wochen, ja kaum in Monaten zu erreichen gehofft, am wenigsten in dem wilden New-Yorker Strudel und Trubel. Nach dem Schiffs- und Stadtlärm, dem Tosen des Ozeans umgab ihn nun plötzlich idyllischer Friede. Jeder, in dieser von vier Millionen Menschen bewohnten Stadt, ging jetzt mit einer zähen Leidenschaft ohnegleichen seinen eigenen Geschäften nach oder war in ein eisernes Joch von Pflichten gespannt, wodurch er für alles, was außerhalb seines Weges lag, taub und blind wurde.

Seine Unruhe wuchs, er konnte nicht stillsitzen. Jeder Nerv, jede Zelle seines Körpers ward jetzt von einer Kraft berührt und erregt, die überallher auf ihn einströmte. Eine solche Kraft, die durch

Fußböden, Decken und Wände dringt, ist von den Menschen mit mancherlei Namen belegt worden. Man hat von Magnetismus gesprochen, von Od, von Elektrizität, und was diese letztere unter den Kräften anbelangt, so konnte Friedrich gerade jetzt, als er sich wieder einmal, um Ruhe zu finden, vor dem Kaminfeuer niederließ, eine besondre Erfahrung machen. Überall nämlich, wo er mit der Kaminzange in die Nähe von Eisen kam, sprangen knisternd Funken über. Alles im Raum schien elektrisch geladen zu sein. Strich Friedrich mit seinen Fingerspitzen nur leise über den kleinen Kaminteppich, überall sprangen, mit dem Knall einer kleinen Peitsche, Funken heraus.

Da haben wir's, dachte Friedrich lächelnd: die Lichtbauern! Und als er nachgrübelte, wo er von diesen kleinen Wichten gelesen habe, fiel ihm der Traum auf dem »Roland« ein. »Lichtbauer, wat mokst de?« sagte Friedrich und fing die Funken etwa auf gleiche Manier, wie man aus Ungeduld Fliegen fängt. Nicht lange danach waren ihm unzählige dieser Funken ins Blut geraten. Er stand auf und trat auf den Flur hinaus.

Eine Weile stand er, sich an den untersten Pfosten des Treppengeländers mit beiden Händen festhaltend. Er senkte schließlich den Kopf darauf, während sein ganzer Körper, wie in einem Anfall von Frost, zitterte.

Dies war der Augenblick, wo er die leidenschaftliche Sprache seines Körpers begriff und die entscheidende Stimme seines Innern ihre Forderungen gebilligt hatte. Was jetzt zum Durchbruch kam, war die niedergehaltene, unbefriedigte Forderung. In dieser kupplerischen Morgenstille des fremden Hauses hatte sie plötzlich eine unbezwingliche Macht gewonnen.

So trat er in das Zimmer ein, wo Ingigerd am Kaminfeuer saß und den Schwall ihres blonden Haares trocknete. »Ah, Herr Doktor!« rief sie erschrocken und blickte ihn an. Kaum hatte sie aber ihre schillernden Augen auf den mühsam atmenden Mann gelenkt, als sich ein Ausdruck willenloser Hingabe, ja völligen Hinsterbens über ihr Antlitz verbreitete.

Dieser Anblick machte Friedrich, bei dem Wille und leidenschaftliche Glut sich vereinigt hatten, erst wiederum willenlos und besinnungslos. Indem er endlich die quälende Hölle seines Innern in einem wilden, blindgierigen Trunke auslöschen wollte, warf er sich mit dem Laut eines Tiers in die langsam, langsam kühlenden und befreienden Wogen der Liebe tief hinein.

Es war gegen elf Uhr, als die Hausverwalterin Petronilla in Begleitung eines ohne die übliche Sorgfalt gekleideten Mannes wiederkam. Der blonde Herr, dessen sehnige Hände ohne Handschuhe, dessen Füße mit derbem Schuhwerk behaftet waren, schlenkerte einen nassen Regenschirm in der linken, einen abgetragenen Filzhut in der rechten Hand, pfiff sehr kunstreich, schritt mit langen und lauten Tritten hin und her und tat wie jemand, der im Klubhaus der deutschen Künstler zu Hause ist.

Der frühe Besucher war Peter Schmidt, von dem Friedrich draußen auf dem Ozean schon geträumt hatte. Er war von Meriden nach New York gekommen, um Friedrich aufzusuchen, dessen Namen er auf der Liste der Geretteten des »Roland« gefunden hatte. Er kannte die alte Schülerbeziehung, in der Willy Snyders zu Friedrich stand, und hatte dessen Aufenthalt schnell ermittelt.

Die erste Frage, die Friedrich tat, nachdem sich das Vergnügen des Wiedersehens gelegt hatte, war: »Glaubst du an Telepathie, mein Sohn?« – »Telepathie? keine Spur!« gab der Friese zurück. Und mit gewaltigem Lachen fuhr er fort: »Menschenskind, ich bin doch kaum dreißig Jahre alt! Ich bin doch nicht blödsinnig! Hoffentlich hat dir nicht etwa irgendein Mr. Slade, wie dem alten seligen Zöllner in Leipzig, den Kopf verrückt. Kommst du etwa herüber, um hier einem großen spiritistischen Meeting zu präsidieren? Dann ist unsere Freundschaft hin, Menschenskind.«

Dies war die Tonart, die den Freunden von der Universität her geläufig war und die sie beide unsäglich erfrischte. Ihre Beziehungen waren von alledem frei, wodurch Verbindungen späterer Jahre sich einschränken.

»Hab keine Angst«, sagte Friedrich. »Für spiritistische Meetings interessier' ich mich immer noch nicht, obgleich ich es eigentlich nach meinen jüngsten Erfahrungen tun sollte: denn du bist mir draußen auf See erschienen und hast mich mit einem versunkenen Erdteil bekanntgemacht. Aber laß uns jetzt nicht von Träumen reden.«

»Du machst schöne Sachen«, erklärte der Freund, als Friedrich ihm seine Zeugenschaft beim Untergang des »Roland« bestätigt hatte. »Ich denke, du bist verheiratet, hast Kinder, treibst deine Praxis in Deutschland, arbeitest nebenbei wissenschaftlich oder treibst deine Praxis nebenbei und denkst eher an alles andere als an eine Reise nach Amerika, das dir ja nie besonders sympathisch war.«

»Ist es nicht gespenstisch«, sagte Friedrich, »wie man sich plötzlich in einer gänzlich unvorhergesehenen Weise, zu einer gänzlich unvorhergesehenen Zeit, an einem gänzlich unvorhergesehenen Orte wiedersieht? Und ist es nicht außerdem, als wäre der an sich so dick reale, dick wirkliche Lebensgehalt von acht Jahren mit einem Male zu nichts geworden?«

Der Friese schlug vor, da sie beide Peripatetiker wären, ein bißchen durch die Straßen New Yorks spazierenzugehen. Ingigerd war für die nächsten Stunden vollauf mit Lieferanten beschäftigt und sagte nur, sie hoffe Friedrich beim Lunch wiederzusehen. So schritten die Freunde denn auf den gekehrten Asphaltwegen unter kahlen, beschneiten Bäumen, zwischen den beschneiten Wiesen des Zentralparks, während die tolle Stadt um sie her die Luft mit einem hundertfältigen, korybantischen Tosen erfüllte.

Es schien, als hätten sie ein vor einer halben Stunde unterbrochenes Gespräch wieder aufgenommen. Friedrich verhehlte dem Freunde nicht seine Entwurzelung und Zerrissenheit. Er nannte die Kraft zur Resignation den letzten und höchsten Gewinn des Lebens: eine Behauptung, der sein Freund aufs entschiedenste widersprach.

»Da hast du's«, sagte Peter Schmidt, indem er ein mächtiges Zeitungsblatt entfaltete, das er soeben gekauft hatte. »Roland! Roland! immer noch spalten- und seitenlang.« – Friedrich faßte sich an den Kopf. »Ja«, sagte er, »bin ich denn wirklich dabeigewesen?« – »Na, und wie!« meinte der Friese, »hier steht ja doch fettgedruckt: ›Doktor von Kammacher verrichtet Wunder an Tapferkeit!‹ Donnerwetter ja, hier bist du ja überhaupt abgebildet.«

Der Zeichner der »World« oder »Sun« hatte mit wenigen Federstrichen einen jungen Mann dargestellt, der genau so aussah wie einer unter Millionen seinesgleichen: er trug eine junge Dame im bloßen Hemd über eine Strickleiter vom hohen Bord eines halbgesunkenen Dampfers in ein Boot hinab.

»Hast du das wirklich getan?« fragte Peter Schmidt. – »Das glaube ich nicht«, sagte Friedrich, »aber ich muß dir gestehen, daß mir von den Einzelheiten der Katastrophe nicht mehr alles ganz gegenwärtig ist.« Friedrich stand still, erblaßte und suchte sich zu besinnen. Er sagte: »Ich weiß nicht, was an einem solchen Ereignis das ungeheuerlichere ist: daß es wirklich geschehen ist oder daß jemand, der dabei war, es allmählich verdaut, ja vergißt?« – Und Friedrich fuhr fort, immer noch mitten im Wege stillstehend: »Was bei einem solchen Erlebnis am tiefsten trifft, ist der stumpfe Unsinn, die unüberbietbare Grausamkeit und Brutalität. Man kennt diese Brutalität der Natur theoretisch, aber in ihrem realen Umfang, in ihrer Tatsächlichkeit muß man sie immer wieder vergessen, um leben zu können.« Irgendwie, irgendwo, meinte er, glaube auch der aufgeklärteste Mensch noch an etwas wie einen allgütigen Gott.

Aber in dieses Wie und dieses Wo werde durch eine solche Erfahrung unbarmherzig und mit eisernen Fäusten hineingeprügelt. Und da sei auch eine Stelle in seinem Innern taub, blind und gefühllos geworden und noch nicht wieder zum Leben erwacht. Diese Brutalisierung sei so stark, daß, solange man sie noch gegenwärtig habe, jeder Glaube an Gott, Mensch, Zukunft der Menschheit, glückliches Zeitalter und dergleichen nicht leichter über die Zunge wolle als irgendein niedriger oder bewußter Betrug. Denn was nütze das alles, meinte er, aus welchem Grunde, zu welchem Zwecke solle man noch über Würde des Menschen, göttliche Bestimmung der Menschen und dergleichen in schillersches Pathos hineingeraten, wenn doch ein so furchtbares, sinnloses Unrecht an schuldlosen Menschen nun einmal geschehen und nicht mehr gutzumachen sei.

Friedrich wurde sehr blaß, ihn überfiel eine starke Übelkeit. Er riß die Lider weit auf, so daß die Augäpfel mit einem sonderbaren Ausdruck der Angst und des Grauens hervortraten. Er zitterte leicht, und während er sich, nicht wenig erschrocken, mit heftigem Griff am Arm seines Freundes festklammerte, fühlte er, wie der feste Boden unter ihm zu wogen begann. »Ich habe das nie gehabt«, sagte er. »Ich glaube, ich habe bei der Geschichte was abbekommen.«

Peter Schmidt geleitete seinen Freund bis zu einer Parkbank, die in der Nähe war. Friedrich starben die Hände ab, kalter Schweiß brach ihm aus, und plötzlich war er bewußtlos geworden.

Als der Leidende aufwachte, brauchte er einige Zeit, um sich in seiner Umgebung zurechtzufinden. Er redete Worte, die an irgend jemand gerichtet waren, und glaubte seine Frau, dann seine Kinder und seinen Vater in voller Uniform vor sich zu sehen. Nachdem er in allem wieder klar und bei Sinnen war, ersuchte er seinen Freund inständig, den ganzen Anfall und Zufall geheimzuhalten. Peter Schmidt versprach es ihm.

Der Friese meinte: »Die überspannten und überlasteten Nerven rächen sich.« Friedrich sagte, obgleich er von Vaters und Mutters Seite mit der besten Konstitution ausgestattet wäre, so sei allerdings in diesem letztverwichenen Sommer und Herbst bis diesen Augenblick so viel auf ihn eingestürmt, daß er eigentlich einen solchen Kollaps längst erwartet hätte. Und er setzte hinzu: »Ich glaube, die Sache wird wiederkommen. Ich will mich nur freuen, wenn sie mir nicht auf dem Halse bleibt.« – »Es wird wiederkommen«, sagte Schmidt, »und wird dann, wenn du einige Monate ruhig lebst, für immer verschwunden sein.«

Nach einiger Zeit überkam die Freunde die alte Lebhaftigkeit, sie hatten sich andren Gesprächsgegenständen zugewendet. Der Arzt Peter Schmidt aber vermied es von nun an geflissentlich, auf den Schiffsuntergang zurückzukommen.

Wir sind in der Nähe von Ritters Atelier«, sagte plötzlich Schmidt, »und wenn es dir recht ist, können wir doch mal rangehen.« Friedrich stimmte zu, bat aber den Zwischenfall völlig geheimzuhalten. »Übrigens ist es doch schlau von mir oder dem Drahtzieher über uns«, sagte er, »daß er bis zu dem Augenblick mit dem fatalen Krampfe gewartet hat, wo ich dich in der Nähe hatte.« Peter Schmidt fiel der im Laufe einiger Stunden mehrmals zutage tretende Prädestinationsglaube auf, den Friedrich von hoher See mitgebracht hatte.

Die Straße, darin die Atelierräumlichkeiten Bonifazius Ritters gelegen waren, stieß an den Zentralpark. Die Herren befanden sich, als sie eingetreten waren, zunächst in der Werkstatt eines Gipsgießers. Der Mann hatte eine selbstgefertigte runde Papiermütze auf dem Kopf, die ebenso wie sein Kittel, die Hose, soweit sie sichtbar war, und die Hausschuhe, die er trug, von verhärteten Gipsspritzern überdeckt war. Totenmasken und allerhand Abgüsse nach Antiken sowie nach anatomischen Präparaten und Gliedern lebendiger Menschen hingen an den Wänden herum. Ein Mensch, bis zur Hüfte unbekleidet, dessen Thorax athletisch entwickelt war, wurde teilweise abgeformt. Als sich der Gießer, um die Besucher zu melden, entfernt hatte, fing der Athlet zu reden an.

»Was dut mer nich alles, meine Herrn«, sagte er auf gut sächsisch, »um sei bißchen tägliches Brot zu verdienen. Ich bin aus Pirna.« Er sagte Berne. »Und ich gann Sie sachen, daß es in diesem verfluchten New York for unsereins nischt zu lachen gibbt. Erscht hab ich als Kettensprenger georbeet. Denn machte der Chef Pankrott, und da hab ich mei ganzes Zeich missen sitzen lassen. Mei Zeich, das sind äbens meine Eisenstangen und meine Gewichte und was äbens so bei mein Geschäft, das ich habe, neetch is. Ich trage zwelf Zentner uff meim Bauche.«

Ritter ließ die Herren hereinbitten.

Sie wurden durch einen Raum geführt, in dem eine stattliche junge Dame an einer Porträtbüste arbeitete. Man sah kein Modell, und das Werk schien in Ton beinahe vollendet zu sein. Der folgende Raum war von Marmorarbeitern besetzt, die gleichmütig, ohne aufzublicken, an Blöcken verschiedener Größe mit lärmendem Pinken und Hämmern arbeiteten. Man stieg alsdann eine mit Staub bedeckte Wendeltreppe hinauf, die in einem Oberlichtraume endete, wo Bonifazius Ritter die Herren empfing.

Mit sichtlicher Freude und wie ein junges Mädchen errötend lud er Friedrich und Doktor Schmidt, nachdem er sie begrüßt hatte, ihm zu folgen ein. Man gelangte in einen kleinen Raum, der durch ein einziges, aus einer französischen Kirche stammendes antikes Glasfenster Licht erhielt. Die Decke war niedrig und in gebeiztem Eichenholz kassettiert. Holzpaneele bedeckten die Wände. Ungefähr die Hälfte des Grundrisses, der Länge des Raumes nach gemessen, wurde von einem schweren eichenen Tisch bedeckt, der auf drei Seiten von Wandbänken umgeben war.

»Sie sehen hier«, sagte Ritter, »quasi ein behagliches Winkelchen deutsches Vaterland. Willy Snyders hat alles gezeichnet, zusammengetragen und eingerichtet.« Friedrich war als alter Student und guter Deutscher wirklich überrascht und entzückt, denn wenn das Ganze dem Gehäuse eines heiligen Hieronymus ähnlich war, so glich es doch auch auf ein Haar dem dämmrigen Allerheiligsten einer deutschen Weinstube. Um so mehr, als gleich darauf ein Bursche mit blauer Schürze, ein Steinmetzgeselle, der aber recht gut ein Küper sein konnte, mit einer Flasche alten Rheinweins und Römern zum Vorschein kam.

Die Freunde, aus den Zeiten des Frühschoppens längst heraus, konnten nun doch nicht vermeiden, daß die Poesie des Frühschoppens wieder einmal über sie kam. Und in Friedrich herrschte noch immer ein Zustand grundsatzloser Verwegenheit. Er klammerte sich an den Augenblick und war immer bereit, das Gestern und Morgen daranzusetzen. Der dämmrige Raum weckte in ihm Erinnerungen jugendlich glücklicher Stunden auf. Deshalb war er mit lautem Entzücken dabei, mit den Römern anzuklingen, und machte es sich mit den Worten »Hier bringen Sie mich heut nicht mehr fort, Herr Ritter«, wie ein entschlossener Zecher bequem.

»Das heißt«, sagte er, »vorher möchte ich doch gern Ihre Arbeiten sehen.«

Bonifazius Ritter erwiderte heiter, dies eile nicht. Er brachte ein Erinnerungsbuch, in das Friedrich und Peter Schmidt sich eintragen mußten. Als dies erledigt war, zog er aus einem Wandschrank ein Bildwerk hervor, eine deutsche Madonna von Riemenschneider, die aber mit dem süßen Oval ihres holden Gesichtchens mehr noch das echte deutsche Gretchen war.

Ritter erklärte, Willy behaupte, er habe sie einem New-Yorker Zollbeamten abgenommen, einem Lumpen, der deutscher Abkunft wäre. Die köstliche Schnitzerei stamme vom Rathaus in Ochsenfurt, wo der Vater des Zollbeamten, der Tischler sei, sie gelegentlich

einer Reparatur zurückbehalten und durch eine andere frischbe-
malte ersetzt habe, die von den biederen Ochsenfurtern und
Ochsenfurterinnen mit allgemeiner Freude als das schönere und
verjüngte Original begrüßt worden wäre. »So Willy Snyders«,
schloß Ritter lachend. »Ich bin für die Lesart nicht verantwortlich.
Sicher ist jedenfalls: das Werk ist ein Riemenschneider.«

Es ging von dem Bildstock des Würzburger Meisters ein lebendiger Zauber aus, der, verbunden mit dem Reiz des so liebevoll
durchgebildeten kleinen Raums und dem grünlichen Goldschimmer
in den Römern, die ganze aus der Tiefe quellende Schönheit der
deutschen Heimat nahebrachte: eine Schönheit, die für den
Durchschnittsdeutschen nicht vorhanden ist.

Willy Snyders trat lärmend ein. »Na weißt, Ritter«, sagte er,
nachdem er die Gäste begrüßt hatte, »woanst etwa meinst, dees i
kan Durst hab, bist schief gewickelt.« Er prüfte die Flasche. »Na
so ein verfluchter Kerle, reißt ohne mir eine von die zwanzig Flaschen Johannisberger an, die ihm der Schweinehändler aus Chikago
als Zugab für oan Porträt seiner bucklichten Tochter no obendrein
hat angedeihn lassen. Na hat d' erste dran glauben müssen, jetzt
muß a d' zweite dran.« Willy Snyders kam direkt von der Arbeit
aus den Büros seines Chefs, wo Innenarchitekturen gezeichnet
wurden. Er rief: »Jetzt, meine Herrn, is das hier nit ein fideler
Kneipwinkel?« Und mit bezug auf die kleine Madonna von Ochsenfurt am Main fragte er, ob sie nit eine fesche kleine Person
wäre, und setzte gleich selbst hinzu, daß sie, weiß Gott, nicht von
Pappe sei. Er selber, sagte er, sammle nur Japaner, und man war
auf der Stelle geneigt, diesem schwarzen Deutsch-Japaner, Pudel-
und Sprudelkopf das zu glauben. Einstweilen sei er ja nur ein armer
Hund, sagte er, und habe erst mit japanischen Holzschnitten angefangen. Wenn er aber in vier bis fünf Jahren den nötigen Mammon
zusammengescharrt habe, begönne das Japansammlergeschäft mit

Dampfbetrieb. Kein Volk, sagte er, könne ja in der Kunst gegen diese Kerle aufkommen.

»Jetzt will ich dir aber was sagen, mein lieber Ritter«, so wandte er sich an seinen Freund, »woans du nichts dagegen hast, hole ich jetzt Lobkowitz und vor allem Miß Eva herein, die mir jetzt eben, wie ich durchs Atelier ging, gesagt hat, sie wünsche den Helden vom ›Roland‹ absolut kennenzulernen.« Er ging ohne die Antwort abzuwarten und kam gleich darauf mit Lobkowitz, der bei Ritter arbeitete, und Ritters Schülerin, Miß Eva Burns aus Birmingham in England, wieder herein.

Der Steinmetzgeselle hatte die zweite Flasche des kostbaren Weins, Römer und einen großen Delfter Teller mit Sandwiches auf den Tisch gestellt. Und wie es in solchen Fällen zu gehen pflegt, die nun geäußerte Absicht der beiden Ärzte, ihren schon zu lange ausgedehnten Besuch abzubrechen, war nach einer weiteren halben Stunde in einem Strom guter Laune untergetaucht.

Und wie die kleine Gesellschaft nach einer weiteren halben Stunde und ganzen Stunde noch beim Weine war, so war sie auch noch in Unterhaltungen über das unerschöpfliche, ihnen allen gleich am Herzen liegende Thema der deutschen Kunst festgebannt. »Ewig schade«, sagte Friedrich, »daß nicht der Geist, der die Kunst der alten Griechen geschaffen hat, mit dem ganz neuen und tiefen deutschen Geist zu vereinigen ist, der die Werke von Adam Krafft, Veit Stoß und Peter Vischer auszeichnet.«

Die Dame fragte: »Herr Doktor, haben Sie sich jemals praktisch mit bildender Kunst befaßt?« Willy Snyders antwortete für Friedrich. »Der Doktor schwitzt Talent«, sagte er. »Das kann ich beweisen.« Er bewahrte in seinem Raritätenschatz einige sogenannte Bierzeitungen, die sein Lehrer mit ernsten und humoristischen Bildchen versehen hatte.

»Ich schwitze Talent?« sagte Friedrich errötend. »Gott bewahre mich, Willy. Ich bitte Sie, gnädiges Fräulein, glauben Sie diesem verzückten Schulbuben nicht. Wenn ich Talent haben sollte, so fußt es wahrhaftig nicht auf Bierzeitungen. Ich habe mich einmal praktisch betätigt, ja! Warum soll ich es leugnen, daß ich, wie alle nicht ganz auf den Kopf gefallenen jungen Leute, zwischen sechzehn und zwanzig in der Malerei, in der Bildhauerei und in der schönen Literatur dilettiert habe. Daraus können Sie höchstens sehen, wie zerfahren ich war, nicht, wieviel Talent zur Kunst ich gehabt habe.

Ich liebe die Kunst, ich liebe sie heute mehr als je, kann ich sagen, weil mir alles, außer der Kunst, in der Welt problematisch geworden ist. – Deutsch gesprochen: ich möchte lieber eine hölzerne Mutter Gottes wie diese da«, er meinte das Werk von Riemenschneider, »geschnitzelt haben, als Robert Koch und Helmholtz zusammengenommen sein. Dies gilt natürlich ausschließlich für mich, der ich im übrigen diese Männer bewundere.«

»Na na na na! zum Donnerwetter noch mal, wir sind auch noch da«, rief Peter Schmidt aufspringend. Sooft er in diesem Kreise von Künstlern war, die ihn übrigens liebten und vielfach zu Rate zogen, kam der Augenblick, wo die Streitfrage auftauchte, ob Kunst oder Wissenschaft den Vorrang verdiene: wo dann natürlich der Friese die Sache der Wissenschaft heftig verteidigte. »Wenn du«, sagte er jetzt, »diese Riemenschneidersche Holzfigur ins Feuer steckst, so verbrennt sie wie Holz. Weder das Holz noch die unsterbliche Kunst, die daran sein mag, widersteht dem Feuer. Wenn sie aber zu Asche geworden ist, so kann sie natürlich nicht für den Fortschritt der Menschheit von Bedeutung sein. Im übrigen ist die Welt voller hölzerner Götter und Muttergottesbilder gewesen: aber die Nacht der schwärzesten Unwissenheit haben sie, meines Wissens, nicht aufgehellt.«

»Ich sage nichts gegen die Wissenschaft«, erklärte Friedrich. »Ich betone ja«, fuhr er fort, »daß es sich um die Kunstliebe eines höchst zerfahrenen Menschen handelt. Also, lieber Peter, beruhige dich!« – »Wenn es Sie wirklich zur Plastik zieht«, sagte Eva Burns, die ausschließlich Friedrich zugehört hatte, »warum fangen Sie nicht schon morgen, hier bei Meister Ritter, zu modellieren an?« Ritter meinte lustig, auf Holzbildhauerei verstehe er sich nun wohl eigentlich nicht, immerhin stünde er Friedrich ganz zur Verfügung. Friedrich rief plötzlich unvermittelt: »Um meine kleine Madonna, meine hölzerne Mutter Gottes, komme ich nicht.« Er stand auf, das Glas in der Hand, und so taten alle, um lachend und nicht ohne Nebengedanken auf die kleine Madonna anzustoßen. Die Gläser klangen, und Friedrich fuhr, in etwas gewagter Weise, fort:

»Ich wünschte sehr, mir wäre gegeben, mit Göttersinn und Menschenhand, wie Goethe sagt, das zu tun, was ein Mann bei einem Weibe animalisch kann und muß.« Er legte seine Hände, wie wenn er mit ihnen Wasser schöpfen wollte, aneinander. »Ich fühle«, rief er, »meine Madonna gleichsam in meinen hohlen Händen, wie einen Homunkulus. Dort lebt sie. Meine Handflächen sind eine goldene Muschel. Nehmen Sie an, meine Madonna sei eine Spanne groß und bestünde meinethalben, sagen wir, aus lebendigem Elfenbein. Darauf denken Sie sich irgendwo mehrere rosige Tupfen. Denken Sie sich diese kleine Madonna, mit nichts als jenem Mantel bekleidet, den Godiva trug, nämlich mit ihrem aus fließenden Sonnenstrahlen bestehenden Haar, und so fort, und so fort –«

Und Friedrich begann zu improvisieren:

»Sprach der Meister: tritt in meine Werkstatt.
Und er nahm in seine beiden Hände
wie der Schöpfer, Gott, ein kleines Bildwerk.
Und erschüttert ging sein Herz gewaltig:
Wie du's siehst, so sah ich's einst lebendig ...

und so fort, und so fort.

Liefen über meine Hände
goldne Wogen, kühle Lippen ...

Ich sage nicht mehr! Ich sage nur so viel, daß ich diese Madonna in deutschem Lindenholz schnitzeln, wie das Leben selbst polychromieren wollte und dann meinethalben zugrunde gehn.«

Der enthusiastische Aufschwung Friedrichs wurde mit lautem Bravo entgegengenommen.

Eva Burns war eine vielleicht etwas männlich anmutende schöne Person, die das fünfundzwanzigste Jahr überschritten hatte. Ihr Deutsch und ihr Englisch war etwas hart, und irgendwie konnte ein übelwollender Zuhörer auf den Gedanken kommen, daß sie die etwas zu dicke Zunge eines Papageien im Munde habe. Ihr Haar, dunkel und voll, war gescheitelt und über die Ohren gelegt. Ihre Gestalt war breit und ohne Tadel. Als Friedrich sprach und gesprochen hatte, blickte sie ihn aus ihren großen, dunklen, nachdenklich klugen Augen an.

Endlich sagte sie: »Das sollten Sie aber wirklich zu machen versuchen!«

Friedrichs Augen und die Augen der Dame trafen sich, und der junge Gelehrte antwortete ihr in einem Tone, der halb studentisch und halb ritterlich war. »Miß ... Miß ...« – »Eva Burns«, half Willy weiter. – »Miß Eva Burns aus Birmingham! Miß Eva Burns aus Birmingham, Sie haben ein großes Wort gesprochen. Auf Sie alle Schuld, wenn die Welt um einen schlechten Mediziner ärmer und um einen schlechten Bildhauer reicher wird!«

Es war inzwischen dunkler geworden, und man hatte Kerzen aus feinstem Bienenwachs auf einem »Leuchterweibchen«, das über dem Tische hing, angesteckt. »Ich habe gar nichts dagegen, wenn du mit Göttersinn und Menschenhand oder meinethalben nur mit Göttersinn, das heißt mit Vernunft, die Fortpflanzung des Menschengeschlechts zu höheren Typen beeinflussen willst.« Mit diesen

Worten griff Peter Schmidt abermals in die Debatte ein. »Dasselbige nämlich ist, wenn du erlaubst, das Ziel, das endliche Ziel der ärztlichen Wissenschaft. Es wird ein Tag kommen, wo die künstliche Zuchtwahl unter den Menschen obligatorisch ist.« Die Künstler brachen in Lachen aus. Unbeirrt schloß der Friese: »Es wird dann auch mal ein anderer, noch schönerer Tag heraufkommen, wo Leute wie wir unter den Menschen höchstens wie etwa heut die afrikanischen Buschmänner mitzählen werden.«

Die Lichter des Leuchterweibchens waren heruntergebrannt, als man für angemessen hielt, das kleine Gelage abzubrechen. In den Ateliers herrschte Dunkelheit. Aus irgendeinem Grunde hatten die Arbeiter früher als sonst Feierabend gemacht. Mit den Lichtstümpfen des Leuchterweibchens wurde in den ausgestorbenen Räumen umhergeleuchtet. Lobkowitz deckte partienweise die für Chikago bestimmten Arbeiten ab: der Handel, die Industrie, der Verkehr, die Arbeit, die Landwirtschaft nicht zu vergessen! Modelle von Gips und Ton, deren Umfang kolossalisch war. »Es kommt nichts heraus bei den Kolossen in der Kunst«, sagte Ritter. Die Sachen waren mit Verve gemacht und warfen im Schein der Kerzen riesige Schatten. Willy sagte: »Alles für den nachträglichen Jubiläumsrummel von fourteen hundred and ninety-two, alles für die Chicago World Exhibition. Von Norwegen kommt ein Wikingerschiff. Der letzte Nachkomme des Christoph Kolumbus, ein knickebeiniger Spanier, wird herumgereicht werden! Ein Riesenhumbug, was allemal ein Fressen für die Herrn Amerikaner ist.« Willy erklärte, den Mund immer weit aufmachend, Ritter habe den Zuschlag des riesigen Auftrags nur seiner affenähnlichen Fixigkeit zu verdanken. Die Baukommission habe von Ritter, als die anderen noch nicht den Ton naßgemacht hatten, schon sämtliche Skizzen erhalten. – »Ich habe damals«, sagte Ritter, »noch in meinem kleinen Atelier in Brooklyn, geschlagene achtundvierzig Stunden lang die Hände nicht aus dem Tonkasten gekriegt!« –

Alle diese dekorativen Arbeiten waren von bestechender Mache. »Sie genieren mich keinesfalls«, meinte Ritter, »denn nach Schluß der Ausstellung existieren sie nur noch auf der Photographie.« Willy schloß: »So sind nun mal die Amerikaner. Bitte ein Washington-Denkmal, Mr. Ritter! Haben Sie vielleicht zufällig ein fertiges Washington-Denkmal in der Westentasche? – Nein! wird aber bis heut Abend beschafft werden. – Das kann der Kerle!« – Willy berührte seinen vergötterten Ritter leicht –, »und deshalb paßt er in the United States of America.«

Man trat nun in eine besondere Werkstatt Ritters ein, wo Arbeiten von einem ganz anderen Geiste zu sehen waren. Während die Giebelfiguren für Chikago den bekannten weltmarktschreierischen Charakter nicht verleugneten, war hier alles künstlerisch. Ein Hochrelief, singende Mädchen darstellend, stand, noch unvollendet, in Ton auf einer starken Staffelei und zeigte gute Eigenschaften. Man sah, noch in Ton, einen dekorativen Fries, Putti mit Ziegenböcken, tanzende Faune, Mänaden, Silenus auf seinem Eselein, kurz einen figurenreichen Bakchantenzug. Man sah, ebenfalls noch in Ton, eine Brunnenfigur, einen nackten Mann, der einen Fisch, den er in Händen hielt, jovialisch betrachtete. Ein zweiter Sankt Georg, der sein Vorbild im Florentiner Nationalmuseum von Donatellos Hand nicht verleugnete, war bereits im Gipsabguß fertiggestellt. In allen diesen Werken war eine glückliche Mitte zwischen den Griechen und Donatello gefunden und ein Stil, der bei aller erlaubten Abhängigkeit die Art des Meisters zum Ausdruck brachte.

Die hier vereinten Arbeiten waren ohne Ausnahme für den Schloßbau eines amerikanischen Crassus bestimmt, eines Mannes, der an dem jungen Bildhauer und seiner Kunst »einen Narren gefressen hatte« und der mit Eifersucht wachte, damit von seinen Schöpfungen nichts in fremde Hände geriet. Er fühlte sich ganz als ein neuer Medici. Der Bau des Palastes, der innerhalb weiter

Gärten auf Long Island für ihn, seine Frau und seine Tochter errichtet wurde und der fast ganz aus Marmor bestand, hatte bereits Millionen von Dollars verschlungen. Weitere waren auf den Etat gestellt. Der plastische Schmuck der Gärten, der Höfe und der Räume des Hauses sollte, und zwar ausschließlich von Ritter, nach freiem Ermessen geschaffen werden. Welche Aufgaben in diesem Amerika! Wären Talente so leicht zu beschaffen, wie der Dollar in »our country« zu beschaffen ist, so müßte das ein drittes, womöglich noch größeres Rinascimento, als das große italienische war, hervorrufen.

Friedrich war von dem einzigartigen Glück des jungen Mannes förmlich berauscht, wobei er besonders den Zusammenklang von Erfolg und Verdienst bewunderte. Wenn er die Fülle dieser scheinbar spielend geschaffenen Werke und den Gleichmut des jungen Meisters mit dem eignen zerwühlten Dasein verglich, überkam ihn zum erstenmal etwas wie Pariagefühl, ja hoffnungslose Niedergeschlagenheit. Wie der Lichtschein der Kerze über das reiche Schöpfungswerk Ritters glitt, der überall Form und Seele in den nassen, formlosen Ton hineingebildet hatte, redete es in Friedrich immerzu: »Du hast dein Dasein versäumt! deine Tage vertan! das Verlorene wirst du niemals einbringen!« Und die Stimme des Neides, der bitteren, vorwurfsvollen Anklage gegen irgendein namenloses höheres Wesen regte sich und wollte wissen, warum dieses Wesen ihn, Friedrich, nicht beizeiten einen solchen Weg hatte einschlagen lassen.

Das Leben Ritters hatte in der Heimat einen Knick bekommen. Irgendein rüder Vorfall beim Militär hatte den jungen Menschen erst zur widersetzlichen Tätlichkeit und dann zur Desertion bewogen. Nun war er seit einigen Jahren in Amerika und mußte sich sagen, daß der Knick in der Heimat eine unumgängliche Sache gewesen war, um das Reis in den neuen, wirklich dafür geeigneten Humus verpflanzen zu können. Schlicht, harmonisch und gerade wuchs die Persönlichkeit Ritters hier wie ein bevorzugter Baum empor, und der Mangel des jungen Prinzen aus Genieland an militärischer Subordination ward vom Fatum durch die ihm zukommende Superordination ein für allemal ausgeglichen.

Ritter sagte plötzlich zu Friedrich: »Sie haben ja auch den Berliner Bildhauer Toussaint an Bord des ›Roland‹ gehabt.« Unter der Hand hatte Peter Schmidt die Künstler ersucht, die Schiffskatastrophe nicht zu berühren, weil dies, bei der nervösen Eigenart des Freundes, von üblen Folgen sein könne. Diese Mahnung geriet in Vergessenheit. »Der arme Toussaint«, sagte Friedrich, »hoffte hier goldene Berge zu finden. Und doch war er nur so etwas wie ein Zuckerbäckergenie.«

»Und doch versichere ich Sie«, sagte jetzt Lobkowitz, »als Mensch war er gewissermaßen großartig. Er war nur durch eine dem gesellschaftlichen Leben sehr zugetane Frau und durch den Strahl der Gnade von hoher Stelle in seinen Vermögensverhältnissen, trotz großer Erfolge, zurückgekommen. Wenn er den Boden Amerikas erreicht hätte, würde er möglicherweise seine Frau sitzengelassen haben und ein ganz anderer Mann geworden sein. Er wollte nur schuften, er wollte nur arbeiten, am liebsten womöglich unter tüchtigen Handwerkern mit heraufgestreiften Hemdsärmeln auf dem Baugerüst stehn. Einmal hat er im Vorbeigehen zu mir gesagt«, schloß Lobkowitz: »›Wenn Sie mal in Amerika gelegentlich einem Maurergesellen begegnen sollten, der in der Arbeitspause seinen Whisky mit Brot und Kümmelkäse zu sich nimmt und mir ähnlich sieht, so denken Sie nur getrost, ich bin's. Und dann brauchen Sie mich nicht bedauern, sondern Sie können mir gratulieren.‹«

Wieder einer, dachte Friedrich, der das beste Teil seines Wesens unter der Geckerei seiner Zeit verborgengehalten hat und der, wie ich, die Entscheidung zwischen Sein und Schein vergebens suchte.

Die Gig des Bildhauers stand vor der Tür und wurde Friedrich und Doktor Peter Schmidt, der wieder nach Meriden zurückwollte, zur Fahrt nach der Station zur Verfügung gestellt. Beide Herren mußten sich zu dem österreichischen Trainer, Kammerdiener oder was er nun war, in das kleine Gefährt hineinquetschen. Ritter hatte ihn als Mr. Boaba vorgestellt. Er war ein in den Jahren Ritters stehender Mensch, der den üblichen kleinen runden Hut von brauner Farbe, braune Handschuhe und den kurzen Überrock des Jockeis von einer ähnlichen Farbe trug. Er hatte ein starkes Kinn, seine Nase war fein, Bartflaum bedeckte die Oberlippe. Man mußte ihn einen schönen Jüngling nennen, da das Kühne, jünglingshaft Naive in seinem Antlitz vorherrschend war. Er lächelte leicht und wie beglückt, als er den prächtigen Eisenschimmel durch das Gewirr der Cabs, Lastfuhrwerke und Trambahnwagen hindurchlenkte.

Bei aller Phantastik, die durch die wilden Ausschweifungen der Technik in diesem Stadtbild erzeugt wurde, hatte die Stadt doch den Charakter eines Provisoriums. Die Hast, der Fleiß, die Eile, der Erwerbstrieb, die Dollarraserei hatten die Technik überall zu verwegenen Leistungen aufgepeitscht. Die Wolkenkratzer, an deren Fuß man vorüberkam, die Hochbahn, unter deren Trägern man hindurchmußte, der Schienenstrang auf offenem Platz ohne jede Barriere, auf dem, zweistimmig ununterbrochen heulend, der Schnellzug vorüberdonnerte, gaben ein Bild davon. Diese Hochbahn, die wie eine durchleuchtete Schlange auf einer einzigen Reihe von Trägern lief, bog jäh um die Ecken, kroch in jedes Sträßchen und Gäßchen hinein, beinahe konnte man aus den Fenstern der Stockwerke die Wagen streifen. »Tollheit, Irrsinn, Wahnsinn!« sagte Friedrich. – »Das ist nicht so ohne weiteres wahr«, erwiderte Peter Schmidt, »hinter alledem steckt grade eine ganz rücksichtslose und hemmungslose Nüchternheit und Zweckmäßigkeit.« – »Es wäre ganz scheußlich, wenn es nicht so großartig wäre«, rief Friedrich durch den Lärm zurück. – Immer noch »Roland!, Roland!« »Wreck of the gigantic steamer Roland!« schrien die Zeitungsjungen. – Was ist das? Was war das? Ich wühle im Leben! dachte Friedrich. Was geht mich diese Geschichte an? Da der Verkehr sich staute, mußte der Eisenschimmel stillstehen. Er kaute Kandare, er warf den Kopf, Schaumflocken flogen von seinem Maule. Er blickte sich um, als ob er mit seinem heroisch feuersprühenden Auge den jungen, verkappten österreichischen Offizier, der die Zügel hielt, auf Herz und Nieren prüfen wollte. Bei diesem aufgezwungenen Stillstand merkte Friedrich, wie Stöße von »World«, »Sun« und New-Yorker »Staatszeitung« von der drängenden, stoßenden, schiebenden Menschenmenge konsumiert wurden. Die Kuh frißt Gras, und New York fraß Zeitungen. Und Gott sei Dank, in der »World«, die Peter Schmidt von einem Zeitungsjungen, der sich mit Lebensgefahr durch die Wagen bis zu ihm durchschlängelte, gegriffen hatte, stand vor »Roland« bereits eine neue Sensation. Grubenunglück in Pennsylvanien. Dreihundert Bergleute abgeschnitten. Ein dreizehnstöckiger Wolkenkratzer, eine Spinnerei ausgebrannt. Vierhundert Arbeiterinnen umgekommen. »Nach uns die Sintflut«, sagte Friedrich, »die Kohle ist teuer, das Getreide ist teuer, der Spiritus, das Petroleum, aber der Mensch ist billig wie Brombeeren. Sind Sie nicht auch der Meinung, Herr Boaba«, schloß Friedrich, »unsere Zivilisation ist ein Fieber von einundvierzig Grad? Muß man nicht sagen, daß dieses New York ein Tollhaus ist?«

Aber der delphische Wagenlenker Boaba hatte mit unnachahmlicher Eleganz die freie Hand nach Art eines österreichischen Offiziers an die Mütze geführt, wobei ein ebenso bestimmtes als glückliches Lächeln seine Mundwinkel kräuselte, und seine Antwort enthielt durchaus keine Zustimmung. »Well, I love life; here one really lives. When there is no war in Europe, then it is wearisome.«

Er sprach englisch, wodurch er sein Verhältnis zum alten Kontinent in klarer Form zu erkennen gab.

Auf dem Bahnhof sagte Peter zu Friedrich, indem er ihm in seiner deutschen Manier die Hand drückte: »Jetzt kommst du aber bald mal zu mir heraus, nach Meriden, Menschenskind. Meriden ist eine Landstadt, und dort kann man sich besser als hier erholen!« Mit einem leisen fatalistischen Lächeln antwortete Friedrich: »Ich habe in meinen Entschlüssen nicht ganz freie Hand, mein Sohn!« – »Wieso nicht?« – »Ich habe Pflichten! Ich bin gebunden!« – Mit der Indiskretion intimster Freundschaft fragte nun Schmidt: »Hängt es mit der Madonna aus Holz zusammen?« – »Kann sein«, sagte Friedrich, »daß es so etwas Ähnliches ist. Das arme kleine Ding hat seinen Vater, also seinen Beschützer verloren, und da ich gewissermaßen an ihrer Rettung beteiligt war ...« – »Also doch«, sagte Schmidt, »das Mädchen im Hemd und die Strickleiter!« – »Ja und nein«, gab Friedrich zurück, »ich erzähle dir später mal das Nähere. Jedenfalls gibt es Augenblicke, wo einem plötzlich überraschenderweise die ganze Verantwortung für irgendeinen Nebenmenschen zugeschoben wird.« Peter Schmidt lachte: »Du meinst, wenn einem im Trubel der Großstadt plötzlich ein Säugling von einer fremden Frau in die Arme gelegt wird, mit der Bitte, ihn eine halbe Minute zu halten, und wenn die Frau dann nicht wiederkommt?« – »Ich werde dir alles später erklären!« – Der Zug mit den langen und gut gebauten Bahnwagen setzte sich langsam in Bewegung: ganz ohne allen Lärm schlich er sich gleichsam unbeachtet davon.

Friedrich hatte, ins Klubhaus zurückgekehrt, durch Petronilla bei Ingigerd anfragen lassen, ob sein Besuch genehm wäre. Die Alte kam wieder mit der Nachricht, daß die Signorina in einer Viertelstunde bitten lasse. Sie setzte hinzu: der Signor Pittore Franck sei bei ihr. Bevor dieser Nachsatz gesprochen wurde, hatte Friedrich die Absicht gehabt, sich zu säubern und umzuziehen. Nun aber stieg ihm das Blut zu Kopf, und er lief, immer zwei, drei Stufen auf einmal nehmend, sogleich ins erste Stockwerk hinauf, wo er heftig an Ingigerds Tür pochte. Da niemand »Herein!« rief, trat er unaufgefordert ein und sah neben Ingigerd, Seite an Seite, den Zigeunerjüngling Franck sitzen. Er hatte unter die Glühlichtbirnen einen ziemlich großen Bogen Papier gelegt und zeichnete etwas, was Friedrich im Nähertreten als flüchtige Skizzen für Kostüme erkannte. »Ich ließ Sie doch bitten, erst in fünfzehn Minuten zu kommen«, sagte, ein Mäulchen ziehend, Ingigerd. – »Und ich komme, wenn es mir paßt«, sagte Friedrich.

Franck stand auf, ohne jede Eile, und ging, den jungen Gelehrten geradezu herzlich angrinsend, zur Türe hinaus. Ingigerd rief ihm nach: »Aber Rigo, Sie haben versprochen, wiederzukommen!«

Mit spürbarem Ärger und ziemlich grob fragte Friedrich: »Was hat denn dieser Jüngling in deinem Zimmer zu suchen, Ingigerd? Und Rigo? Was heißt denn Rigo? Seid ihr beide denn blödsinnig?« – Obgleich dieser Ton der kleinen Schiffbrüchigen etwas Neues sein mußte, schien er doch zunächst der rechte zu sein, denn sie sagte sehr demütig: »Warum sind Sie so lange weggeblieben?« – »Das werd' ich dir später erzählen, Ingigerd, aber wie wir jetzt stehen, verbitte ich mir solche Freundschaften. Wenn du etwas tun willst, schenke dem Schlingel einen Kamm, eine Nagelbürste und eine Zahnbürste! Übrigens heißt der Jüngling nicht Rigo, sondern Max, ist ziemlich verlumpt und wird ausschließlich von seinen Freunden durchgefüttert.«

Ingigerd hatte es leicht, Friedrich zu beschämen: ob jemand arm sei oder reich, sagte sie, geckenhaft oder schlecht gekleidet, das mache für sie keinen Unterschied. Friedrich verstummte und drückte die Lippen in ihren Scheitel.

»Wo bist du gewesen?« fragte das Mädchen. Friedrich erzählte von Peter Schmidt und von den fröhlichen Stunden, die er in

Ritters Atelier durchlebt hatte. Sie sagte: »Ich liebe das nicht! Ich mag so etwas nicht!« und setzte hinzu: »Wie kann man nur Wein trinken.«

Ungefähr eine Stunde nach diesen Vorgängen ersuchte Friedrich seinen früheren Schüler, Willy Snyders, ihm eine Pension ausfindig machen zu helfen, wo Ingigerd gut aufgehoben sei. Willy müsse einsehen, meinte er, daß es nicht wohl anginge, eine junge Dame in einem Klubhause von Junggesellen wohnen zu lassen. Willy sah es ein, ja er hatte bereits eine vorzügliche Unterkunft in der Fifth Avenue ausgemittelt.

Am Morgen des nächsten Tages war Friedrich, abermals von einer Erregung übermannt, bei Ingigerd eingetreten. Der Entschluß, der ihn diesmal beherrschte, hatte als Ursache einen Sturm des Gemüts, das sich reinigen wollte. Er sagte: »Das Schicksal, Ingigerd, hat uns zusammengeführt. Du wirst, wie ich, ein Gefühl haben, als ob trotz alles Zufälligen, das wir miteinander durchlebt haben, Vorherbestimmung im Spiele gewesen sei.« Und er begann eine durchdachte Beichte der Zustände seiner Vergangenheit: erzählte von seinen Jugendjahren, erzählte mit aller möglichen Schonung und Liebe von seiner Frau. Es sei keine Hoffnung, sie wieder gesund zu sehen. »Ich habe mir ihretwegen«, fuhr er fort, »gewiß keinen anderen Vorwurf zu machen, als daß ich eben auch nur ein Mensch mit guten Absichten und mangelhaftem Vollbringen gewesen bin. Aber ich war vielleicht insofern kein Mann für sie, als ich sie durch Ruhe des Gemüts, die mir selbst meistens fehlt, nicht stützen konnte. Und jedenfalls, als der Zusammenbruch endlich kam und, weil ein Unglück selten allein kommt, auch zugleich äußere Fehlschläge einsetzten, hatte ich Not, mich selbst aufrechtzuerhalten. Ich sage es ungern«, fuhr er fort, »aber es ist die Wahrheit, und ich sage es dir, ich habe, bevor ich dich sah, mehr als einmal den Revolver zu einem ganz bestimmten Zweck in der Hand gehabt. Das Leben war mir auf eine bleierne Weise uninteressant geworden. Dein Anblick, Ingigerd, und seltsamerweise der Schiffbruch, den ich nun auch in Wirklichkeit, nicht nur symbolisch genommen, erleben mußte, hat mich das Leben wieder schätzen gelehrt! Dich und das nackte Leben, die beiden Dinge, die ich aus dem Schiffbruch gerettet habe. – Was geschehen ist, gab ich vor zu suchen, Ingigerd! Aber es kam viel, viel mehr über mich, als ich gesucht habe. Wieder steh' ich auf festem Land. Ich liebe den Boden. Ich möchte ihn streicheln: dennoch bin ich noch nicht geborgen, Ingigerd! dennoch bin ich wund, innen und außen. Du hast verloren! ich habe verloren: wir haben die andre Seite des Daseins, den unaustilgbaren Abgrundschatten des Daseins gesehen. Ingigerd: wollen wir beide zusammenhalten? Willst du für einen Zerrissenen und Gepeitschten, heute Gierigen, morgen Übersättigten, der sich nach Ruhe, nach Frieden sehnt, die Ruhe, der Frieden sein? Könntest du alles das aufgeben, was bisher dein Leben erfüllt hat, Ingigerd, wenn ich alles das hinter mir lasse, womit sich mein Leben bisher verzettelt hat? Wollen wir beide ein neues Leben beginnen, schlicht und scheinlos und auf eine neue Basis gestellt, und als einfache Menschen leben und sterben? Ich will dich auf meinen Händen tragen, Ingigerd.« Und er formte die Hände, wie er es im Kreise der Künstler, als er von seiner Madonna sprach, getan hatte. »Ich will ...« Aber er unterbrach sich und sagte: »Rede! Sage von zwei Worten das eine, Ingigerd! Kannst du … kannst du mein Kamerad werden?«

Ingigerd stand am Fenster, blickte in den Nebel hinaus und klopfte mit einem Bleistift gegen die Scheiben. Dann sagte sie: »Ja, vielleicht, Herr von Kammacher!« Er fuhr auf: »Vielleicht? – Und Herr von Kammacher?« – Sie wandte sich um und sagte schnell: »Warum bist du gleich immer so furchtbar heftig? Kann ich denn wissen, was ich kann und was ich nicht kann und ob ich für das, was du willst und brauchst, geeignet bin?« Er sagte: »Es handelt sich hier um Liebe!« – »Ich habe dich gern, jawohl«, sagte Ingigerd,

»aber ob das Liebe ist, wie soll ich das wissen?« Es kam Friedrich vor, als ob er sich nie in seinem Leben so tief wie jetzt entwürdigt hätte.

Indessen hatte es an die Tür geklopft, und ein Herr im Paletot, den Zylinder in der Hand, die landesüblichen braunen Handschuhe an den dicken Händen, war mit einem »Excuse me« eingetreten. Als er sich überzeugt hatte, daß er Ingigerd Hahlström gegenüberstand, stellte er sich als Direktor Lilienfeld vom Fifth-Avenue-Theater vor und überreichte zugleich seine Karte. Dieser Karte entnahm Friedrich, während der Besucher das Mädchen in einem längeren Speech anredete, daß Lilienfeld nicht nur Direktor des Fifth-Avenue-Theaters, sondern auch Inhaber eines Varietés und überhaupt von Beruf Impresario war. Herr Lilienfeld sagte, er kenne die Adresse des gnädigen Fräuleins durch den armlosen Kunstschützen Stoß. Es sei ihm zu Ohren gekommen, daß sie mit Webster und Forster in Unstimmigkeiten geraten sei. Da habe er sich gesagt: er wolle sich jedenfalls der Tochter eines guten Freundes nicht vorenthalten. Er hatte nicht nur ihren Vater, sondern auch ihre Mutter gekannt. Und Herr Direktor Lilienfeld ging dazu über, Ingigerd sein Bedauern über den Tod ihres Vaters, seines Freundes, auszudrücken.

»Fräulein Ingigerd Hahlström«, sagte Friedrich, »konnte bis jetzt aus Gesundheitsrücksichten nicht öffentlich auftreten. Nun haben aber inzwischen Webster und Forster die junge Dame auf eine so krüde und rüde Weise durch Mittelspersonen und Briefe bedroht, daß sie jetzt den Entschluß gefaßt hat, bei diesen Leuten keinesfalls aufzutreten.« – »Nie!« sagte Ingigerd. »Nimmermehr!«

Friedrich fuhr fort: »Die Gage ist außerdem eine erbärmliche! Wir haben hier Briefe mit Angeboten, die auf das Dreifache, ja Vierfache gestiegen sind.« – »Das ist ganz in der Ordnung!« erklärte Direktor Lilienfeld. »Gestatten Sie, daß ich mit meinem Rat nicht zurückhalte: vorerst möchte ich Sie beruhigen, wenn Sie etwa durch die Einschüchterungsversuche von Webster und Forster unsicher gemacht sein sollten. Der Vertrag mit Ihrem Herrn Vater hat nämlich, aus verschiedenen Ursachen, keine gesetzliche Gültigkeit. Der Zufall hat es mit sich gebracht, daß ich über die Scheidungsmodalitäten Ihres verstorbenen Herrn Vaters und Ihrer Frau Mutter durch beide Parteien und dann durch meinen Bruder, den Rechtsanwalt Ihres verstorbenen Vaters, ziemlich genau unterrichtet bin. Damals sind Sie, mein Fräulein, rechtlich der Mutter zugesprochen. Ihr Vater hat also, genau genommen, zum Abschluß eines Vertrages überhaupt kein Recht gehabt. Sie sind geflohen, Sie sind mit Ihrem Papa gegangen, weil Sie Ihrem Papa mit Leib und Seele anhingen und weil das Einvernehmen zwischen Ihnen und Ihrer Frau Mama vielleicht ein weniger gutes war. Und ich stehe nicht an, zu sagen: Sie taten recht, sehr recht daran! Denn er hat Sie, Ihr Vater, zur großen Künstlerin ausgebildet.«

»Jawohl, ich danke!« lachte unwillkürlich, gegen eine solche Erziehung zur Kunst noch bei der bloßen Erinnerung protestierend, Ingigerd. »Er hat mich jeden geschlagenen Vormittag, während er höchst gemütlich seine Shagpfeife rauchte, auf einem Teppich splitterfasernackt Sprünge und Verrenkungen machen lassen. Nachmittags hat er sich ans Klavier gesetzt, und dann ging die Sache von frischem los.«

Der Direktor fuhr fort: »Ihr Vater war darin schlechterdings großartig. Drei oder vier internationale Stars allererster Größe hat er, wenn Sie es mir zu sagen erlauben, auf die Tanzbeine gestellt. Er war der Tanzmeister beider Welten.« Der Direktor lachte vielsagend: »Freilich auch noch manches andere Interessante nebenbei. Aber bleiben wir bei der Hauptsache: wenn Sie wollen, ist Ihr Vertrag bei Webster und Forster bedeutungslos.

Ich leugne nicht«, begann er aufs neue und wandte sich diesmal besonders gegen Friedrich um, »ich leugne nicht, daß ich in den

Grenzen eines Gentleman auch Geschäftsmann bin. Und in dieser Eigenschaft gestatte ich mir, an Sie eine Frage zu richten, Herr Doktor: Besteht bei Ihnen überhaupt noch die Absicht, Ihre Schutzbefohlene öffentlich auftreten zu lassen, oder ist vielleicht bei Ihnen und ihr der Entschluß gereift, sich ins private Leben zurückzuziehen?« – »O nein« sagte Ingigerd sehr entschieden.

Friedrich kam sich vor wie ein Schwertschlucker, der sich von dem Stahl zu befreien nicht gleich imstande ist. »Nein«, sagte auch er, »ich würde zwar wünschen, daß Fräulein Ingigerd überhaupt nicht mehr auftrete, weil sie von zarter Gesundheit ist. Aber sie selbst behauptet, sie brauche die Sensationen. Und wenn ich die Anträge überblicke, die Honorare, die ihr geboten sind, so weiß ich nicht, ob ich ein Recht habe, sie zurückzuhalten.«

Der Direktor sagte: »Herr Doktor, ich bitte Sie, tun Sie das nicht! – Ich fand unten die Türe geöffnet, ich trat ins Haus, ich klopfte an mehrere Türen, niemand gab Antwort, niemand öffnete. Endlich gelangte ich bis hierher und hatte das Glück, am Ziele zu sein. Mein Fräulein, Herr Doktor, lassen Sie mich die Sache mit Webster und Forster ausfechten, Leuten, die wirkliche Blutsauger sind und die überdies die Dame beleidigt haben. Denn ich kann Sie versichern, es werden von dort aus fortwährend Gerüchte der allerniederträchtigsten Art in Umlauf gesetzt.« – »Bitte, Namen!« sagte erbleichend Friedrich. – »Pst!« Der Direktor erhob beschwichtigend beide Hände, und es kam Friedrich vor, als ob der Geschäftsmann diebisch zwinkere. Es war, als wenn ein plötzlich aufdringendes, breites Lachen ihm unvermutet allen Geschäftsernst verdarb. »O Gott«, rief er, »vielzuviel Ehre! vielzuviel Umstände!« Und der Mann sah Friedrich nun zynisch mit runden und großen Augen gerade an. Dann fuhr er fort: »Ich überbiete bei einem Engagement um fünfhundert Mark pro Abend, also zirka hundertundvierzig Dollar, jedes bis jetzt erfolgte Angebot, alle Spesen und Kosten ausgenommen. Treten Sie in zwei oder drei oder vier Tagen auf!

Wenn Sie einverstanden sind, können wir gleich zum Anwalt fahren.«

Kaum zehn Minuten später standen Friedrich und Ingigerd mit etwa zwanzig Personen in einem Riesenlift, der sie in den fünften Stock eines Geschäftshauses in der City hinaufführte. Lilienfeld sagte zu Friedrich: »Wenn Sie so etwas noch nicht kennen, werden Sie staunen über die Office eines gesuchten amerikanischen Rechtsanwalts. Es sind ihrer übrigens zwei: Brown und Samuelson. Aber Brown ist ein Schwachkopf, der andere macht alles.«

Gleich darauf standen sie vor Samuelson, dem berühmten New-Yorker Rechtsanwalt. In einem Riesensaal, einer Schreibfabrik, wo Damen und Herren an Schreibmaschinen arbeiteten, war für den Chef mit Holz und blindem Glas ein Raum abgeteilt. Der Mann, nicht sehr groß, hatte schlechte Farbe und trug einen Christusbart. Seine Kleidung war keineswegs neu, eher abgeschabt. Er war überhaupt kein Musterbeispiel amerikanischer Sauberkeit. Man schätzte sein Jahreseinkommen in Dollars nach Hunderttausenden. Der Vertrag zwischen Lilienfeld und Ingigerd wurde in fünfzehn Minuten abgeschlossen, ein Vertrag, der, bei Ingigerds Minderjährigkeit, beiläufig ebensowenig als der mit Webster und Forster rechtsgültig war. Übrigens zeigte sich Herr Samuelson, der mit sehr leiser Stimme sprach, über die Sachlage im Falle Hahlström – Webster und Forster eingehend informiert. Er lächelte nur sehr geringschätzig, als man auf diese Herren und ihre Ansprüche zu reden kam und sagte: »Wir lassen sie ruhig an uns herankommen.«

Als Ingigerd und Friedrich während der Heimfahrt im Cab allein saßen und die vordere Fensterwand geschlossen war, umarmte Friedrich das Mädchen mit Leidenschaft. »Wenn du öffentlich auftrittst, Ingigerd«, sagte er, »ich werde wahnsinnig.«

Der arme junge Gelehrte begann aufs neue die Pein, die er litt, diesmal unter heißen Umarmungen auszuschütten. Er sagte: »Ich bin ein Mensch, der ertrinkt! der noch hier auf gesichertem Boden, wenn du ihm nicht die Hand gibst, ertrinken muß! Du bist stärker als ich! du kannst mich erretten. Die Welt ist mir nichts, was ich verloren habe, war mir nichts, wird mir nie etwas sein, wenn ich dich dafür eintausche.«

»Du bist nicht schwach!« sagte Ingigerd. Sie atmete schwer, ihre schmalen Lippen trennten sich. Und wieder lag das furchtbar verführerische Lächeln einer Maske über ihrem bewußtlosen Antlitz verbreitet. Sie hauchte: »Nimm mich! entführe mich!«

Sie schwiegen lange, während das Cab auf seinen Gummirädern dahinrollte. Dann sagte Friedrich: »Nun mögen sie lange auf dich warten, Ingigerd. Morgen sind wir bei Peter Schmidt, in Meriden!« Aber sie lachte, ja lachte ihn aus, und er merkte sehr wohl, daß er ihren Körper, aber nicht ihre Seele zum Schmelzen gebracht hatte.

Man hielt vor dem Klubhaus. Friedrich brachte Ingigerd bis zur Haustür. Wortlos, mit seiner Erschütterung und Beschämung kämpfend, drückte er ihr die Hand. Wortlos stieg er ins Cab zurück. Dem Kutscher hatte er irgendein Ziel, was ihm gerade einfiel, angegeben.

Friedrich verkroch sich. Er schämte sich. Sobald er allein saß, nannte er sich in leidenschaftlichster Inbrunst mit den allerverächtlichsten Schimpfnamen. Er nahm seinen Schlapphut, den er immer noch nicht durch den New-Yorker Zylinder ersetzt hatte, vom Kopf, wischte den Schweiß von der Stirn und schlug zugleich mit der Faust dagegen: Mein armer Vater! In einem Monat werd' ich vielleicht nicht mehr und nicht weniger als der Zuhälter einer Dirne sein. Man wird mich kennen, mich honorieren. Jeder deutsche Barbier in New York wird erzählen, wer mein Vater ist, von was ich lebe und wem ich nachlaufe! Ich werde der Pudel, der Affe, der Gelegenheitsmacher dieses nichtsnutzigen kleinen Balgs und Teufels sein. Die ganze deutsche Kolonie in den kleinen und großen Städten, wo wir auftauchen, wird in mir ein typisches Beispiel dafür sehen, bis zu welchem ekelhaften Grade ein Mitglied des deutschen Adels, bis in welche Kloake ein ehemals tüchtiger Mensch, Mann und Familienvater sinken kann.

In diesem Zustand der Einkehr und der Beschämung ließ Friedrich, während der schnellen Fahrt durch den Broadway, die Blicke wie blind an den Häusern entlanggleiten. Plötzlich schnellte er aus der zurückgelehnten, gleichsam verkrochenen Lage empor, weil ihm die Aufschrift »Hofmann-Bar« in die Augen fiel. Er sah nach der Uhr und erinnerte sich der auf der »Hamburg« getroffenen Abrede. Es war der Tag, und es war die Zeit zwischen zwölf und eins, wo sich die Schiffbrüchigen mit ihren Rettern in der Hofmann-Bar nochmals treffen wollten. Das Cab fuhr, trotz des von Friedrich gegebenen Haltesignals, an der Bar vorbei. Friedrich stieg aus, lohnte ab und war gleich darauf in den bekannten New-Yorker Trinkraum eingetreten.

Er sah einen langen Schenktisch, Marmorplatten, Marmorver-kleidungen, Messing, Silber, Spiegel, auf denen kein Stäubchen zu entdecken war. Sehr viele blanke, leere Gläser, Gläser mit Strohhal-men, Gläser mit Eisstückchen. Barkeepers, in tadellose Leinwand gekleidet, besorgten die verschiedenartigen amerikanischen Drinks mit einer Gewandtheit, die an Kunst streifte, und einer Gelassen-heit, die durch nichts zu stören war.

Die Wand hinter dem Schenktisch hatte bis zu erreichbarer Höhe viele blitzende Zapfhähne aus poliertem Metall und Durch-gänge in die Vorrats- und Wirtschaftsräume. Darüber war sie mit Bildern behängt. Friedrich sah über den Köpfen der längs der Bar stehenden oder hockenden Leute, die den runden Hut oder Zylin-der nach hinten geschoben hatten, einen köstlichen weiblichen Akt von Courbet, Schafe von Troyon, eine helle, wolkige Meerland-schaft von Dupré, mehrere ausgesuchte Stücke von Charles François Daubigny: eine Dünenlandschaft mit Schafen, eine andere mit doppeltem Vollmond: über dem Horizont und als Spiegelung in einem Tümpel, dabei zwei wiederkäuende Stiere – Friedrich sah einen Corot: Baum, Kuh, Wasser, herrlicher Abendhimmel – einen Diaz: Weiher, alte Birke, Lichtreflexe im Wasser – einen Rousseau: riesiger Baum im Sturm – einen Jean Francois Millet: Topf mit Rüben, Zinnlöffel, Messer – ein dunkles Porträt von Delacroix – noch einen Courbet: Landschaft, gespachtelt, kompakt in der Malerei – einen kleinen Bastien Lepage: Mädchen und Mann im Gras, mit sehr viel Licht – außerdem viele andere vorzügliche Bilder. Er war von dem Anblick so gebannt, daß er beinahe vergaß, was er eben durchlebt hatte und weshalb er gekommen war.

Da Friedrich die Augen, in fast vollkommener Selbstvergessenheit, auf diese Adelsgalerie französischer Kunst gerichtet hatte, ward er durch eine etwas laute Gruppe von Gästen gestört, die sich durch Geschrei, Gelächter und eine gewisse Zappeligkeit von der Ruhe der übrigen unterschieden. Plötzlich wurde ihm eine Hand auf die Schulter gelegt, er erschrak und sah einem Mann in die Augen; dessen bärtiger Kopf ihn fremd und gewöhnlich anmutete. Cocktails und andere gute Getränke hatten der Gesichtshaut des Mannes einen päonienartigen, ins Bläuliche spielenden Anstrich gegeben. Der Fremde sagte: »Wat is mich denn dat, leiwer Doktor, kennen Sie Kapitän Butor nicht?« Gott ja, das war ja der Kapitän, der Mann, dem Friedrich sein Leben verdankte.

Und nun erkannte er auch die Gruppe, deren Lärm ihn beim Betrachten der Malereien gestört hatte. Es war der armlose Artur Stoß, dessen Bursche Bulke etwas abseits saß. Es war Doktor Wilhelm, der Maler Fleischmann, der Maschinist Wendler. Es waren zwei Matrosen vom »Roland«, die neue Anzüge und Mützen bekommen hatten. Man hatte sie bereits einem anderen Dampfer zugeteilt.

Friedrich wurde jetzt laut begrüßt. Artur Stoß sang gerade das alte Lied, wonach er in kurzer Zeit das Reisen aufgeben und sich zur Ruhe setzen werde. Er sprach dabei viel und laut von seiner Frau und schien Wert darauf zu legen, bekannt zu geben, daß er wirklich eine besaß. Seine Erfolge, sagte er, seien diesmal riesenhaft, man habe am Abend vorher das Podium gestürmt und ihn auf den Schultern umhergetragen.

»Nun, Kollege«, fragte Doktor Wilhelm, »wie geht's? wie haben Sie Ihre Zeit verbracht?« – »So so la la!« Friedrich zuckte die Achseln. Er wußte selbst nicht, wie ihm diese summarische Abfertigung der inhaltsreichen Zeit über die Lippen kam. Aber seltsamerweise war hier an Land, in der Hofmann-Bar, wenig oder nichts von seinem Drange, sich dem Kollegen mitzuteilen, übriggeblieben. »Was macht unsere Kleine?« fragte Wilhelm und lächelte vielsagend. – »Ich weiß nicht«, gab Friedrich mit dem Ausdruck kühlen Befremdens zurück. Er fügte hinzu: »Oder wen meinen Sie, lieber Kollege?« Da Friedrich einige solche, etwas ungelenke Antworten gab, wollte das Gespräch nicht in Gang kommen. Er selbst begriff in den ersten zehn oder fünfzehn Minuten nicht, warum er eigentlich hergekommen war. Außerdem war die Gruppe peinlicherweise als Zirkel der Geretteten vom »Roland« unter den Gästen der Bar bekanntgeworden. Stoß an sich, der Mann ohne Arme, war auffällig. Er selbst trank nicht, aber er hatte die »Spendierhosen« an. Und dieser Umstand hatte Kapitän Butor, den Maschinisten Wendler, den Maler Fleischmann und die Matrosen bewogen, einander kräftig Bescheid zu tun. Auch Doktor Wilhelm ließ sich nicht nötigen.

Er berichtete leisen Tones, daß man für den Maler Fleischmann in der New-Yorker »Staatszeitung« eine Sammlung eröffnet habe und daß ihm schon eine Summe von Dollars überreicht worden sei, wie sie der arme Kerl wohl noch niemals beisammen gesehen hätte. Nun lachte Friedrich mit Herzlichkeit, denn er begriff, weshalb sich Fleischmann mit einer so großen Entschiedenheit zugleich betrank und gewaltig aufspielte.

»Was sagen Sie dazu, Herr Doktor?« Mit diesen Worten redete Fleischmann Friedrich an, lachte und denunzierte ihm gleichsam die mit Bildern bedeckte Wand. »Nu sagen Se mal, nu sehen Se mal! So was nennt sich Kunst! So was wird für Millionen und aber Millionen aus Frankreich bezogen. So was schmiert man den Amerikanern an! Ich wette, wenn einer bei uns nicht besser zeichnet als der oder der« – er wies dabei auf beliebige Bilder –, »dann ist er bei uns, in München, Dresden oder Berlin, schon in der Gipsklasse abgetan.«

»Sie haben ganz recht«, sagte lachend Friedrich.

»Passen Sie auf«, schrie Fleischmann, »ich werde den Amerikanern ein Licht aufstecken. Die deutsche Kunst ...« Aber Friedrich hörte schon nicht mehr hin, nur kam es ihm nach einiger Zeit so vor, als ob Fleischmann inzwischen die gleichen Worte unzählige Male mißbraucht hätte.

Friedrich sagte darauf ziemlich ungeniert zu Wilhelm: »Erinnern Sie sich, wie dieser brüllende Seehund, dieses wahnwitzig lachende Vieh aus den Wellen vor unserem Boote auftauchte?«

Kapitän Butor und Maschinist Wendler, die über irgend etwas furchtbar gelacht hatten, traten mit überlaufenden Äuglein herzu, als ob sie die Zeit für gekommen hielten, nun mit den beiden Ärzten für einige Augenblicke ernst zu sein. »Haben Sie gehört, meine Herren«, sagte der Kapitän, »daß bereits von Neufundlands Fischern Trümmer und Leichen signalisiert worden sind? Auch Rettungsringe vom ›Roland‹ sind gefunden. Die Trümmer und die Leichen sind angeblich auf einer Sandbank angespült. Viele Haie und sehr viele Vögel treiben sich, wie es heißt, in der Nähe herum.« Wilhelm fragte: »Was meinen Sie, Kapitän, wird nach Ihrer Meinung noch jemand vom ›Roland‹ tot oder lebend zu bergen sein?« Von den Lebenden wollte Herr Butor nichts sagen: »Es könnte ja sein, daß ein und das andere Boot noch weiter südlich getrieben wäre und ruhige See getroffen hätte. Nur sind sie dann aus dem Kurs der großen Dampfer heraus, und es kann sein, daß sie drei, vier Tage lang kein Schiff treffen. Wracke, Trümmer und Tote werden meist vom Labradorstrom nach Süden geführt, bis sie den Golfstrom treffen, der sie dann nach Nordosten treibt. Wenn sich die Trümmer und Leichen mit dem Strome in der Nähe der Azoren nach Norden wenden, so können sie in kurzer Zeit einige tausend Seemeilen nördlich, und zwar an der schottischen Küste sein.«

»Dann könnte also«, sagte Friedrich, »unser blonder prächtiger Kapitän doch möglicherweise noch in schottischer Erde, auf einem Kirchhof der Namenlosen, sein Grab finden.«

»Wir armen Kapitäne«, sagte Butor, der etwa den Eindruck eines deutschen Pferdebahnkondukteurs machte, »man verlangt von uns, wir sollen, wie unser Herr Jesus Christus, dem Meere und dem Sturm gebieten, und wenn wir das nicht können, so haben wir zwischen Ersaufen in See oder Gehangenwerden an Land die Wahl.«

Artur Stoß trat heran: »Können Sie sich erinnern, meine Herren, als wir sanken, sind da die Schotten geschlossen gewesen?« Friedrich sann nach, dann sagte er: »Nein!« – »Ich hatte den Eindruck ebenfalls«, sagte Stoß. »Die Herren Matrosen behaupten, davon nichts zu wissen. ›Wir haben die Befehle ausgeführt, die wir bekommen haben‹, sagten sie.« Maler Fleischmann rief dazwischen: »Die Schotten sind nicht geschlossen gewesen. Ich habe den Kapitän überhaupt nicht gesehen, weiß also nicht, was für ein Mann er gewesen ist. Die Schotten sind jedenfalls nicht geschlossen gewesen. Ich hatte meinen Platz«, erzählte er weiter, »neben einer Familie russisch-jüdischer Auswanderer. Da fühlten wir einen furchtbaren Stoß, ein Scheitern und Splittern, als wäre das Schiff gegen eine Granitklippe angelaufen. Und da brach auch sofort die Panik los. Alle wurden blödsinnig, alle wurden vollkommen wahnsinnig. Dabei flogen wir durcheinander und mit den Köpfen gegeneinander und gegen die Wand« – er streifte den Ärmel empor –, »da können Sie sehen, wie ich zerschunden bin. Nämlich, da war eine schwarze Russin, die dafür gesorgt hatte … die dafür gesorgt hatte, sage ich, daß mir die Zeit bis dahin im allgemeinen nicht lang wurde.« – Wilhelm sah Friedrich bedeutsam an. – »Sie ließ mich nicht los! Sie war vom Schreien ganz heiser geworden! Sie pfiff nur noch! Sie hielt mich fest, und wie, sage ich Ihnen, und keuchte nur immer: ›Entweder Sie gehen mit mir zugrunde, oder Sie retten mich!‹ Was konnt' ich denn tun? Ich mußte ihr wirklich 'n Ding übern Kopf geben.«

»Ja, was soll einer tun in solcher Lage?« sagte Maschinist Wendler, »prost, meine Herren!«

»Apropos«, sagte Stoß, »Herr Doktor von Kammacher, da fällt mir die kleine Hahlström ein. Sie sollten ihr zureden, daß sie mit Webster und Forster sobald wie möglich ins reine kommt. Wenn Sie das Mädel am Auftreten hindern, so stehen Sie ihr tatsächlich im Licht.« – »Ich?« fragte Friedrich, »was fällt Ihnen ein?« – Unbeirrt fuhr der Armlose fort: »Webster und Forster sind sonst sehr anständig, ihr Einfluß und Anhang aber ist unberechenbar. Wehe, wenn man im Bösen mit ihnen zu tun bekommt!« – »Bitte, Herr Stoß, ersparen Sie sich alles Weitere. Ich bin für die arme Waise, von der Sie reden, durchaus nicht zum Vormund bestellt.«

»Ach was, arme Waise!« sagte Stoß. »There's money in it, sagt der businessman. Vergessen Sie nicht, wir sind hier im Dollarlande.«

Friedrich war indigniert. Er hatte Lust, seinen Hut zu nehmen und fortzulaufen. Er konnte nicht mehr begreifen, weshalb er mit diesen Leuten zusammenkam. Um abzulenken und einige Bosheit und schlechte Laune loszuwerden, allerdings auch aus einem edleren Grunde, fing er plötzlich von dem Dienstmädchen Rosa zu sprechen an und rügte, daß man von dieser Person so wenig hermache. Es würde ihm viel wichtiger sein, für diese als für irgendeine andere Frauensperson etwas zu tun. Er sei kein Händler. Er sei kein Schacherer. Aber wenn man Gelder gesammelt habe und nicht für Rosa gesammelt habe, so habe man für eine wirkliche Heldin des »Roland« eben nichts getan. – »Wieso? wieso?« fragte Fleischmann erschrocken und mit einer gewissen Rüdigkeit. Ihn traf der Gedanke, daß man vielleicht eine Teilung seines Raubes beabsichtigen könnte. Bei diesen Worten trat Bulke heran: »Erinnern Sie sich, Herr Fleischmann: Rosa hat Sie zuerst gesehen! Wo Rosa nicht war und Sie aus dem Wasser gezogen hätte – das Frauenzimmer ist bärenstark! –, von uns anderen hätten Sie eher noch eins mit dem Ruder über den Kopf gekriegt.« – »Was Sie sagen, Sie Schöps«, sagte Fleischmann zurückziehend, »is ja richtiger Bledsinn! Keene Ahnung.« Dann wandte er sich gegen die Bilderwand und sagte mit bezug auf einen der wundervollen Daubignys: »Weeß Gott, ich sehe in einem fort die beeden schauderhaften mondsichtigen Ochsen an.« Friedrich zahlte, empfahl sich und ging seiner Wege.

Den Vorschlag der anderen, gemeinsam zu frühstücken, hatte er für sein Teil, so höflich als es ihm irgend möglich war, abgelehnt.

Auf der Straße fragte er sich, warum er eigentlich so wenig Humor habe. Was konnten diese harmlosen Leute dafür, daß er in einem Zustand der Überreizung war. Es lag in Friedrichs Art, sobald er ein Unrecht eingesehen hatte, es möglichst sogleich wiedergutzumachen. Deshalb kehrte er um, als er mit sich im reinen war, in der Absicht, das Frühstück seiner Unglücks- und Glücksgenossen nun doch noch mitzumachen.

Er brauchte Minuten, ehe vor seinen Augen die Pforte der Hofmann-Bar wieder auftauchte. Wie immer war der Broadway belebt, und zwei endlose, von kurzen Zwischenräumen unterbrochene Reihen der gelben Wagen der Drahtseilbahn fuhren aneinander vorüber. Die Luft war kalt. Der Lärm war groß, und in diesen Lärm sah Friedrich eben die Genossen seines Schiffbruchs aus der Bar heraustreten. Im Begriff, mit der Hand zu winken, glitt er aus. Irgendein Obstkern oder eine Apfelschale auf dem nassen Trottoir war die Ursache. In diesem Augenblick rief eine Stimme: »Fallen Sie nicht, Herr Doktor. How do you do?« Friedrich stand wieder fest, und sah eine stattliche schöne Dame, die verschleiert war, ein Pelzbarett und ein Pelzjäckchen trug und in der er langsam Miß Burns wiedererkannte.

»Herr Doktor, ich habe Glück«, sagte sie, »denn ich komme sehr selten in diese Gegend und habe nur gerade heut, weil ich hier in der Nähe etwas kaufen muß, diesen Umweg zu meinem Restaurant gemacht. Wären Sie übrigens nicht gestolpert, würde ich Sie gar nicht bemerkt haben. Außerdem hat mich heute eine junge Dame, die Sie kennen, Fräulein Hahlström, die Herr Franck ins Rittersche Atelier brachte, länger als sonst dort zurückgehalten.«

»Sie speisen allein, Miß Burns?« fragte Friedrich.

»Ja, ich speise allein«, sagte sie, »aber wundert Sie das?« – »Nein, gar nicht«, beeilte er sich zu versichern. »Ich wollte nur fragen, ob Sie etwas dagegen hätten, wenn ich mit Ihnen frühstückte?« – »Aber nein, Herr Doktor, es freut mich sehr.«

Das stattliche Paar wurde im Weiterschreiten von den Passanten viel beachtet. »Darf ich Sie bitten«, sagte Friedrich, »nur einen Augenblick stehenzubleiben. Eben steigen nämlich dort Leute, die durch Gottes unerforschlichen Ratschluß teils meine Retter geworden, teils mit mir errettet worden sind, in einen Straßenbahnwagen ein. Ich möchte den Herren nicht nochmals begegnen.«

Die gefürchtete Gruppe war gegen Brooklyn davongerollt. Friedrich fuhr fort: »Ich segne den Himmel, Miß Burns ...« Er stockte. – Sie lachte und sagte: »Sie meinen, weil Sie von diesen Herren im Straßenbahnwagen gerettet worden sind?« – »Nein, daß ich Sie getroffen und daß Sie mich vor diesen Herren gerettet haben. Ich gebe zu, ich bin undankbar. Aber da ist ein Kapitän. Als ich sein Schiff über den Ozean heranschweben und heranstampfen sah und ihn oben auf der Kommandobrücke, da war er, wenn schon kein Erzengel, so doch wirklich ein Werkzeug Gottes. Er war nicht mehr irgendein Mensch, sondern er war der Mensch! der rettende Gottmensch! Und außer ihm gab es keinen. Meine Seele und unsere Seelen schrien ihn, ja beteten ihn an! Hier ist er ein guter, braver, platter, kleiner, langweiliger Spießer geworden. Den armlosen Stoß, dessen lebhafter Geist während der Seereise eine Wohltat war, verflacht die Pflicht, die den Kapitän Butor vertieft. Da ist der Schiffsarzt, mein guter Kollege: Ich war ganz verblüfft, zu erleben, wie unausgiebig er eigentlich ist. Nichts bindet uns mehr, nachdem das Band des Schiffbords nicht mehr vorhanden ist.« Friedrich sprach, wie wenn eine Schleuse geöffnet wäre.

Er sagte: »Was mich heute besonders erschreckt hat, ist die Tatsache, daß ein Mensch einen Eichbaum restlos verdauen kann. Was mich betrifft, ich ertappe mich immerwährend darauf, wie ich die Tatsache des Unterganges dieses Riesendampfers, den ich bis in alle Winkel gekannt habe, bezweifle. Ich habe da etwas gesehen, aber ich bin so unendlich ferne davon, daß es meinem ganzen Wesen noch immer nicht eigentlich faßlich ist. Ich fühle jetzt erst das riesige Schiff in meiner Seele lebendig werden. Drei-, vier-, fünfmal am Tag wiederholt es in meiner Seele den Untergang. Heute nacht fuhr ich auf, verzeihen Sie, wirklich in kaltem Schweiß gebadet, von infernalischem Klingeln geweckt, und der Wirrwarr und das Getute der Notsignale und die blutigen Fratzen und menschlichen Glieder, die um mich her schwammen, waren reichlich grauenvoll.«

»Ihre Freunde«, sagte lachend Miß Eva Burns, »müssen sich wirklich sehr schlecht aufgeführt haben, wie mir scheint.« Das konnte Friedrich nun nicht bestätigen. Er sagte nur immer wieder:

»Sie haben das Schiff mit allem Holz und Eisen und allem Leben darin mit den Zähnen zermalmt und spurlos hinuntergeschlungen.«

Das Paar war vor der Tür einer kleinen Gastwirtschaft angelangt. Miß Eva sagte: »Wenn Sie jetzt wirklich mit mir frühstücken wollen, Herr Doktor, so dürfen Sie in Ihren Ansprüchen nicht etwa auf der Höhe von Mr. Ritter stehn.« Sie traten ein und waren in einem niedrigen Stübchen, das eine Diele aus roten Fliesen und vertäfelte Decke und Wände hatte. Der kleine Raum, sauber gehalten, war von einem Publikum kleiner Leute besucht: deutschen Barbieren, Kutschern und Geschäftsangestellten, die hier Getränke an der Bar und ein billiges Frühstück vorfanden. Der Wirt hatte eine kleine Sammlung von Sportsbildern aufgehängt: namhafte Jockeis mit ihren Pferden, Kettensprenger, Brückenspringer und anderes mehr. Der Mann sah aus, als ob er am späten Abend und nachts mit einem ganz anderen Publikum zu tun hätte.

Friedrich litt noch immer an einer gewissen Wohlerzogenheit. Deshalb war er heimlich erstaunt, daß sich Eva Burns in ein solches Lokal wagte. Der Wirt erschien und sagte auf Englisch mit unverändertem maskenhaftem Ernst: »Sie kommen spät, Miß Burns. Haben Sie Havarie gehabt?« Lebhaft und aufgeräumt gab sie zur Antwort: »Not a bit of it, Mr. Brown, I am always allright!« Dann bat sie um ihr gewöhnliches Lunch und meinte, was den Herrn beträfe, so würde er wahrscheinlich damit nicht zufrieden sein. Hoffentlich habe Mr. Brown für ihn etwas Besseres in der Hinterhand. Friedrich wünschte indessen, das gleiche zu speisen.

»Oh«, sagte sie, als der Wirt gegangen war, »ich warne Sie. Ich glaube wirklich nicht, daß Sie mit meiner Diät einverstanden sein werden. Ich esse niemals Fleisch. Sie sind sicherlich ›Fleischfresser‹.« Friedrich lachte: »Wir Ärzte«, sagte er, »kommen auch immer mehr ab von der Fleischdiät.« – »Ich finde es scheußlich«, sagte sie, »Fleisch zu essen. Ich habe ein schönes Huhn im Garten, ich sehe es alle Tage, und nachher schneide ich ihm die Gurgel durch und fresse es auf. Wir haben als Kinder ein Pony gehabt: schließlich ist es erschlagen worden, und die Leute in East-End haben es aufgegessen. Viele Leute essen gern Pferdefleisch.« – Sie zog ihre langen schwedischen Handschuhe von den Händen, ohne sie aber vom Arm zu streifen. – »Aber das schlimmste ist dieses furchtbare fortgesetzte Blutvergießen, was zur Erhaltung der menschlichen Fleischfresser notwendig ist: diese Riesenschlachthäuser von Chikago, wo der maschinenmäßige Massenmord unschuldiger Tiere fortwährend im Gange ist! Man kann ohne Fleisch leben! Man braucht nicht Fleisch zu essen!«

Alles das sagte sie in einem humoristisch gefärbten Ernst, und zwar auf gut deutsch, nur mit etwas zu dicker Zunge.

Friedrich sagte, wie er aus manchen Gründen in seiner Ansicht über diese Frage noch schwankend sei. Er selbst könne übrigens ohne Fleischnahrung auskommen. Wenn er nur sein Entrecote zu Mittag und sein Roastbeef zum Abend hätte, so sei er zufrieden und brauche nicht mehr. Sie war verdutzt und brach dann über den harmlosen Scherz in herzliches Lachen aus.

»Sie sind ein Arzt«, rief sie. »Ihr Ärzte seid alle Tierquäler!« – »Sie meinen die Vivisektion?« – »Jawohl, ich meine die Vivisektion. Es ist eine Schande, es ist eine Sünde durch die Jahrtausende! Es ist eine schreckliche Sündenschuld, wie man Tiere, bloß um irgendeinem gleichgültigen Menschen das Leben zu verlängern, kaltblütig und grausam zu Tode quält.«

Friedrich wurde ein wenig still, denn er war zu sehr Mann der Wissenschaft, um hierin mit seiner Tischgenossin einig zu sein. Sie spürte das wohl und sagte darauf: »Ihr deutschen Ärzte seid schreckliche Menschen. Wenn ich in Berlin bin, habe ich immer Angst, daß ich sterben und dann in eure schrecklichen Anatomien geschafft werden könnte.«

»Ah, Sie waren schon in Berlin, Miß Burns?« fragte Friedrich. – »O natürlich, Herr Doktor, ich war überall.«

Nun brachte der Wirt das Frühstück herein, das in gebackenen Kartoffeln, Grünkohl und Spiegeleiern bestand und das Friedrich sonst kaum genügt hätte. Aber jetzt aß er mit Appetit und trank dazu, ebenso wie Miß Eva, das obligate amerikanische Eiswasser.

Die Unterhaltung der Dame war ungezwungen und von natürlicher Lebhaftigkeit. Sie hatte bemerkt, wie sehr das Ereignis der Schiffskatastrophe noch in Friedrich lebendig war, und hatte, eingedenk der Mahnung von Peter Schmidt, das Gespräch geflissentlich abgelenkt. Friedrich, der wegen seiner Äußerungen über den Kreis der Schicksalsgenossen mit sich unzufrieden war, versuchte mehrmals darauf zurückzukommen, wie denn überhaupt etwas Bohrendes und heimlich Gequältes in seiner Art, sich zu äußern, lag.

Er sagte: »Man spricht von einer dem Weltplane immanenten Gerechtigkeit. Warum ist aber eine solche ärmliche Zufallsauswahl von Menschen gerettet worden, während so viele, und darunter, von diesem unvergeßlichen Kapitän von Kessel angefangen, die ganze ausgesucht prächtige Mannschaft des ›Roland‹, ertrunken sind? Und weshalb und zu welchem Zweck bin ich selber gerettet worden?«

Sie sagte: »Herr Doktor, gestern waren Sie ein ganz anderer Mann. Sie waren erleuchtet: heut sind Sie verfinstert. Ich finde, daß Sie unrecht haben, nicht einfach dankbar gegen Ihr gutes Geschick zu sein. Meiner Ansicht nach sind Sie weder für die Qualität der Geretteten noch für die eigene Rettung noch für die Zahl der Untergegangenen verantwortlich. Der Schöpfungsplan ist ohne sie entworfen und durchgeführt, und so, wie er eben ist, muß man ihn hinnehmen. Das Leben hinnehmen ist doch die einzige Kunst, deren Übung auf die Dauer wirklich nützlich ist.«

»Sie haben recht«, sagte Friedrich, »nur bin ich ein Mann und habe von Haus aus einen höchst überflüssigen Trieb weniger zur praktischen als zur ideellen Aktivität mitbekommen. ›Die Zeit ist aus den Fugen‹, sagt Ihr dänischer Engländer Hamlet, ›Schmach und Gram, daß ich zur Welt, sie einzurichten, kam.‹ Ich kann mir diesen unbegreiflichen Größenwahn noch immer nicht abgewöhnen. Dazu kommt noch bei jedem braven Deutschen, der auf sich hält, das Faustische. ›Habe nun, ach, Philosophie, Juristerei und Medizin …‹ und so fort. Da ist man in jeder Beziehung enttäuscht, und da möchte man sich dem Teufel verschreiben, dessen erstes Medikament dann sonderbarerweise meistens ein blondes Gretchen oder mindestens etwas Ähnliches ist.«

Die Dame schwieg, und Friedrich sah sich genötigt fortzufahren.

»Ich weiß nicht, ob es Sie interessiert«, sagte er, »über die sonderbaren Schicksale eines ideologischen Bankrotteurs etwas Näheres zu erfahren.«

Sie lachte und sagte: »Eines Bankrotteurs? Dafür halt' ich Sie nicht! Aber alles, was Sie angeht und was Sie mir mitteilen wollen, interessiert mich natürlich.«

»Schön«, sagte Friedrich, »wir wollen sehen, ob Sie recht haben. Stellen Sie sich einen Menschen vor, der bis zum dreißigsten Jahre immer auf falschen Wegen gewesen ist. Oder wenigstens hat die Reise auf jedem dieser Wege immer sehr bald durch Achsenbruch oder Beinbruch ein Ende genommen. Es ist ja auch nur ein Wunder, daß ich diesmal dem wirklichen Schiffbruch entgangen bin. Dennoch glaube ich, mein Schiff ist gescheitert und ich mit ihm, oder wir sind noch mitten im Scheitern. Denn ich sehe kein Land. Irgend etwas fest Begründetes sehe ich nicht.

Bis zum zwölften Jahr war ich in einer Kadettenanstalt. Ich bekam Selbstmordneigung und erlitt Strafen wegen Widersetzlichkeit. Ich konnte keinen Reiz darin finden, mich für eine künftige große Schlächterei vorbereitet zu sehen. Da nahm mich mein Vater heraus, obgleich er damit seine Lieblingsidee mit mir – denn er ist mit Leib und Seele Soldat – aufgeben mußte. Ich absolvierte dann das vielbefehdete humanistische Gymnasium. Ich wurde Arzt, und weil ich darüber hinaus wissenschaftliche Interessen hatte, verlegte ich mich auf Bakteriologie. Nun, Achsenbruch! Beinbruch! die Sache ist abgetan! Ich werde in diesen Fächern kaum noch arbeiten. – Ich trat in die Ehe. Ich hatte mir diese ganze Angelegenheit vorher sozusagen künstlerisch aufgebaut: ein Haus, ein Gärtchen, ein braves Weib, Kinder, die ich auf neue, freie und bessere Art und Weise erziehen wollte, als es üblich ist. Dazu Praxis in einem bedürftigen Landbezirk, da ich der Ansicht war, ich könne dort mehr als in Berlin W von wirklichem Nutzen sein. Aber Junge, hieß es, bei deinem Familiennamen: deine Revenuen in Berlin könnten die zwanzig-, dreißig-, vierzigfachen sein! Meine gute Frau wollte partout keine Kinder haben. Von dem Augenblick an, wo Aussicht war, bis zur Geburt gab es verzweifelte Auftritte, das Leben wurde zur Hölle für uns. Wir haben nicht selten, meine Frau und ich, anstatt zu schlafen, die Nächte durch debattiert. Meine Aufgabe bestand in gutem Zureden, Trösten, laut und leise, heftig und sanft, wild und zärtlich, mit allen erdenklichen Argumenten. – Auch ihre Mutter verstand mich nicht. Meine Frau war enttäuscht, ihre Mutter enttäuscht, weil sie in der Art, wie ich einer großen Karriere aus dem Wege ging, nur das Gebaren eines Verrückten zu sehen vermochten. Dazu kam, ich weiß nicht, ob das in allen jungen Ehen das gleiche ist, daß wir schon jedesmal, bevor noch das Kind geboren war, über die einzelnen Punkte seiner Erziehung das Streiten bekamen. Wir stritten, ob wir den Knaben, wie ich wollte, im Haus oder, wie meine Frau wollte, in der öffentlichen Schule erziehen lassen sollten. Oder ich sagte: ›Das Mädchen bekommt Turnunterricht!‹ – meine Frau: ›Es bekommt keinen Turnunterricht!‹ Das Mädchen war aber noch gar nicht geboren. Wir stritten so, daß wir einander mit Scheidung und Selbstmord drohten. Meine Frau schloß sich ein. Ich prügelte gegen die Tür, weil ich in Angst war und Schlimmes befürchtete. Dann gab es Versöhnungen. Und die Folgen solcher Versöhnungen vermehrten dann wieder das nervöse Elend in unserer Häuslichkeit. Eines Tages mußt' ich die Schwiegermama vor die Türe setzen. Es war ein Mittel, um Ruhe zu schaffen. Meine Frau sah das schließlich selber ein. Überhaupt, wir liebten einander und hatten trotz allem die besten Absichten. Wir haben drei Kinder: Albrecht, Bernhard und Annemarie. Sie sind in drei Jahren, also schnell nacheinander gekommen. Diese Geburten haben die nervöse Disposition meiner Frau zur Krisis gebracht. Schon nachdem Albrecht geboren war, hatte sie einen Anfall von Melancholie. Die Schwiegermama mußte mir zugeben, daß sie die gleichen Anfälle schon als Kind gehabt hatte. Nach der letzten Geburt reiste ich mit meiner Frau auf zwei Monate nach Italien. Es war eine schöne Zeit, und ihr Gemüt schien sich wirklich unter dem ›glücklichen Himmel Italiens‹ aufzuheitern. Aber die Krankheit schritt in der Stille fort. Ich bin einunddreißig Jahre alt und acht Jahre verheiratet. Mein ältester Junge ist sieben Jahr. Es ist jetzt« – Friedrich sann nach –, »es war ungefähr, wir haben jetzt Anfang Februar, Mitte Oktober vorigen Jahres, als ich meine Frau in ihrem Zimmer darüber betraf, wie sie einen nicht gerade billigen moiréseidenen Stoff, den wir in Zürich gekauft hatten und der länger als vier Jahre in ihren Schüben gelegen hatte, in lauter kleine Flickflecken zerschnitt. Ich sehe noch den roten Stoff, soweit er noch nicht zerschnitten war, und den lockeren Berg von Flicken, der auf der Erde lag. Ich sagte: ›Angele, was machst du da?‹ – Und da merkte ich, was die Uhr geschlagen hatte! – Dennoch trug ich mich eine Zeitlang mit Hoffnungen. Eines Nachts aber wachte ich auf und sah das Gesicht meiner Frau mit einem Ausdruck der Abwesenheit dicht über mir. Dabei fühlte ich etwas an meiner Kehle. Sie hatte mir dieselbe Schere, mit der sie den Stoff zerschnitten hatte, an die Gurgel gesetzt. Dabei sagte sie: ›Komm, Friedrich, zieh dich an, wir müssen beide in einen Sarg von Lindenholz schlafen gehn!‹

Nun mußte ich ihre und meine Verwandten zusammenberufen. Schließlich lag Gefahr für die Kinder vor, wenn auch ich mich zu schützen gewußt hätte. – Sie sehen also«, schloß Friedrich, »daß ich auf dem Wege der Ehe auch nicht weit mit meinem Talent gekommen bin. Ich will alles und nichts. Ich kann alles und nichts. Mein Geist ist zugleich überladen worden und leer geblieben.«

Miß Eva Burns sagte einfach: »Da haben Sie in der Tat etwas Schweres durchgemacht.«

»Ja«, sagte Friedrich, »Sie haben jedoch nur dann recht, Miß Burns, wenn Sie die Gegenwartsform an Stelle der Vergangenheitsform setzen und wenn Sie erst ganz ermessen, wodurch dieser Fall noch verwickelter wird. Die Frage ist: Habe ich Schuld an dem Verlauf, den das Gemütsleiden meiner Frau genommen hat, oder aber darf ich mich freisprechen? Ich kann nur sagen, das Verfahren über diesen Fall, wo ich selber Angeklagter, Kläger und Richter bin, ist im Gange, und es ist einstweilen keine letzte Entscheidung abzusehen.

Finden Sie nun einen Sinn darin, Miß Burns, daß gerade mich der Atlantische Ozean nicht hat haben gewollt? Oder daß ich wie ein Verrückter um mein nacktes Dasein gekämpft habe? Daß ich einige Unglückliche, die unser Boot zum Kentern bringen wollten, mit dem Ruder über die Köpfe schlug, so daß sie lautlos und spurlos untertauchten? Ist es nicht eine Gemeinheit, daß ich mich noch immer ans Leben klammere und alles andere lieber tue, als dies gänzlich verpfuschte Dasein aufzugeben?«

Alles dieses hatte Friedrich bleich, erregt, übrigens aber im Tone leichter Konversation gesprochen. Die abgegessenen Teller hatte der Wirt schon vor längerer Zeit beiseite gebracht. Miß Eva sagte, vielleicht um eine peinliche Antwort zu umgehen: »Wir nehmen doch hier noch Kaffee, Herr Doktor?« – »Alles, was Sie wünschen, heut oder morgen und immer, solange ich Ihnen nicht lästig bin. Aber Sie haben an mir einen tristen Gesellschafter. Es gibt nicht zum zweitenmal einen so dummen und kleinen Egoismus, wie der ist, mit dem ich behaftet bin. Denken Sie sich, meine Frau befaßt sich in der Anstalt, in der sie jetzt ist, damit, sich immerfort ihre eigene Sündhaftigkeit, Unwürdigkeit, Schlechtigkeit und Nichtigkeit zu beweisen. Weil sie so unwürdig ist, wie sie sagt, und weil ich so groß, edel und bewunderungswürdig vor ihr dastehe, deshalb muß man sie ständig bewachen, damit sie sich nicht, wie man sagt, ein Leides tut. Ist das nicht ein sehr hübsches Bewußtsein für mich? und darf ich mich da nicht wirklich stolz fühlen?«

Miß Burns aber sagte: »Ich habe gar nicht gewußt, daß in einem so kräftigen Manne, verzeihen Sie, ein so kleines, zitterndes Seelchen sitzt. Was Sie jetzt zu tun haben, ist meiner Ansicht nach nur das: nach Möglichkeit diese ganze Vergangenheit zuzudecken. Etwas Ähnliches müssen wir alle tun, um für das Leben tüchtig zu sein.«

»Nein«, sagte Friedrich, »ich bin vollkommen untüchtig. In diesem Augenblick ist mir wohl, weil ich mich einem Menschen gegenüberbefinde, dem ich aus irgendeinem Grunde über mich reinen Wein – verzeihen Sie, euphemistisch ausgedrückt – einschenken kann.«

»Sie müßten sich konzentrieren, Sie müßten arbeiten«, sagte Miß Burns. »Sie müßten womöglich bis zur absoluten Übermüdung körperlich tätig sein.«

»Oh, meine Verehrte«, rief Friedrich, »wie überschätzen Sie mich! Arbeit? Dazu braucht man Vertrauen und Lust: beides hab' ich verloren. Und wenn ich hier sitze, in einem Lande, das durch die mächtigsten Willenskräfte des europäischen Menschen in Besitz genommen ist, so sitze ich hier – und das ist der Punkt, der die meisten Menschen von heut von den Menschen von damals unterscheidet –, weil ich Ruder und Steuer verloren habe und mein letztes bißchen Selbstbestimmung flötengegangen ist.«

Der Kaffee kam, und Friedrich sowie Miß Burns rührten schweigend die Löffel darin.

Dann fragte Miß Burns: »Wodurch ist Ihnen denn, wie Sie sagen, Ihre Selbstbestimmung verlorengegangen?« – »Theridium triste«, sagte Friedrich und gedachte plötzlich des Beispiels der Galgenspinne, das Doktor Wilhelm in bezug auf Ingigerd gebraucht hatte und das er jetzt im größeren Sinn auf das Verfahren des Schicksals anwendete. Natürlich verstand Miß Burns ihn nicht. Aber Friedrich brach ab und wollte sich, als sie ihn deshalb um Auskunft bat, nicht erklären. Und ebenso schnell und bereit zog die Dame ihre Frage zurück und sagte, sie fände es richtig und gut, wenn er von seiner mit deutschem Tiefsinn geführten Unterhaltung mehr in ihre Sphäre, die Sphäre eines oberflächlichen Menschen, überginge. An diese Bemerkungen schloß sie den Rat: wenn er auch noch so scharf mit sich ins Gericht gehe, weil er so viele verschiedene Wege nicht zu Ende gegangen sei, so müsse er doch getrost einen neuen betreten und sich womöglich auf etwas beschränken, wobei Hand, Auge und Kopf gleichermaßen gefesselt wären. Mit einem Wort: er solle kommen und mit seiner alten Liebe, der Bildhauerei, einen Versuch machen. Vielleicht würde er in einigen Monaten der Meister einer Madonna aus polychromiertem Holz geworden sein.

Friedrich sagte: »Sie täuschen sich, ich bin ein Schaumschläger. Lassen Sie mir die Illusion, wonach ein großer Künstler in mir auf den Augenblick der Befreiung harrt. Viel eher sollte ich vielleicht Mr. Ritters Kutscher, Kammerdiener oder Geschäftsführer sein.«

Miß Eva Burns hatte ihr kleines Geldtäschchen hervorgeholt, sie litt nicht, daß Friedrich für sie bezahlte, und beide traten wieder auf die belebte Straße hinaus. Ebenso wie früher erregte das Paar, wo es erschien, Aufmerksamkeit. »Zum Donnerwetter«, sagte

Friedrich, der im lärmenden Treiben der Straße wieder ein anderer geworden war, »was habe ich eigentlich alles geschwatzt, Miß Burns? Ich habe Ihre Geduld mißbraucht und Sie auf scheußliche Weise gelangweilt!« – »O nein«, sagte sie, »an solche Gespräche bin ich gewöhnt. Ich verkehre seit vielen Jahren mit Künstlern.« – »Damit wollen Sie hoffentlich doch nicht über meine Wahrhaftigkeit den Stab brechen, Miß Burns?« fragte ein wenig erschrocken Friedrich. – »Nein, aber ich glaube nicht«, sagte sie ruhig und mit einer beinahe männlichen Festigkeit, »daß die Natur, wenn sie uns einmal durch etwas leiden macht, uns durch dasselbe Etwas immer wieder leiden zu machen beabsichtigt. Zwischen zwei Tage, scheint mir, ist, nicht ohne Absicht des Schöpfers, immer und überall für den Menschen die Nacht und der Schlaf gesetzt.«

»Nicht immer und überall«, meinte Friedrich und dachte daran, mit welcher Mühe er sich in den vergangenen Nächten einige Stunden Schlafs erobert hatte. An einer Straßenkreuzung stand Miß Eva still, um eine Tramway zu erwarten, die sie wieder ins Atelier bringen sollte. »Sehen Sie das«, sagte Friedrich zu ihr und wies auf sechs vollständig gleiche Riesenplakate, die alle in schreienden Farben Mara, das Opfer der Spinne, darstellen sollten. Ein grüner Streifen war schräg über jedes Plakat geklebt, worauf man las, die Tänzerin sei bis jetzt noch durch die Folgen des Schiffbruchs am Auftreten verhindert, werde aber am morgigen Tage bei Webster und Forster sich vor dem amerikanischen Publikum zum erstenmal produzieren. Über diesen Plakaten war an derselben Brandmauer Artur Stoß in ganzer Figur, überlebensgroß, sechs- bis achtmal abgebildet.

»Die Kleine hat Mr. Ritter für übermorgen früh zur Probe in ein Theater auf der Fifth Avenue geladen. Das ist doch nicht Webster und Forster!« sagte Miß Burns. Friedrich erklärte ihr, was sich inzwischen begeben hatte. Die in Aussicht stehende Probe war dagegen für ihn selbst eine Neuigkeit. Er sagte leichthin: »Ich habe eigentlich nur Mitleid mit diesem Mädchen.« Er schloß: »Ich hätte den innigen Wunsch, Miß Burns, Sie möchten sich dieses armen leitungslosen Geschöpfes etwas annehmen.« – »Auf Wiedersehen, kommen Sie so bald als möglich ins Atelier arbeiten«, sagte Miß Burns, in den Straßenbahnwagen einsteigend.

Nachdem Miß Eva Burns von dem Strome des New-Yorker Verkehrs fortgerissen worden war, hatte Friedrich seltsamerweise eine Empfindung von Verlassenheit. Ich werde, sagte er sich, selbst auf die Gefahr hin, mein Mißgeschick durch Lächerlichkeit zu krönen, mich morgen in Ritters Atelier verfügen, meine Hände in den Tonkasten vergraben und mein Leben aus einem feuchten Erdenkloß gleichsam von Grund aus neu zu bilden versuchen.

Gegen zehn Uhr am nächsten Morgen hatte Ritter Friedrich bereits in seinem Atelier willkommen geheißen. Er erhielt einen kleinen Arbeitsraum, dessen Tür nach der Werkstatt von Miß Burns offenstand.

Friedrich nahm nun zwar zum erstenmal jenen vielbedeutenden feuchten Ton in die Hand, aus dem Götter Menschen, dafür aber auch die Menschen um so mehr Götter gebildet haben, aber er hatte schon in Rom manchem befreundeten Bildhauer auf die Finger gesehen, so daß ihm die Arbeit, zum eigenen Staunen und zur Verwunderung von Miß Burns, leicht vonstatten ging. Natürlich halfen ihm dabei auch seine anatomischen Kenntnisse. Als er drei Stunden hintereinander mit heraufgestreiften Hemdsärmeln fieberhaft tätig gewesen war und der Arm eines Muskelmenschen, in großen Zügen deutlich nachgeformt, vor ihm stand, fühlte Friedrich ein ihm völlig neues Gefühl der Befriedigung. Er hatte, solange er arbeitete, ganz vergessen, wer er war und daß er sich in New York befand. Als Willy Snyders, wie meistens auf seinem Wege von seinem Geschäft zum Lunch, unterwegs Bonifazius Ritter und die Kunst grüßte, kam es Friedrich vor, als würde er in ein ganz anderes, ihm fremdes Leben aufgeweckt und zurückgerufen. Es tat ihm leid, die Arbeit verlassen zu müssen. Er fand, daß die Mittagsmahlzeit eigentlich etwas recht Störendes sei.

Miß Burns sowohl als Willy hatten Friedrich durch Lob stolz gemacht. Als Ritter kam, wurden sie schweigsam und abwartend. Ritter, nachdem er diesen ersten Versuch des Arztes betrachtet hatte, meinte: er habe sicherlich schon öfters Ton in den Händen gehabt. Das konnte Friedrich mit gutem Gewissen verneinen. »Nun«, meinte Ritter, »dann haben Sie wirklich mit dem Material gewirtschaftet wie jemand, dem die Sache im Blute sitzt. Nach diesem ersten Versuche erscheint es mir, als ob Sie nur auf den Ton gewartet hätten und als ob der Ton nur auf Sie gewartet habe.« Friedrich sagte: »Wir wollen sehen!« Er fügte hinzu: es heiße zwar, aller Anfang sei schwer, aber nach seiner Erfahrung sei es bei ihm eher umgekehrt. So gewinne er meist die erste und zweite Schach-, Skat- oder Billardpartie, während er später immer verliere. So sei ihm seine Doktorarbeit, seine erste bakteriologische, und seien ihm seine ersten medizinischen Kuren gut ausgeschlagen. Diesen Behauptungen, an denen immerhin ein Gran Wahrheit war, wollten die Künstler indessen nicht trauen, und Friedrich verließ das Atelier in einer gesünderen Laune, als ihn je eine seit Jahren überkommen hatte.

Leider schlug sie einigermaßen um, nachdem er im Klubhaus mit Ingigerd Hahlström gesprochen hatte. Das Mädchen hörte mit Anteillosigkeit, wenn nicht mit Ironie, von seiner neuen Betätigung. Ritter, Willy und Lobkowitz waren heimlich empört über ihre Bemerkungen. Sie verlangte von Friedrich, er müsse zu Webster und Forster gehn und diese Leute veranlassen, eine Anzeige, die sie bei der »Society for the Prevention of Cruelty to Children« aus Rache gemacht hatten, zurückzuziehen. Da ihnen der Dollarwert, der in der kleinen Schiffbrüchigen steckte, durch deren neuen Vertrag mit Lilienfeld entgangen war, sollte nun wenigstens auch dem Konkurrenten ein Strich durch seine Rechnung gemacht werden. Ingigerd hatte am Morgen eine erste kleine Probe gehabt. Zur Probe des nächsten Tages hatte sich bereits ein Vertreter der »Society for the Prevention of Cruelty to Children« angemeldet. Sie war natürlich darüber außer sich, denn erstlich wollte sie nun durchaus in New York ihr Licht leuchten lassen und im doppelten Sinne gefeiert, das heißt bedauert und bewundert sein. Ferner wollte sie das in Aussicht stehende Kapital nicht einbüßen. Wenn man sie in New York nicht auftreten ließ, so verdarb man ihr das Geschäft für Amerika.

Gegen den eisernen Willen der Kleinen war nicht anzukommen. Mit innerem Ekel, wohl oder übel, mußte Friedrich von Mittag bis Abend für den kleinen Star Läufer- und Handlangerdienste verrichten. Er lief von Webster und Forster zu Lilienfeld, von Lilienfeld zu den Anwälten Brown und Samuelson, von der Second Avenue nach der Fourth Avenue, von der Fourth Avenue nach der Fifth Avenue, um schließlich bei Mr. Barry, dem Vorstand der »Society for the Prevention of Cruelty to Children« selbst, anzuklopfen. Aber Mr. Barry empfing ihn nicht.

Es war ein Glück, daß der brave Willy Snyders seinem ehemaligen Lehrer in aufopfernder Weise zur Seite blieb und ihm – er hatte sich zu diesem Zweck den Nachmittag über von seinem Bürodienst frei gemacht – die Wege so viel wie möglich ebnete. Sein schnoddriger, derber Humor, seine lustigen Privatissima über New-Yorker Verhältnisse halfen Friedrich über viele unangenehme Augenblicke hinweg.

Es ist für die Besitzer der Paläste in der Fifth Avenue gut, daß ihre Ohren mit Taubheit geschlagen sind. Sonst würde keiner von ihnen zum Genuß seines Daseins gelangen. Man kann sich in Europa nicht vorstellen, von welcher Fülle von Flüchen und Verwünschungen die Umgebung der Häuser der Goulds, der Vanderbilts und andrer Nabobs verfinstert ist. Diese langweiligen Sandstein- und Marmorpalais werden angesehen wie auf Jahrmärkten Käfige wilder Tiere, oder wie man Gebäude ansehen würde, die aus den blutigen Judaspfennigen erbaut worden sind, um die, nach der Sage, ein Jünger Jesu den Meister verriet.

Dem allgemeinen Brauche gemäß erging sich denn auch Willy Snyders in höchst respektlosen Äußerungen. Ein solcher Brauch ist natürlich in einem Lande, wo es dem Bürger völlig unmöglich ist, irgend jemand für etwas anderes als seinesgleichen anzusehen, und wo eine geheiligte Autorität, ein unterscheidender Nimbus weder für Geld noch für gute Worte zu haben ist. Es gibt dort keine Fürsten, also auch keine Geldfürsten, sondern nur solche Leute, von denen man sagt, daß sie sich durch Raub, Diebstahl und Betrug einen ungerechten Riesenanteil der allgemeinen, jahraus, jahrein fortgesetzten Dollarfischzüge gesichert hätten.

Friedrich war glücklich, als er am folgenden Morgen wieder in der Nähe des Tonkastens und bei seiner Modellierarbeit stand. Hier konnte er, leidenschaftlich mit Hand und Auge bemüht, seinen vom Lärm New Yorks brummenden Kopf austosen lassen. Er pries sich glücklich, daß er von Grund aus unpraktisch war und den grauenvollen Jahrmarkt, die ewigen Kriech-, Tanz- und Springprozessionen nach dem sakrosankten Dollar nicht mitzumachen brauchte.

Wenn ihm der Atem jenes Treibens das Kleid seiner Seele gleichsam in Fetzen riß, so spürte er, die Details des athletischen Armes nachbildend, wie der innere Heilungsprozeß in Gang geriet, öfters kam Miß Eva herein, um zu betrachten, was er gemacht hatte, und einige Worte mit ihm zu wechseln. Das war ihm lieb, ihre kameradschaftliche Gegenwart beruhigte, ja beglückte ihn. Und das in sich Beruhende ihres Wesens erregte Friedrichs immerwährende stille Bewunderung. Als er ihr sagte, welches merkbare Quietiv ihm diese neue Arbeit sei, erklärte sie, wie sie das sehr wohl aus eigener Erfahrung gewußt habe, und meinte, wenn er nicht abspringe, sondern dabeibleibe, werde ihm die Wohltat einer solchen Arbeitsform bald noch tiefer fühlbar sein.

Für zwölf Uhr waren die Künstler von Ingigerd Hahlström zur Probe geladen. Man versammelte sich in Miß Evas Atelier mit einer gewissen Feierlichkeit. Außer Ritter und Lobkowitz waren Willy Snyders und der zigeunerhafte Franck gekommen, der ein großes Skizzenbuch unterm Arme trug. Da der Himmel hell und die Straßen trocken waren, beschloß die kleine Gesellschaft, der sich natürlich Eva Burns angeschlossen hatte, bis ins Theater der Fifth Avenue zu Fuß zu gehn. Ritter erzählte Friedrich unterwegs, daß er sich auf Long Island ein kleines Landhaus baue, aber dieser wußte bereits mehr davon. Es war, wie Willy Snyders Friedrich verraten hatte, ein ziemlich anspruchsvoller Bau, den der junge Meister nach eigenen Plänen errichten ließ. Ritter sprach davon, wie doch die dorische Säule die natürlichste und deshalb edelste aller Säulenformen sei und in jede Umgebung von Grund aus hineinpasse. Darum hatte er sie auch bei seiner Villa vielfach verwandt. Für die Innenräume waren ihm pompejanische Eindrücke teilweise maßgebend. Er hatte in seinem Hause ein Atrium. Er sprach von einer Brunnenfigur, einem Wasserspeier, den er über dem quadratischen Wasserbecken anbringen wollte. Er meinte, die Künstler seien in dieser Beziehung heute erfindungslos. Hier wären die tollsten und lustigsten Möglichkeiten. Er nannte das »Gänsemännchen«, das »Manneken Pis« und den Nürnberger »Tugendbrunnen« als naive deutsche Beispiele; aus der Antike den Satyr mit dem Schlauch zu Herkulanum und anderes mehr. »Das Wasser«, sagte er, »das als bewegtes Element mit dem unbeweglichen Kunstwerk verbunden sei, könne rinnen, triefen, stürzen, sprudeln, spritzen, aufwärtsquellen oder prächtig steigen, es könne glockig zischen oder staubig umhertreiben. Aus dem Schlauche des Satyrs zu Herkulanum muß es gegluckst haben.«

Während Friedrich neben dem schlanken und elegant gekleideten Bonifazius Ritter ging und in der kalten und sonnigen Luft griechische Phantasien mit ihm durchlebte, pochte sein Herz mit großer Gewalt. Es war ihm, wenn es ihm zum Bewußtsein kam, daß er, nach allem was dazwischenlag, Ingigerd Hahlström wiederum ihren Tanz tanzen sehen sollte, als könne er diesem Eindruck nun nicht mehr gewachsen sein.

Das Theater an der Fifth Avenue war finster und leer, als Ritter und sein Gefolge eintraten. Irgendein junger Mann hatte die Herren ins Parkett geführt. Sie konnten sich hier nur vorwärtstasten. Allmählich trat, nachdem sich ihre Augen gewöhnt hatten, die nächtliche Grotte des Theaterraumes mit seinen Sitzreihen, seinen Rängen und seinem bemalten Plafond hervor. Die Finsternis, die nach Staub und Moder roch, legte sich Friedrich auf die Brust. Das ganze geräumige Gruftgewölbe hatte Vertiefungen, die wie Höhlungen für Särge wirkten und zum Teil mit bleichen Laken verhängt waren. Die Bühne war, bei aufgezogenem Vorhang, durch abgeblendete Glühlampen schwach erhellt, in einem Umkreis, der größer wurde, je mehr sich das Auge mit dem schwach verstreuten Licht zu begnügen verstand.

Die Herren, von denen noch keiner einen unbeleuchteten, leeren Theaterraum gesehen hatte, fanden sich auf irgendeine Weise beengt und beklemmt, so daß sie, ohne besonderen Grund, ihr Gespräch zum Flüstern herabdämpften. Es war kein Wunder, daß Friedrichs Herz immer ungebärdiger gegen die Rippen schlug. Aber auch der nicht leicht betretene, immer zum Sarkasmus neigende Willy Snyders rückte die Brille, riß, wie man sagt, Mund und Nase auf, so daß sein schwarzer japanischer Kopf mit diesem Ausdruck der Selbstvergessenheit, als ihn Friedrich streifte, einen herausfordernd komischen Eindruck machte.

Als nach einer Anzahl spannungsvoller Minuten sich nichts veränderte, wollten die Künstler eben damit beginnen, ihre Seelen durch Fragen zu entlasten, als plötzlich die Ruhe durch ein Getrampel unterbrochen und der Bühnenraum vom Lärm einer lauten, etwas gepreßten, keineswegs melodischen Männerstimme erschüttert wurde. Schließlich erkannte man den Impresario Lilienfeld, im Paletot, den hohen Hut in den Nacken geschoben, heftig scheltend und mit einem spanischen Rohre fuchtelnd. Diese Entdeckung löste bei den Künstlern einen unwiderstehlichen, nur mit Mühe in den gebotenen Grenzen zu haltenden Lachkrampf aus.

Lilienfeld brüllte. Er rief nach dem Hausmeister. Irgendein Reinmacheweib, das ihm auf der sonst verödeten Bühne in den Wurf gekommen war, wurde von ihm auf geradezu schreckliche Weise niedergedonnert. Wo war der Teppich? Wo war die Musik? Wo war der Lümmel von einem Beleuchter, den man ausdrücklich auf zwölf Uhr bestellt hatte. Das Fräulein, hieß es, stehe hinten im Gang und könne nicht in die Garderobe hinein. Eine Stimme aus dem Parkett, die des jungen Mannes, der die Künstler hereingeleitet hatte, suchte sich mehrmals durch ein schüchternes »Herr Direktor, Herr Direktor.« bemerklich zu machen. Endlich hatte Lilienfeld, mit der Hand am Ohr an die Rampe tretend, den Laut dieser Stimme aufgefaßt. Sofort ergoß sich über den jungen Mann das einen Augenblick gestaute, jetzt verdoppelte Donnerwetter. Der Beleuchter kam und wurde nun ebenfalls angeranzt. Drei Leute mit Tamtam, Becken und Flöte wurden von einem Herrn im Zylinder hereingeschoben. »Wo ist die Blume? Die Blume! Die Blume!« schrie Lilienfeld jetzt in das Gruftgewölbe hinein, wo ihm ein zages »Ja, ich weiß nicht« von irgendwoher antwortete. Nun verschwand er, immer »Wo ist die Blume? wo ist die Blume?« rufend. »Wo ist die Blume? die Blume! die Blume!« drang es in endlosen Echos bald näher, bald ferner, bald von oben, bald von der Seite, bald von der Bühne, bald aus der letzten Parkettreihe den Künstlern ans Ohr. Ein Umstand, der ihre Heiterkeit noch mehr anregte.

Es wurde nun eine sonderbare, große, rote Papierblume bei etwas verstärktem Licht auf die Bühne gebracht. Lilienfeld, der befriedigter wiederkam, war im Gespräch mit den Musikanten begriffen. Er erkundigte sich, ob sie den verlangten Tanz studiert hätten, und schärfte ihnen den Rhythmus ein. Er wünschte alsdann zu hören, was sie zu leisten vermöchten, erhob seinen Rohrstock wie einen Taktstock und sagte befehlend: »Well, begin!«

So begannen denn nun die Musikanten auch in der Neuen Welt jenen aufreizenden Rhythmus, jene teils dumpfe, teils kreischende Barbarenmusik, die Friedrich schon in der Alten Welt verfolgt hatte. Er dankte dem Himmel dafür, daß die Dunkelheit seine Erregung verbergen half. Bis hierher war er durch immer dieselben Klänge gelockt, verleitet oder geleitet worden. Welche Absicht hatte dieser sonderbare Ariel nun mit ihm, und in wessen Auftrag handelte er, als er sein Opfer nicht nur mit inneren Stürmen aufregte, sondern es in einem wirklichen, furchtbaren Sturm auf hoher See beinahe zugrunde gehen ließ? Warum hatte er ihm die Stacheln dieser Musik ins Fleisch, ihre unzerreißlichen Schlingen um Nacken und Glieder geworfen, und wie kam es, daß sie durchaus ungeschwächt mit ihrer eigensinnigen Teufelei hier wieder einsetzte?

Er schlug nicht um sich, er rannte nicht fort und war doch nahe daran, beides zu tun. Es war ihm, als wäre sein Kopf dick in dicke Segelleinwand eingewickelt und als müßte er endlich die aufgezwungene Blindheit loswerden und seinem bizarren und grotesken Gegner – Ariel oder Kaliban – ins Augen sehn.

Es ist unzweifelhaft, dachte Friedrich, während die Musik ihn quälte und aufreizte, daß die Menschen immer wieder den Wahnsinn suchen und dem Wahnsinn ergeben sind. Und war nicht Wahnwitz bei denen der Anführer, die zuerst das Unmögliche möglich machten und über die Ozeane gingen, obgleich sie nicht Fisch noch Vogel waren. Es gibt in Skagen in Dänemark im Speisesaal eines kleinen Gasthofes eine Sehenswürdigkeit. Dort sind die bemalten Galionsfiguren untergegangener Schiffe, mit deren Trümmern sie gelegentlich an Land kamen, aufgestellt. Alle diese hölzernen Leute, Herren und Damen, mit den bemalten Gesichtern und Kleidern, hat unverkennbar die Hand des Wahnsinns berührt. Sie blicken alle nach oben und in die Weite, irgendwohin, wo sie etwas hinter allem zu sehen scheinen, und schnobern mit ihren Nasen nach Gold oder nach den Gerüchen fremder Gewürze in die Luft. Alle haben sie irgendwie ein Geheimnis entdeckt und den Fuß von der heimischen Erde in die Luft gesetzt, um dort Illusionen und Phantasmagorien und der Entdeckung neuer Geheimnisse im Pfadlosen nachzugehen. Von solchen ist das Dorado entdeckt worden. Solche führten Millionen und Millionen von Menschen in den Untergang.

Und Ingigerd Hahlström wurde Friedrich jetzt wirklich zur verführerischen und ekstatischen Galionsfigur, während er sie kurz vorher zur bemalten Madonna aus Holz gemacht hatte. Er sah sie jetzt über dem Wasser an der Spitze eines gespenstischen Segelschiffs, schwanenhaft vorgebauscht, mit offenem Mund und weitaufgerissenen Augen, während ihr gelbes Haar zu beiden Seiten der Schläfen lotrecht herniederfloß.

Da verstummte der Lärm der Musik, und Ingigerd war auf die Bühne getreten.

Sie hatte einen blauen, langen Theatermantel umgenommen, unter dem sie bereits im Kostüm ihrer Rolle war. Sie sagte sehr trocken: »Lieber Direktor, ich glaube, daß es ein bißchen dumm ist, meine Nummer ›Mara oder das Opfer der Spinne‹ in ›Oberons Rache‹ umzuändern.« – »Meine Liebe«, sagte Lilienfeld ärgerlich, »überlassen Sie das um Gottes willen mir, ich kenne das hiesige Publikum. Fangen wir an, meine Liebe! es eilt«, schloß der Mann, und indem er laut in die Hände klatschte, rief er den Musikanten zu: »Forwards! Forwards! Ohne Umstände!«

Wieder begann die Musik, und gleich darauf tanzte Mara herein. Sie glich einer nackten Elfe, die sich schwebend umherbewegte. Wie sie in weiten Kreisen um die noch ungesehene Blume flog, schien sie dann wieder in ihrem golddurchwirkten, durchsichtigen Schleier ein fabelhafter, exotischer Schmetterling. Willy Snyders nannte sie eine Wasserjungfer, Ritter eine Phaläne. Maler Franck hatte sich mit den Augen an der verwandelten Ingigerd festgesaugt.

Jetzt nun kam jener Augenblick, wo das Mädchen mit traumwandlerisch geschlossenen Lidern die Blume zu suchen begann. In diesem Suchen lag Unschuld und Lüsternheit. Es trat dabei jenes unendlich feine Zittern hervor, das man in der schwülen Erotik der Nachtfalter beobachtet. Endlich hatte sie an der Blume gerochen und, wie an ihrer jähen Erstarrung zu merken war, die dicke Spinne darauf erblickt.

Wie Friedrich bekannt war, pflegte Ingigerd das Entsetzen, die Schreckenslähmung und die Flucht nicht immer auf gleiche Weise darzustellen. Heut bewunderten alle den Wechsel des Ausdrucks auf dem süßen Antlitz der Tänzerin, das von Widerwillen, Ekel, Entsetzen und Grausen nacheinander bewegt und entstellt wurde. Sie flog, wie geblasen, bis in den äußersten Lichtkreis zurück.

Die neue Phase des Tanzes begann: jene, in der das Mädchen die Spinne für harmlos hielt und sich wegen der überstandenen Ängste auslachte. Dies alles war von unnachahmlicher Grazie, Unschuld und Lustigkeit. Als nun nach einem Zustand wohliger Ruhe das Spiel mit den imaginierten Spinnefäden seinen Anfang nahm, kreischte eine Parkettür, und ein stattlicher Greis ward hereingeführt. Er trug den Zylinder in der Hand, das scharfgeprägte Gesicht war bartlos, die ganze Erscheinung zeigte den Gentleman. Der junge Mann, der den Fremden geleitet hatte, stürzte davon, und der Gentleman, ohne nach vorn zu kommen, hatte sich, wo er war, auf einem Parkettsitz Platz geschafft. Aber Lilienfeld erschien, und indem er sich um den ehrfurchtgebietenden alten

Yankee, gewandt wie ein Ohrwurm, herumbewegte, suchte er ihn zu veranlassen, in der vordersten Reihe Platz zu nehmen.

Der Herr, Mr. Barry, Präsident der »Society for the Prevention of Cruelty to Children« und vieler anderer Organisationen, winkte ab und vertiefte sich in die Vorstellung. Ingigerd war indessen durch das Quarren der Parkettür, die Ankunft des neuen Zuschauers und das Brummeln ihres Impresarios bei der Begrüßung aus dem Konzept gebracht worden. »Vorwärts, vorwärts!« rief Lilienfeld. Die Kleine aber trat an die Rampe und sagte geärgert: »Was ist denn los?« – »Gar nichts, durchaus nichts, meine Verehrte«, beteuerte der Direktor voll Ungeduld. Ingigerd rief nach Doktor von Kammacher. Friedrich erschrak, als er seinen Namen erschallen hörte. Es war ihm peinlich, zu Ingigerd an die Rampe zu gehn. Sie beugte sich nieder und trug ihm auf, dem Pavian von der Society auf den Zahn zu fühlen und ihn zu ihren Gunsten zu bearbeiten. Sie sagte: »Wenn ich nicht öffentlich auftreten darf, so springe ich von der Brooklynbrücke, und man kann mich mit der Angel dort suchen, wo mein Vater ist.«

Als Ingigerd unter Zuckungen, erdrosselt von den Fäden der Spinne, scheinbar ihr Leben, in Wahrheit ihren Tanz beendet hatte, ward Friedrich Mr. Barry vorgestellt. Der alte reckenhafte Nachkomme der Pilgerväter, die mit der »Mayflower« gelandet waren, musterte Friedrich mit einem Blick, der feindlich wie der einer Katze schillerte und für den, wie es schien, Dunkelheit nicht vorhanden war. Barry sprach ruhig, aber was er sagte, hatte nicht gerade den Anschein, als ob ein tolerantes Verhalten von ihm zu erwarten wäre. »Das Mädchen«, sagte er nach einigen Auseinandersetzungen Lilienfelds, »ist bereits von ihrem gewissenlosen Vater zu verwerflichen Zwecken mißbraucht worden.« Er äußerte ferner: »Die Erziehung des Kindes ist vernachlässigt: offenbar hat man ihm nicht einmal die geläufigsten Begriffe von Scham und Anstand beigebracht.« Er setzte hinzu, mit einer Kälte und einem Hochmut, die jede Gegenerklärung entkräfteten, daß leider zur Verhinderung solcher widerlichen, das öffentliche Sittlichkeitsgefühl so gröblich verletzenden Schaustellungen noch immer kein Gesetz vorhanden sei. Einwände Lilienfelds schien er nicht aufzufassen.

Sein mangelhaftes Englisch erschwerte es Friedrich, einzugreifen. Dennoch hatte er den Zwang, unter dem Ingigerd sich befand, ihr Brot zu verdienen, zu betonen gewagt, woraufhin er aber sogleich mit der kalten Frage »Sind Sie der Bruder des Mädchens?« zum Schweigen gebracht wurde.

Der Präsident der Society hatte den Raum verlassen, und Lilienfeld tobte mit wilden Verwünschungen wider die niederträchtige Heuchelei dieser Yankees und Puritaner. Er hatte die ganz bestimmte Ahnung, daß ein Verbot, öffentlich aufzutreten, an Ingigerd Hahlström ergehen werde. Diese verwünschte Suppe hatten ihm Webster und Forster eingebrockt. Ingigerd weinte, als Friedrich sie in der Garderobe abholen wollte, und erging sich in wütender Heftigkeit. »Das habe ich niemand als Ihnen zu verdanken«, sagte sie, »warum konnten Sie mich denn nicht, wie Stoß mir riet und wie jeder mir riet, am ersten Tage auftreten lassen?«

Friedrich war angeekelt. Mr. Barrys Erscheinung hatte ihm die Gestalt seines Vaters ins Gedächtnis gerufen: Wenngleich er seine Ansichten niemals in der Form von Mr. Barry geäußert und betätigt haben würde, so waren sie denen des Yankees doch verwandt, ja in Friedrichs eigner Seele war vieles ungetilgt geblieben, was Geburt und Erziehung gepflanzt hatte.

Der zigeunerhafte Franck stürzte herein und gebärdete sich wie ein Unsinniger. Seine Begeisterung, die Ingigerds Laune ein wenig verbesserte, war von der stammelnden, nach Worten ringenden Art. Friedrich sah den Maler mit Widerwillen und erschrak, als er bei ihm die Zeichen der eigenen Besessenheit wiedererkannte. Ingigerd überließ dem Maler die Hand, die er mit wilden Küssen bedeckte, und diese leidenschaftlichen Küsse erstreckten sich von dem Handgelenk auf den Unterarm, was dem Mädchen natürlich und in der Ordnung schien.

Ingigerd wünschte, daß Friedrich nochmals zu Präsident Barry persönlich hinginge, um ihn mit Bitten oder Drohungen, Zwang oder Geld zu beeinflussen. Ein solcher Versuch war, wie Friedrich wußte, aussichtslos. Da weinte sie und erklärte, sie hätte nur Freunde, die sie ausnützten. Warum war Achleitner nicht mehr da? Warum mußte gerade er und nicht dieser und jener andere sein Leben einbüßen? Achleitner war ihr wirklicher Freund, einer, der in der Welt Bescheid wußte und zugleich reich und uneigennützig war.

Schon am nächsten Tage war das Verbot, aufzutreten, wirklich an Ingigerd Hahlström gelangt. Das Mädchen gebärdete sich wie unsinnig. Lilienfeld indessen erklärte, jetzt sei der Augenblick da, die Sache beim Mayor von New York anhängig zu machen. Zugleich eröffnete er Ingigerd, sie müsse das Klubhaus verlassen, wenn sie nicht Internierung in irgendein Waisenhaus gewärtigen wolle. Lilienfeld bot ihr – er war verheiratet, aber kinderlos – Asyl im eigenen Hause an; wohl oder übel mußte sie einwilligen.

Als am Morgen nach der Übersiedelung Ingigerds Friedrich in einem neuen, von Miß Eva Burns beschafften Rohleinwandkittel hinter seiner Modellierarbeit stand, hatte er ein Gefühl der Erleichterung.

Meister Ritter hatte Miß Eva Burns gegenüber Neigung geäußert, das tanzende Mädchen zu modellieren. Aber Friedrich brachte es nur zu einer etwas mühsamen Zustimmung. »Sehen Sie, Miß Eva«, sagte er, »eigentlich bin ich der letzte, der es verhindern will, wo irgend etwas von schönen Dingen entstehen soll. Aber ich bin nur Mensch, und wenn der Meister die Kleine als Aktmodell benutzt, so ist es mit meiner Seelenruhe zu Ende.« Miß Eva lachte. »Sie haben gut lachen«, sagte er, »aber ich bin ein Rekonvaleszent, und Rezidive sind lebensgefährlich.«

Es vergingen acht Tage, in denen Friedrich einen wunderlichen und noch keineswegs sieghaften Kampf durchmachte. Täglich arbeitete er im Atelier, Miß Burns war seine Vertraute geworden. Sie wußte nun durch ihn selbst, was ihr auch früher nicht verborgen gewesen war, daß er in Banden Ingigerds schmachtete. Sie wurde seine Kameradin und seine Beraterin, ohne sich jemals anders als aufgefordert in die Wirrungen seines Innern einzumischen. Friedrich hatte ihr seinen Entschluß, von Ingigerd freizukommen, mitgeteilt. Jedesmal wenn er bei dem Mädchen gewesen war, sagte er, daß er sich indigniert und gelangweilt gefühlt habe. Er war dann fest entschlossen, nicht mehr zu ihr zurückzugehn: ein Vorsatz, der oft schon einige Stunden später gebrochen wurde. Bei Miß Evas unendlicher Langmut brauchte Friedrich das Thema Ingigerd niemals abzusetzen. Die Seele des Mädchens wurde von innen nach außen und von außen wieder nach innen gewendet, ihr Inhalt wurde hundertmal durchgeworfelt und nach Gold oder Weizenkörnern durchgesiebt.

Eines Tages hatte das Mädchen zu Friedrich gesagt: »Nimm mich, entführe mich, mache mit mir, was du willst!« Sie hatte ihn aufgefordert, streng, ja grausam mit ihr zu sein. »Sperre mich ein«, sagte sie, »ich will außer dir keine Männer mehr sehen.« Ein andermal hatte sie bittend geäußert: »Ich will gut werden, Friedrich, mache mich gut.« Aber am nächsten Tage hatte sie ihren Beschützer und Freund schon wieder in die Zwangslage versetzt, sich mit unverzeihlichen Handlungen abzufinden.

Tatsache war, daß sie bereits eine Anzahl Männer für sich laufen, rennen, Geschäfte abwickeln, denken und zahlen ließ.

Wovon Friedrich sich nicht entwöhnen konnte, das war diese zerbrechliche, blonde und süße Körperlichkeit. Und doch war er entschlossen, sich loszumachen. Eines Tages kam Ingigerd, um

Miß Eva für ein Porträt zu sitzen. Auch Friedrich rückte einen Drehstuhl heran. Es war nicht ohne weiteres abzusehen, warum Miß Burns diese Sitzungen arrangiert hatte, tatsächlich aber hatte das strenge und sehr genaue Studium, das nun auch Friedrich den Zügen seines Idols widmete, eine sonderbare Wirkung auf ihn.

Die Flächen der Stirn, die Augenbogen, die Lage der Augen selbst, die Biegung der Schläfe, die Form und der verkrüppelte Ansatz des Ohrs, die messerrückenschmale Nase, ihre Flügel, die etwas ältliche nasolabiale Falte, der Kniff in den Mundwinkeln, das schöne, doch auch brutale Kinn, der eigentlich wirklich unschöne Hals mit der wäscherinnenhaften Halsgrube, alles das prägte sich ihm so nüchtern ein, daß jede verschönende Kraft erlosch. Vielleicht wußte Miß Eva Burns, was es mit einer so strengen, anhaltend folgerichtigen Betrachtung eines Modells auf sich hat.

Die langen Sitzungen, denen Ingigerd sich aus Eitelkeit unterwarf, zeigten überdies das Enge, Tüftelige ihres Charakters. Mit Bewunderung für Miß Eva Burns empfand Friedrich das ewig Zurückgebliebene, Inkomplette seines Modells mit erschreckender Deutlichkeit. Einst hatte sie einen Brief aus Paris von der Mutter mitgebracht. Sie las ihn vor, und es war, als wenn sie indes am Pranger stünde.

Der Brief der Mutter war streng, ernst, sorgenvoll, aber nicht ohne Liebe. Das trübe Ende des Vaters wurde darin mit Anteil erwähnt und Ingigerd nach Paris eingeladen. Die Mutter schrieb: »Ich bin nicht reich, Du wirst bei mir arbeiten müssen, Mädchen, aber ich werde mich bemühen, Dir in jeder Beziehung eine Mutter zu sein, wenn« – und nun kam der Nachsatz –, »wenn Du Dir vornimmst, Deinen Lebenswandel zu bessern.«

Die Glossen, die das Mädchen zu diesen Äußerungen der Mutter machte, waren von einer dummen und wilden Gehässigkeit. »Ich soll zu ihr kommen und in mich gehen«, äffte sie nach, »weil mich der liebe Gott so wunderbarlich gerettet hat. Jawohl, Mama soll erst in sich gehen! So blöd werd' ich sein! Ich werde nicht Schneiderin. Fortwährend von Mama schurigeln lassen. Um mich ist mir nicht bange, wenn ich bloß nicht unter jemandes Fuchtel bin.« Und so ging es fort, in einer Weise, die vor den häßlichsten Intimitäten in der Lebensführung der Eltern nicht zurückschreckte.

Für den fünfundzwanzigsten Februar war auf Betreiben Lilienfelds und seiner Anwälte ein Termin vor dem Mayor von New York in der City-Hall anberaumt worden, der über Aufhebung oder Aufrechterhaltung des Verbots, Ingigerd Hahlström und ihr öffentliches Erscheinen angehend, entscheiden sollte. Ingigerd, durch Frau Lilienfeld smart gekleidet, wurde in eine Droschke gepackt und in Begleitung der Dame, die sie chaperonierte, nach der City-Hall übergeführt. Friedrich und Lilienfeld waren vorangefahren. »Die Lage ist die«, erklärte Lilienfeld während der Fahrt durch das graue, finstere und kalte New York, »daß New York augenblicklich in den Händen der Tammany-Society ist. Die Republikaner sind bei den letzten Wahlen durchgefallen. Ilroy, der Mayor, ist ein Tammany-Mann. Der Kutscher wird möglicherweise bei Tammany-Hall vorbeifahren, und ich werde Ihnen den Sitz dieser furchtbar einflußreichen Gesellschaft zeigen, die den Tiger im Wappen führt. Der Name Tammany stammt von einem indianischen Seher Tamenund. Die Parteiführer haben läppische indianische Namen und Titel. Das Wappen wird nicht Wappen, sondern Totem genannt. Aber lassen Sie sich durch diese Indianerromantik nicht täuschen. Diese Leute sind nüchtern. Der Tammany-Tiger ist ein Tier im großen New-Yorker Schafstall, mit dem nicht zu spaßen ist.

Wir dürfen übrigens annehmen«, fuhr der Direktor fort, »den Tammany-Tiger, und also den Bürgermeister, in Sachen der Kleinen für uns zu haben, obgleich das nicht absolut sicher ist. Mr.

Barry ist jedenfalls Republikaner und ein Todfeind von Tammany-Hall. Dagegen würde Ilroy, der Mayor, mit allergrößtem Vergnügen ihm und der ›Society for the Prevention of Cruelty to Children‹, dieser blödsinnigen Institution, eins auswischen. Aber seine Amtszeit läuft ab, und er möchte gern wiedergewählt werden, was nur bei einigen Konzessionen an die Republikaner wahrscheinlich ist. Nun, wir wollen sehen! wir müssen abwarten.«

Man war im City-Hall-Park vor der City-Hall angelangt, einem Marmorbau mit Glockenturm und einem Säulenportikus. Unter diesem Portikus mußte man auf die Ankunft der Damen warten.

Im Hin- und Herschreiten fühlte sich Friedrich plötzlich am Rocke gezupft. Er wandte sich und erblickte ein modisch vermummtes kleines Mädchen, in dem er sofort Ella Liebling erkannte. »Ella, Mädel, wo kommst du her?« fragte er. Sie knickste und sagte, daß sie mit Rosa spazierenginge. In der Tat stand das Dienstmädchen an den Stufen der City-Hall und grüßte mit: »Guten Morgen, Herr Doktor!« Friedrich stellte Ella Herrn Lilienfeld als eine kleine Schiffbrüchige vor. »Guten Morgen, mein Kind«, sagte Lilienfeld, »also ist es wirklich wahr, daß du bei dem schauerlichen Schiffs-untergang auch gewesen bist?« Keck und frisch und mit einem kindlich koketten Stolz gewürzt kam die Antwort zurück: »Jawohl! und ich habe dabei einen Bruder verloren.« – »Ach, armes Kind!« sagte Lilienfeld, aber schon zerstreut, denn er dachte an den Speech, den er vielleicht vor dem Mayor zu halten gezwungen war. »Entschuldigen Sie«, sagte er plötzlich zu Friedrich, indem er sich einige Schritte entfernte und ein Blatt mit Notizen zu hastigem Studium aus der Brusttasche nahm. Ella rief: »Meine Mama war auch schon tot und ist wieder lebendig geworden!« – »Wieso, wieso?« fragte Lilienfeld, unter der goldenen Brille herüberglotzend. Friedrich erklärte ihm, daß Wiederbelebungsversuche der Mutter das Leben gerettet hätten. Er fügte hinzu: »Wenn es mit rechten Dingen zuginge, so müßte dieses simple bäurische Dienstmädchen dort« – er wies auf Rosa – »mehr als dereinst der selige Lafayette, der Held zweier Welten, gefeiert werden. Sie hat Wunder getan. Sie hat immer nur an ihre Herrschaft, an uns andere und nie an sich selbst gedacht.« Friedrich ging, um das Dienstmädchen zu begrüßen.

Als er sie nach Frau Liebling fragte, wurde Rosa wie eine Päonie. Der gnädigen Frau ginge es wohl recht gut, meinte sie. Danach brach sie in Tränen aus, weil sie sich an den kleinen Siegfried erinnerte. Alle Formalitäten der Beerdigung waren durch sie und einen Konsularagenten erledigt worden, und sie allein war dabeigewesen, als man die kleine Leiche auf dem israelitischen Friedhof begrub.

Nun trat ein ordentlich gekleideter Mensch heran, in dem Friedrich erst ganz aus der Nähe Bulke, den Diener des Artisten, erkannte. Er sagte: »Herr Doktor, meine Braut kommt von der Geschichte nicht los. Könnten Sie meiner Braut nicht mal sagen, Herr Doktor, daß sich das nicht gehört und daß man von so einer Geschichte loskommen muß. Schlimmer könnt's ja nicht sein, wenn sie einen eignen Jungen verloren hätte!« – »Wenn Sie sich verlobt haben, Herr Bulke, so kann man sich nur freuen für Sie und muß Ihnen aufrichtig gratulieren.« Bulke dankte und erklärte: »Sobald ich von meinem Herrn und sie von ihrer Dame fort kann, gehen wir nach Europa zurück. Bevor ich meine Zeit bei der königlichen Marine abmachen mußte, bin ich nämlich Schlächter gewesen. Nun schreibt mir mein Bruder aus Bremen von einem kleinen Schiffsproviantgeschäft, das zu haben ist. Man hat sich ja endlich auch was erspart, warum soll man's nicht schließlich mal so versuchen. Immer für fremde Leute arbeiten kann man doch nicht.« – »Ich bin ganz Ihrer Ansicht«, warf Friedrich ein, während sich plötzlich der Adlatus des Kunstschützen von Rosa mit den Worten »Die gnädige Frau!« empfahl.

Frau Liebling kam an der Seite eines dunkelbärtigen Herrn durch die Anlagen. Der Aufzug, in dem sie war und der für die Gattin eines russischen Großfürsten standesgemäß gewesen wäre, bewies, daß die reizvolle Frau inzwischen Gelegenheit gefunden hatte, den Verlust ihrer Garderobe zu ersetzen. Friedrich küßte der Dame die Hand und gedachte des Leberflecks unter der linken Brust und einiger anderen Merkmale des schönen Frauenleibes, den er mit so rücksichtsloser Mechanik allmählich wieder zu atmen gezwungen hatte. Er wurde dem schwarzen und eleganten Herrn vorgestellt, der ihn zugleich lauernd und abweisend musterte. Seltsam, dachte Friedrich, dieser Mikrozephale sollte eigentlich wissen, was er mir schuldig ist. Da schwitzt man, macht im Schweiße seines Angesichts Tote lebendig, fühlt sich als hochmoralisches Werkzeug der Vorsehung und hat schließlich für das Spezialvergnügen eines Lebemannes gearbeitet.

Frau Liebling war entzückt von Amerika. Sie rief: »Was sagen Sie zu den New-Yorker Hotels? Ich wohne im Waldorf-Astoria. Sind sie nicht großartig? Ich bewohne vier Zimmer nach vorn heraus. Die Ruhe! der Luxus! die schönen Bilder! wie in Tausendundeiner Nacht fühlt man sich! Lieber Doktor, das Restaurant Delmonico müssen Sie unbedingt mal besuchen! Was sind dagegen Berliner und selbst Pariser Verhältnisse? Ein solches Restaurant, solche Hotels finden Sie in Europa nicht.« Friedrich meinte verblüfft, das wäre wohl möglich. – »Waren Sie schon im Metropolitan Opera-House?« So und ähnlich setzte Frau Liebling, ohne Friedrich besonders zum Sprechen anzuregen, mit Fragen, die sie sich selbst beantwortete, eine Weile die Unterhaltung fort. Friedrich dachte an Rosa und Siegfried und hatte Zeit, immer wieder die nagelneuen Lackschuhe, die Bügelfalte, die Berlocks, die Brillantknöpfe, das mächtige Atlasplastron, das Monokel, den Zylinder und den kostbaren Pelzrock des kurznackig südländischen Dandys zu mustern, den die Dame mit Signor Soundso vorgestellt hatte.

»Was haben Sie denn mit unserm berühmten Tenor vom Metropolitan Opera-House zu tun?« fragte Lilienfeld, als Friedrich unter dem Portikus wieder erschien.

Die ganze Begegnung hatte ihm die Tragikomödie des Daseins so vor die Seele gestellt, daß er jetzt eine peinliche Gegenwart weniger wichtig zu nehmen fähig ward. Das Cab mit den Damen fuhr vor, und zugleich traten ein halbes Dutzend Journalisten in die Vorhalle, von denen, wie Friedrich nicht ohne Überraschung bemerkte, die meisten mit Ingigerd, der sie die Hand, drückten, auf einem zwanglosen Fuße standen. Sie sah sehr niedlich und kindlich aus und wurde samt Frau Lilienfeld, als nun auch Herr Samuelson gekommen war, von einer ziemlich zahlreichen Leibwache in das hohe, holzgetäfelte, mit Bogenfenstern versehene Sitzungszimmer der City-Hall hinaufgeleitet. An einem langen Tisch hatte bereits, und zwar neben dem leeren Präsidentenstuhl des Mayors von New York, die hohe Gestalt Mr. Barrys Platz genommen. Er hielt sein Augenglas in der Hand und blätterte manchmal in seinen Papieren. Herr Samuelson und Lilienfeld nahmen ihm gegenüber Platz. Der übrige Raum um den Tisch wurde von der Presse und sonstigen Interessenten eingenommen. Unter diesen war Friedrich, die äußerst repräsentative Gattin Lilienfelds und Ingigerd, das Objekt der Verhandlung.

Nun kam der Mayor, ein Ire, aus einer Flügeltür, die sich nah hinter seinem Stuhle öffnete. Er war ein verschlagen und verlegen lächelnder Mann, der zwar nicht jedermann freundlich grüßte, aber doch mit einem Anflug höflicher Güte anblickte. Jemand flüsterte Friedrich zu: »Die Sache des Fräuleins steht gut, der Mayor wird dem alten Heuchler Barry eins auswischen.« In der Tat war der Mayor gegen seinen Nachbar zur Rechten von einer nichts Gutes weissagenden Herzlichkeit.

Es trat Stille ein. Mr. Barry wurde das Wort erteilt.

Der alte Mann erhob sich mit dem Ernst und jener unabhängigen Sicherheit, die für gewöhnlich nur dem bedeutenden Staatsmann eignet. Friedrich konnte die Augen nicht von ihm wenden. Fast tat es ihm leid, daß der Erfolg seiner Rede schon im vorhinein vernichtet sein sollte.

Mr. Barry entwickelte zunächst in klarer Form die Zwecke seiner Society. Er führte eine Anzahl von Fällen an, wo Kinder im Dienste der Industrie, des Handels, des Handwerks oder des Theaters mißbraucht worden und zu Schaden gekommen waren. – Hier flüsterte jemand Friedrich ins Ohr: »Er kann sich an seiner Nase ziehen! Der Alte ist nämlich ein Wall-Street-Mann, der in seinen Fabriken zahllose Kinder beschäftigt und überhaupt einer der rücksichtslosesten Ausbeuter ist!« – Diese Mißstände hätten, wie Mr. Barry erklärte, die Gründung der »Society for the Prevention of Cruelty to Children« notwendig gemacht.

Die Gesellschaft, fuhr Barry fort, mache es sich indes zur Pflicht, nur in wirklich erwiesenen Notfällen einzugreifen. Der schwebende sei ein solcher Fall.

Seit einigen Jahren werde New York von einer besonderen Sorte von Freibeutern – er sagte mit scharfer Betonung »freebooters« – überschwemmt. Das hänge mit der zunehmenden Glaubenslosigkeit, dem steigenden Mangel an Religion und der damit verknüpften Sucht nach äußerlichen Zerstreuungen und Vergnügungen zusammen. Die steigende Unmoral und allgemeine Verderbnis sei der Wind, der die Segel solcher Piraten fülle. Aber die Seuche dieser Verderbnis sei nicht etwa in diesem Lande entstanden, sondern sie werde aus den Lasterwinkeln der großen europäischen Städte, London, Paris, Berlin, Wien, eingeschleppt. Der Seuche müsse man Einhalt tun und zu diesem Behuf eben den Freibeutern, die sie nährten und immer wieder einschleppten, Halt gebieten.

»Sie sind keine guten amerikanischen Bürger, überhaupt keine Bürger, they are not citizens! Deshalb«, sagte Mr. Barry, jedes Wort mit harter Korrektheit aussprechend –, »deshalb ist es ihnen auch gleichgültig, wenn unsere Religion, unsere Sitte, unsere Moral verwüstet wird. Diese Raubvögel sind skrupellos, und wenn sie die Kröpfe gehörig voll haben, so verschwinden sie über den Ozean in ihre gesicherten europäischen Horste. Die Zeit ist gekommen, wo auch in dieser Beziehung der Amerikaner sich auf sich selbst besinnen und solche Schmarotzerinvasionen zurückweisen muß.«

Während der alte Jingo mit fester Stirn diese schneidenden Worte sprach, wurde Friedrich nicht müde, jede Bewegung seines harten und edlen Greisengesichtes zu beobachten. Es war sonderbar, wie der Ausdruck des Sprechers, als er von den räuberischen Vögeln redete, ihn selbst einem Geier ähnlich machte. Er stand mit dem Rücken den Fenstern zugekehrt, jedoch mit seitlicher Wendung des Kopfes, und Friedrich kam es vor, als ob bei den Worten von den gefüllten Kröpfen sein graublaues Auge zu einem weißlichen Glanz erblichen wäre.

Barry kam nun auf Ingigerd: »Es war ein großer Schiffbruch durch Gottes Ratschluß verhängt worden. Ein Vorfall, ganz dazu angetan, den Menschen nahezulegen, in sich zu gehen.« Der Redner brach ab und erklärte für unnütz, sich näher darüber auszulassen, weil denen, die ein solches Strafgericht nicht von sich aus zu würdigen wüßten, doch nicht zu helfen sei. Dann fuhr er fort: »Ich stelle den Antrag, das gerettete Mädchen, von dem nicht erwiesen ist, ob es das sechzehnte Jahr schon erreicht hat, einem Hospital zu überweisen und die Schiffahrtsgesellschaft zu veranlassen, daß es sobald wie möglich nach Europa zurücktransportiert und seiner Mutter, die in Paris lebt, übergeben werde. Das Mädchen ist krank, ist unentwickelt und gehört in die Hände des Arztes sowie unter Vormundschaft. Man hat es zu einem Tanz abgerichtet. Es verfällt hierbei in einen Zustand, der epileptischen Krämpfen nicht unähnlich ist. Es wird starr wie Holz. Die Augen

271

quellen ihm aus dem Kopfe. Es zupft mit den Fingern Watte. Schließlich ist es ohnmächtig und weiß nichts von sich. Solche Dinge gehören hinter die Wände des Krankenzimmers, unter die Augen des Arztes und der Wärterin. Solche Dinge gehören nicht auf das Theater. Es wäre empörend, es würde eine Herausforderung der öffentlichen Meinung sein, wollte man diese Interna eines Spitals auf dem Theater vorführen. Dagegen protestiere ich, im Namen des guten Geschmacks, im Namen der öffentlichen Moral und im Namen der amerikanischen Sittlichkeit. Es geht nicht an, diese arme Unglückliche auf die öffentliche Bühne zu zerren und ihr Elend, nur weil sie durch die Schiffskatastrophe in aller Munde ist, schamlos auszubeuten.«

Dies war deutlich gesprochen. Herr Samuelson erhob sich sofort, nachdem Barry sich gesetzt hatte. Seine Art zu plädieren war bekannt. Man wußte, daß er sich anfangs zu schonen pflegte, um später unerwartet mit einem heftigen Leidenschaftsausbruch seine Hörer zu überrumpeln.

Als der Leidenschaftsausbruch auch in diesem Falle gekommen war, entsprach er nicht ganz den Erwartungen, die Lilienfeld, die Presse und Friedrich davon gehegt hatten. Man merkte zu deutlich, daß die ausgedrückte Entrüstung durch Honorar und energischen Willen erzwungen war und nicht aus natürlicher Quelle stammte. Der müdegehetzte Mann, mit dem Christusbart und der unreinen, blutlosen Haut, war eigentlich nur als Opfer seines Berufs beachtenswert, und auch in dieser Beziehung weniger imponierend als Teilnahme erregend: am meisten Mitleid erregend, leider, als er dem abgetriebenen Rößlein der Eloquenz gleichzeitig Peitsche und Sporen gab, um seinen Gegner niederzureiten. Mr. Barry und Mr. Ilroy, der Mayor, blickten einander vielsagend an, und es war, als hätten sie beide Lust, diesem traurigen Ritter beizuspringen.

Jetzt konnte sich Lilienfeld nicht mehr zurückhalten. Er wurde rot, seine Stirnader schwoll, die Zeit des Schweigens war vorbei, und die Stunde des Redens war gekommen. Da der Mann mit den hundert Schreibmaschinen und dem Millioneneinkommen der Aufgabe nicht gewachsen war, mußte man sie selbst in die Hand nehmen. Gedacht, getan! und zwischen den Lippen des gedrungenen, stiernackigen Unternehmers drangen die Worte mit Wucht hervor.

Nun war es an Mr. Barry, ruhig zu bleiben und ohne Wimperzucken den hageldichten Hieben und Stößen des Gegners standzuhalten. Dem alten Herrn wurde nichts erspart. Er hatte mancherlei Dinge von Kindermißbrauch in gewissen Fabriken in Brooklyn, von puritanischer Heuchelei, von öffentlich Wasser predigen und heimlich Wein trinken anzuhören und hinunterzuschlucken. Es wurde ihm attestiert, daß er ein Mitglied jener borniertn, kunst-, kultur- und lebensfeindlichen Kaste sei, die in Leuten wie Shakespeare, Byron und Goethe Teufel mit Hufen und langen Schwänzen zu sehen glaubten. Solche Leute, hieß es, machten immer wieder den Versuch, die Zeiger der Uhr der Zeit zurückzudrehen. Ein ganz besonders widerwärtiger Anblick im Lande der Freiheit, im vielgerühmten freien Amerika.

Freilich sei ein solches Beginnen kein aussichtsvolles. Für immer versunken und vorüber sei die Zeit puritanischer Prüderie, puritanischer Gewissensfolter, puritanischer Orthodoxie und Unduldsamkeit. Der Strom der Zeit, der Strom des Fortschritts und der Kultur werde dadurch nicht aufgehalten; aber diese reaktionären Mächte, in ihrer Finsterlingswirtschaft bedroht, hätten nun einen feigen Guerillakrieg kleiner, feiger, erbärmlicher Stänkereien angefangen. Ein Herd solcher gemeingefährlicher Stänkereien sei Mr. Barrys Society. Und hier gebe er ihm zurück, was Mr. Barry vorhin gesagt habe: in der »Society for the Prevention of Cruelty to Children« sei ein Seuchenherd, wenn wirklich eine Seuche auf dem Boden Amerikas vorhanden wäre. Hier in der Society sitze der Herd der Pest, sofern eine Pest im Lande vorhanden sei. Mr. Barry mache sich lächerlich, wenn er behaupte, Europa sei eine Pestbeule. Europa sei die Mutter Amerikas, und ohne den Genius eines Kolumbus – man begehe jetzt die Erinnerungsfeier fourteen hundred and ninety-two –, ohne den Genius eines Kolumbus und den immerwährenden Zustrom mächtiger europäischer, deutscher, englischer, irischer Intelligenzen – hier zwinkerte er den Mayor an – wäre Amerika heute noch eine Wüste.

Nachdem Lilienfeld um der kleinen Tänzerin willen Himmel, Erde und Meer durcheinanderbewegt hatte, legte er die Denunziation seines Konkurrenten bloß, der sich der Society zu seinen verwerflichen Zwecken bedient habe, und wies seinerseits mit Entrüstung Barrys Behauptung zurück, daß er ein Ausbeuter sei. Sein Konkurrent sei vielleicht ein Ausbeuter. Er wies nach, von welchem Vorteil für Ingigerd die Bedingungen seien, die er ihr zugebilligt habe. Dort sitze seine Frau, die dem Mädchen, das in seinem Hause Unterkunft gefunden habe, in vielen Beziehungen eine Mutter sei. Im übrigen sei das Mädchen nicht krank, in seinen Adern fließe höchstens echtes, gesundes Artistenblut. Es sei eine unverschämte Dreistigkeit, die Ehre und die Moral der jungen Dame anzutasten. Sie sei keine Verkommene und Verwahrloste, sondern im Gegenteil ganz einfach eine sehr große Künstlerin.

Seinen Haupttrumpf hatte Lilienfeld bis zum Schluß aufgespart. Er war nämlich vor vier Wochen aus gewissen Rücksichten amerikanischer Bürger geworden. Nun schrie er so laut, daß die hohen Bogenfenster ins Klirren kamen, hinter denen der dumpfe Donner New Yorks arbeitete. Er schrie, Mr. Barry habe ihn einen Fremden, einen Freibeuter und dergleichen genannt. Er verbitte sich das auf das allerentschiedenste, da er ebensogut wie Mr. Barry amerikanischer Bürger sei. Und er rief ein Mal übers andere Mal, indem er den alten Jingo ganz direkt anredete, weit mit dem ganzen Körper über den Tisch gebeugt: »Mr. Barry, d'you hear? I am a citizen,

Mr. Barry, d'you hear? I am a citizen! Mr. Barry, I am a citizen and I will have my rights like you!«

Er schwieg. In seiner Luftröhre röchelte es, als er sich niedersetzte. In Mr. Barrys Gesicht hatte sich nicht ein Nerv geregt.

Nach längerer Pause sprach der Mayor. Seine Worte kamen ruhig heraus und mit jener leisen Verlegenheit, die ihm eigen war und ihn gut kleidete. Seine Entscheidung fiel genau so, wie sie von den politischen Sterndeutern vorausgesagt worden war. Ingigerd wurde gestattet, öffentlich aufzutreten. Es hieß, nach ärztlichen Zeugnissen sei das Mädchen als gesund anzusprechen, außerdem sei sie bereits über sechzehn Jahre alt, und es liege kein Anlaß vor, das zu bezweifeln und ihr die Ausübung einer Erwerbstätigkeit, einer Kunst, die sie schon in Europa ausgeübt habe, abzusprechen.

Die Journalisten grinsten vielsagend. Der heimliche Haß des irischen Katholiken und Mayors gegen den eingesessenen Puritaner englischer Herkunft war zum Durchbruch gekommen. Mr. Barry erhob sich und drückte diesem Feinde mit kalter Würde die Hand. Dann schritt er aufgerichtet davon, und seinem zweiten, ganz anders gearteten Gegner gelang es nicht, ihm noch zum Abschiede, wie er vorhatte, seinen ganz anders gearteten Haß ins Auge zu blitzen, da dieses Auge ihn vollkommen übersah.

Ingigerd wurde umringt. Man überhäufte das Mädchen mit Gratulationen. Es war eine Sache nach ihrem Herzen, erlebt zu haben, wie angesichts zweier Weltteile um ihren Besitz gekämpft worden war. Man umbuhlte sie förmlich, man huldigte ihr. Und keine Prinzessin hätte in diesen Augenblicken das Interesse von der kleinen Künstlerin ablenken können. Sie strahlte von Glück und Dankbarkeit.

Direktor Lilienfeld lud sogleich alle ihm noch in den Wurf laufenden Journalisten zum Frühstück ein.

Friedrich schützte Geschäfte vor, mußte der Kleinen indessen die Zusage geben, wenigstens noch zum Nachtisch vorzusprechen. Er empfahl sich und war allein.

Sein erster Gang war quer durch den City-Hall-Park zur Hauptpost hinüber, einem Riesengebäude, in dem etwa zweitausendfünfhundert Postbeamte arbeiten. Nachdem er ein Telegramm geschrieben und aufgegeben hatte und wieder in den Lärm der City herausgetreten war, wo die Leute im scharfen Wind vermummt durcheinanderliefen, ununterbrochener Tram-, Cab- und Lastwagenverkehr das Ohr betäubte, zog er die Uhr und stellte fest, daß sie eine halbe Stunde nach zwölf zeigte, genau den Zeitpunkt, an dem für gewöhnlich Miß Eva Burns das bescheidene Lunch in ihrem kleinen Stammlokal, nahe der Grand Central Station, begann. Er nahm ein Cab und ließ sich dorthin bringen.

Er wäre unendlich enttäuscht gewesen, wenn er gerade diesmal Miß Eva in dem gewohnten Raum nicht getroffen hätte. Allein sie war da und wie immer erfreut, wenn sie den jungen Gelehrten sah. Er rief ihr zu: »Miß Eva, Sie sehen in mir einen Mann, der aus dem Gefängnis, aus dem Korrektionshaus, aus der Irrenanstalt entlassen ist. Gratulieren Sie mir! Heute bin ich wieder ein Independent, ein unabhängiger Mensch geworden!«

Er war geradezu selig, als er sich niederließ, und in der ausgelassensten Stimmung. Er hatte, wie er sagte, Appetit für drei, Humor für sechs und gute Laune genug, um einem Timon von Athen damit aufzuhelfen. »Es ist mir ganz gleichgültig«, sagte er, »was noch später mal aus mir wird. So viel steht jedenfalls fest: keine Circe hat mehr Gewalt über mich.«

Miß Eva Burns gratulierte und lachte herzlich. Dann wollte sie wissen, was passiert wäre. Er sagte: »Die ganze Tragikomödie in der City-Hall erzähle ich Ihnen nachher. Erst muß ich Ihnen jedoch einen furchtbaren Schmerz bereiten. Beißen Sie also die Zähne zusammen, Miß Eva Burns! Jetzt passen Sie auf: Sie verlieren mich!« – »Ich Sie?« Sie lachte ehrlich und kräftig, aber in einer etwas verdutzten Art, während ein dunkles Rot, schnell kommend und schwindend, ihr Gesicht überflog. – »Ja, Sie mich!« sagte Friedrich. »Ich habe soeben an Peter Schmidt in Meriden telegraphiert. Heute abend oder spätestens morgen früh verlasse ich Sie, verlasse New York, gehe aufs Land und werde Farmer!« – »Oh, da muß ich aber wirklich sagen, das tut mir leid, wenn Sie fortgehen«, sagte Miß Eva, ohne jeden sentimentalen Beiklang ernst werdend. – »Warum denn?« rief er übermütig. »Sie kommen hinaus! Sie besuchen mich! Sie kennen mich ja bisher nur als Waschlappen. Vielleicht entdecken Sie, wenn Sie zu mir hinauskommen, schließlich noch etwas wie einen tüchtigen Kerl in mir.«

Und er fuhr fort: »Nehmen wir mal ein Beispiel aus der Chemie. Eine Salzlösung, durch den Löffel des Herrgotts mächtig umgerührt, beginnt ihren Kristallisationsprozeß. Etwas in mir will sich kristallisieren. Wer weiß, ob nicht, wenn alle diese Umwölkungen und Durchwölkungen fallen, eine feste neue Architektur das Resultat aller Stürme im Wasserglase ist. Vielleicht ist die Entwickelung eines germanischen Menschen nicht vor dem dreißigsten Jahre abgeschlossen. Dann stünde vielleicht vor dem Zustand erreichter fester Mannheit ebendie Krise, der ich nun, aller Wahrscheinlichkeit nach, entronnen bin und die ich so oder so hätte durchmachen müssen.«

Friedrich erzählte nun kurz das Hauptsächlichste aus der Verhandlung in der City-Hall, das komische Aufeinanderplatzen zweier Welten in den Reden von Barry und Lilienfeld, das er »tant de bruit pour une omelette« nannte. Er berichtete die Entscheidung des Mayors und erklärte, der Augenblick dieser Entscheidung, der Ingigerd den Lebenslauf, den sie wünsche, eröffne, habe auch ihm den Weg in das eigene neue Leben freigemacht. Er habe fast körperlich gespürt, wie auch für ihn mit dem Diktum des Mayors die Entscheidung gefallen sei.

Er schilderte Barry und verhehlte nicht, wie sehr, trotz aller Gegensätzlichkeit der Ansichten, dieser Nachkomme derer um Cromwell, die Karl den Ersten von England gerichtet und hingerichtet hatten, ihm imponierte. Wenn Barry wirklich ein Heuchler war, hatte nicht Lilienfeld, so daß Friedrich dabei mit einem gewissen Schrecken sich umblicken mußte, von der moralischen Unantastbarkeit Ingigerd Hahlströms laut gesprochen, während ein Grinsen, wie ein boshafter Schatten, durch die Reihe der Journalisten glitt? Blühte die Lüge nicht überall? War die Heuchelei nicht in allen Lagern eine Sache der Selbstverständlichkeit?

Friedrich fühlte sich wieder sehr wohl in der Gesellschaft von Miß Eva Burns. In einem auf die Seele übertragenen Sinne überkam ihn in ihrer Gegenwart immer ein Gefühl von Ordnung und Sauberkeit. Man durfte ihr alles sagen und mitteilen, und was sie zurückgab, klärte, statt zu verwirren; statt aufzuregen, beruhigte es. Allein Friedrich war mit ihrem Verhalten heut nicht ganz in der gleichen Weise wie sonst zufrieden. Ihre Freude über seine Befreiung schien ihm nicht groß genug, und er wußte nicht, ob er den Umstand auf mangelnde Anteilnahme oder auf heimliche Zweifel zurückführen sollte. »Ich bin zu Ihnen gekommen, Miß Burns«, sagte er, »weil ich niemanden weiß und wußte, den ich von der neuen Phase meines Geschicks lieber verständigt hätte. Sagen Sie mir einfach und offen, ob ich recht hatte, das zu tun, und ob Sie verstehen können, wie einem Menschen zumute ist, den eine widersinnige Leidenschaft nicht mehr fesselt.«

»Vielleicht weiß ich das«, sagte Miß Eva Burns, »aber ...« – »Aber?« fragte Friedrich. Sie antwortete nicht, und er fuhr fort: »Sie wollen sagen, Sie können sich von der Gesundung eines so gearteten Menschen, wie ich einer bin, nicht überzeugt halten. Ich gebe Ihnen indes die Versicherung, daß ich niemals bei dieser öffentlichen Nacktprozedur der Kleinen unter den Zuschauern sitzen und noch viel weniger hinter ihr her durch die Tingel-Tangel aller fünf Weltteile ziehn werde. Ich bin los! ich bin frei! und ich werde Ihnen das auch beweisen.«

»Wenn Sie sich das selbst beweisen könnten, so würde das allerdings vielleicht von Wert für Sie sein.«

Aber er wollte das lieber ihr beweisen. Er zog einen Brief Peter Schmidts hervor, aus dem zu ersehen war, daß der Arzt in seinem Auftrage ein Landhaus besichtigt hatte und daß der Plan, sich zurückzuziehen, bei Friedrich nicht erst seit heut bestand. »Sie werden von mir hören«, sagte er, »wenn ich in der Stille zu mir selber gekommen bin. Dazu ist begründete Aussicht vorhanden.«

Das Mahl war beendet. Auch Friedrich hatte sich an den bei Miß Eva üblichen Vegetabilien gütlich getan. Jetzt erhob er sich, ersuchte die Dame um Erlaubnis, ihr zum Dank für geduldiges Zuhören die Hand zu küssen, und empfahl sich schnell, weil er zum Nachtisch des Siegesfestmahls noch zurechtkommen mußte.

Das von dem kinderlosen Ehepaar Lilienfeld in der hundertvierundzwanzigsten Straße bewohnte Einfamilienhaus, das ganz genau den übrigen Häusern der Straße glich, war sehr komfortabel eingerichtet. Man saß beim Kaffee in einem mit Teppichen, kostbaren Lampen, Japanvasen und dunkelpolierten Nußbaummöbelstücken geschmückten Salon des Hochparterres, den die schmauchenden Journalisten mit dem Rauche schwerer Importen angefüllt hatten. Ein prunkhafter Luster strahlte elektrisches Licht herab, das dem Räume eine düstere Pracht mitteilte.

Mitten unter den Journalisten saß Ingigerd, eine Zigarette rauchend, in einen Fauteuil zurückgelehnt. Ihr Haar war offen, ihre ganze Erscheinung wirkte nicht vorteilhaft. Da sie in langen Kleidern ziemlich unmöglich war, war sie auf einen backfischartigen

Schnitt angewiesen: das verführte sie meist dazu, sich wie ein Seiltänzerkind herauszuputzen.

Als Friedrich von Kammacher im Salon erschien, errötete sie und streckte ihm lässig die Hand entgegen. Diese Hand hatte kurze, gewöhnliche Finger und mußte, da Hahlström, der Vater des Mädchens, lange und schöne Hände besaß, wohl ein Erbteil der Mutter sein. Friedrich küßte Frau Lilienfeld die Hand und bat um Vergebung, wenn er zu spät komme.

Natürlich war die Verhandlung in der City-Hall Gesprächsgegenstand. Direktor Lilienfeld lief mit Zigarren und Likören umher und bediente die Journalisten. Er tat dies mit einer zweckhaften Liebenswürdigkeit, die nicht davor zurückschreckte, den Herren lange Havannas in die Rocktaschen zu praktizieren.

Dieser und jener Journalist wurde beiseite geführt, um ihm über die Vergangenheit Ingigerds, ihre Abkunft, ihre Rettung, ihren Vater, ihre Erfolge, über die Art, wie ihr Talent entdeckt wurde, ein ziemlich grelles Gemisch von Wahrheit und Dichtung aufzunötigen. Er wußte, es würde noch am gleichen Abend, neben dem Verhandlungsbericht, in den New-Yorker Zeitungen stehen. Er hatte sein Märchen mit Hilfe von allerlei erhorchten Einzelheiten nach probatem Rezept zusammengebraut und erwartete eine sichere Wirkung.

Ingigerd sah recht müde aus, hatte indessen Befehl, solange noch ein Journalist zugegen war, nach Möglichkeit verschwenderisch mit Liebenswürdigkeit um sich zu streuen. Friedrich tat sie leid. Er merkte sofort: ihr Erwerbs- und Berufsdienst hatte begonnen.

Frau Lilienfeld, der sich Friedrich zunächst eine Weile widmete, war eine ruhige, mit Geschmack gekleidete Frau, die leidend, aber sehr anziehend war. Man gewann den Eindruck, daß ihr Mann, der sie sichtlich blindergeben verehrte, gewohnt war, sich nach dem kaum merklichen Wink ihrer Augen zu richten. Herr Lilienfeld war, trotz seines immerwährenden temperamentvollen Lärms, wie ein zaghaftes Kind vor ihr. Hätte Friedrich nicht bereits die Sicherheit eines festen Entschlusses in sich gefühlt, er wäre vielleicht auf die forschenden Fragen der Dame bedeutsamer eingegangen. Er spürte, die Dame hatte irgendwie Absicht und Wunsch, ihm in den Irrungen seiner Leidenschaft hilfreich zu sein.

Mit einem leisen, unendlich geringschätzigen Lächeln sprach sie zu Friedrich von dem Mädchen, das, Torheiten schwatzend, mit Beifallsbezeugungen überhäuft wurde. Sie nannte das Dämchen geradezu ein Gliederpüppchen aus dem Panoptikum, dessen blonder Porzellankopf mit Spreu gefüllt wäre. »Meinethalben ein Spielzeug!« sagte sie, »warum nicht? auch wohl ein Spielzeug für einen Mann! auch wohl ein Handelsobjekt! aber sonst nichts weiter! So etwas ist sein Geld vielleicht wert«, sagte sie, »aber sonst ist es nichts wert, nicht mehr wert als irgendeine andere Nichtigkeit, irgendeine andere Nippsache.«

Ingigerd – vielleicht fühlte sie einen Anflug von Eifersucht – kam und fragte Friedrich, ohne zu ahnen, welche Bedeutung die Frage in seinem Auge gewann, ob er seine Sachen gepackt habe. »Noch nicht! Wozu?« gab Friedrich zurück. – »Direktor Lilienfeld«, sagte sie, »hat für zwei Abende in der Woche mit Boston abgeschlossen. Packen Sie Ihre Sachen, Sie müssen übermorgen mit mir nach Boston gehn!« – »Bis ans Ende der Welt!« sagte Friedrich. Sie war befriedigt und blickte Frau Lilienfeld mit einem entsprechenden Ausdruck an.

Friedrich war froh, als er auch dieses Frühstück hinter sich hatte. Mit Willy Snyders' Hilfe war er wieder in den Besitz von Kleidern, Wäsche, einem Koffer und andrem gelangt, Sachen, in die er nun einige Ordnung brachte. Der letzte Nachmittag wurde still im Klubhaus verlebt, am Abend gedachte man den Abschied des lieben Gastes zu feiern.

Seit lange hatte sich Friedrich nicht so ausgeglichen und friedlich gefühlt wie während der Stunden dieses Nachmittages. Willy Snyders hatte den ehemaligen Lehrer auf seine Junggesellenbude geladen, um ihm endlich einmal vorzuführen, was er an schönen Kunstobjekten zusammengebracht hatte. Er, der falsche Japaner, sammelte echte Japansachen. Eine Stunde und länger wurden Friedrich in dem kleinen, mit Antiquitäten überfüllten Raum zunächst japanische Schwertstichblätter vorgeführt, Tsubas, wie der japanische Ausdruck lautet. Es sind kleine Ovale von Metall, die man leicht mit der Hand umfassen kann. Sie sind mit Bildwerk in flacherhabener Arbeit versehen, teils aus einem Metall, teils mit Kupfer, Gold oder Silber tauschiert und plattiert. »Kleiner Gegenstand, große Treue«, sagte Friedrich, nachdem er eine Anzahl dieser Wunderwerke bestaunt hatte: solche des Kamakura-Stils, des Namban-Stils, Arbeiten der über Jahrhunderte gehenden Goto-Schule, der Jakuschi-Schule, der Kinai-Schule, der Akasaka-Schule und der Nara-Schule – Fuschimi-Arbeiten aus dem fünfzehnten und sechzehnten Jahrhundert, Gokinai-Arbeiten, Kagonami-Arbeiten. Herrliche Stichblätter im Marubori-, Marubori-Zogan- und Hikonebori-Stil, Hamanu-Arbeiten, und so fort. Wo gab es einen Adel, wie den des Goto Mitsunori, der am Ende des neunzehnten Jahrhunderts lebte und auf sechzehn Ahnen zurückblicken konnte, die alle bedeutende Meister von Schwertzieraten waren. Herrliches Meistergeschlecht, das nicht nur sein Leben, sondern auch seine Kunst vererbte!

Und was alles war auf den kleinen ovalen Stichblättern dargestellt und zum Ausdruck gebracht: Die zweigespaltene Rübe des Glücksgottes Daikoku. Der Gott Sennin, mit seinem Hauch einen Menschen schaffend. Der sich auf den Bauch trommelnde Dachs, der so einen Wanderer in den Sumpf verlockt. Vollmondnacht und fliegende Gänse. Wiederum Wildgänse, die über einen Schilfstrand fliegen. Im Hintergrund Mondaufgang zwischen

Schneebergen: das Ganze von Eisen, Gold und Silber, ein Oval noch nicht handtellergroß, und dabei der unendliche mondbeschienene nächtliche Raum. – Das Lapidare und mit höchstem Kunstverstand den vollen Reichtum der Komposition im kleinsten Raum Entfaltende ward immer wieder von dem Sammler selbst und von Friedrich bewundert. Eins der Stichblätter zeigte einen Teepavillon hinter einer Hecke. In der geräumigen Landschaft war ein Wasserlauf, Himmel und Luft, durch Löcher im Eisen, also durch ausgesparte Stellen – will sagen durch nichts – vollkommen ausgedrückt. Ein anderes Stichblatt zeigte den Helden Hidesato, der an der Setabrücke einen Tausendfuß erlegt. Ein drittes den weisen Laotse auf seinem Zugochsen. Ein viertes den Sennin Kinko, irgendeinen anderen Gottesmann, auf seinem goldäugigen Karpfen reitend und dabei in ein Buch vertieft. – Weitere Tsuba- oder Schwertstichblätter zeigten: Den Gott Idaten, der einen Oni, einen Teufel, verfolgt. Dieser hat Buddhas Perle gestohlen. – Einen Vogel, den Schnabel zwischen die Schalen der Venusmuschel eingeklemmt. – Einen goldäugigen Oktopus oder Tintenfisch. – Den Weisen Kioko, der, halb aus seiner Hütte herausgeneigt, bei Mondschein in einer Schriftrolle las.

Diese Kollektion hatte Willy in seiner Findigkeit und Dreistigkeit in der Gegend der Five Points aufgestöbert, bei einem Kneipwirt, dessen Kneipe noch verrufener als der ganze Stadtteil war. Der Ehrenmann hatte sie als Pfand für die Zeche eines japanischen Gentleman zurückbehalten, der seit einigen Jahren spurlos verschwunden war. Es verging kein Tag, wo Willy Snyders nicht die Trödelläden der Bowery oder des Judenviertels durchstrich. Mit seinen feurigen, furchtlosen Augen, die jederzeit etwas erstaunt und entrüstet blickten, wagte er sich in die dunkelsten Stadtteile, ja in die finstersten Winkel der Opiumhöllen des Chinesenviertels hinein. Er wurde dort mit seinem dreisten Maulwerk und seiner runden Brille, wie er selbst sagte, von den Leuten für einen Detektiv gehalten, was ihm auch bei Einkäufen nützlich war.

In Chinatown, der New-Yorker Chinesenstadt, im Laden eines dicken chinesischen Wucherers, war Willy Snyders um billiges Geld in Besitz ganzer Stöße von Japanholzschnitten gelangt. Auch diese wurden jetzt mit eifersüchtigem Sammlerstolz ausgebreitet. Da war Hiroshige: die meisten Farbenholzschnitte aus der Bilderfolge der Landschaften vom Biwasee; Hokusai: die sechsunddreißig Ansichten des Fujijama. Ein Blatt, der braunrote Kegel mit weißen Schneeresten in das Lämmergewölk des kalten Himmelsmeeres tauchend, war vollkommen hinreißend. – Da war Shunsho und Shigemasa: Blätter aus dem Buche »Spiegel der Schönheiten des grünen Hauses«, Jedo 1776. – Ferner Shunsho: »Buch der sprießenden Kräuter«. – Ein gewisses Blatt von Hokusai nannte Friedrich »das goldene Sommergedicht«. Man sah darauf den oberen Himmel tiefblau, den Fuji links, unten tiefblau, goldenes Getreide, Landleute auf Bänken, Hitze, Glanz, Lust. – Ein Blatt von Hiroshige nannte Friedrich »das große Mondgedicht«: auf feuchten, weitgedehnten melancholischen Wiesen trauerweidenartige Bäume, schwachbelaubt, deren Zweige in den Spiegel eines träge fließenden Flusses tauchen. Kähne, mit Torf beladen, ziehen vorüber, ein Floß, das die japanischen Flößer bedienen. Das Wasser ist blau im Abendzwielicht. Der ungeheure blasse Mond ist etwas über den fernen Rand der Sümpfe emporgestiegen, blutig bläßliche Tinten verschleiern ihn.

»Willy«, sagte Friedrich, »wenn Sie im übrigen Ihre amerikanischen Jahre so gut benützt haben, so gehen Sie nicht mit leeren Händen nach Europa zurück.« – »Na, Teufel auch«, antwortete Willy, »was hat man denn sonst von diesem verwünschten Lande!«

Am folgenden Morgen stand Friedrich vor dem Zug in der Grand Central Station. Er hatte sein geringes Gepäck bereits in das Netz im Innern seines Wagens gelegt, der, wie die fünf oder sechs anderen des Zuges, lang und von eleganter Bauart war. Schon am Abend vorher hatte Friedrich von seinen Freunden Abschied genommen. Aber plötzlich sah er die ganze kleine Künstlerkolonie, mit Meister Ritter an der Spitze, in corpore anrücken. Auch Miß Eva Burns war dabei. Sie trug, wie alle übrigen, drei oder vier jener dunkelweinroten, lang- und grüngestielten Rosen in der Hand, die damals in Europa noch nicht gezüchtet wurden. Friedrich sagte, wirklich gerührt, als er von jedem einzeln die mitgebrachten Rosen in Empfang nehmen mußte: »Ich komme mir ja wahrhaftig wie eine Primadonna vor.« Bahnhof und Zug lagen totenstill, als ob es hier niemals Ankunft oder Abreise gäbe; aber die kleine Rosenprozession und der temperamentvolle Lärm der Deutschen erregte doch einige Aufmerksamkeit und machte, daß hie und da das Gesicht eines Reisenden hinter Fensterscheiben erschien.

Endlich hatte sich, ohne jedes Signal, ohne jeden Ruf eines Beamten, der Zug wie zufällig in Bewegung gesetzt, und die winkende Gruppe der Künstler war in der Bahnhofshalle zurückgeblieben. Da stand der stattliche, elegante Bonifazius Ritter und schwenkte sein Taschentuch, der freundlich ernste Bildhauer Lobkowitz, Willy Snyders, das zigeunerhafte Genie Franck und, last not least, Miß Eva Burns. Friedrich spürte, daß in diesen Sekunden eine Epoche seines Lebens zum Abschluß kam, und ihm wurde bewußt, was er der herzlichen Wärme dieser verwandten Naturen zu danken hatte; ebenso, was er mit ihnen verlor.

Dennoch war Friedrich, nach der allgemeinen und wunderlichen Art der Menschen, froh erregt, weil sein Schicksal im wirklichen und im übertragenen Sinne ins Rollen kam. Noch führte die Bahn in dunklen Tunnels unter New York hindurch, später ging sie durch einen gemauerten Graben, endlich aber tauchte sie in die befreite Landschaft hinauf und hinein. Dies war nun also das wirkliche Antlitz Amerikas, und nun erst, nachdem der Hexensabbat der großen Invasion einigermaßen verklungen war, spürte Friedrich den wahren Erdhauch des neuen Landes.

Friedrich hatte in Nachahmung dessen, was er bei allen Passagieren des Wagens sah, sein Billett hinter das Band seines Hutes gesteckt, während er unverwandten Auges über die winterlich weißen Felder und Hügel hinausblickte. In dieser Nähe und Ferne, die, im Lichte der Wintersonne, dem Bereich seiner engsten Heimat so ähnlich sah, lag für den jungen Entwurzelten ein erregendes, frohes Mysterium. Aus allem Fremden sprach hier das Heimische. Er hätte aussteigen und den Schnee der Felder in die Hand nehmen mögen, um nicht nur zu sehen, sondern zu fühlen, daß es derselbe war, den er als Schuljunge geballt und mit dem man sich zuweilen sogar, in einem übermütigen Augenblick der Winterlust, im Kreis der Familie bombardiert hatte. Es war ihm zumut wie einem verwöhnten Kinde, das man von der Seite seiner Mutter gerissen und der Herzlosigkeit einer fremden Welt überliefert hat und das nach langem Leiden, unerwartet, in der fremdesten Ödenei eine Schwester der Mutter trifft: er fühlt das Blut! er fühlt, wie er ihres Blutes und wie sie ihm und vor allem seiner wirklichen Mutter in beglückender Weise ähnlich ist.

Jetzt erst lag, wie Friedrich glaubte, der große Atlantische Ozean hinter ihm. Zwar war er bereits in New York gelandet, aber noch nicht mit jenem Grundgefühl, wirklich gelandet zu sein. Die große gegründete Mutter Erde, die breite und weite Feste, die er jetzt zum erstenmal wiedersah, gab der alles überflutenden Fläche und Gewalt des Meeres in seiner Seele erst wieder die Einschränkung. Sie war die große und gute Riesin, die das Leben ihrer Kinder der ozeanischen Riesin abgelistet, abgetrotzt und alles nun für immer gegründet und umfriedet hatte. In Friedrich klang es: Vergiß die See, vergiß das Meer, schlage Wurzeln, verklammere dich in die Erde! Und während der Zug mit weichem Rollen immer tiefer und schneller ins Land hineineilte, hatte er ein Gefühl, auf einer glückvollen Flucht zu sein.

Friedrich war so versonnen, daß er zusammenfuhr, als jemand ihm das Billett wortlos vom Hute nahm. Es war ein Herr in Zivil, der Kondukteur, der einen durchaus gebildeten Eindruck machte. Er knipste die Karte, sagte kein Wort, verzog keine Miene und vollzog von Bank zu Bank, ohne daß jemand sich um ihn kümmerte, die gleiche Kontrolle. Immer steckte er dann die durchlochten Billetts wieder hinter die Hutbänder der Hüte hinein, die die Reisenden auf dem Kopfe behielten.

Friedrich lächelte, wenn er an Deutschland dachte, wo damals noch jeder Zug mit donnerndem Geläut einer Glocke empfangen und nach dreimaligem Geläut mit allgemeinstem Apachengebrüll der Beamten in Gang gesetzt wurde. Wo jeder Schaffner jedem Reisenden mit unbeholfener und roher Umständlichkeit die Fahrkarte abforderte. Und immer hörte er dabei mit Behagen die Räder des Zuges rollen und genoß die Flucht, die ihm alles andere eher als Schmach bedeutete. Er ertappte sich, wie er in tiefer Versonnenheit Fäden wie vom Gewebe einer Spinne von seinen Kleidern las, und spürte dabei, wie ihm mit jeder Minute das Atmen lieber und leichter wurde. Mitunter war ihm, als mache das hurtige Rad der gewaltigen Schnellzugsmaschine seine Drehungen um die Achse nicht schnell genug und als solle er selbst mit Hand anlegen, um immer neue, gesunde Eindrücke wie dünne Landschaftsvorhänge hinter sich aufzuhängen, um durch immer dichtere Schichten von dem gefährlichen Magneten, den er zurückgelassen hatte, getrennt zu sein.

In Newhaven, wo der Zug einen kleinen Aufenthalt hatte, ging ein Neger mit Sandwiches und ein Junge mit »Newspapers« durch den Zug. Im Morgenblatt der »Sun« oder »World«, das Friedrich erstanden hatte, fand er mit den üblichen Stich- oder Merkworten, im Anschluß an das freigegebene Auftreten Ingigerds, die Katastrophe des »Roland« aufgewärmt. Aber die Seelenverfassung Friedrichs war, bei dem strahlenden Wintertage, zu heiter und hoffnungsvoll, als daß er die grauenvollen Eindrücke des sinkenden Schiffes jetzt hätte können neu aufleben lassen. Heute erfüllte ihn seine Rettung nur noch mit Dankbarkeit. Kapitän von Kessel und alle übrigen, die das Unheil getroffen hatte, waren tot und also auch jedem Schmerze enthoben.

Von Newhaven bis Meriden kam dann Friedrich über dem biographischen Abriß aus Ingigerds Leben, den die Blätter brachten, nicht aus dem Lachen heraus. Lilienfeld hatte eine verwegene Phantasie entwickelt. Ingigerd Hahlström, deren Vater von deutschen Eltern stammte, und dessen geschiedene Frau französische Schweizerin war, sollte einem schwedischen Adelsgeschlecht entsprungen sein. Und es ward ihr eine Verwandte zugeteilt, die ihre letzte Ruhestätte in der Ritterholmkirche haben sollte. Arme Kleine! dachte Friedrich, als er die Zeitung zusammenlegte. Dann faßte er sich mit der Hand an den Kopf bei der jähen Erkenntnis von der überwiegenden Wichtigkeit, die das kleine törichte Mädchen inmitten alles großartig Neuen und Mannigfaltigen des Ozeans und der Neuen Welt für ihn und andre bis zu dieser Stunde behalten hatte. »Es ist aus! es ist aus! es ist aus!« flüsterte er und fluchte dann mehrmals in sich hinein.

Friedrich stieg in Meriden aus und wurde von Peter Schmidt empfangen. Der kleine Bahnhof war leer, nur Friedrich hatte den Zug verlassen, in der Nähe aber wälzte sich das Getümmel der größten Straße dieser rührigen Landstadt vorbei. »So, nun ist alles gut!« sagte Schmidt. »Jetzt hört's auf mit der New-Yorker Bummelei, und jetzt werden wir andere Saiten aufziehen.

Meine Frau ist auf Praxis«, fuhr er fort, »ich kann sie dir also erst später vorstellen. Wenn es dir recht ist, so frühstücken wir und fahren dann im Schlitten zur Besichtigung des von mir entdeckten kleinen Häuschens aufs Land hinaus. Wenn dir's gefällt, kannst du's zu jeder Stunde um billiges mieten. Einstweilen nimmst du wohl hier in unserm Hotel, auf das die ganze Stadt stolz ist, Unterkunft.« – »Ach, lieber Mitmensch«, sagte Friedrich, »ich habe ein wildes Bedürfnis nach Einsamkeit. Ich möchte am liebsten schon heut, schon gleich die erste Nacht in meinen vier Pfählen, möglichst weit von dem Stadtlärm, zubringen.« – »Wenn es dir gefällt«, sagte Peter Schmidt, »alles übrige ist in einer Viertelstunde mit meinem guten Freund, Apotheker Lamping, dem das Häuschen gehört, abgemacht. Er ist ein braver, gemütlicher Holländer, der in dieser Sache mit allem zufrieden ist.«

Die Freunde begaben sich ins Hotel, und nachdem sie in dem komfortablen Hause ein reizloses Frühstück genossen hatten, entfernte sich Peter und sandte fünf Minuten später einen Hotelboy herein mit der Nachricht, der Schlitten sei vorgefahren. Zu Friedrichs Erstaunen fand er den Freund in einem hübschen Zweisitzerschlitten. Er hatte ihn in der hier üblichen Weise ohne Kutscher ausgeliehen. »Ich will nur froh sein«, bemerkte er heiter, »wenn wir ohne umzuschmeißen ans Ziel kommen, denn, offen gestanden, ich habe eigentlich noch niemals die Zügel eines Gaules in Händen gehabt.« – »Na«, sagte Friedrich vergnügt, »mein Vater ist General, dann laß lieber mich machen.« Friedrichs Gepäck wurde auf den Schlitten gepackt, er nahm die Zügel, der Braune stieg, und heidi! ging es mit ohrenzerreißendem Schellengeläut die breite, belebte Hauptstraße hinunter.

»Habt ihr hier lauter solche Gäule?« sagte Friedrich. »Das Luder geht durch! Wenn wir durch dieses verdammte Gewühl glücklich durchkommen, dann hat das der liebe Gott gemacht!« – »Laß ihn man laufen!« sagte Schmidt. »Alle Tage gehen hier mehrere Pferde durch. Wenn wir heut an der Reihe sind, ist nichts zu machen.« Aber Friedrich geigte den Gaul, so daß er wohl oder übel vor einem Schienenstrang, der ohne Barriere durch das Getümmel der

Straße lief, stillstehen mußte. Mit doppelstimmigem Heulen brauste der Schnellzug Boston-New York vorbei, und Friedrich fragte sich, wie es zugehe, daß er nicht eine Anzahl Kinder, Arbeiter, Herren mit hohen Hüten, Damen, Hunde, Pferde und Droschken überfahren, zu Mus zerquetscht und gegen die nahen Häuserwände auseinandergeschmettert hatte. Immer noch stieg der Gaul und schoß dann hinter den letzten Puffern des Zuges vorwärts und über das Bahngleis davon. Klumpen von Schnee und Eis flogen Friedrich und Peter um die Nase.

»Donnerwetter«; sagte Friedrich schnaufend, »hier merk' ich zum ersten Male etwas von der Tollheit, die spezifisch amerikanisch ist: kommst du unter die Räder, kommst du unter die Räder! Willst du fahren, kutschiere den Gaul! Brichst du die Knochen, brichst du die Knochen! Brichst du den Hals, brichst du den Hals!« Mitten in der tiefverschneiten Straße, deren Häuser nach der Peripherie der Stadt zu immer niedriger wurden, begegnete Friedrich zum erstenmal der damals in Europa noch unbekannten elektrischen Straßenbahn, und das heftige Blitzen zwischen Rolle und Zuleitungsdraht war ihm ein neues erregendes Phänomen. Krumm, schief, dick, dünn waren die Pfähle für die Befestigung der Drahtleitung, so daß alles einen interimistischen Eindruck machte. Aber die Wagen der Bahn waren bequem und glitten mit großer Schnelle dahin.

Ohne Unfall war, durch Gottes Ratschluß und Peters Führung, der gefährliche Stadtteil zurückgelegt. Vor dem klingelnden Braunen lag eine endlose, leere Straße mit guter Schlittenbahn in beschneiter Ebene ausgedehnt, und nun konnte der wackere Amerikaner nach Herzenslust ausgreifen.

Seltsam, dachte Friedrich, ich fahre Schlitten, ich kutschiere ein Pferd, was ich seit meiner Jugend nicht mehr getan habe. Und allerhand Pferdegeschichten fielen ihm ein, alles Dinge, an die er jahrzehntelang nicht gedacht hatte. Wie oft hatten Erzählungen des Vaters von seinen Jagdfahrten und Schlittenunfällen an behaglichen Winterabenden die ganze Familie zum Lachen gebracht!

Während der nun folgenden flotten und erquickenden Schlittenfahrt verjüngte sich Friedrichs Herz, und die schönsten Jahre seiner Knabenzeit wurden fast unmittelbare Gegenwart. Umgeben von dem blendenden Glanz der Schneefelder, atmend in der reinen, stählernen Luft, war das bloße Dasein für ihn zum unerhörten Genuß geworden.

Plötzlich wurde er bleich und mußte die Zügel an Peter abgeben. In das Geläute der Schlittenschellen hatte sich das anhaltend wirbelnde Hämmern elektrischer Klingeln gemischt. Mit dieser Gehörstäuschung war ein Gefühl von Angst und von Kälteschauern verbunden. Als Peter Schmidt, der die Veränderung im Wesen des Freundes sofort bemerkte, den Gaul zum Stehen gebracht hatte, war auch Friedrich bereits seines Anfalles Herr geworden. Er sagte nicht, daß der untergehende »Roland«, wie es der Fall war, unerwartet wieder »gewafelt« hätte, sondern behauptete nur, das Schlittengeläut habe seine Gehörsnerven überreizt. Es sei ihm unerträglich geworden. Man stieg in den Schnee, da man der Fläche des Hanoversees bereits sehr nahe war und das Häuschen am anderen Ufer erblicken konnte.

Peter Schmidt nahm dem Braunen, ohne ein Wort zu sagen, die Schellen ab, band das Tier an den Zweig eines kahlen Baumes und begab sich mit Friedrich über den festgefrorenen See gegen das einsame Landhaus hinüber. Der blonde Friese schritt über dicke Polster von Schnee die Stufen zur Eingangstür voran, öffnete diese und meinte, das Häuschen, wie er jetzt sehe, möge schwerlich im Winter bewohnbar sein. Friedrich dagegen war anderer Ansicht. Das sonst nur sommers benutzte Haus, das nicht unterkellert war, besaß eine kleine Küche und zwei Parterreräume sowie einen Mansardenraum im Dachgeschoß. Hier fanden die Freunde einen Tisch und eine Bettstelle, die mit einer Matratze, einem Keilkissen und wollenen Decken versehen war; und in diesem Raum wünschte sich Friedrich einzunisten. Alle Bedenken des Friesen schlug er aus dem Feld, indem er behauptete, es komme ihm vor, als ob dieses Haus, und eben nur dieses Haus, gerade auf ihn gewartet hätte.

Am folgenden Tage war Friedrich bereits in das einsame und verschneite Asyl am Hanoversee eingezogen, das er fortan abwechselnd seine Diogenestonne, Onkel Toms Hütte oder seine Retorte nannte. Eine Diogenestonne war es nicht, denn die beiden Freunde hatten Holz- und Anthrazitkohle anfahren lassen, es war im Mansardenraum ein kleiner amerikanischer Ofen gesetzt worden, dessen immer sichtbare Glut behagliche Wärme verbreitete, und Küche und Speisekammer enthielten alles und etwas mehr, als zum Leben notwendig war. Auf irgendeine Bedienung im Hause verzichtete Friedrich, er wolle, wie er sagte, Bilanz machen, und dabei könne ihm die Gegenwart eines fremden Menschen nur störend sein.

Es war für Friedrich ein tiefer Augenblick, als Peter Schmidt in der Dunkelheit – die Freunde hatten noch gemeinsam Kaffee getrunken – mit dem Schellengeläut seines Schlittens verschwunden war und als er selbst zum erstenmal sich in der weißen und dabei nächtlich verhüllten amerikanischen Landschaft allein fühlte. Er ging ins Haus, schloß die Tür hinter sich, horchte und hörte das Holz des Feuerchens in der Küche knacken. Er nahm ein Licht, das im Hausflur stehengeblieben war, und leuchtete die Stiege hinauf. In seinem Zimmerchen angelangt, freute er sich der Wärme und des behaglichen Feuerscheins, den das kleine Kuppelöfchen ausstrahlte. Er zündete die Lampe an, und nachdem er die Gegenstände auf dem langen, unbedeckten Ausziehtisch ein wenig geordnet hatte, nahm er mit einem voll genossenen, tiefen und mysteriösen Behagen Platz.

Er war allein. Er befand sich in einem Zustand, der in allen fünf Weltteilen der gleiche ist. Draußen lag eine klare und lautlose Winternacht, dieselbe, die er aus seiner Heimat kannte. Alles, was er bis hierher erlebt hatte, war nicht mehr. Oder es war! aber wie nie gewesen. Heimat, Eltern, Weib, Kinder, die Geliebte, die ihn über den Ozean gezogen hatte, alles, was ihm auf der Reise zugestoßen und nahegetreten war, hatte nicht mehr in seiner Seele zurückgelassen als ein Schattenspiel. Sollte das Leben, fragte sich Friedrich, nichts weiter als ein Material für Träume sein? So viel steht fest, sagte er zu sich selbst, mein jetziger Zustand ist der, über den wir im Grunde, solange wir leben, niemals hinwegkommen. Wir brauchen nicht ungesellig zu sein, aber noch weniger dürfen wir diesen Zustand, das natürlichste, ungestörte Grundverhältnis der Persönlichkeit, ungepflegt lassen: den Zustand, wo wir allein dem Mysterium unseres Daseins wie einem Traum gegenüberstehen.

Friedrich hatte während der letzten Monate ein ereignisreiches Leben der allertiefsten Gegensätze geführt: er war beängstigt, erregt, bedroht worden, eigene Schmerzen waren vielfach in fremden untergegangen, und fremde hatten die eigenen vermehrt. Aus der Asche einer ausgebrannten Liebe war die Flamme einer neuen leidenschaftlichen Illusion emporgeschlagen. Friedrich war getrieben worden, gehetzt, gelockt, ja wie an Stricken willenlos in die Weite geführt! willenlos und besinnungslos! Nun erst war die Besinnung wiedergekommen! – Dann erscheint die Besinnung, wenn das besinnungslos gelebte Leben im bewußten, wachen Geist das Material für Träume geworden ist. Friedrich nahm einen Bogen Papier und schrieb darauf mit einer neuen amerikanischen Feder, die er in ein jungfräuliches Tintenfaß getaucht hatte: Das Leben, ein Material für Träume.

Dann ging er daran, seinen Robinsonhaushalt weiter nach Laune herzurichten. Er stapelte Bücher, die er in New York erstanden hatte, Reclambändchen und andere, auf den Tisch, auch solche, darunter die Schleiermachersche Platon-Übersetzung, die Peter Schmidt ihm geliehen hatte. Vor einem alten holländischen Sofa mit Lederbezug, das Apotheker Lamping, gebürtig aus Leyden, mit herübergebracht hatte, stand ein zweiter großer, dazugehöriger Tisch, den Friedrich mit grünem Tuch bedeckt und auf den er die weinroten, langgestielten Rosen der Künstler, die von Miß Eva gesondert, gestellt hatte. Jetzt ging er daran, das stehengebliebene Kaffeegeschirr beiseite zu schaffen. Weiter wurde ein von Peter Schmidt entliehener Revolver geladen und neben das Tintenfaß auf den Schreibtisch gelegt, hernach ein friedliches wissenschaftliches Instrument, ein Zeiß-Mikroskop, geprüft und zusammengestellt. Es war dasselbe, das Friedrich vor Jahren in Jena für seinen Freund Peter Schmidt persönlich ausgesucht hatte, als dieser nach Amerika ging. Dies war ein seltsames, damals nicht im entfernten geahntes Wiedersehen!

Und Friedrich hatte noch mehr zu tun. Er mußte eine Seemannsuhr auseinandernehmen, wieder zusammenstellen und an die Wand hängen, ein altes Ding, das ihm erst heut, bei Gelegenheit eines kleinen Möbeleinkaufs, um billiges in die Hände gefallen war. Zu seiner Freude fing die alte Großmutter bald darauf in ihrem braunen, etwa meterlangen Gehäuse von der Wand am Fußende des Bettes mit angemessener Würde zu ticken an. Dort mochte sie hängenbleiben, bis ihr neuer Besitzer sie wieder herunter und mit nach Europa, in ihre Heimat nahm. Denn sie stammte aus Schleswig-Holstein, und Friedrich hatte ihr die ersehnte Heimkehr fest zugesagt.

Wenn er auf seinem Bette lag, konnte er den gelben Messingperpendikel der altertümlichen Uhr hin und her glänzen sehen. Das Zifferblatt war eine Merkwürdigkeit. Als pausbäckige Sonne gedacht und bemalt, zeigte es oben die Insel Helgoland und zinnerne Segelschiffchen, die im gravitätischen Rhythmus des Perpendikels schaukelten. Dieser Anblick war angetan, die Behaglichkeit des gesicherten Herdes für einen gezausten Seefahrer doppelt spürbar zu machen.

Wann war das doch, überlegte Friedrich, als ich Mr. Barrys schneidende Worte, Mr. Samuelsons verunglückten Vorstoß und Lilienfelds Apachenritt gegen puritanische Unduldsamkeit miterlebte: einen wüsten und lügenhaften Kampf, der scheinbar um eine Seele zu retten geführt wurde, in Wirklichkeit aber nichts weiter als der Kampf von Krähen um einen jungen, hilflosen Hasen war. Wann war das doch? Es mußte Jahre zurückliegen. Nein! Ingigerd war ja erst am gestrigen Abend zum erstenmal öffentlich aufgetreten. Es konnte also nicht früher als am vorgestrigen Tage gewesen sein.

Übrigens lag bereits der erste Brief von ihr auf dem Tisch. Das Mädchen beklagte sich heftig über seinen Vertrauensbruch. Sie habe sich furchtbar in ihm getäuscht, behauptete sie. Und im selben Atem: sie habe ihn in den ersten fünf Minuten durchschaut, als er sich, noch in Berlin, ihr näherte. Nachdem sie aber seinen Charakter vollständig in den Grund gebohrt hatte, bat sie ihn dringend, zurückzukehren. »Ich habe«, hieß es, »heut einen Riesentriumph erlebt. Das Publikum hat Kopf gestanden. Nach der Vorstellung kam Lord Soundso, ein junger, bildschöner Engländer, der einstweilen hier lebt, weil er mit seinem Vater zerfallen ist. Wenn der Alte stirbt, bekommt er den Herzogtitel und erbt Millionen.«

Friedrich zuckte die Achseln: er fühlte nicht den geringsten Antrieb mehr, Beschützer oder Retter der Kleinen zu sein, nicht den leisesten Anreiz, über ihr Schicksal nachzugrübeln.

Am nächsten Morgen, als Friedrich erwachte, fröstelte ihn, trotzdem das Öfchen die Zimmerwärme erhalten hatte und Wintersonne ins Fenster schien. Er nahm seine goldene Taschenuhr, ein Stück, das er aus dem Schiffbruch davongebracht hatte, und fand, daß sein Puls über hundert Schläge in der Minute tat. Aber er machte nichts weiter daraus, stieg aus dem Bett, wusch sich von oben bis unten mit kaltem Wasser, zog sich an, machte sein Frühstück zurecht und hatte bei alledem nicht die Empfindung, krank zu sein. Immerhin fühlte er sich zur Vorsicht gemahnt, denn es war nicht unmöglich, daß jetzt, wo die Spannungen und Erregungen nachließen, der Körper seinen Kapitalverbrauch eingestand und eine Art Bankerott ansagte. Werden doch zuweilen die ärgsten Strapazen ganz ohne Warnung bewältigt, und alles geht gut, solange der aufgepeitschte Körper im Gange ist. Er glaubt, er arbeite aus dem Überschuß, und bricht, sobald Wille und Spannung nachlassen, ausgeplündert in sich zusammen.

Gegen zehn Uhr war Friedrich im Sprechzimmer seines Freundes in der City von Meriden. Der Spaziergang durch den Wintertag hatte ihm gut getan. »Wie hast du geschlafen?« fragte Schmidt. »Ihr abergläubischen Leute behauptet ja, was man die erste Nacht in einem fremden Hause träumt, geht in Erfüllung!« – »Das will ich nicht hoffen«, sagte Friedrich. »Meine erste Nacht war recht mangelhaft, und in meinem Schädel ist es recht kunterbunt zugegangen.« Er verschwieg den peinlichen Klingeltraum, den er gehabt und der ihn wiederum hartnäckig in die angstvollsten Augenblicke des Schiffsunterganges zurückversetzt hatte. Nachgerade war diese Gehörshalluzination Friedrichs heimliches Kreuz geworden. Er fürchtete manchmal, es möchte eine Art Aura sein, durch die sich nicht selten Anfälle schwerer körperlicher Leiden ankündigen.

Friedrich hatte Frau Doktor Schmidt, approbierte Ärztin und Kollegin ihres Mannes, schon am Tage vorher kennengelernt. Die Konsultationszimmer waren durch das für die Patienten beider Ehegatten gemeinsame Wartezimmer getrennt. Frau Schmidt kam herüber, begrüßte Friedrich und wünschte ihren Mann bei der Untersuchung einer Patientin heranzuziehen. Es war eine seit

kurzem verheiratete, noch nicht achtundzwanzigjährige Arbeiterfrau, deren Mann in einer der Meridener Christophel-Fabriken
eine gute Stellung innehatte. Sie glaubte sich ein bißchen den
Magen verdorben zu haben, aber Frau Doktor Schmidt vermutete
Magenkrebs.

Von seinem Freunde und dessen Frau aufgefordert, ging Friedrich mit zu der Patientin hinein, die lachend auf dem Operationsstuhle saß und einigermaßen verdutzt die Herren begrüßte.
Friedrich wurde als ein berühmter deutscher Arzt vorgestellt, und
die hübsche, wohlgekleidete Frau hielt es immer wieder für angebracht, sich wegen der Umstände zu entschuldigen, die sie verur-
sache. Sie habe sich eben den Magen nur ein bißchen verdorben,
ihr Mann würde sie auslachen, wenn er wüßte, daß sie deswegen
zum Doktor gelaufen sei.

Wie Friedrich und Peter Schmidt feststellten, bestätigte sich die
Diagnose von Frau Doktor Schmidt, und man sagte der ahnungs-
losen Todeskandidatin, sie werde sich möglicherweise einer kleinen
Operation unterziehen müssen. Dann bat man sie, ihren Mann zu
grüßen, fragte sie nach dem Befinden ihres Kindchens, das vor
anderthalb Jahren, unter Assistenz von Frau Doktor Schmidt, zur
Welt gekommen war, und schickte sie fort, als sie mancherlei mit
guter Laune geantwortet hatte. Sie war gegangen, und Peter
Schmidt nahm es auf sich, ihren Mann zu verständigen.

In den folgenden Tagen zog Peter seinen Freund mehr und
mehr in die medizinische Praxis hinein. Friedrich fand einen düsteren Reiz darin. Diese sonderbare Tretmühle, inmitten einer
Welt des ewigen Leidens und Sterbens aufgestellt, hatte mit dem
täuschenden Dasein einer verhältnismäßig glücklichen Oberfläch-
lichkeit nichts gemein. Das Ehepaar Schmidt stand in einem ent-
sagungsreichen und schweren Dienst, ohne andere Entlohnung als
die, gerade so weit Nahrung und Behausung zu haben, um eben-
diesen Dienst fortsetzen zu können: es behandelte arme eingewan-

derte Arbeiter, die sich durch den Verdienst in den Christophel-Fabriken des Orts mühselig über Wasser hielten. Das ärztliche Honorar blieb äußerst gering und wurde bei Peters Sinnesart in vielen Fällen nicht eingezogen.

Friedrich kannte zur Genüge den Sublimat- und Karbolgeruch ärztlicher Sprechzimmer, dennoch hatte er Not, sich von dem niederdrückenden Eindruck nichts merken zu lassen, den die Lokale der Office in ihrem öden Halbdunkel, mit dem Straßengepolter vor den Fenstern, auf ihn gemacht hatten. In Deutschland ist eine Stadt von dreißigtausend Einwohnern tot. Diese amerikanische Stadt von fünfundzwanzigtausend rannte, klingelte, polterte, rasselte, tobte wie wahnsinnig. Kein Mensch hatte Zeit, alles hastete aneinander vorüber. Wenn man hier lebte, so lebte man hier, um zu arbeiten; wenn man hier arbeitete, so tat man es um des Dollars willen, der die Kraft in sich hatte, schließlich von dieser Umgebung zu befreien und eine Epoche des Lebensgenusses einzuleiten. Die meisten Menschen, besonders die deutschen und polnischen Arbeiter und Geschäftsleute, sahen in dem Leben, das sie hier führen mußten, nur etwas Vorläufiges. Eine Ansicht, die bei denen sich gallig verbitterte, denen die Rückkehr in die Heimat durch begangene Delikte abgeschnitten war. Friedrich hatte im Wartezimmer der Freunde solche beklagenswerte Verstoßene kennengelernt.

Frau Schmidt war geborene Schweizerin. Ihr breiter alemannischer Kopf mit der feinen und geraden Nase saß auf einem Körper, wie er den Baseler Frauentypen des Holbein eigen ist. »Sie ist viel zu gut für dich«, sagte Friedrich zu seinem Freunde, »sie sollte die Frau eines Dürer oder noch besser des reichen Ratsherrn Willibald Pirckheimer sein. Sie ist geboren, einem Patrizierhause, Kisten und Kasten voll feiner Leinwand, schwerer Brokate und Seidengewänder vorzustehen. Sie müßte auf einem drei Meter hohen, von zwölf verschiedenerlei Linnen- und Seidendecken überzogenen Bette schlafen, doppelt soviel Hüte und Pelzwerk haben, als der Rat der

Stadt den Reichsten erlaubt. Statt dessen hat sie, daß Gott erbarm', Medizin studiert, und du läßt sie mit einem ominösen Täschchen von Hinz zu Kunz rennen.«

In der Tat hatten ihre Beschäftigung, der sie in der Woche meist vier von sieben Nächten opfern mußte, sowie die Häßlichkeiten ihrer Umgebung Frau Emmerenz Schmidt zu einem verbitterten, heimwehkranken Menschen gemacht. Sie besaß das schweizerische eigensinnige Pflicht- und Erwerbsgefühl, worin sie durch Briefe der Eltern bestärkt wurde. Es war der Grund, weshalb sie es mit unbeugsamem Willen ablehnte, früher als nach dem Erwerb eines festen Vermögens, wofür einstweilen noch gar keine Aussicht war, in die Heimat zurückzugehen. Sie konnte auf schneidende Weise bitter sein, sooft Peter Schmidt, der seine Frau an Heimweh kranken und welken sah, ihr den Vorschlag zur Rückkehr machte.

Frau Schmidt lebte auf, wenn sie eine Stunde berufsfrei war und mit Friedrich und ihrem Mann von Schweizer Bergen und Bergtouren reden konnte. – Da stieg in der muffigen Office oder in der kleinen Privatwohnung des Ehepaars die herrliche Vision des Säntis auf, in dessen Nähe die Wiege der Ärztin gestanden hatte. Man sprach dann vom Scheffelschen »Ekkehart«, vom Wildkirchli und vom Gemsenreservat, vom Bodensee und von Sankt Gallen. Die Ärztin meinte, sie wolle lieber die letzte schmutzige Sennerin auf dem Säntis als hier in Meriden Ärztin sein.

Natürlich litt der blonde Friese unter diesen Verhältnissen, keineswegs aber so, daß sein besonderer, eingefleischter und überzeugter Idealismus ins Wanken kam.

Dieser immer vorhandene, immer gegenwärtige Idealismus war es vielmehr, der Peter Schmidt über alle augenblickliche Mühsal immer und überall hinausheben konnte. Es schien Friedrich so, als ob gerade durch diesen Umstand die Lage der Frau verschlimmert würde. Aus ihren Bemerkungen ging hervor, daß sie es lieber gesehen haben würde, wenn Peter mehr sein eigenes Fortkommen, weniger den Fortschritt der Menschheit im Auge gehabt hätte. Es gab keinen Menschen, der einen stärkeren Glauben an den Sieg des Guten in der Welt besaß als Peter Schmidt, der im übrigen jeden religiösen Glauben verurteilte. Er gehörte zu denen, die den Garten Eden verwerfen, den jenseitigen Himmel für ein Märchen erklären, dagegen fest überzeugt sind, daß die Erde sich zum Paradies, der Mensch zur Gottheit darin entwickeln werde. Auch Friedrich besaß eine Neigung zur Utopie, und die Eigenschaften des Freundes erweckten diese. Solange er auf Berufsgängen oder beim Schlittschuhlauf oder in seiner Diogenestonne mit ihm redete, war er wieder diesseits der Hoffnung geraten, während er ohne ihn immer jenseits der Hoffnung war.

Das Thema, das die Freunde zumeist erörterten, ist mit den Namen Karl Marx und Darwin charakterisiert. Im Geiste Peter Schmidts bahnte sich eine Art Ausgleich oder Verschmelzung der Grundtendenzen dieser Persönlichkeiten an. Immerhin war dabei das christlich-marxistische Prinzip des Schutzes der Schwachen durch das Naturprinzip des Schutzes der Starken ersetzt worden, und dies bedeutete den Ausgang der allertiefsten Umwälzung, die vielleicht je in der Geschichte der Menschheit vor sich gegangen ist.

Während der ersten acht Tage teilte Friedrich mit dem ärztlichen Ehepaar in einem Boardinghouse das Mittagsmahl. Immer aber begab er sich um die Zeit der Dämmerung, und zwar meistens zu Fuß, in seine Diogenestonne am Hanoversee zurück.

In der folgenden Woche wurden die Besuche bei seinen Freunden seltener, warum, wußte Friedrich selber nicht. Er schlief nicht gut. Es kam immer wieder und wieder vor, daß ihn der Klingeltraum heimsuchte. Selbst wachend litt er an einer eigentümlichen, ihm früher unbekannten Schreckhaftigkeit. Wenn wirklich ein Schlitten mit einer Schlittenschelle vorüberkam, erschrak er zuweilen so, daß er zitterte. Wenn er in der Stille seines Zimmers sein eigenes Atmen vernahm, konnte ihn das nicht weiter verwundern, aber er wurde immer wieder mit einer sonderbaren Unruhe darauf aufmerksam. Mitunter fröstelte ihn, und da er ein Thermometer besaß, stellte er einige Male fest, daß er erhöhte Temperatur hatte. Alle diese Umstände beunruhigten ihn, und eine überall leise wirkende Atmosphäre von Beängstigungen versuchte er vergebens von sich zu scheuchen und abzuschütteln. Als er zum erstenmal seinen Gang ins Boardinghouse einstellte, hinderten ihn Unlust, das Zimmer zu verlassen, und Appetitlosigkeit. Ein anderes Mal war er, bei dem ständigen klaren Winterwetter, halbwegs auf der Straße nach Meriden wieder umgekehrt und vermochte kaum, sich nach Haus zu schleppen. Von alledem aber, was Friedrich so in der Stille durchmachte, erfuhren die beiden Freunde nichts. Sie fanden es nicht verwunderlich, wenn Friedrich diesen und jenen Tag in seinen vier Wänden bleiben wollte.

Aber sein Leben wurde mehr und mehr eine schleichende Sonderbarkeit. Die Welt, der Himmel, die Landschaft, der Erdteil, auf dem er war, kurz alles vor seinen Augen, auch die Menschen, veränderten sich. Sie rückten fort, ihre Angelegenheiten hatten einen fernen, fremden Charakter bekommen. Ja, Friedrichs eigene Angelegenheiten waren nicht mehr dieselben geblieben. Sie waren ihm abgenommen, irgend jemand hatte sie einstweilen beiseite gelegt. Er mochte sie später wiederfinden, falls das Endziel seines neuen Zustandes nicht ein andres war.

Als Peter Schmidt eines Tages doch durch sein zurückgezogenes Dasein befremdet war und Besorgnis äußerte, wies ihn Friedrich mit einer gewissen Schroffheit zurück, denn auch der Freund war ihm fremd geworden. Er verriet ihm nichts von der bangen und schweren Atmosphäre, in der er atmete, denn sonderbarerweise war auch etwas wie ein heimlicher Reiz in ihr, den Friedrich mit niemand teilen wollte.

Eines Abends, als er wie gewöhnlich am Schreibtisch bei der Lampe saß, war es ihm, als ob sich jemand über seine Schulter herabbeugte. Friedrich hatte die Feder in der Hand und in wirrem Durcheinander Manuskriptseiten vor sich liegen. Versonnen, vergrübelt, wie er war, fuhr er zusammen, indem er die Worte sagte: »Rasmussen, wo kommst du her?« Dann wandte er sich und erblickte tatsächlich Rasmussen mit der Lloydmütze, wie er von seiner Weltumsegelung gekommen war, lesend am Fußende seiner Bettstelle sitzen. Er hielt ein Fieberthermometer in der Hand und sah aus, als ob er die unbeschäftigte Zeit einer langen Wache am Krankenbett mit Lesen hinbringe.

Friedrich hatte bemerkt, daß die Einsamkeit den visionären Charakter des Daseins steigerte. Es fehlte der zweite Mensch, ohne den der erste immer zum Verkehr mit Gespenstern verurteilt ist. Friedrich brauchte in seiner Eremitage nur an irgend jemand zu denken, um ihn leibhaft redend und gestikulierend vor sich zu sehen. Er wurde durch diese Entzündlichkeit seiner Phantasie nicht beunruhigt. Auch die neue Erscheinung notierte er mit kühler und scharfer Beobachtung, aber er merkte doch: sein Seelenleben war in eine neue Phase getreten.

Er stieg nach einiger Zeit, um vor Schlafengehen den Verschluß der Haustür zu kontrollieren, in das Parterregeschoß hinab und fand sich veranlaßt, ein mit Läden verwahrtes Gemach zu öffnen. Als er dort mit dem brennenden Lichte hineinleuchtete, hatte er zu seiner höchsten Verwunderung eine zweite, ebenso deutliche Halluzination. Er gratulierte und bescheinigte sich, daß er auf diesem psychopathologischen Gebiet jetzt nicht nur vom Hörensagen mitreden könne. Vor seinen Augen, deutlich sichtbar, saßen vier Kartenspieler um einen Tisch. Die Männer, die ziemlich rohe und rote Gesichter hatten, rauchten Zigarren, tranken Bier und schienen dem Handelsstande anzugehören. Plötzlich faßte sich Friedrich an die Stirn. Er hatte am Etikett und an der Flasche das

Bier erkannt, das in der kleinen Schwemme des »Roland« geführt wurde. Und das waren ja die auf dem Schiff so bekannten ewigen Trinker und Kartenspieler. Kopfschüttelnd über die sonderbare Tatsache, daß diese Leute nun auch gerade hier im Parterre seines Hauses untergekommen waren, begab sich Friedrich nach oben in sein durchwärmtes Zimmer zurück.

Die Tagesstunden, in denen er sich vielfach, wenn auch allein, draußen beschäftigte, hatten Friedrich bisher auf gesunde Weise ins Wirkliche abgelenkt. Außerdem war sein Urteil über den eigenen Zustand im großen ganzen gesund geblieben. Als er nun auf schleichende Weise erkrankte, empfand er es nicht. Es erschien ihm natürlich, daß er mit Rasmussen auf der Bettstelle, mit den Skatspielern im unteren Zimmer wie mit wirklich vorhandenen Dingen rechnete.

In den von dem Hauche indianischer Sage umwobenen Hanoversee ergießt sich ein Flüßchen, Quinnipiac, das Friedrich eines Tages auf seinen Schlittschuhen landein verfolgte. Er befand sich bei dieser Fahrt in der Begleitung eines Schattens, an dessen Körperlichkeit er nicht zweifelte. Er glich der Persönlichkeit des früher als seine Kollegen zugrunde gegangenen Heizers Zickelmann: nicht wie dieser sich als Toter, sondern wie er sich in Friedrichs Traum gleichsam offenbart hatte. Der Schatten des Heizers erzählte, es seien mit dem »Roland« fünf Oberheizer, sechsunddreißig Heizer und achtunddreißig Kohlenzieher gesunken: was für Friedrich eine über Erwarten große Anzahl war. Er sagte weiter, die Bucht und der Hafen, wo Friedrich im Traume gelandet wäre, sei wirklich nichts weiter als die Atlantis, ein gesunkener Kontinent, dessen überm Meeresspiegel gebliebene Reste die Azoren, Madeira und die Kanarischen Inseln wären. Friedrich kam zu sich selbst, als er vor einer verschneiten, fuchsbauartigen Höhle stand, in der er allen Ernstes nach dem Durchgang zu den Lichtbauern gesucht hatte.

Von Tag zu Tag, ja von Stunde zu Stunde gewann der Geistes-
zustand Friedrichs an Wunderlichkeit und Fremdartigkeit. Immer
saß Rasmussen auf dem Bett, spielten die Kaufleute im Parterre-
zimmer. Der einsame Kranke ging flüsternd umher, in Gespräche
mit Menschen und Dingen verwickelt. Stundenlang wußte er nicht,
wo er wirklich war. Er glaubte im Doktorhäuschen zu sein, dann
wieder im Hause seiner Eltern; meistens befand er sich, seiner
Meinung nach, auf dem Deck und in den üblichen Räumlichkeiten
des Schnelldampfers, der auf der Fahrt nach Amerika begriffen
und, wie sich Friedrich kopfschüttelnd sagte, nicht untergegangen
war.

Nach Mitternacht stand Friedrich zuweilen vom Bette auf und
enthüllte einen Wandspiegel, den er, da er Spiegel nicht liebte,
verhängt hatte. Er betrachtete sich, indem er sich mit der brennenden Kerze dicht vor die Scheibe bog, und erschreckte sich durch
Grimassen, die seine Züge unkenntlich machten. Dann sprach er
mit sich. Es waren teils wirre, teils klare Sätze, die er äußerte oder
hörte, nach denen er fragte oder auf die er Antwort gab. Sie bewie-
sen, daß er sich mit dem Doppelgängerproblem, als einem der
grauenvollsten und tiefsten, schon früher beschäftigt hatte. Er
schrieb auf ein Blatt: Der Spiegel hat aus dem Tiere den Menschen
gemacht. Ohne diesen Spiegel kein Ich und Du, ohne Ich und Du
kein Denken. Alle Grundbegriffe sind Zwillinge: schön und häßlich,
gut und schlecht, hart und weich. Wir reden von Trauer und
Freude, von Haß und Liebe, von Feigheit und Mut, von Scherz
und Ernst, und so fort. Das Bild im Spiegel sagte zu Friedrich:
»Du hast dich in dich und mich gespalten, ehe du die einzelnen
Eigenschaften deines nur als Ganzes wirkenden Wesens unterscheiden, das heißt scheiden, das heißt spalten konntest. Bevor du dich
selbst nicht im Spiegel sähest, sähest du auch nichts von der Welt.«

Es ist gut, daß ich allein bin, dachte Friedrich, mit meinem
Spiegelbild. Ich brauche nicht die vielen peinigenden Hohl- und

Rundspiegel, die mir andere Menschen bedeuten. Dieser, in dem ich bin, ist der ursprüngliche Zustand, und man entgeht den Verzerrungen, denen man in den Blicken und Worten anderer Menschen verfallen ist. Das beste ist: schweigen oder mit sich selbst reden, das heißt mit sich selbst im Spiegelbild. Dies tat er so lange, bis er sich eines Abends, aus der Umgebung seines Hauses heimkehrend, als er die Zimmertür öffnete, selbst am eigenen Schreibtische leibhaftig sitzend fand. Friedrich stand still und wischte sich über die Augen. Der Mensch aber, der in seinem Stuhle saß, war noch vorhanden, trotzdem er die Absicht hatte, ihn, als wäre er nur eine Vision, mit geschärftem Blick zu zerteilen. Da kam ihn ein noch nie gefühltes, unnennbares Grauen an und zugleich eine Wallung tödlichen Hasses. Mit »Du oder Ich« hielt er dem Doppelgänger den schnellgepackten Revolver vors Gesicht. Ein Gleiches tat auch der Doppelgänger! so daß sich Haß und Haß und nichts in Haß und Liebe Gespaltenes gegenüberstand.

Für einen bestimmten Tag hatte Peter Schmidt Friedrichs Assistenz bei einer schweren Operation erbeten, weil er wußte, daß sein Freund und Kollege gerade diese besondere Operation bei Kocher in Bern öfters gesehen und einige Male mit Glück ausgeführt hatte. Es handelte sich um einen fünfundvierzigjährigen Farmer und Yankee, dem ein fibröses Lipom, eine Faserfettgeschwulst, entfernt werden sollte. Friedrich wurde von einem Sohne des Patienten abgeholt und trat zur festgesetzten Stunde, sehr bleich, aber äußerlich ruhig, in die Office des ärztlichen Ehepaares. Die Stimmung war ernst, niemand ahnte, mit welchem Aufwand an Willenskraft Friedrich sich orientierte und daß er sich nur mit immer der gleichen Willenskraft in der Gewalt behielt.

Die Ärzte berieten, und Peter Schmidt sowie seine Frau wünschten aufs dringendste, Friedrich möge die Operation ausführen. Ihm raste der Kopf. Er war heiß, er zitterte, aber die Freunde bemerkten es nicht. Er bat um ein großes Glas Wein und ging wortlos daran, sich vorzubereiten.

Frau Doktor Schmidt führte den alten Farmer herein. Der wackere Mann und Familienvater wurde, entblößt, in den Operationsstuhl gelegt und auf die bekannte gründliche Weise gewaschen. Dann wurde ihm die Achselhöhle durch Peter Schmidt ausrasiert. Über Friedrich, der sich, mit heraufgestreiften Hemdsärmeln, unablässig Hände und Arme wusch, Nägel und Finger bürstete, war eine nachtwandlerische Ruhe gekommen. Nachdem er sich abgetrocknet hatte, untersuchte er noch einmal die kranke Stelle mit aller Kühle und aller Genauigkeit, fand, daß die Geschwulst vielleicht bereits zu weit fortgeschritten war, schnitt aber gleich darauf mit fester Hand in die Masse des lebenden Fleisches hinein.

Die Narkose wurde von Frau Doktor Schmidt besorgt, während Peter Instrumente und Tupfer zureichte. Das ungenügende Licht in der Parterreräumlichkeit, vor deren Fenster der Verkehr der Hauptstraße tobte, lockte dem Operateur immer wieder Verwünschungen ab. Die Geschwulst saß tief und setzte sich gegen Erwartung zwischen den großen Nervenstämmen und Blutgefäßen im inneren Teil des Armgeflechtes fort. Von dort mußte sie mit dem Skalpell herauspräpariert werden. Das war sehr heikel und bei der dünnwandigen großen Vene insofern gefährlich, als diese, nur leicht angeschnitten, Luft ansaugt, was den Tod zur Folge hat. Aber alles ging gut vonstatten, die große Hohlwunde wurde mit Jodoformgaze ausgefüllt, und nach Verlauf von dreiviertel Stunden hatte man den noch immer bewußtlosen Farmer, mit Hilfe seines neunzehnjährigen Sohnes, in einem jenseits des Flures vorhandenen Krankenzimmer zu Bett gebracht.

Unmittelbar nach dieser Operation sagte Friedrich, er müsse zur Post, um Miß Eva Burns, die ihn besuchen wolle, abzutelegraphieren. Wenige Augenblicke später wurde ihm selbst ein Telegramm in die Office gebracht. Er öffnete es, sagte kein Wort und bat den Sohn des Farmers, ihn augenblicklich nach Hause zu fahren. Er ging, nachdem er den Freunden die Hände geschüttelt hatte, aber ohne ein Wort von dem zu erwähnen, was in der eingetroffenen Depesche stand.

Als er an der Seite des Farmerssohnes durch die beschneite Landschaft fuhr, war es eine ganz andere Fahrt als jene, die er mit Peter Schmidt gemacht hatte. Erstlich kutschierte Friedrich nicht selbst, sondern das tat der junge Farmer, dessen Vater er vermutlich heute das Leben gerettet hatte. Ferner hatte Friedrich nicht im entferntesten, wie damals, das Gefühl wiedergewonnener Selbstbestimmung und Lebenslust. Sondern, obgleich die Sonne noch immer unbewölkt über der weißen Erde stand, fühlte sich Friedrich mit Schellengeläut in eine dicke Finsternis vorwärtsgerissen.

Der junge Farmer bemerkte nichts weiter, als daß der berühmte deutsche Arzt äußerst bleich ihm zur Seite saß. Aber Friedrich hatte wohl nie eine gleich große Willenskraft nötig gehabt, um nicht als Irrsinniger mit Gebrüll und in voller Fahrt aus dem Schlitten zu springen. Er wußte von einem Telegramm, das er zerknautscht in der Pelztasche hielt. Jedesmal aber, wenn er sich an seinen Inhalt erinnern wollte, war es, als ob ihm immer wieder ein und derselbe Hammer betäubend gegen die Stirne schlüge.

Friedrich tappte sich in sein Haus, nachdem er in mitternächtiger Dunkelheit dem jungen Farmer die Hand zum Abschied gedrückt hatte. Einige Dankesworte, die jener sprach, gingen im Rauschen von Wassern unter. Die Schlittenschellen, die jetzt wieder erklangen, rissen nicht ab und gingen in jenes infernalische Klingeln über, das sich nun einmal seit dem Schiffsuntergang im Kopf des Geretteten festgesetzt hatte. Ich sterbe, dachte Friedrich, in seiner Mansarde angelangt, ich sterbe, oder ich werde wahnsinnig. Die Schiffsuhr erschien und war wieder verschwunden. Er sah sein Bett und griff nach dem Bettpfosten. »Fall nicht!« sagte Rasmussen, der noch immer dort mit dem Thermometer saß. Aber nein, diesmal war es nicht Rasmussen, sondern Mr. Rinck, seine gelbe Katze im Schoß, Mr. Rinck, der das deutsch-amerikanische Seepostamt unter sich hatte. Friedrich brüllte: »Was suchen Sie hier, Mr. Rinck?« Aber schon war er wieder ans Fenster unter das Licht der blendenden Wintersonne getreten, die aber kein Licht, sondern eine kohlrabenschwarze Finsternis, wie ein nachtgebärendes Loch am Himmel, ausströmte. Dazu klagte und heulte plötzlich der Wind, es pfiff höhnisch und janhagelmäßig durch die Türritzen. Oder war es die miauende Katze von Mr. Rinck? Oder waren es unten im Hausflur greinende Kinder? Friedrich tappte umher. Das Haus erbebte und riß sich aus seinen Grundfesten. Es schwankte. Die Wände fingen zu knacken, zu knistern und ähnlich wie Korkgeflecht zu knarren an. Die Tür flog auf. Friedrich wurde vom wilden Luftdruck fast niedergerissen. Jemand sagte: »Gefahr!« Die elektrischen Läutwerke tobten, verbunden mit den Stimmen des Sturmes, fort und fort. »Es ist ja nicht wahr, es ist satanische Täuschung gewesen. Niemals betratst du den Boden von Amerika. Deine Stunde ist da. Du gehst zugrunde.«

Er wollte sich retten, er suchte seine Sachen zusammen. Ihm fehlte sein Hut. Er fand seine Beinkleider, sein Jackett, seine Stiefeln nicht. Draußen stand der Mond. In der klaren Helle tobten die Stürme, und plötzlich kam, einer Mauer gleich und breit wie der Horizont, über die Fläche draußen das Meer heran. Der Ozean war über seine Ufer getreten. Atlantis! Die Stunde ist da, dachte Friedrich, unsere Erde muß wie die alte Atlantis untergehen. – Friedrich lief vor das Haus hinunter. Auf der Treppe griff er seine drei eigenen Kinder auf und erkannte nun erst, daß sie es gewesen waren, die im Hausflur gewinselt hatten. Er nahm das Kleinste auf seinen Arm, die beiden übrigen an die Hand. Vor der Haustür sahen sie miteinander, wie die furchtbare Sintflutwoge im Aschenlicht des Mondes näher und näher kam. Sie sahen ein Schiff, einen Dampfer, der, mitgerissen, furchtbar stampfend und rollend, von der Woge getragen wurde. Die Dampfpfeifen heulten fürchterlich, manchmal anhaltend, manchmal stoßweise. »Es ist der ›Roland‹, mit Kapitän von Kessel«, erklärte Friedrich den Kindern. »Ich kenne es, ich war auf dem Schiff, ich bin selbst mit dem prächtigen Dampfer untergegangen!« Und der Dampfer schien auf allen Seiten Blut auszuströmen wie ein Stier, der an vielen Stellen tödlich getroffen ist. Überall quoll es wasserfallartig aus seinen Breitseiten. Und Friedrich hörte, wie auf dem kämpfenden und verblutenden Schiff Böller gelöst wurden. Raketen schossen gegen den Mond, platzten im nächtlichen Grauen und blendeten.

Und jetzt fing er, immer eins um das andere seiner Kinder auf den Arm nehmend und wieder verlierend, vor der Springflut um sein Leben zu rennen an. Er rannte, er lief, er sprang, er stürzte. Er protestierte, daß er doch noch zugrunde gehen sollte, wo er doch schon gerettet gewesen war. – Er fluchte, er rannte, er stürzte nieder, erhob sich wieder und lief und lief, mit einer gräßlichen, nie gefühlten besinnungslosen Angst, die sich in dem Augenblick, als ihn die Woge überholte, in eine wohlige Ruhe verwandelte.

Am folgenden Morgen, und zwar mit dem gleichen Zug, den Friedrich vor etwa vierzehn Tagen benutzt hatte, kam Miß Eva Burns in Meriden an. Sie ging in die Office zu Peter Schmidt, um sich nach Friedrich zu erkundigen, der sie eigentlich von der Bahn hatte abholen wollen. Peter Schmidt war allein und erzählte ihr von der gestern vor sich gegangenen glücklichen Operation. Er sprach ihr dann von dem Telegramm, das Friedrich gerade in dem Augenblick erhalten hatte, als er ihr, Miß Eva Burns, für heut abzusagen willens gewesen war.

»Nun bin ich hier«, sagte Miß Burns aufgeräumt, »und nun lasse ich mich nicht so ohne weiteres abspeisen. Ich will nicht in Rom sein, ohne den Papst zu sehen.«

Dreiviertel Stunden später war der Zweisitzerschlitten mit seinem feurigen Braunen, dessen Eigenart man jetzt besser zu nehmen wußte, am Hanoversee vor »Onkel Toms Hütte« angelangt. Peter Schmidt hatte Miß Eva herauskutschiert. Der alte Farmer war fieberlos. Das wünschte der Freund Friedrich mitzuteilen.

Die beiden Besucher stiegen, ein bißchen verdutzt, die Treppe hinauf und traten, laut ihre Ansichten über den seltsamen Zustand des Hauses austauschend, durch die nur angelehnte Tür in Friedrichs Mansarde ein. Hier fanden sie ihn, noch in seinem Pelz, wie er nach der Operation die Office verlassen hatte, bewußtlos, leise delirierend, schwer erkrankt auf das Bett gestreckt. Von der Erde aber hob Peter Schmidt ein Telegramm, dessen Inhalt kennenzulernen Miß Eva Burns und er sich berechtigt glaubten. Sie lasen: »Lieber Friedrich, Nachricht aus Jena, Angele gestern nachmittag trotz sorgsamer Pflege für immer entschlafen. Raten Dir: nimm unabänderliche Tatsache hin und erhalte Dich selbst Deinen immer getreuen Eltern.«

Acht Tage lang schwebte Friedrich in Lebensgefahr. Vielleicht hatten niemals bisher die Mächte des Abgrundes mit solcher Gewalt nach ihm gegriffen. Acht Tage lang war sein Kopf und sein ganzer Körper wie etwas, das durch und durch in Flammen stand, nicht anders, als sollte er sich mit allem, was in ihm war, aufzehren und verflüchtigen. Es war natürlich, daß Peter Schmidt seinen Freund mit aller erdenklichen Sorgfalt behandelte und daß auch Frau Doktor Schmidt nach Kräften das Ihrige tat. Miß Eva Burns, die der Zufall in einem so ernsten Augenblick an Friedrichs Seite geführt hatte, faßte nun sofort den Entschluß, außer wenn jede Gefahr vorüber wäre, nicht von seinem Lager zu weichen.

310

Friedrich hatte getobt, was man an den durcheinandergeworfenen Gegenständen, an dem zerschlagenen Glas der alten Seemannsuhr und an dem zertrümmerten Porzellan erkannte. In den ersten zwei Tagen und Nächten entfernte sich Peter Schmidt nicht vom Krankenbett, außer wenn er von seiner Frau abgelöst wurde. Die Fieberparoxysmen des Kranken wiederholten sich. Das Ehepaar wandte mit Vorsicht und Umsicht die verfügbaren Mittel an, um das Fieber herabzudrücken, und wurde ernster und ernster, als es am dritten Tage noch immer bis über vierzig stieg. Endlich aber war ein ziemlich konstanter Rückgang festzustellen.

Nach Ablauf der ersten Krankheitswoche erkannte Friedrich zum erstenmal Miß Eva Burns und begann zu begreifen, was sie inzwischen für ihn geleistet hatte. Er lächelte mühsam. Er machte Bewegungen mit den Fingern seiner kraftlos auf der Bettdecke ruhenden Hand.

Erst am Ende der zweiten Woche, gegen den sechsundzwanzigsten März, ward er fieberfrei. Die letzte Woche hindurch hatte sein Zustand indessen keinen Anlaß mehr zu Besorgnis um sein Leben gegeben. Der Kranke sprach, schlief, träumte lebhaft, erzählte mit matter Stimme und oft mit ein wenig Humor, was ihm wieder Tolles durch den Schädel gegangen war, kannte seine Umgebung, äußerte Wünsche, äußerte Dankbarkeit, fragte nach dem Farmer, den er operiert hatte, und lächelte, als Peter Schmidt erzählte, die Wunde sei prompt geheilt, und der brave Landmann habe bereits Perlhühner für Kraftsuppen hergebracht.

Die Führung des Haushaltes durch Miß Eva Burns war musterhaft. Friedrich genoß eine Pflege, wie sie in einer so immer wachen Form nicht gerade vielen Menschen zuteil wird. Natürlich kannten ein Arzt wie Peter Schmidt und eine Ärztin wie Frau Doktor Schmidt keine Prüderie. Aber auch Miß Eva Burns mit ihren kräftigen Armen und Bildhauerhänden, der das Aktmodellieren etwas Gewöhnliches war, kannte sie nicht.

Sie hatte Peter Schmidt veranlaßt, Telegramme an Friedrichs Vater zu senden, der nun durch die letzte, günstige Nachricht beruhigt war. Einen dicken Brief des Vaters, noch vor Ausbruch der Krankheit geschrieben, fing sie ab, und da sie annahm, er enthalte Einzelheiten über das traurige Ende Angelens, sandte sie ihn mit der Bitte zurück, ihn für Friedrichs gesunde Tage aufzubewahren. Sie wollte nicht in Versuchung kommen, dem Kranken die Existenz des Briefes vielleicht doch eines Tages zu verraten.

Zu Ende der dritten oder Anfang der vierten Woche seit Beginn der Krankheit erhielt Miß Eva Burns einen Dankesbrief von dem General. Mit vielen Grüßen von Mutter und Vater an den Sohn verband er tiefbewegte Worte, die dem wackeren Doktor Peter Schmidt, seiner Gattin und Miß Burns galten. Ihr könne er ja erzählen, schrieb er, daß die arme Angele keines natürlichen Todes gestorben sei. Sie habe nach Art ihres Leidens in der Anstalt aufs schärfste bewacht werden müssen, leider aber gäbe es auch bei der allergenauesten Überwachung immer einen unbewachten Augenblick.

Der Schnee war geschmolzen, langsam, langsam fand sich Friedrich wieder ins Leben hinein. Es war eine Sanftheit in ihm und ebenso draußen in der Natur, die ihm eine liebe Erfahrung war. Überall fühlte er etwas Schonendes. Sauber gebettet, über sich die zinnernen Schaukelschiffchen der alten Schifferuhr, hatte er ein Gefühl, geborgen, ja, was mehr war, erneut und entsühnt zu sein. Ein Gewitter war reinigend aus Schwefelwolken herabgefahren und grollte nur noch leise und auf Nimmerwiederkehr vorüber am fernen Horizonte hin. Für den schwachen Mann war eine stille, reiche, volle Lebensluft zurückgeblieben.

»Dein Körper«, sagte Peter Schmidt zu dem Kranken, »hat sich mittelst einer Gewaltkur, einer tollen Eruption, von allen faulen Stoffen befreit.«

»Es ist schade, daß keine Vögel singen«, erklärte eines Tages Friedrich. – »Ja«, sagte Miß Eva Burns, die das Mansardenfenster geöffnet hatte, »das ist schade!« – »Denn«, fuhr Friedrich fort, »Sie sagen ja doch, daß es draußen um den Hanoversee schon grunelt!« – »Was heißt das – ›grunelt‹?« fragte Miß Eva Burns. – Friedrich lachte. Darauf sagte er ruhig: »Der Frühling kommt! Und ein Frühling ohne Vogelmusik ist ein taubstummer Frühling!« – »Kommen Sie nur nach England«, sagte Miß Eva Burns, »da können Sie was von Vögeln erleben!«

Friedrich sagte gezogen und den Ton der Freundin nachahmend: »Kommen Sie nur nach Deutschland, Miß Eva Burns!«

Als der Tag gekommen war, an dem Friedrich aufstehen sollte, sagte er: »Ich stehe nicht auf! Es geht mir zu gut im Bett.« In der Tat, es war ihm während der fieberfreien Wochen nicht übel ergangen. Man hatte ihm Bücher aufs Bett gebracht, man las ihm die Wünsche von den Augen, Peter Schmidt oder Frau Doktor Schmidt oder Eva Burns unterhielten ihn mit Geschichtchen aus der Lokalchronik, soweit sie annehmen konnten, daß es ihm zuträglich war. Man hatte das Mikroskop an sein Bett gebracht, und er ging allen Ernstes daran, gewisse Stoffe seines Körpers selbst auf Bazillen zu untersuchen, eine Tätigkeit, über die viele Scherze gemacht wurden. Somit war der schreckliche Graus seiner Krankheit für ihn selbst der reizvolle Gegenstand seines Studiums und eine angenehme Unterhaltung geworden.

Friedrich saß bereits wohlverpackt in einem bequemen Stuhl, als er zum ersten Male wissen wollte, ob nicht ein Brief von Vater und Mutter gekommen wäre. Miß Eva Burns sagte ihm daraufhin, was ihn erfreuen und beruhigen konnte. Sie war erstaunt, als sie von seinen bleichen Lippen die Worte vernahm: »Ich bin überzeugt, die arme Angele hat sich selbst das Leben genommen! Nun«, fuhr er fort, »ich habe gelitten, was zu leiden war, aber ich werde die

Hand, die sich mir, wie ich fühle, gnädig erweisen will, nicht zurückstoßen. Damit will ich sagen«, fügte Friedrich hinzu, als er in Miß Evas Augen zu lesen glaubte, daß sie ihn nicht verstanden habe, »ich werde wieder, trotz alledem und alledem, mit Vertrauen ans Leben gehn.«

Eines Tages hatte Miß Eva Burns von Männern gesprochen, die sie kennengelernt hatte, da und dort in der Welt. Es waren dabei auch leise Klagen über Enttäuschungen untergelaufen. Sie sagte, sie werde in einem Jahr nach England gehn und sich irgendwo auf dem Dorf der Erziehung verwahrloster Kinder widmen. Der Bildhauerberuf befriedige sie nicht. – Da sagte der Rekonvaleszent mit einem offenen, schalkhaften Lächeln: »Wie wär's, Miß Eva, möchten Sie nicht ein ziemlich schwieriges großes Kind erziehen?«

Peter Schmidt und Eva Burns waren übereingekommen, Ingigerd Hahlström nie zu erwähnen. Mit den Worten: »Auf wen bezieht sich das?« reichte Friedrich Miß Eva aber eines Tages einen Zettel, auf dem mit zittrigen Bleistiftzügen dies Verschen geschrieben stand:

Haben sich Fäden gezogen? Nein!
Wir blieben kühl und klein und allein!
Gingen wir ein in das höhere Sein?
Petrus verwehrte das Schlüsselein!
Ich sahe das Sakramentshäuslein,
griff auch mit geweihten Händen hinein,
doch leider: fand weder Brot noch Wein!
Alles erstrahlte so ungemein
und war gemeiner Trug und Schein.

Es bewegte Miß Eva Burns einigermaßen, als sie bemerken mußte, daß Friedrich sich noch immer mit der kleinen Tänzerin zu schaffen machte. Ein anderes Mal sagte Friedrich: »Ich eigne mich nicht zum Arzt. Ich kann den Menschen das Opfer nicht bringen, eine Beschäftigung beizubehalten, die mich traurig, ja schwermütig macht. Meine Phantasie ist ausschweifend, ich könnte vielleicht Schriftsteller werden! Nun habe ich aber in meiner Krankheit, besonders gegen die dritte Woche, sämtliche Werke von Phidias und Michelangelo noch mal modelliert. Ich bin entschlossen, ich werde Bildhauer. Aber ich bitte Sie, mich nicht mißzuverstehen, liebe Eva! Ich bin nicht mehr ehrgeizig! Ich möchte nur alles Große der Kunst verehren und selber ein anspruchsloser, treuer Arbeiter sein. Ich glaube, es könnte mir gelingen, mit der Zeit einmal den nackten menschlichen Körper so weit zu beherrschen, daß ich ein, wenn auch nur ein gutes Kunstwerk hervorbringe.«

»Sie wissen ja, ich glaube an Ihre Begabung«, sagte Miß Eva Burns.

Friedrich fuhr fort:

»Wie würden Sie denn darüber denken, Miß Eva? Das Vermögen meiner armen Frau wird für die Erziehung meiner drei Kinder etwa fünftausend Mark Rente abwerfen. Aus dem Besitze meiner immerhin nicht ganz unvermögenden Mutter erhalte ich einen jährlichen Zuschuß von dreitausend Mark. Meinen Sie, daß wir fünf damit in einem kleinen Häuschen mit Atelier, etwa bei Florenz, unser Leben in Ruhe beschließen könnten?«

Auf diese gewichtige Frage hatte Miß Eva Burns nur durch ein herzliches Lachen geantwortet.

»Ich wünsche kein Bonifazius Ritter zu werden«, sagte Friedrich. »Eine große Bauhütte mit künstlerischer Massenproduktion, und wäre sie auch noch so gut, entspricht meinem Wesen nicht. Ich wünsche mir einen Arbeitsraum, dessen Tor sich in einen Garten öffnet, wo man im Winter Veilchen und zu jeder Jahreszeit Zweige von Steineiche, Taxus und Lorbeer brechen kann. Dort möchte ich einen stillen, vor der Welt verborgenen Kultus der Kunst und der Bildung im allgemeinen treiben. Auch die Myrte müßte innerhalb meines Gartenzaunes wieder grünen, Miß Eva Burns.«

Miß Eva lachte, ohne auf irgendeine Anspielung einzugehen. Zu Friedrichs Plänen gab sie aus voller gesunder Seele ihre Zustimmung. »Es gibt genug Leute«, sagte sie, »die zu Ärzten und überhaupt zu Männern der Tat geboren und geeignet sind, und es gibt viel zu viele, die sich auf diesen Gebieten vordrängen.« Über Ritter sprach sie mit Sympathie. Sein naives Eindringen in die Regionen der upper four hundred sah sie mit einem grundgütigen Verständnis an. Sie meinte: Gläubigkeit, Genußfreude, Ehrgeiz verlange das Leben, wo es mit einer gewissen äußeren Verve dahineilen will. Sie selbst, Miß Eva Burns, hatte im elterlichen Hause, bevor ihr Vater den größten Teil seines großen Vermögens verlor, das high life in England vollauf kennengelernt und hatte es schal und voll Langerweile gefunden.

Als Friedrich ohne Stütze wieder langsam die Treppe steigen, stehen und gehen konnte, nahm Miß Eva Burns ihren Urlaub, um die Zeit bis Mitte Mai ihrer unterbrochenen Arbeit zu widmen. Für Mitte Mai hatte sie auf dem großen Dampfer der Hamburg-Amerika-Linie »Auguste Viktoria« einen Kajütplatz belegt, weil sie vermögensrechtlicher Dinge wegen nach England mußte. Friedrich von Kammacher ließ sie ziehen. Ich möchte einen solchen Kameraden fürs Leben haben, sagte er sich, und ich wünschte Miß Eva Angelens Kindern als Mutter.

Dennoch ließ er sie ziehen und hielt sie nicht.

Friedrich genas. Es war eine solche Genesung, daß es ihm vorkam, als wäre er ehedem länger als ein Jahrzehnt krank gewesen. Was seinen Körper betraf, so befand sich dieser nicht mehr im Prozesse einer Umbildung, sondern baute sich aus jungen und neuen Zellen auf. Das Gleiche schien im Bereiche der Seele vorzugehen. Jene Last des Gemütes und jene ruhelos um den mehrfachen Schiffbruch seines Lebens kreisenden Gedankengänge, die ihn früher bedrückt und gepeinigt hatten, waren nicht mehr. Er hatte seine Vergangenheit wie etwas wirklich Vergangenes und wie einen von Wind und Wetter zerschlissenen, von Dornen und Degenstichen durchlöcherten, ausgedienten Mantel abgeworfen. Erinnerungen, die sich, vor seiner Krankheit, mit dem fürchterlichen Aufputz phantastischer Gegenwart ungerufen zudrängten, blieben jetzt aus; und mit Verwunderung und Befriedigung bemerkte Friedrich, daß sie für immer unter einen fernen Horizont gesunken waren. Die Reiseroute seines Lebens hatte ihn in ein völlig neues Bereich geführt. Dabei war er durch ein fürchterliches Verfahren, mittelst Feuers und Wassers, jung geläutert worden. Genesende tappen meist wie Kinder, ohne Vergangenheit, in das neugeschenkte Leben hinein.

Der amerikanische Frühling war zeitig eingetreten. Es wurde heiß, wie denn in jenen Gegenden der Übergang vom Winter zum Sommer ein fast unmittelbarer ist. Die Ochsenfrösche brüllten in Tümpeln und Teichen mit dem hellen, klaren Schellengeläut der anderen amerikanischen Frösche um die Wette. Jetzt fing die feuchte Wärme an, die in jenen Breiten so unerträglich ist und die Frau Doktor Schmidt so sehr fürchtete. Ein solcher Sommer, in dem sie überdies ihre schwere Arbeit fortsetzen mußte, war für sie eine bittere Leidenszeit. Friedrich hatte wieder angefangen, Peter Schmidt auf Berufsgängen zu begleiten, und manchmal streiften die Freunde auch in etwas ausgedehnteren Wanderungen im Lande herum. Natürlich, daß nach alter lieber Gewohnheit dabei Probleme gewälzt und die Geschicke der Menschheit erwogen wurden. Zur Verwunderung seines Freundes zeigte Friedrich bei der Debatte weder im Angriff noch in der Verteidigung die alte Schneidigkeit. Eine gewisse heitere Ruhe dämpfte jede allgemeine Hoffnung, jede allgemeine Befürchtung. »Wie kommt das?« fragte Peter den Freund. Und Friedrich antwortete: »Ich glaube, ich habe mir das bloße, köstliche Atmen jetzt hinlänglich verdient, und ich kann es auch würdigen. Ich will vorläufig sehen, riechen, schmecken und mir das Recht des Daseins zusprechen. Der Ikarusflug ist für meinen augenblicklichen Zustand nichts. Ebensowenig, bei meiner neuerwachten, zärtlichen Liebe zum Oberflächlichen, wirst du mich jetzt zu mühsamem Bohren in die Tiefen bereit finden. Ich bin jetzt ein Bourgeois«, schloß er lächelnd, »ich bin zunächst saturiert, mein Sohn.«

Peter Schmidt, als behandelnder Arzt, äußerte seine Zufriedenheit. »Künftig freilich«, sagte er, »muß es mit dir wieder anders werden!«

In Peter Schmidt war ein gut Teil Indianerromantik zurückgeblieben. Er liebte es, gewisse Punkte der hügeligen Landschaft aufzusuchen, an die sich sagenhafte Ereignisse aus den Kämpfen der ersten weißen Kolonisten und der Indianer knüpften. An solchen Stellen hielt er sich lange auf, durchlebte im Geiste die Abenteuer der Pelzjäger und das zähe Ringen der Ansiedler und zog nicht selten seinen Revolver hervor, um sich in einer Anwandlung kriegerischen Geistes im Schießen nach irgendeinem Ziele zu üben. Der Friese schoß gut, und Friedrich vermochte es ihm nicht gleichzutun. »In dir«, sagte Friedrich, »kreist das alte deutsche Abenteurer- und Kolonistenblut. Eine fertige, ja überreife, überraffinierte Kultur wie die unsere paßt eigentlich nicht für dich. Du mußt eine Wildnis und eine darüber schwebende Utopie haben.« – »Die Welt ist immer noch nicht viel mehr als eine Wildnis«, sagte Peter Schmidt. »Es wird noch eine Weile dauern, bevor den Bau der Welt Philosophie zusammenhält. Kurz: wir haben noch viel zu tun, Friedrich!« Der Freund gab Antwort: »Ich werde, wie Gott der Herr, aus nassem Ton menschliche Leiber kneten und ihnen lebendigen Odem einblasen!« – »Ach was«, schrie Peter, »solche Puppenfabrikation führt ja zu nichts. Du bist mir wahrhaftig dafür zu schade! Du gehörst auf die Schanze, du gehörst in die vorderste Schlachtlinie, lieber Sohn.«

Lächelnd sagte Friedrich: »Ich für mein Teil lebe die nächstfolgenden Jahre im Waffenstillstand. Ich will mal versuchen mit dem auszukommen, was die Welt zu bieten imstande ist. Träume und Reflexionen will ich mir für die kommende Zeit soviel wie möglich abgewöhnen.«

Friedrich sah eine Pflicht darin, den Freund um seinet- und seiner Gattin willen zur Heimkehr nach Deutschland zu veranlassen. Er sagte: »Peter, die Amerikaner haben keine Verwendung für einen Menschen wie dich. Du kannst weder Patentmedizinen empfehlen noch einen armen Arbeiter, der in acht Tagen mit Chinin zu kurieren ist, acht Wochen lang mit kleinen Dosen als melkende Kuh auf dem Krankenbett festnageln. Du hast keine von jenen Eigenschaften, die den Adel des hier maßgebenden Amerikaners ausmachen. Du bist im amerikanischen Sinne ein kreuzdummer Kerl, denn du bist immer bereit, dich für jeden armen Hund aufzuopfern. Du mußt in ein Land zurück, wo, Gott sei Dank, der Adel des Geistes, der Adel der Gesinnungen noch immer jedem andern Adel gewachsen ist. In ein Land, das sich als gestorben und abgetan betrachten würde, wenn einmal die Wissenschaften und die Künste in ihm nicht mehr die Blüte des Landes darstellen sollten. Es bleiben übrigens ohne dich genug Deutsche hier, die sich die Mühe geben, Hals über Kopf die Sprache Goethes und die Sprache, die ihre Mütter sie gelehrt haben, zu vergessen. Rette deine Frau! Rette dich! Geh nach Deutschland! geh nach der Schweiz! geh nach Frankreich! geh nach England! Wohin du willst! Aber bleibe nicht in dieser riesigen Handelskompanie, wo Kunst, Wissenschaft und wahre Kultur einstweilen noch eine gänzlich deplacierte Sache sind.«

Aber Peter Schmidt schwankte. Er liebte Amerika, und wenn er das Ohr nach indianischer Weise an die Erde legte, so hörte er bereits die unterirdisch probierte Festmusik des künftigen großen Tages einer allgemeinen Menschheitserneuerung. »Wir müssen erst«, sagte er, »alle amerikanisiert und dann zu Neueuropäern werden.«

Einer der Lieblingsspaziergänge Friedrichs führte in jene Vorstadt von Meriden, wo die italienischen Weinbauern angesiedelt sind. Man hörte sie mit ihren sonnenwarmen Stimmen singen, ihre Frauen mit dem bekannten Oktavenschrei die Kinder herbeirufen, sah braune Männer Weinreben anbinden und hörte des Sonntags ihr Lachen und die Bocciakugeln dumpf auf dem gestampften Lehm des Spielplatzes nieder- und gegeneinanderschlagen. Dieser Laut, diese Klänge waren Friedrich unendlich heimatlich. »Schlag mich tot!« sagte er, »aber ich bin und bleibe ein Europäer.«

Friedrichs Sehnsucht nahm immer stärkere Formen an. Er verwickelte durch seine Schwärmerei und sein Lob der Heimat mehr und mehr die Freunde in das Gewebe dieser Sehnsucht hinein. Eines Tages sagte Peter Schmidt plötzlich: »Du hast mich wahrhaftig mit deiner Europaschwärmerei schwach gemacht. Aber nun bitt' ich dich, einmal mit mir zu gehen und mir, nachdem ich dir etwas gezeigt habe, zu sagen, ob du mir dann noch zur Heimkehr rätst.«

Und Peter führte den Freund auf einen Kirchhof und an den Hügel, unter dem sein Vater begraben lag. Friedrich hatte den wackeren Mann in Europa gekannt, später auch erfahren, daß er fern von der Heimat gestorben war, aber wo, das war ihm wieder entfallen. »Ich bin gar nicht sentimental«, sagte Peter Schmidt, »aber es bleibt immer schwer, sich von so was zu trennen.« Und nun wurde die Lebensgeschichte des alten Schmidt durchgenommen, der Werkführer einer Fabrik gewesen war und den ein ruheloser, unternehmender Sinn und Schwärmerei für das freie Amerika in die Fremde getrieben hatten. »Ich gebe zu«, sagte Friedrich, »so ein Toter kann den Grund eines ganzen fremden Erdteils, mehr

320

als es tausend Lebendige können, heimisch machen. Und dennoch … dennoch …«

Einige Tage später war sogar in Frau Doktor Schmidt der starre Widerstand gegen die Heimat zerschmolzen. Jetzt fing in dieser Frau ein überraschend neues Leben an. Ihre Müdigkeit war vergessen. Ihre Bewegungen wurden lebhaft und schnell, sie begann Zukunftspläne mit leidenschaftlicher Hoffnung auszubauen. Der geheilte Farmer verfolgte Friedrich mit Dankbarkeit. Er entwickelte seinem Retter, wie er sich immer auf die Hand Gottes verlassen habe und verlassen könne. Gott habe den rechten Mann zur rechten Zeit auch diesmal zu ihm gesandt. So wußte nun Friedrich, welcher tiefere Grund seine sonderbare und furchtbare Reise veranlaßt hatte.

Friedrich vermied es, in die Zeitung zu blicken, weil er eine krankhafte Abneigung hatte, von den Genossen seiner Seereise durch die Zeitung zu erfahren. Eines Tages stieg aus dem Bostoner Zuge Ingigerd Hahlström, begleitet von einem nicht mehr in der ersten Jugend stehenden Herrn. Sie begab sich, samt ihrem Begleiter, zu Peter Schmidt in die Office hinüber, stellte sich vor und wünschte zu wissen, ob Friedrich von Kammacher noch in Meriden sei. Peter Schmidt aber und seine brave Frau, denen die Gewohnheit, überall die Wahrheit zu sagen, weil sie von ihr nicht lassen konnten, überall im Leben hinderlich war, logen, daß sich die Balken bogen. Sie erklärten der Dame, Friedrich sei mit dem großen Passagierdampfer »Robert Keats« der White Star Line von New York aus heimgereist. Die Dame war wenig betrübt darüber.

Friedrich hatte, ohne jemand etwas davon zu sagen, ebenfalls für Mitte Mai auf der »Auguste Viktoria« für sich einen Platz bestellt. Peter Schmidt und seine Frau wollten aber die Überfahrt mit einem langsamer gehenden, weniger teuren Steamer machen. Alle lebten sie bereits in der herrlichsten Ungeduld, und der Ozean war für ihre Sehnsucht wieder ein kleiner Teich geworden. Man spielte damals in allen Theatern Amerikas ein sentimentales, in einer Schneiderwerkstatt hergestelltes Stück, das den Titel »Hands across the Sea« führte. »Hands across the Sea« las man auf allen Bauzäunen, auf allen Kalk- und Zementfässern. Friedrich dudelte es und hatte, sooft er die Worte »Hands across the Sea« zu sehen bekam, eine schöne und volle Musik in der Seele.

Immerhin gab es noch etwas, wodurch sich Friedrich beunruhigt fühlte. Er ging mit einem Gedanken um. Bald war es seine Absicht, ihn mündlich auszudrücken, bald ihn in einem Briefe niederzulegen. Es verstrich kein Tag, wo er nicht zehnmal bald die eine, bald die andere Form verwarf, bis ihm eines Sonntags der Zufall in Gestalt von Willy Snyders und Miß Eva Burns, die einen Ausflug nach Meriden unternommen hatten, entgegenkam. Jetzt stellte es sich heraus, daß bei Friedrichs Überlegungen die Frage »ob überhaupt?« oder »ob überhaupt nicht?« immer noch eine Rolle gespielt hatte. Nun, als die schöne, sommerlich gekleidete, tüchtige Evastochter und Eva ihm lachend entgegenkam, war die Frage in ihm entschieden. »Willy, machen Sie, was Sie wollen«, rief er vergnügt, »bleiben Sie, wo Sie wollen, amüsieren Sie sich, wie Sie mögen und können, und zum Abendessen im Hotel werden wir uns, so Gott will, wiedersehen!« Damit griff er Miß Evas Hand, zog ihren Arm in den seinigen und ging mit der lachenden Dame davon. Willy, der sehr verdutzt war, lachte laut auf und gab in drolliger Weise zu verstehen, daß er da allerdings übrig sei.

Als Friedrich und Eva abends in den hübschen Speisesaal des Meriden-Hotels traten, schwebte, für jedermann merkbar, über ihnen ein feiner Charme, eine zarte, innige Wärme, die sie beide jünger und anmutiger machte. Diese beiden Menschen waren plötzlich zu ihrer eigenen Überraschung von einem neuen Element, von einem neuen Leben durchdrungen worden. Trotzdem sie darauf zugesteuert waren, hatten sie kurz zuvor noch keine Ahnung davon gehabt. Es wurde an diesem Abend Champagner getrunken.

Acht Tage darauf hatte die New-Yorker Künstlerkolonie Miß Eva Burns und Friedrich auf die »Auguste Viktoria« gebracht, mehrere Hochs waren gestiegen, Willy hatte den Scheidenden noch zuletzt »Ich komme bald nach!« mit brüllender Stimme zugerufen. Dann hatte der Dampfer losgemacht.

Friedrich und Eva erlebten auf See eine Kette von Sonntagen. Gegen Abend des dritten Tages sagte der Kapitän des Schiffes, der keine Ahnung davon hatte, einem geretteten Passagier vom »Roland« gegenüberzustehen: »Hier in diesen Gewässern ist, allen Berechnungen nach, der große Passagierdampfer ›Roland‹ gesunken.« Das Meer war glatt, es glich einem zweiten, ewig ungetrübten Himmel, Delphine tummelten sich umher.

Und seltsam: die Nacht, die herrliche Nacht, die diesem Abend folgte, ward für Eva und Friedrich zur Hochzeitsnacht. In seligen Träumen wurden sie über die Stätten des Grauens, das Grab des »Roland« dahingetragen.

Am Kai in Cuxhaven erwarteten Friedrichs Eltern und Kinder das Paar. Aber er sah nur seine Kinder. Er hielt sie eine Minute lang alle drei zugleich, die wie unsinnig schwatzten, lachten und zappelten.

Als man von dem Rausche des Wiedersehens ein wenig verschnaufen konnte, machte Friedrich Kniebeuge und faßte mit beiden Händen die Erde an. Dabei blickte er Eva in die Augen. Dann stand er auf, gebot Stille mit dem Zeigefinger der rechten Hand, und man hörte über den nahen unendlichen Saatfeldern tausend und aber tausend von Lerchen trillern. »Das ist Deutschland!« sagte er. »Das ist Europa! Was tut's, wenn wir nach diesen Stunden auch schließlich mal untergehn.«

Der General übergab jetzt Friedrich einen Brief, auf dessen Rückseite der Name des Absenders stand. Es war der Vater des verstorbenen Rasmussen. Ah, ein Dankesbrief! dachte Friedrich. Und ohne jede Neugier steckte er ihn in die Brusttasche. Es kam ihm gar nicht in den Sinn, Todestag und -stunde des Freundes mit jenen Angaben zu vergleichen, die er ihm einst im Traume gemacht hatte.

Der Kapitän, der vorüberging, grüßte Friedrich. »Wissen Sie denn«, sagte Friedrich in seinem überschäumenden Lebensmut, »daß ich wirklich einer von den Geretteten und einer von den wirklich Geretteten des ›Roland‹ bin?« – »So!« sagte der Kapitän erstaunt und setzte im Weitergehen hinzu: »Ja, ja, wir fahren immer über denselben Ozean! Gute Reise, Herr Doktor.«